Der achte Fall für Zorn und Schröder

Als Hauptkommissar Claudius Zorn seinen wöchentlichen Besuch bei einem älteren Herrn machen will, findet er sich in dessen Villa mitten in einem Tatort wieder. Die Tür steht offen, und im Salon bietet sich ein grauenvolles Bild. Der alte Mann wurde ermordet, und Zorn weiß, dass er der einzigen Angehörigen nun die traurige Nachricht überbringen muss. Etwas, vor dem er sich lieber drücken würde, denn diese Frau ist ihm alles andere als egal.
Als bald darauf ein weiterer Mord geschieht, stecken Zorn und Schröder bereits bis zum Hals in schleppenden Ermittlungen. Nichts ergibt einen Sinn, aber beiden Opfern wurde eine Zahlenfolge in die Haut gebrannt.
Und dann gerät der wichtigste Mensch in Zorns Leben in Gefahr, und Zorn rastet aus …

Stephan Ludwig arbeitete als Theatertechniker, Musiker und Rundfunkproduzent. Er hat drei Töchter, einen Sohn und keine Katze. Zum Schreiben kam er durch eine zufällige Verkettung ungeplanter Umstände. Er lebt und raucht in Halle.

Außerdem bei FISCHER erschienen:
»Zorn – Tod und Regen«, »Zorn – Vom Lieben und Sterben«, »Zorn – Wo kein Licht«, »Zorn – Wie sie töten«, »Zorn – Kalter Rauch«, »Zorn – Wie du mir«, »Zorn – Lodernder Hass«, »Zorn – Blut und Strafe«, »Zorn – Tod um Tod«, »Zorn – Zahltag«, »Zorn – Opferlamm«, »Zorn – Ausgelöscht«, »Zorn – Schwarze Tage«, »Zorn – Der Fall Schröder«, »Unter der Erde. Thriller«, »Der nette Herr Heinlein und die Leichen im Keller. Roman«
Die Bände 1–5 der Zorn-Reihe sind mit Stephan Luca und Axel Ranisch in den Hauptrollen fürs Fernsehen verfilmt.

Weitere Informationen finden Sie auf www.fischerverlage.de
Claudius Zorn ist auch auf Facebook und Instagram.

Stephan Ludwig

ZORN

Blut und Strafe

THRILLER

2. Auflage, 2025

Originalausgabe

Erschienen bei FISCHER Taschenbuch
Frankfurt am Main, 2018

© 2018 S. Fischer Verlag GmbH, Hedderichstr. 114,
60596 Frankfurt am Main
Die Nutzung unserer Werke für Text- und Data-Mining
im Sinne von § 44b UrhG behalten wir uns explizit vor.
Satz: Fotosatz Amann, Memmingen
Druck und Bindung: GGP Media GmbH, Pößneck
ISBN 978-3-596-70139-1

Kontaktadresse nach EU-Produktsicherheitsverordnung:
produktsicherheit@fischerverlage.de

I was lying in a burned out basement
with the full moon in my eyes.
I was hoping for replacement
when the sun burst thru the sky.

Neil Young, After the Gold Rush

ERSTER TEIL

Eins

Er ahnte sofort, dass etwas nicht stimmte.

Claudius Zorn war ein einfach gestrickter Mann. Ein Träumer, der abwesend durch sein Leben stapfte, als wäre er nur kurz zu Besuch, versunken in einer melancholischen und oft etwas trüben Gedankenwelt. Ein Mann, dessen Blick meist nach innen und selten in die Ferne gerichtet war, kein Wunder also, dass er kaum etwas von seiner Umwelt mitbekam. Doch selbst er, dessen Antennen – falls sie jemals existiert hatten – im Laufe der Jahre verkümmert waren, registrierte die Signale in dem Moment, als das Gartentor klappernd hinter ihm ins Schloss fiel.

Hier stimmt was nicht, stellte Zorn also fest und lief neben einer mannshohen Buchsbaumhecke auf das herrschaftliche Haus zu. Schnee knirschte unter den Sohlen seiner abgewetzten Stiefel, sein Atem kondensierte in der abendlichen Dezemberluft. Nee, wiederholte er in Gedanken, als er in den Schatten des Vordachs trat und die ausgetretenen Granitstufen der Eingangstreppe erklomm, irgendetwas stimmt hier ganz und gar nicht.

Eine Feststellung, die weder eine besondere Beobachtungsgabe noch außergewöhnliches Kombinationsvermögen erforderte, denn die halb offenstehende Haustür, ein Ungetüm aus schwerer Eiche mit schmalen, vergitterten Bleiglasfenstern, war kaum zu übersehen.

Zorn stieß die Tür mit der flachen Hand auf, diese schwang knarrend nach innen. Der Geruch der Villa nach schweren Teppichen und altem Holz wehte ihm aus der Dunkelheit entgegen, gemischt mit dem würzigen Duft von Kaffee und Apfelsinen. Ein warmer, fast tropischer Hauch, der Zorns Brille beschlagen und ihn gleichzeitig frösteln ließ.

»Hallo?«

Zorns Stimme verlor sich in der Tiefe des Hauses. Zögernd sah er sich um. Der Volvo parkte direkt vor dem schmiedeeisernen Gartentor halb auf dem Bürgersteig unter einer Laterne. Es hatte aufgehört zu schneien, die letzten Flocken torkelten durch den Schein der Natriumlampen und schmolzen auf der Windschutzscheibe. Die Fenster der Häuser auf der Straßenseite gegenüber waren erleuchtet, die gepflegten Vorgärten von einer dünnen Schneeschicht bedeckt. Ein gelber Kleinbus rauschte vorbei, der Asphalt glänzte wie mit Millionen winziger Diamanten übersät.

Zorn wandte sich wieder um. Als er die Eingangshalle betrat, erwachte im oberen Stockwerk eine Standuhr zum Leben. Sechs tiefe, getragene Glockenschläge hallten durch die Stille. Majestätisch, geisterhaft, fast bedrohlich. Der alte Mann legte Wert auf Pünktlichkeit. Ebenso wichtig war Sauberkeit, erinnerte sich Zorn, als er die Abdrücke bemerkte, die seine nassen Stiefel auf dem lackierten Eichenparkett hinterlassen hatten, doch er zog weder die Schuhe aus, noch machte er sich die Mühe mit dem Abtreter neben dem Jugendstil-Garderobenständer aus poliertem Messing. Seine Gedanken kreisten um etwas anderes.

Etwas stimmte nicht.

Ein leises Klimpern ließ ihn aufhorchen. Fünf Meter über seinem Kopf bewegte sich der riesige Kronleuchter sacht im Luftzug, der durch die offene Haustür hereindrang. Dutzende tropfenförmige Prismen aus geschliffenem Kristallglas klirrten aneinander. Der Leuchter war ausgeschaltet, nur durch die halbgeschlossenen Jalousien vor den Fenstern fiel ein wenig Laternenlicht, tauchte die Eingangshalle in einen diffusen, blassgelben Schimmer.

»Hallo?«

Stille. Nur das Ticken der Standuhr, irgendwo im Obergeschoss. Und das Klimpern des Leuchters, ein zartes, gespenstisches Glockenspiel.

Zorns Blick folgte den Stufen der geschwungenen Treppe nach oben, wanderte über die holzgetäfelten, vom Alter geschwärzten Wände wieder hinab, glitt über die hohen Zimmertüren. Es waren drei, unter der mittleren drang ein schmaler Lichtstreifen hervor.

Er trat näher. Klopfte. Zaghaft zunächst, dann etwas stärker.

Keine Reaktion.

»Schläfst du? Ich meine ...«

Zorn verstummte. Abgesehen davon, dass die Frage ziemlich dämlich, regelrecht *hirnrissig* war, wusste er nicht mehr genau, ob er den alten Mann bei ihrer letzten Begegnung geduzt hatte. Doch auch das war im Moment ebenso nebensächlich wie die Abdrücke seiner verdreckten Stiefel auf dem Parkett.

Er griff nach der Klinke. Spürte das kühle Messing an den Fingern. Sein Puls beschleunigte sich, obwohl er sich sagte, dass er sich das alles nur einredete. Eine offene Haustür bedeutete noch lange nicht, dass etwas Schlimmes geschehen war. Zorn war nicht freiwillig hier, weiß Gott nicht, doch er hatte versprochen, den Alten zu besuchen und ...

Die Tür schwang nach innen.

Zorn schloss geblendet die Augen. Öffnete sie, sah nur ein milchiges, verschleiertes Bild und nahm die Brille ab. Wischte die beschlagenen Gläser am Jackenärmel ab und setzte sie wieder auf.

Raus hier.

Das war der erste Gedanke des Hauptkommissars, doch er verharrte wie festgefroren auf der Schwelle. Und da seine Beine ihm nicht gehorchten, versuchte er es mit den Händen, gab ein ersticktes Keuchen von sich und nahm die Brille wieder ab.

Ich will das nicht sehen. Ich will nicht.

Zorns Magen verkrampfte sich.

Mir wird schlecht.

Nicht wegen der Einrichtung des Zimmers, die kannte er von seinen letzten Besuchen. Sicherlich, er mochte weder die schweren Samtgardinen noch die dunklen, mit Schnitzereien verzierten Möbel. Auch nicht das Ledersofa mit den verschnörkelten Lehnen, die gehäkelten Platzdeckchen, die verglaste Eckvitrine mit den Sammeltassen. Selbst die Tatsache, dass der alte Mann nackt war, hätte Claudius Zorn noch irgendwie verkraftet. Was er *nicht* verkraftete, was ihm den Atem raubte, seinen Verstand buchstäblich pulverisierte und innerhalb von Sekundenbruchteilen auf den Stand eines verschreckten Kleinkindes reduzierte, war etwas anderes.

Der Alte schlief nicht.

Definitiv nicht, denn zum Schlafen, dachte Claudius Zorn, da hätte er sich irgendwo hingelegt, auf das Sofa mit den albernen Kissen zum Beispiel oder von mir aus auch auf den Teppich. Er steht, keine drei Meter von mir entfernt, da drüben, direkt vor dem Bücherschrank. Und im Stehen kann niemand schlafen. Elefanten, die können das. Pferde auch. Aber Menschen, dachte Zorn, die können das nicht. Menschen kippen um, wenn sie schlafen.

Oder tot sind.

Es sei denn, etwas hindert sie daran.

Nägel zum Beispiel. Lange, spitze Nägel, die durch die Gliedmaßen tief in die Wand getrieben wurden und verhindern, dass der Körper zu Boden sackt.

Zorns Arme hingen kraftlos herab, die Brille baumelte zwischen den verbliebenen Fingern seiner verstümmelten Hand. Ohne die Brille nahm er seine Umgebung nur verschwommen wahr, doch ein Trost war das nicht. Der Anblick hatte sich tief in seinen Verstand gegraben, in gestochenen, gnadenlos scharfen Bildern.

Der magere nackte Körper, hoch aufgerichtet vor dem zweitürigen Schrank. Die Nägel, deren Köpfe aus der bleichen Haut ragten wie überdimensionale Stecknadeln. Aus den Schulterblättern. Den faltigen Oberarmen. Den dünnen Beinen. Dem schmalen, von weißem Flaum bedeckten Brustkorb. Überall Blut. In dunklen, geronnenen Fäden. Die Augen. Leer, unter buschigen, schlohweißen Brauen direkt auf Zorn gerichtet. Schütteres, wirr vom Kopf abstehendes Haar. Ein weiterer Nagel. Direkt durch die

Ich will das nicht sehen.

Stirn getrieben.

Der Boden vibrierte. Porzellan klapperte in der Vitrine. Draußen rauschte eine S-Bahn über die Brücke in Richtung Zoo. Zorn taumelte zurück in die Halle, schlug die Tür krachend zu. Im nächsten Moment hielt er sein Handy in den bebenden Fingern, drückte auf die Wahlwiederholung.

Frieda meldete sich nach dem ersten Klingeln.

»Claudius?«

Zorn brachte kein Wort heraus. Er hörte ihren Atem, direkt an seinem Ohr. Und das Klirren des Kronleuchters hoch über seinem Kopf.

»Was ist los?«

»Frieda, ich …«

Zorn würgte. Hielt die Hand vor den Mund und wehrte sich mit aller Kraft gegen den Brechreiz.

»Claudius?«

Sie klang alarmiert. Ängstlich, schrill. Trotzdem war es gut, ihre Stimme zu hören. Er holte tief Luft, die Übelkeit legte sich.

»Wo bist du?«, fragte sie.

Er formulierte die Antwort im Stillen. Bewegte die Worte im Kopf und dachte über deren Bedeutung nach. Nein, er wollte sie nicht aussprechen. Aber er hatte keine Wahl.

Sie wiederholte die Frage. Drängender jetzt.

»Ich bin …«

»Ja?«

»Bei deinem Vater.«

Zwei

Die Tür wurde geöffnet. Schröder erschien, drückte sie sacht hinter sich ins Schloss und nahm neben Zorn Platz. Als Zorns Anruf ihn erreichte, war er unterwegs zum Bahnhof gewesen. Seit einem Jahr unterrichtete er einmal pro Woche an der Landespolizeischule, sein Kurs über das *Treffen von Entscheidungen und deren freundliche und bestimmte Durchsetzung im Polizeidienst* war beliebt, und auch er genoss die Arbeit mit den jungen Leuten. Trotzdem hatte er keine Sekunde gezögert, obwohl Zorns verwirrtes Stammeln kaum zu verstehen gewesen war. Der Klang seiner Stimme hatte genügt, und so hatte Schröder das Taxi wenden und auf dem schnellsten Wege herfahren lassen.

»Geht's dir besser?«

Keine Antwort.

Anderthalb Stunden waren vergangen, seit Schröder seinen früheren Vorgesetzten wie ein verängstigtes Kind in der Eingangshalle gefunden, in das kleine Zimmer im Erdgeschoss gebracht und sanft auf das Sofa gesetzt hatte. Seitdem hatte Zorn seine Haltung nicht verändert, er saß gebeugt zwischen den bestickten Kissen, die Ellbogen auf die Knie gestützt, und starrte zwischen seinen Beinen auf das Parkett, als wolle er sich das Muster einprägen.

»Kann ich was für dich tun?«, fragte Schröder.

»Kannst du beamen?«

Denn dann, dachte Zorn, könntest du mich von hier wegbringen. Nach Afrika. Australien. Oder auf den Mars. Irgendwohin. Hauptsache, weg von hier. Weit, weit weg.

»Nee«, sagte Schröder. »Kann ich nicht.«

»Das hier«, sagte Zorn, den Blick weiterhin zu Boden gerichtet, »war ihr Kinderzimmer. Vor fünfzehn Jahren ist Frieda ausgezogen, aber er hat kaum was verändert.«

Das Zimmer war peinlich sauber. Der kleine Schreibtisch vor dem Fenster war leer, abgesehen von einer Dose mit Stiften und einem genau in der Mitte drapierten DIN-A4-Block. Die beigefarbene Tagesdecke auf dem schmalen Bett an der Wand gegenüber war sorgfältig glattgestrichen. Auf dem Kopfende lag ein brauner Plüschteddy, der aus leeren Knopfaugen an die getäfelte Decke stierte, von der eine Miniaturausgabe des Leuchters in der Halle baumelte. In der Ecke neben der Tür glänzte ein riesiger, türkis gefliester Kachelofen.

»Sieht aus wie'n Museum, oder?«

Schröder schwieg. Er wusste, dass Zorn keine Antwort erwartete.

»Kanntest du ihn gut?«, fragte er stattdessen.

»Ist das jetzt wichtig?«

»Nee.«

Durch die geschlossene Tür drangen Schritte, unterlegt mit leisem Stimmengewirr der Spurensicherung. Als Zorn weitersprach, hielt er den Kopf noch immer gesenkt. Schröder musste sich vorbeugen, um ihm folgen zu können.

»Wir haben ihn ein paarmal besucht. Frieda wollte, dass ich ihn kennenlerne. Er … er konnte mich nicht leiden. Und weißt du was?« Zorn schüttelte trotzig den Kopf. »*Ich* konnte *ihn* auch nicht leiden. Er ist … er *war* seit Jahren in Pension, aber er war immer noch Richter, und er hat mich behandelt, als wäre ich einer seiner Angeklagten. Er hat's nie direkt ausgesprochen, aber sein Urteil war von Anfang an klar. Dass ich nicht gut genug für seine Tochter bin. Was will eine Staatsanwältin am

15

Oberverwaltungsgericht mit einem kleinen Provinzbullen wie mir?«

Die Tür wurde geöffnet, ein Uniformierter erschien, umgeben von gleißendem Licht. Die Spurensicherung hatte Scheinwerfer im Haus verteilt.

»Jetzt nicht«, sagte Schröder, bevor der Beamte zu Wort kam. Die Tür fiel wieder ins Schloss.

»Frieda hat sich Sorgen um ihn gemacht«, murmelte Zorn. »Er war völlig klar im Kopf, aber der Mann war über siebzig und so gut wie blind. Als Frieda weggezogen ist, hat sie 'ne Pflegerin besorgt, aber die hat's nur 'ne Woche bei ihm ausgehalten. Ich weiß nicht genau, wie viele danach gekommen sind in den letzten anderthalb Jahren, er hat jedenfalls alle vergrault. Irgendwann hat Frieda gefragt, ob ich ab und zu nach ihm sehe, schließlich gehöre ich«, Zorn stieß ein freudloses Lachen aus, »zur *Familie*. Ich hab's gemacht, jeden Mittwoch, Punkt sechs, war ich hier. Wir haben dagesessen in diesem riesigen Kasten und uns angeschwiegen, eine Stunde lang, und wenn die Stunde vorbei war, da war er genauso erleichtert wie ich. Trotzdem hab ich's gemacht, und soll ich dir sagen, warum? Weil ich keinen Bock hatte, dass sie die Wochenenden bei ihrem Vater verplempert. Ich wollte sie für mich haben. Der alte Mann war mir völlig egal.«

»Wir wissen beide, dass das nicht stimmt«, sagte Schröder. »Hör auf, dir Vorwürfe zu machen.«

Zorn sah auf. Es war jetzt ein halbes Jahr her, dass Schröder sich den Kopf komplett kahlgeschoren hatte. Wie viel er dem Friseur denn bezahlt habe, hatte Zorn ihn anfangs geneckt, die ganze Prozedur könne ja kaum länger als drei Sekunden gedauert haben. Insgeheim allerdings wunderte er sich noch immer, wie radikal sich der kleine Mann verändert hatte. Klar, Schröder war nach wie vor übergewichtig, trug ausgebeulte Cordhosen, karierte Hemden über dem Kugelbauch und scherte sich einen Dreck um seine Garderobe, doch ohne die dünnen, quer über die

Glatze gelegten Strähnen – ein paar Haare nur, weniger als eine Handvoll – wirkte er irgendwie … charismatisch. Vielleicht hatte es auch mit den Kursen zu tun, die Schröder einmal pro Woche gab. Es hieß, seine Schüler vergötterten ihn geradezu.

»Wann … wann ist es passiert?«, fragte Zorn.

»Irgendwann gestern Nacht. Vor zwölf, vielleicht fünfzehn Stunden.«

»Und wie genau ist er …«

»Willst du das wirklich wissen?«

Sie sahen sich an.

»Nee«, sagte Zorn. »Das will ich nicht. Aber ich muss.«

Über dem Bett gegenüber hing ein gerahmtes Foto. Es zeigte Frieda bei der Einschulung, ein mageres, bezopftes Mädchen mit Zahnlücke und Sommersprossen um die Nase. Ihre Mutter war gestorben, als sie sechs war, der Richter hatte sie allein großgezogen. Zorn stellte sich vor, wie er abends dort drüben am Bett gesessen und ihr eine Geschichte vorgelesen hatte. Jetzt war er hinter dieser Wand, im Wohnzimmer, ein paar Meter entfernt, an den dunklen Eichenschrank genagelt wie ein …:

»Genau genommen«, sagte Schröder, »sind es keine Nägel.«

Zorn blinzelte verwirrt. Die letzten Worte hatte er laut ausgesprochen, ohne dass es ihm bewusstgeworden war.

»Die Tatwaffe ist ein pneumatisches Bolzenschussgerät, konkreter gesagt ein Druckluftnagler«, fuhr Schröder fort. »Es gibt zwölf Einstichstellen. Jeweils zwei in den Schultern, den Oberarmen, den Händen, den Oberschenkeln und den Schienbeinen. Dazu kommen der Magen und die Stirn, im Gegensatz zu den anderen sind diese Wunden sofort tödlich. Dem Blutverlust nach zu urteilen, sind sie ihm erst zum Schluss zugefügt worden. Heiner Borck ist gefoltert worden, womöglich stundenlang.«

Schröder sprach ruhig, emotionslos. Nichts verriet, was in ihm vorging.

»Es sieht nach einem Ritualmord aus. Die Wunden, das ganze

Arrangement. Vielleicht sollen wir ja nur auf eine falsche Spur gelockt werden, aber …«

Wieder wurde die Tür geöffnet.

»Sie haben die Leiche abgenommen.« Die Stimme des Uniformierten klang brüchig. »Der Rechtsmediziner will Sie sprechen. Sie sollen sich das ansehen. Sofort, sagt er.«

*

Als Schröder wenig später zurückkam, hatte Zorn sich keinen Millimeter von der Stelle bewegt. Die nächsten Minuten saßen sie schweigend nebeneinander, zwei müde, gebeugte Männer, die nach einem harten Arbeitstag am Fließband auf den Bus warten. Draußen wurden Türen geöffnet, wieder geschlossen. Anweisungen wurden gemurmelt, Schritte knarrten auf dem alten Parkett.

»Er wurde gebrandmarkt«, sagte Schröder plötzlich. »Auf dem Rücken, mit einem glühenden Eisen. Wie ein Tier, zwischen den Schulterblättern. Es ist eine Zahl, eine Fünf.«

Es dauerte eine Weile, bis Zorn reagierte. Langsam, ganz langsam hob er den Kopf und sah Schröder an, das erste Mal an diesem Abend.

»Wie schaffst du das, Schröder?«

Schröder antwortete nicht. Nur die rötlichen Augenbrauen hoben sich in einer stummen Frage auf der kahlen Stirn.

»Ich konnte ihn nicht leiden, er war ein borniertter alter Sack. Aber jetzt«, Zorn deutete mit dem Kinn zur Wand, »jetzt liegt er da drüben. Ausgeblutet, mit zerschmetterten Knochen. Herrgott, der Mann wurde bei lebendigem Leib an einen *Schrank genagelt*! Er wurde regelrecht abgeschlachtet, und was machst du?« Zorn holte tief Luft, es klang fast wie ein Schluchzen. »Du kommst seelenruhig hier reingetrabt, redest über … Druckluftnagler, Brandeisen, all dieses kranke, perverse Zeug, als würdest du 'ne verdammte Pizza bestellen! Was bist du eigentlich für 'n Mensch?«

Zorns dunkle Augen glänzten hinter den verschmierten Brillengläsern. Schröder erwiderte seinen Blick mit unbewegter Miene.

»Ich bin Bulle«, sagte er.

Es war das erste Mal, dass er diesen Ausdruck benutzte.

»Es ist mein Job.«

Meiner auch, dachte Zorn.

Scheinwerferlicht huschte durchs Fenster. Ein Leichenwagen fuhr im Schritttempo vorbei, wendete und stoppte mit blinkenden Warnlichtern neben einem Mannschaftswagen in der zweiten Reihe. Die schwarze Karosse blitzte im Laternenlicht wie mit flüssigem Pech überzogen.

»Entschuldige«, murmelte Zorn. »Ich ... ich bin völlig durch den Wind.«

»Das bin ich auch.«

Autotüren wurden zugeschlagen, zwei Männer in dunklen, bodenlangen Mänteln tapsten unbeholfen über die vereiste Fahrbahn und öffneten die Heckklappe des Leichenwagens.

»Ich muss zum Bahnhof«, seufzte Zorn und sah auf die Uhr. »Ihr Zug kommt in einer Viertelstunde.«

»Soll ich ...«

»Nee, ich mach das. Ich krieg das schon hin.«

Fragt sich nur, wie ich das anstellen soll, dachte Zorn. Bisher weiß sie nur, dass er tot ist. Sie wird wissen wollen, wie ihr Vater gestorben ist. Wie soll ich ihr das erklären? Was, verdammt nochmal, soll ich ihr sagen?

*

Irgendwie schaffte er es. Er wusste, dass er sie noch nicht mit der gesamten Wahrheit konfrontieren durfte, die würde sie später sowieso erfahren. Also erzählte er Frieda nur, dass sie von einem Mord ausgingen, und behauptete, nur einen flüchtigen Blick auf den Toten geworfen zu haben (was ja auch stimmte) und ansonsten keine weiteren Einzelheiten zu kennen (was definitiv *nicht* stimmte). Sie weinte nicht (doch ihre Augen verrieten, dass sie es im Zug getan hatte), und als sie im Volvo saßen, da wollte sie sofort zum Haus ihres Vaters fahren, doch Zorn war darauf vorbereitet und erklärte, dass das Haus versiegelt sei, die Spurensicherung habe ihre Arbeit unterbrochen und würde erst am nächsten Morgen weitermachen. Er hatte keinerlei schlechtes Gewissen wegen dieser Lüge, schließlich war er nicht sicher, ob die Leiche bereits abtransportiert worden war, und wollte um jeden Preis verhindern, dass sie ihren Vater in diesem Zustand sah. Auch das würde später geschehen, und das Haus, hatte Zorn sich vorgenommen, würde sie erst betreten, wenn alles gereinigt und die Spuren beseitigt waren.

So fuhren sie durch die winterliche Stadt, vorbei an Weihnachtsbäumen, Schwibbögen und funkelnden Lichterketten, sie stellte Fragen, er wich aus, vertröstete sie, bis das Gespräch irgendwann erstarb. Und später, als sie in Zorns Wohnung am Küchentisch saßen und der Tee, den er gekocht hatte, längst kalt war, ohne dass einer von ihnen einen Schluck getrunken hatte, da nahm sie seine Hand und sah ihm direkt in die Augen.

»Es ist okay, dass du mir nicht alles erzählst. Du willst mich schützen. Ist es wirklich so schlimm?«

Er nickte stumm.

Es war weit nach Mitternacht, als sie schließlich im Bett lagen. Zorn bat sie, ihm zu vertrauen, er sei weiß Gott kein begnadeter Bulle, doch er werde rauskriegen, was passiert sei.

»Es klingt bescheuert«, flüsterte er und spürte ihren warmen Atem auf der Brust und das Kitzeln ihres Haares am Hals. »Aber ich werd mein Bestes geben. Auch wenn das nicht viel ist. Und außerdem haben wir noch Schröder.«

»Ja«, murmelte Frieda. »Den haben wir.«

Dann fing sie an zu weinen. Sie lag neben ihm, schluchzend wie ein verlassenes Kind. Zorn hielt sie im Arm, tröstete sie, so gut er konnte, und als sie dann endlich, endlich einschlief, da dämmerte draußen der Morgen.

Drei

Zwei Wochen später.

Die Wohnung gefiel ihr. Sehr sogar.

Genau richtig, dachte sie und ging zum Fenster, während der Makler, ein bulliger Mittvierziger mit randloser Brille und blondgefärbten Strähnchen im kurzgeschnittenen Haar, seine Litanei herabspulte über hochwertiges Nussbaumparkett, großzügig geschnittene Räume und die Dachterrasse mit dem umwerfenden Ausblick. Das alles sah sie mit eigenen Augen, trotzdem redete er weiter mit geschulter, sonorer Stimme, pries die offene Küche und den hellen Wohnbereich an, als wäre sie entweder blind oder blöd. Doch das war sie nicht, weder das eine noch das andere. Früher vielleicht. Da war sie blind gewesen, weil sie ihre Möglichkeiten nicht erkannt hatte. Und blöd? Ja, das auch. Weil sie keine davon genutzt hatte. Aber das war vorbei. Jetzt, wo sie die richtigen Leute getroffen hatte. Sie hatten ihr die Augen geöffnet.

»Toller Ausblick, nicht wahr?«, sagte der Makler hinter ihr. »Keine Sorge, der ist im Mietpreis inbegriffen.«

Sie betrachtete den Fluss, funkelnd im bleichen Licht der Wintersonne zwischen den weit ausladenden Kronen der Trauerweiden, und überlegte, wie oft er diesen Witz schon gemacht hatte.

»Der Stellplatz natürlich auch.«

»Prima.«

Sie wandte sich um, strahlte ihn an. Sein Lächeln war ebenso falsch wie ihres, doch es *wirkte* echt, entblößte zwei Reihen makelloser Zähne und ließ ihn mit den dunklen, hinter der randlosen Brille glänzenden Augen zehn Jahre jünger erscheinen. Ein professionelles, tausendmal benutztes Lächeln, perfekt einstudierter Teil seines Jobs. Sie fragte sich, wie viele George-Clooney-Filme er gesehen haben musste, wahrscheinlich hatte er jahrelang vor dem Spiegel geübt.

»Das Haus wurde aufwendig saniert, nur das Feinste vom Feinen. Der Eigentümer legt Wert auf die höchsten Standards. Das einzige Manko wäre vielleicht der fehlende Aufzug, aber das«, ein weiteres Lächeln, »dürfte in Ihrem Alter ja kein Problem sein.«

Am Telefon hatte er reserviert geklungen. Er musste sie für eine Studentin gehalten haben, für ein blutjunges, naives Ding, schließlich hatte er ihr Geburtsdatum auf dem Formular gelesen, und als Berufsbezeichnung hatte sie nur *selbständig* angegeben. Bei ihrer Ankunft hatte sich das schlagartig geändert. Sie war ein paar Minuten zu spät zur Besichtigung erschienen, um sicherzugehen, dass er vor dem Haus auf sie warten würde. Sie parkte den silbernen Z4 direkt vor dem Eingang, und als sie ausstieg, da tat sie, als würde sie seine Überraschung nicht bemerken, und auch die Blicke, mit denen er das glänzende Cabrio musterte, waren ihr nicht entgangen. Begehrliche, regelrecht lüsterne Blicke, die ausschließlich dem teuren Wagen galten und nicht ihr, einer gänzlich uninteressanten Erscheinung. Nicht unbedingt hässlich, nein, eher nichtssagend, mit blassem, trotz dezent aufgetragener Schminke irgendwie farblosem Gesicht, Hüften, die auch im teuren Businesskostüm nicht schmaler wirkten, und Beinen, die selbst die hohen Absätze ihrer Pumps nicht länger erscheinen ließen. Sie hatte Ziele, doch mit dem, was man allgemein als *Waffen einer Frau* bezeichnete, würde sie kein einziges davon erreichen, das war ihr bewusst. Doch es gab andere Mittel. Ein sündhaft teures Auto zum Beispiel. Zwar nur gemietet, doch weitaus effektiver als ein knackiger Hintern oder ein hübsches Gesicht. In drei Stunden musste sie den Wagen wieder abgeben, doch bald – *sehr* bald – würde sie sich einen kaufen können.

»Die Wohnung ist natürlich kein Schnäppchen.« Der Makler hob die Arme in einer Geste, die gleichzeitig bedauernd und verschwörerisch wirkte, ebenso einstudiert wie das Lächeln. »Aber angesichts der Ausstattung und der perfekten Lage …«

»Ich kenne den Preis.«

Geld, besagte ihr Blick, spielt keine Rolle. Obwohl natürlich das Gegenteil zutraf, denn Geld, das war ihre feste Überzeugung, spielte die Hauptrolle in einer Welt, deren Funktionieren auf Täuschung, Lüge und Verrat basierte. Geahnt hatte sie das schon immer, doch klargeworden war es ihr an ihrem achtzehnten Geburtstag, als sie erfahren hatte, dass sie nicht das leibliche Kind ihrer Eltern war. Wir lieben dich genauso wie deine Geschwister, hatte ihre Mutter, diese scheinheilige Kuh, mit heuchlerischem Augenaufschlag gesagt, und Gero, in dem sie bis zu diesem Zeitpunkt ihren Vater gesehen hatte, war zu ihr getreten, hatte den Arm um sie gelegt und behauptet, dass sich nichts, aber auch gar nichts geändert hätte. Sie würde die Ausbildung zur Finanzkauffrau abschließen, und eines Tages – wenn sie weiter so hart an sich arbeite – würde er sie zur Vertriebsleiterin machen und irgendwann vielleicht sogar zur Geschäftsführerin. Sie hatte sich nichts anmerken lassen, doch als er den Champagner geöffnet hatte und mit ihr anstieß, da hätte sie ihm das Kristallglas am liebsten ins Auge gerammt. Die Firma lief gut, verkaufte Versicherungen und vermittelte Kredite, sie hatte fest damit gerechnet, den Laden in ein paar Jahren übernehmen zu können. Aber nein, sie würde als kleine Angestellte enden, der knickrige Alte würde sie genauso schlecht bezahlen wie seine vier Außendienstler. Das dicke, das *richtige* Geld würde an seine leiblichen Kinder gehen, an Bernd, der im siebten Semester Kunstgeschichte studierte, und an Larissa, die von einer Modelkarriere träumte und seit zehn Monaten auf einem Selbstfindungstrip durch Neuseeland trampte. Die beiden verwöhnten Spinner würden sich den Kuchen teilen, die Firma und die Villa erben, während sie selbst mit ein paar Krümeln abgespeist werden sollte.

Noch am selben Abend hatte sie ihren Plan gefasst. Sie war betrogen worden und beschloss, Gleiches mit Gleichem zu vergelten. Zwei Jahre hatte sie sich Zeit gelassen, hatte ihre Ausbildung brav beendet, und als seine Sekretärin in Rente ging, da übernahm sie den Job. Es dauerte nicht lange, bis sie die Firma in- und auswendig kannte, die Tricks, mit denen er Steuern sparte, die Konten, auf denen das Geld verteilt war, und endlich, nach monatelanger, akribischer Suche, war sie auf etwas gestoßen, womit sie ihn drankriegen würde.

»Wollen Sie das Bad sehen?«

»Das ist nicht nötig. Später vielleicht.«

»Der pure Luxus«, verkündete der Makler und glättete den blondierten Scheitel. Die Koteletten waren nicht gefärbt, dass Grau sollte ihn seriöser wirken lassen. »Polierter Marmor, ebenerdige Dusche, frei stehende Badewanne. Sie werden begeistert sein, Frau von Lubitzsch.«

Sie verabscheute den Namen. Schließlich gehörte er denen, die sie jahrelang getäuscht und behauptet hatten, ihre Eltern zu sein. Aber er war nützlich. Er klang gediegen, seriös. *Cordula von Lubitzsch,* stand auf ihrer Visitenkarte. Darunter der Name ihrer Firma, *CLI Investment,* ebenfalls in goldgeprägten Lettern. Mehr nicht, weder Adresse noch Telefonnummer. Wie auch? Die Firma existierte nicht – noch nicht –, die Visitenkarte war Fassade, Blendwerk, doch genau wie der BMW erfüllte sie ihren Zweck.

»Sehen Sie sich in Ruhe um.« Der Makler schob den Mantelärmel nach oben und sah auf die Uhr, deren vergoldetes Armband mit dem Manschettenknopf und dem breiten Siegelring um die Wette funkelte. »Wir haben Zeit, die nächste Besichtigung ist erst in einer Stunde.«

»Ich nehme die Wohnung.«

»Hervorragend! Gratuliere, Frau von Lubitzsch.«

Dieses Lächeln, dachte sie. Wie schafft er das nur? Es müsste sich doch irgendwann abnutzen, so oft, wie er es gebraucht.

»Dann sage ich dem anderen Interessenten ab?«

»Sicher doch«, erwiderte sie.

»Am besten, ich erledige das gleich.« Er öffnete den Mantel, schob den Schlips beiseite und holte sein Handy aus der Innentasche. »Dann hab ich's hinter mir.«

Die Wohnung stand seit geraumer Zeit leer. Die Staubschicht auf dem Boden war ihr ebenso wenig entgangen wie die toten Fliegen auf den Fensterbrettern. Und während der Makler telefonierend auf und ab stolzierte, eine Hand in der Hosentasche, die andere mit dem Telefon am Ohr, da dachte sie, wie leicht er zu durchschauen war. Das Display war dunkel, doch auch so wusste sie, dass das Gespräch ein Schwindel war. Da war niemand, der den wortreichen Entschuldigungen des Maklers lauschte. Es gab keinen *anderen Interessenten*, die Miete war einfach zu hoch.

»Ich kann's leider nicht ändern«, sagte der Makler ins Telefon. »Die Dame war einfach schneller.«

Er warf ihr einen Blick zu, verdrehte scheinbar genervt die Augen und hob entschuldigend die breiten Schultern. Ein paar Sekunden vergingen, dann verabschiedete er sich von seinem nicht vorhandenen Gesprächspartner und verstaute das Handy wieder im Mantel.

»Sonderlich erfreut«, seufzte er, »war er nicht.«

Nicht schlecht, dachte sie. Aber ich bin besser. Cleverer als du. Cleverer als *alle*. Und wer mir in die Quere kommt, der wird sein blaues Wunder erleben.

Wie der, der sich als ihr Vater ausgegeben hatte. Der war ebenfalls clever, kein Zweifel. Anderthalb Millionen Euro waren schließlich eine hübsche Summe. Fördergelder, die er unberechtigterweise abkassiert hatte. Doch sie war cleverer gewesen, denn als sie die gefälschten Rechnungen und fingierten Verwendungsnachweise in den Büchern entdeckte, da war sie zunächst ruhig geblieben. Nach und nach hatte sie Geld abgezweigt, ein paar tausend Euro hier, ein paar tausend dort. Relativ kleine Summen, trotzdem wäre die Sache irgendwann aufgeflogen, doch bevor dies geschah, hatte sie zugeschlagen und ihn angezeigt. Nicht anonym, denn sie wollte dabei sein, wenn seine Existenz zerstört wurde, und als sie vor Gericht ihre Aussage machte, da war der Anblick dieses gebrochenen Mannes noch befriedigender gewesen als die zweiundfünfzigtausend Euro auf ihrem Konto. Vergleichsweise wenig, doch als Startkapital nicht zu verachten.

»Dann lasse ich den Mietvertrag vorbereiten.« Der Makler hob die Hand, strich mit einem perfekt manikürten Zeigefinger über die graumelierte Schläfe. »Was die Formalitäten betrifft, die erledigen wir später. Sie wissen schon, Kaution, Einkommensnachweise und so weiter.«

»Ich lasse Ihnen die Unterlagen zuschicken.«

»Hervorragend«, strahlte er.

Seinen Namen hatte sie vergessen. Bergmann vielleicht. Womöglich auch Borgfeld. Oder Bertram? Egal. Er war unwichtig, ein kleines Licht. Das Geld für die Kaution hatte sie, Einkommensnachweise würde sie fälschen, das war ein Kinderspiel. Sie brauchte die Wohnung für einen Neustart, und wenn der Mietvertrag unterschrieben war, würde sie ihn nie wiedersehen.

Sie nahm ihre Handtasche vom Küchentresen, fuhr mit dem Finger über die kühle, matt schimmernde Arbeitsplatte. Schwarzer Granit, erklärte der Makler. Wie gesagt, der Eigentümer legte allerhöchsten Wert auf edelste Materialien.

Sie bemerkte den Fettfleck auf dem schreiend gelben Schlips. Die weißen Stellen auf dem gebräunten Nasenrücken, wahrscheinlich hatte er zu lange im Solarium gelegen.

»Die Einbaugeräte sind natürlich aus deutscher Produktion.«

»Natürlich«, nickte sie abwesend und dachte wieder, wie leicht er zu täuschen war. Insgeheim lachte er sich gerade ins Fäustchen, freute sich diebisch über seine Provision. Peanuts, ein paar armselige Kröten, auf die er heute Abend mit einem Glas mittelmäßigem Champagner anstoßen würde, wahrscheinlich mit seiner mittelmäßigen Frau, die jetzt in einem mittelmäßigen Reihenhaus auf ihn wartete.

»Bis auf den Kaffeeautomaten«, sagte er und stieß ein kurzes, bellendes Lachen aus. »In diesem Punkt sind uns die Italiener einfach überlegen.«

Sie betrachtete die chromblitzende Maschine unter den hellen, wie Elfenbein schimmernden Einbauschränken. Alles passte perfekt. Hier, genau hier würde sie sitzen, italienischen Kaffee trinken und über ihre Geschäfte nachdenken. Aktienfonds, Börsenspekulation, Versicherungen, faule Kredite. Es gab unzählige Wege, den Menschen das Geld aus der Tasche zu ziehen. Wie genau das geschehen würde, wusste sie noch nicht. Nur, dass es viel sein würde. Ja, dachte sie, verdammt viel sogar, während der Makler (Barfeld?) in ihrem Rücken weiterredete und Dinge anpries, die er selbst niemals besitzen würde. Fast konnte man Mitleid mit ihm haben, doch Mitleid war etwas für Weichlinge. Wer etwas erreichen wollte – *wirklich* etwas erreichen wollte –, der musste hart sein, kompromisslos, der musste Entscheidungen treffen, schmerzhafte Entscheidungen, wenn es nötig war. Dass sie dazu in der Lage war, hatte sie bewiesen, als sie ihre Eltern (*Adoptiv*eltern, korrigierte sie sich) ans Messer geliefert hatte.

Sie hörte, wie er hinter ihr näher kam, roch sein Parfum – süßlich, aufdringlich, *billig* – und dachte, dass sie ihm einen Gefallen tat, er *wollte* getäuscht werden, so wie alle anderen.

Dann wurde ihr schwarz vor Augen.

Als sie wieder zu sich kam, da war es dunkel geworden, und

der Geruch war ein anderer. Das, was Cordula von Lubitzsch roch, war kein billiges Rasierwasser, sondern der Gestank ihres eigenen, verbrannten Fleisches.

Vier

Los, konzentrier dich. Gib dir Mühe, verdammt nochmal.

Zorn schob die Akte zur Seite, nahm die nächste vom Stapel und schlug sie auf. Die Buchstaben verschwammen im harten Neonlicht, er sank kurz zurück in den Bürostuhl, rieb die geröteten Augen und machte sich weiter an die Arbeit.

Es war kurz vor halb acht, draußen dämmerte der Morgen. Zorn hatte sich die Akten mit den Ergebnissen der Zeugenbefragungen bringen lassen, um jede einzelne noch einmal durchzugehen.

Über zwei Wochen waren seit dem Mord an Heiner Borck vergangen. Zorn hatte sich Mühe gegeben, große Mühe sogar, doch noch immer tappten sie völlig im Dunkeln.

Es war frustrierend, und zwar in vielerlei Hinsicht.

Zum einen war da Frieda, die Urlaub genommen hatte und jetzt bei Zorn wohnte. Vorwürfe machte sie ihm nicht, schließlich sah sie mit eigenen Augen, wie er sich noch vor dem Morgengrauen aus dem Bett quälte und erst lange nach Einbruch der Dunkelheit wieder nach Hause kam. Irgendwie hatte Zorn es geschafft, ihr die Wahrheit beizubringen, und auch später versuchte er gar nicht erst, ihr etwas vorzuenthalten. Das verstieß natürlich gegen die Vorschriften, Frieda arbeitete am Oberlandesgericht und hatte mit ihrer ehemaligen Dienststelle nichts mehr zu tun, doch Vorschriften hatten Hauptkommissar Zorn noch nie sonderlich interessiert. Sie hatte ein Recht darauf, fand

28

er, es ging um ihren Vater. Abgesehen davon war sie viel zu klug, um sich von ihm hinters Licht führen zu lassen, das wusste Zorn aus eigener leidvoller Erfahrung, schließlich war sie lange genug seine Vorgesetzte gewesen.

Dazu kam natürlich, dass sie dem Mordopfer nahegestanden hatte, und es lag auf der Hand, mit Frieda über das Umfeld ihres Vaters zu sprechen, über Freunde, Bekannte, die möglicherweise ein Motiv gehabt haben könnten. Diese Gespräche waren die schlimmsten, denn sie führten ihr immer wieder die genauen Todesumstände vor Augen, und obwohl sie niemanden kannte, dem sie eine solche Tat auch nur im Entferntesten zutraute, gab es doch unzählige Menschen, die – theoretisch zumindest – einen Grund hatten, sich an einem ehemaligen Richter zu rächen. Fast drei Jahrzehnte lang hatte Heiner Borck Recht gesprochen, er hatte Hunderte, wenn nicht Tausende Verhandlungen geleitet. Jedes seiner Urteile – eine Geldbuße, eine Gefängnisstrafe oder eine strenge Bewährungsauflage – konnte der Auslöser gewesen sein.

Ein rhythmisches Brummen ertönte. Zorns Handy rutschte vibrierend über den Schreibtisch.

Komme später, stand auf dem Display. *Auf bald (Hasta la vista, baby!)*

Die Nachricht war von Schröder. Sie sahen sich selten, Schröder war ständig unterwegs, um die Ermittlungen zu koordinieren. Wahrscheinlich schlief er noch weniger als Zorn.

Trödle nicht rum, schrieb Zorn zurück. *Und hör auf, mit deiner Allgemeinbildung zu protzen. Rede gefälligst Deutsch mit mir, du Angeber.*

Schröders Antwort kam prompt.

I'm sorry!

Zorn schüttelte grinsend den Kopf und legte das Handy neben seine Tastatur. Draußen wurde es allmählich heller. Er betrachtete den trostlosen Himmel, dessen Grau an die Farbe alter Unterwäsche erinnerte, überlegte, wie viele weitere trübe Wintermorgen er noch vor sich hatte, und dachte an Frieda, die jetzt wahrscheinlich in seiner Küche saß und wartete, dass er sich endlich, endlich melden würde, um ihr etwas Neues zu erzählen.

Sie selbst rief ihn tagsüber nie an. Doch wenn er abends müde aus dem Fahrstuhl schlich, erwartete sie ihn bereits an der Tür, die Augen in einer stummen Frage auf ihn gerichtet. Zorn tat alles, um sie abzulenken, brachte ihr Pizza mit, Rotwein, sogar Blumen, selbst einen Weihnachtsbaum hatte er besorgt (inklusive Lametta und einer Packung kreischbunter Christbaumkugeln vom Discounter). Er versuchte, sie aufzumuntern, erzählte wortreich von Laborberichten, die noch ausgewertet werden müssten, den Anwohnern, unter denen sich vielleicht doch noch ein Zeuge finden könnte, und den vier Beamten, die dazu abgestellt waren, sämtliche Verhandlungen, die Heiner Borck während seiner Laufbahn geführt hatte, durchzugehen. Klar, das waren Berge von Akten, sagte Zorn, und es würde Wochen dauern, das alles zu durchforsten, aber womöglich würden sie irgendwann auf etwas stoßen. Als Frieda ihn fragte, wonach genau sie denn suchten, wechselte Zorn das Thema (schließlich wussten sie's selbst nicht), erzählte stattdessen von dem Presseaufruf, in dem die Bevölkerung um Mithilfe gebeten wurde, den Fingerabdrücken, die bisher nicht zugeordnet waren und womöglich vom Täter stammten, und natürlich von Schröder, der Tag und Nacht wie ein Berserker arbeitete. Worte, die ihr Hoffnung machen sollten und doch nur dazu da waren, seine Ratlosigkeit zu kaschieren. Anfangs hatte sie noch mit ihm diskutiert, Vorschläge gemacht und nachgehakt, doch von Tag zu Tag wurde sie stiller, zog sich immer mehr zurück, und es gab mittlerweile Momente, in denen sich Zorn nach den Zeiten zurücksehnte, als sie noch seine Vorgesetzte gewesen war. Ständig war sie ihm auf die Füße getreten, damit er seinen Job ordentlich erledigte, wegen jeder Kleinigkeit hatte sie ihm die Hölle heißgemacht. Er hatte es gehasst, es war schlimm gewesen, o ja, doch schlimmer, viel schlimmer war es, zusehen zu müssen, wie Frieda, diese starke, resolute Frau, allmählich resignierte.

Er schloss die Akte, schob sie nach rechts und nahm gleichzeitig mit der linken Hand die nächste – die zehnte an diesem Morgen – vom Stapel, ohne den Kopf zu heben. Stupide, mechanisch ausgeführte Gesten, die an die Bewegungen eines chinesischen Fließbandarbeiters erinnerten, eine Tätigkeit, die Zorn ebenso verabscheute wie einen Besuch beim Proktologen oder das Erstellen seiner Steuererklärung. Nein, schlimmer noch, denn die Aussicht auf ein nennenswertes Ergebnis tendierte gegen null – abgesehen von einem schmerzenden Nacken und tränenden Augen.

Claudius Zorn machte trotzdem weiter.

Irgendetwas musste er schließlich tun.

*

Als er irgendwann den Kopf hob, war es draußen nur unmerklich heller geworden. Er schloss die letzte Akte, nagte genervt an der Unterlippe und stellte fest, dass er in den letzten drei Stunden nicht mehr erreicht hatte, als einen Haufen Akten von der linken Schreibtischseite auf die rechte zu stapeln. Ächzend stand er auf, streckte den Rücken, lauschte dem Knacken seiner Gelenke und dachte an Edgar, seinen mittlerweile vierjährigen Sohn. Er vermisste den Kleinen, seit über zwei Wochen hatten sie sich kaum getroffen (abgesehen von einem kurzen Besuch auf dem Weihnachtsmarkt und ein paar Telefonaten). Auch das war frustrierend, sehr sogar. Bald allerdings, tröstete sich Zorn, war Heiligabend, bis dahin war es nur noch eine knappe Woche. Früher hatte er diesen Tag gehasst, doch seit Edgar da war, hatte sich das grundlegend geändert. Auch jetzt reichte der Gedanke an Edgars Gesicht, wenn er das neue Fahrrad unter dem Christbaum entdecken würde, völlig aus, um Zorns Stimmung erheblich steigen zu lassen.

Gähnend griff er nach dem Handy. Er hatte gehofft, noch ein wenig Ruhe zu haben, doch ein Blick auf die Uhrzeit – neun Uhr neunundfünfzig – belehrte ihn eines Besseren. Schlagartig raste seine Laune in die Gegenrichtung, wie ein außer Kontrolle geratener Fahrstuhl in die tiefsten, allertiefsten Keller. Im selben Moment, als die Ziffern auf dem Display auf zehn Uhr sprangen, wurde die Bürotür schwungvoll aufgerissen, und Staatsanwalt Peck erschien, wie immer auf die Sekunde genau, wie immer, ohne anzuklopfen, und wie immer hellwach, energiegeladen und hervorragend gelaunt.

»Was gibt's Neues?«

Auch die Begrüßung. Wie immer.

Friedas Nachfolger war Mitte dreißig. Ein sportlicher Mann mit kurzgeschnittenem, leicht gegeltem Haar und Dreitagebart, der auf den ersten Blick wie ein Student wirkte. Wirken *wollte*, da war sich Zorn sicher, denn hinter der für einen Staatsanwalt unkonventionellen Kleidung – Jeans, Norwegerpullover und braune Wildlederschuhe –, dem unbekümmerten Auftreten und dem lockeren Umgangston verbarg sich ein knallharter, kompromissloser Karrierist.

»Nichts«, sagte Zorn.

»Herrje«, seufzte Peck.

Er setzte sich auf Schröders leeren Platz, faltete die Hände unter dem Kinn und musterte Zorn über den Rand der beiden Monitore. Bisher hatte er weder Zorn noch Schröder unter Druck gesetzt, auch jetzt lag keinerlei Vorwurf in seinem Blick. Trotzdem hatte Zorn das Gefühl, sich rechtfertigen zu müssen. Wie immer, wenn Staatsanwalt Peck im Büro erschien. Jeden Tag, unangekündigt und auf die Sekunde genau um zehn Uhr.

»Habt ihr den abschließenden Bericht der Spurensicherung?«, fragte Peck, das Kinn noch immer auf die gefalteten Hände gestützt.

»Seit gestern. Das Schloss wurde nicht aufgebrochen, Heiner

Borck muss die Tür selbst geöffnet haben. Den Spuren zufolge wurde er zuerst in die Küche geschleppt und dort gebrandmarkt. Der Täter hat das Brandeisen auf dem Gasherd erhitzt. Wir haben die Marke, aber das hilft uns nicht weiter. Ein handelsübliches Teil, überall im Netz zu bestellen.«

Der Fleischstempel für den Grill, hatte Zorn in der Anzeige auf Amazon gelesen. *Das BBQ-Brenneisen mit wechselbaren Buchstaben erlaubt Ihnen das Einbrennen von Schrift auf Fleisch und anderes Grillgut! Ideales Geschenk zum Männertag!*

»Er muss das Bewusstsein verloren haben«, fuhr Zorn fort. »Man hat ihm einen Eimer Wasser über den Kopf gegossen und ihn dann ins Wohnzimmer gebracht. Dem Blutverlust nach zu urteilen, sind die Wunden in großen Abständen beigebracht worden.« Zorn klang beherrscht, doch er nahm die Hände vom Tisch, um seine zitternden Finger zu verbergen. »Insgesamt müssen zwei, vielleicht zweieinhalb Stunden vergangen sein. Zwölf Nägel, jeweils achtzehn Zentimeter lang. Todesursache war laut Obduktionsbericht eine Fraktur des Stirnbeins, ausgelöst durch den letzten Nagel, der zirka zehn Zentimeter ins Gehirn eingedrungen ist.«

Das war der einzige Punkt, den er Frieda verschwiegen hatte. Er hatte ihr gesagt, dass ihr Vater relativ schnell an einem Herzinfarkt gestorben war.

Peck musterte Zorn aus grauen, ausdruckslosen Augen.

Wie macht er das nur?, dachte Zorn und wehrte sich gegen die aufsteigende Wut. Wie schafft er es, dass ich mich vor ihm rechtfertigen will? Wir reißen uns hier den Arsch auf, trotzdem habe ich das Gefühl, mich ständig entschuldigen zu müssen.

»Die Zeugenaussagen«, er deutete auf den Stapel rechts neben seiner Tastatur, »bringen uns nicht weiter. Niemand hat was gesehen. Und gehört auch nicht. Kein Wunder, Heiner Borck war geknebelt. Im Obduktionsbericht steht, dass Reste von Klebeband an seinem Mund gefunden wurden.«

Peck vergrub das Gesicht in den Händen, rieb die stoppeligen Wangen und holte tief Luft.

»Mann, Mann, Mann«, drang es zwischen den Fingern hervor. »Das ist aber auch eine Scheiße.« Er hob den Kopf. »Eine gottverdammte Scheiße, oder?«

Jetzt, dachte Zorn, machst du also einen auf Kumpel. Du solltest in die Politik gehen, du hast alles, was man dazu braucht. Dieses Talent, anderen vorzugaukeln, dass man sie ernst nimmt. Ein junger, attraktiver Macher, einer von uns. Bei deinen Fähigkeiten würdest du's weit bringen, wahrscheinlich bis zum Justizminister.

»Die Faserspuren sind noch längst nicht alle ausgewertet«, sagte er. »Das Labor arbeitet dran. Vielleicht finden die was.«

Peck nahm einen von Schröders Bleistiften, drehte ihn zwischen den Fingern und betrachtete nachdenklich die Spitze. Das missfiel Claudius Zorn. Nicht genug, dass er sich auf Schröders Platz breitmachte, er vergriff sich auch noch an seinen Sachen.

»Kann ich irgendwas tun?« Peck legte den Stift wieder zurück. »Den Pfeifen im Labor ein bisschen Beine machen?«

Er bezeichnet sie als Pfeifen, dachte Zorn. Das macht er nur, weil er denkt, dass ich's hören will.

»Die tun, was sie können.«

»Klar«, seufzte Peck.

Zorn nahm sein Handy, las die Uhrzeit vom Display ab. Zehn Uhr vier. Noch eine Minute.

»Wo ist eigentlich der Dicke?«, fragte Peck.

Zorn runzelte die Stirn. Natürlich war Schröder dick. Aber niemand hatte das Recht, ihn so zu nennen. Schon gar nicht dieser Typ.

»Wer?«, fragte er.

Peck klopfte mit dem Knöchel auf den Schreibtisch.

»Schröder.«

»*Hauptkommissar* Schröder«, erwiderte Zorn, »ist in der Rechtsmedizin. Er müsste jeden Moment zurück sein.«

Eine Lüge. Na und?

»Fein«, lächelte Peck.

Wie nennst du mich, wenn ich nicht dabei bin?, dachte Zorn und warf einen weiteren Blick auf das Handy. Noch zehn Sekunden. Narbengesicht? Achtfingriger Krüppel?

Es klopfte.

Na bitte, dachte Zorn. Wie immer auf die Sekunde genau.

»Herein!«, rief Peck.

Er saß in einem fremden Büro an einem fremden Arbeitsplatz. Trotzdem gebärdete er sich als Hausherr. Peck war es, der hier das Sagen hatte. Er sprach es nie aus. Doch er nutzte jede Gelegenheit, es zu zeigen.

Ein Mann in dunkelbraunem Anzug erschien, drückte die Tür hinter sich ins Schloss und blieb auf der Schwelle stehen.

»Was gibt's, Hamsun?«

Peck fixierte seinen Assistenten aus zusammengekniffenen Augen, dann bedeutete er ihm mit einem knappen Nicken näher zu treten. Gerald Hamsun gehorchte zögernd, als befürchte er, jeden Moment auf eine Mine zu treten. Er reichte Peck einen gefalteten Zettel, trat einen Schritt zurück und blieb mit vor dem Schoß gefalteten Händen vor dem Schreibtisch stehen, ohne Zorn eines Blickes zu würdigen.

Peck sank in Schröders Sessel zurück und faltete den Zettel auseinander. Während er den Inhalt überflog, kratzte er sich mit dem Nagel des kleinen Fingers die linke Augenbraue, stieß ein unwilliges Brummen aus und wandte sich dann an seinen Assistenten.

»Jetzt? Sofort?«

Hamsun nickte stumm. Sein Alter war schwer zu schätzen. Dem glatten Gesicht nach war er höchstens dreißig, das restliche Erscheinungsbild deutete auf einen Mann kurz vor der Rente.

Aschblondes, vorzeitig ergrautes Haar, schlechtsitzender Anzug, zerknitterter Schlips. Ein farbloser Mann, der irgendwie mit seiner Umgebung zu verschmelzen schien. *PP* nannte man ihn hinter vorgehaltener Hand im Präsidium, *Pecks Pinscher*.

»Ich bin in zwei Minuten da, sagen Sie ihm das.«

Ein weiteres Nicken.

»Sonst noch was?«

»Nein.«

»Na dann …«

Peck wedelte mit den Fingern in Richtung Tür, und Gerald Hamsun verschwand ebenso lautlos, wie er gekommen war. Als die Tür hinter ihm ins Schloss gefallen war, schien es, als habe er nie existiert.

»Oberstaatsanwalt Stoltz«, seufzte Peck und massierte die Schläfen. »Er will wissen, wie wir vorankommen. Keine Ahnung, was ich dem erzählen soll. Na ja«, fügte er mit einem Grinsen hinzu, »irgendwas wird mir schon einfallen.«

Zorn lächelte zurück.

Klar, dachte er. Und wenn nicht, sägst du mich ab. Und Schröder genauso. Du würdest uns, ohne zu zögern, über die Klinge springen lassen. Du weißt, dass ich's weiß. Trotzdem führst du dieses alberne Schauspiel auf. Tag für Tag. Punkt zehn tauchst du hier auf und lässt dich von Hamsun, diesem armen Trottel, unter irgendeinem Vorwand wieder abholen. Für wie blöd hältst du uns eigentlich? Macht dir das Spaß? Ist es das? Du genießt dieses Spielchen, hab ich recht?

Friedas Vorgänger war ähnlich gewesen, doch im Unterschied zu Peck hatte Staatsanwalt Sauer nie einen Hehl aus seiner Abneigung Zorn gegenüber gemacht. Nun, das war ein paar Jahre her, und Sauer war tot. Gestorben, nachdem er stundenlang zwischen den Türmen der Marktkirche gehangen hatte und schließlich mit zerschmettertem Schädel zwischen den Melonen eines Gemüsehändlers gefunden worden war.

»Na gut, ich muss los. Der Alte wartet nicht gern.«

Peck schlug sich mit den flachen Händen auf die Oberschenkel und stand auf. Im Gehen schloss er den Reißverschluss seines Norwegerpullovers, krempelte die Ärmel hoch und wandte sich in der Tür noch einmal um.

»Wäre nett, wenn er sich mal meldet.« Er deutete mit dem Kinn auf Schröders Sessel, der sich langsam um die eigene Achse drehte. »Richtest du ihm das aus?«

»Sicher doch.«

Die Tür schloss sich mit einem leisen Knall.

»Arschloch«, knurrte Zorn, langte nach seinem Handy und tippte eine SMS ein.

Er hat nach dir gefragt. Wo bist du?

Zorn schickte die Nachricht ab, warf das Telefon zurück neben die Tastatur. Der Aktenstapel geriet ins Rutschen, und langsam, eine nach der anderen, glitten die dünnen Mappen vom Schreibtisch, segelten zu Boden und verteilten sich auf der grauen, abgetretenen Auslegware.

»Scheiße.«

Kopfschüttelnd stemmte Zorn sich aus dem Sessel, doch bevor er sich bücken konnte, vibrierte sein Telefon.

Schröders Antwort war kurz.

Ich bin bei einer Leiche.

Fünf

Die Frau hing ungefähr zwei Meter unter der gemauerten Gewölbedecke. Der Strahl der Taschenlampe huschte über ihre wächserne, im gleißenden Licht wie Marmor schimmernde Haut, folgte dem Seil, das um ihre Achseln geschlungen und an einem eisernen Haken über ihrem Kopf befestigt war. Ihr grotesk verzerrter Schatten tanzte über die archaischen Ziegelwände wie ein monströses Gespenst in einem längst vergessenen Stummfilm.

Ein Handy piepste. Ein dünnes, blechernes Geräusch, mit dem das Eintreffen einer Nachricht angekündigt wurde, doch in der Weite des unterirdischen Gewölbes klang es durchdringend wie das Warnsignal eines heranrasenden Schnellzuges.

Verarschst du mich?, stand auf dem Display.

»Ich wünschte, es wäre so«, murmelte Schröder, verstaute das Telefon in der Manteltasche und sah wieder nach oben zu der Toten, deren nackte Füße drei Meter über seinem Kopf in der stickigen, nach uraltem Mörtel riechenden Luft baumelten.

»Zuerst hab ich gedacht, es wär 'ne Puppe.« Die Stimme, hoch, zitternd, verängstigt, kam irgendwo aus der Dunkelheit. Ein Wimmern, vielfach zurückgeworfen wie von den Mauern einer Kathedrale. »Sie ist tot, oder?«

»Natürlich ist sie das.«

Schröder richtete die Lampe auf den jungen Polizisten, der einige Meter entfernt an der Wand lehnte, den Rücken gegen die Mauer gepresst, als wolle er zwischen den Ziegeln verschwinden. Die ängstlichen, weit aufgerissenen Augen wirkten wie Fremdkörper auf dem bleichen Gesicht, seine Finger krallten sich in die Uniformmütze wie ein Kind, das sich trostsuchend an seinen Teddy klammert.

»Der Chef war stinksauer, dass die Typen von den Stadtwerken nicht selbst hier reingegangen sind«, sagte er. »Es ist ja bloß ein aufgebrochenes Gitter zur Kanalisation, hat er gesagt, wahrscheinlich wieder ein paar Kids, die unten im alten Wasserspeicher 'ne Party gefeiert haben, da muss man doch nicht gleich die Polizei rufen. Das kann der Frischling machen, hat er gemeint, der hat sowieso nix zu tun. Also bin ich hergefahren und …«

Die Stimme des Jungen erstarb. Schröder schwenkte die Lampe, lauschte dem leisen Schluchzen, während der Lichtstrahl sich in die Finsternis bohrte wie eine gleißende Lanze. Wasser tropfte von den hohen Wänden, glitzernd wie flüssiges Blei. Salzflecken funkelten auf den hundertjährigen, vom Alter geschwärzten Backsteinen.

»Ich … ich hatte einfach Schiss. Ich hab mich nicht allein hier reingetraut.«

Schröder antwortete nicht. Er stand in der Mitte der kuppelförmigen Halle, die Augen wie in stiller Andacht auf die Tote gerichtet, deren bleiche Gestalt über ihm schwebte wie ein Kruzifix im Altarraum.

»Auf der Wache anrufen wollte ich auch nicht«, schniefte der Junge. »Die … die hätten mich doch nur ausgelacht.«

Der Kopf der Toten war seitlich auf die Schulter gesackt, das Gesicht halb verborgen hinter den dunklen Haaren wie durch einen Vorhang. Schröder stellte sich auf die Zehenspitzen und richtete die Lampe nach oben. Zähne blitzten ihm aus dem geöffneten, wie zu einem stummen Schrei aufgerissenen Mund entgegen. Darunter das Kinn, schwarz von geronnenem Blut.

»Sie ist verblutet«, murmelte Schröder.

Der Strahl wanderte nach unten, folgte der breiten, wie Teer auf der bleichen Haut glänzenden Blutspur über den Oberkörper, den Bauch, die Beine und verharrte schließlich auf dem Boden. Schröder bückte sich, strich mit der Hand über den rissigen Beton, zerrieb ein paar feuchte Kiesel zwischen den Fingern.

»Aber nicht hier.«

Er richtete sich wieder auf. Weit über ihm löste sich ein Wassertropfen von der Decke, blitzte wie eine Sternschnuppe auf und zerstob in Myriaden winziger Atome auf seiner Glatze.

»Ich … ich wusste einfach nicht, was ich machen soll.« Wieder die Stimme des Jungen, ein dünnes, körperloses Schweben in der Dunkelheit. »Sie haben uns ja damals Ihre Nummer gegeben und gesagt, dass wir Sie jederzeit anrufen können, wenn wir mit der

Ausbildung fertig sind. Im Kurs haben Sie gemeint, dass wir immer auf unser Gefühl vertrauen sollen. Und das hab ich gemacht, ich …«

»Es ist okay.«

Der Junge verstummte, es wurde still. Nur das allgegenwärtige Wasser war zu hören, hier, zehn Meter unter der Oberfläche in allen denkbaren Variationen: das entfernte Rauschen der Kanalisation. Das stetige Tropfen von der Decke. Das leise Plätschern der Rinnsale, die an den Wänden herabflossen und gurgelnd irgendwo in der Finsternis verschwanden. Dann hallten Schröders Schritte durch die Dunkelheit, er lief zu dem Jungen, der an der Wand nach unten gesunken war und zwischen den gespreizten Knien zu Boden starrte.

»Du hast alles richtig gemacht.« Schröder ging in die Hocke. »Wir gehen jetzt zum Streifenwagen, du informierst deine Kollegen und forderst Verstärkung an. So, wie du's in der Ausbildung gelernt hast. Kriegst du das hin?«

Der Junge hob den Kopf. Sein Blick fiel über Schröders Schulter auf die Gestalt, die im geisterhaften Widerschein der Taschenlampe im Zwielicht schwebte. Er schluckte, sah zur Seite.

»Kriegst du das hin?«, wiederholte Schröder.

Ein zögerndes Nicken.

»Niemand muss erfahren, dass du mich angerufen hast. Wenn jemand fragt, warum ich hier bin, lasse ich mir was einfallen.«

»Danke.«

»Dann komm.«

Ein aufmunternder Klaps auf die Schulter, Schröder richtete sich wieder auf. Plötzlich vibrierte der Boden, zehn Meter über ihnen rauschte eine Straßenbahn vorbei. Mörtel rieselte in feinen Wolken aus den bröckelnden Ziegeln. Das Seil geriet in Bewegung, langsam, wie in Zeitlupe, drehte sich die Leiche um die eigene Achse.

Schröder richtete die Taschenlampe nach oben. Staubkörner

tanzten im Lichtkegel wie aufgescheuchte Insekten. Der Junge räusperte sich leise. Jetzt, wo der erste Schock überwunden war, wollte er nur noch eines: so schnell wie möglich weg.

Schröder lief zurück in die Mitte der Halle, den Blick nach oben gerichtet. Er hörte das Knirschen der schweren Stiefel des Jungen, der ihm mit unsicheren Schritten folgte, dann das scharfe, hydraulisch klingende Zischen, mit dem der Junge die Luft einsog, als er erkannte, was Schröders Aufmerksamkeit erregt hatte.

»Was … was ist das?«

Die Leiche pendelte über ihren Köpfen. Jetzt, da die Tote ihnen den Rücken zuwandte, war keinerlei Blut auf der bläulich schimmernden Haut zu erkennen. Stattdessen etwas anderes.

»Zahlen«, murmelte Schröder und betrachtete die dunklen, tief zwischen die Schulterblätter eingebrannten Zeichen. »Verdammt nochmal, das sind Zahlen.«

Sechs

»Möchtest du Kaffee?«, fragte Schröder.

Frieda schüttelte lächelnd den Kopf. Ein schmales, schüchternes Lächeln, das nicht zu ihr passte, fand Zorn. Sie wirkte ein wenig verloren, wie sie da vor ihnen saß, den Rücken gestreckt, die Hände im Schoß gefaltet, ganz vorn auf der Kante des Plastikstuhls, den Schröder aus dem Flur geholt und an der Stirnseite ihres Schreibtischs aufgestellt hatte. Es war seine Idee gewesen, Frieda noch einmal ins Präsidium zu bitten, und als Zorn ihr den Vorschlag am Abend zuvor unterbreitet hatte, da hatte sie eine Weile nachgedacht und schließlich achselzuckend zugestimmt.

Einen Moment herrschte Stille. Schröder blätterte in seinem abgegriffenen Notizbuch, Frieda öffnete den obersten Knopf ihres Mantels, nestelte verlegen am Kragen, während Zorn nicht wusste, was er sagen sollte.

Er dachte daran, wie oft sie schon beieinandergesessen hatten, auf Schröders Terrasse, mit Edgar auf dem Spielplatz, abends in einer Bar oder mittags in der Kantine beim Essen. Auch da hatten sie manchmal nicht viel gesagt, doch dieses Schweigen war anders. Ein unangenehmes, betretenes Schweigen, das Zorn schließlich nicht mehr aushielt.

»Was sagst du eigentlich zu Schröders neuester Errungenschaft?« Er deutete zum Fensterbrett auf einen kleinen Adventskranz, den Schröder neben der Kaffeemaschine aufgestellt hatte. »Ich hab ihm verboten, das Ding anzuzünden, und falls du irgendwann auf den Gedanken kommst«, er wandte sich an Schröder, »hier irgendwelches Weihnachtsgedudel abzuspielen, dann ramme ich dir 'ne Christbaumkugel in den Hintern.«

Zorns kläglicher Versuch, die Stimmung aufzulockern, wurde von Schröder mit unbewegter Miene quittiert, während Frieda zerstreut murmelte, dass ihr der Adventskranz durchaus gefalle. Dabei spielte sie mit ihrer Halskette, ein Zeichen, wie unwohl sie sich fühlte.

Zorn räusperte sich umständlich.

Die erneut aufkommende Stille überbrückte er, indem er eine Schublade öffnete, wieder schloss und sich gleichzeitig auf einen anderen Planeten wünschte.

»Danke, dass du gekommen bist, Frieda«, begann Schröder und schloss das Notizbuch mit einem leisen Knall. Sein ungewohnt förmlicher Tonfall rief Zorn in Erinnerung, warum sie sich hier getroffen hatten, und schlagartig wurde ihm klar, warum alles anders war. Sie mochten sich, standen einander nahe wie kaum jemand sonst, doch dies war kein Gespräch unter Freunden. Das waren sie, keine Frage. Mehr noch, in Zorns Augen waren sie eine *Familie*, doch darum ging es jetzt nicht. Sie waren Beamte. Zwei Polizisten, die eine Zeugin befragten.

»Du weißt ja, was passiert ist«, sagte Schröder. »Claudius hat's dir bestimmt erzählt.«

Zorn verzog das Gesicht. Er war es gewohnt, dass Frieda ihn ab und zu bei seinem ungeliebten Vornamen nannte, doch dass Schröder es nun tat, war befremdlich. Äußerst befremdlich.

»Es gibt Parallelen«, fuhr Schröder fort. »Die Frau, die wir vor zwei Tagen gefunden haben, wurde auf ähnliche Weise getötet wie dein Vater. Wir glauben, dass es sich um ein und denselben Täter handelt.«

Frieda nickte stumm. Eine dunkelbraune Strähne fiel ihr in die Stirn, sie strich sie mit einer fahrigen Bewegung hinter das Ohr. Ihr Haar glänzte feucht, auch die Schultern des grünen Wollmantels waren nass. Seit Stunden trieb der Schneeregen vor dem Bürofenster durch die graue Dezemberluft, lief in trüben Schlieren an der Scheibe herab.

Schröder redete weiter. Zum einen, sagte er, wäre da die unglaubliche Brutalität. Das zweite Opfer war verblutet, nachdem die Zunge herausgeschnitten worden war. Auch hier gab es bisher keine Spuren vom Täter, auch dieses Opfer war regelrecht zur Schau gestellt worden, und auch dieses Mal hatte der Täter gewollt, dass die Leiche gefunden wurde. Ebenso wie die Haustür ihres Vaters hatte das Gitter vor dem Abwasserkanal offen gestanden, und es war allgemein bekannt, dass die Zugänge zur Kanalisation regelmäßig kontrolliert wurden. Schröder sprach über den Hass, der hinter diesen Taten steckte, die trotz all dieser Wut geradezu akribisch geplant waren, und dass die Zahlen, mit denen beide Opfer gebrandmarkt wurden, eine Botschaft darstellten, deren Bedeutung sie bisher nicht verstünden.

Zorn hatte Frieda bereits alles erzählt, trotzdem duckte sie sich auf ihrem Stuhl, und je länger Schröder redete, desto mehr sackten ihre schmalen Schultern nach vorn, als wären die Worte Steine, die von der vergrauten Gipskartondecke auf sie herabprasselten.

»Bei deinem Vater«, sagte Schröder, »war es eine Fünf. Beim zweiten Opfer handelt es sich um drei Zahlen. Eine Eins, eine Neun und eine Zwei.«

Kaltes Neonlicht spiegelte sich auf seiner Glatze wie auf einem fleischfarbenen Luftballon. Kein Wort, wie sehr sie ihm leidtat. Wie sehr er mit ihr fühlte. Wie schlimm es war, den Vater auf diese Weise zu verlieren. Worte, die Schröder in einer vergleichbaren Situation definitiv benutzt hätte, doch er sprach sie nicht aus. Sie waren überflüssig.

Ich hab mich geirrt, dachte Zorn. Klar, in diesem Raum sitzen zwei Polizisten und eine Zeugin. Doch das eine schließt das andere nicht aus. Es gibt Dinge, die man nicht aussprechen muss. Weil man sie weiß.

»Ich … ich hab keine Ahnung, was das bedeutet«, murmelte Frieda. »Seit Wochen zerbreche ich mir den Kopf. Besser gesagt«, ein kurzer Blick zu Zorn, »wir tun es. Aber je mehr ich darüber nachdenke, desto sinnloser wird das alles.«

Sie schluckte, rang um Fassung. Eine Träne rann ihren linken Nasenflügel entlang, sie wischte sie in einer unwilligen, fast ärgerlichen Bewegung mit dem Handrücken weg.

»Ihr macht eure Arbeit, und ich weiß, dass ihr's gut macht. Ich … ich weiß, was ich euch beiden bedeute. Ich bin froh, dass ich euch habe, wirklich, und ich bin froh, dass ihr mir diese blöden Sprüche erspart, von wegen wir kriegen das Schwein und so. Aber für euch ist es ein *Fall*, versteht ihr?« Sie sah erst Zorn an, dann Schröder. Sie weinte, doch jetzt schien es ihr egal zu sein. »Selbst, wenn ihr ihn irgendwann aufklärt, wird sich für mich nichts ändern. Er war mein Vater. Jetzt ist er tot.«

Schröder beugte sich über den Schreibtisch, reichte ihr wortlos ein Taschentuch.

»Ich … ich kann einfach nicht mehr.«

Als Frieda sich schnäuzte, klang es wie ein Trompetenstoß. Zorn fragte sich, woher ihr magerer Körper die Kraft dazu nahm.

»Und … ich will nicht mehr drüber nachdenken.« Sie zerknüllte das Taschentuch und drückte es Schröder wie selbstverständlich in die Hand. »Ich will einfach nur meine Ruhe, versteht ihr?«

Früher, dachte Zorn und wehrte sich gegen den Impuls, sie in den Arm zu nehmen, da ist sie beinahe geplatzt vor Energie. Manchmal hatte ich regelrecht Schiss vor ihr, wenn sie hier ins Büro gestürmt kam und mich beim Rauchen erwischt hat oder wenn sie mich angepfiffen hat, dass ich gefälligst die Füße vom Tisch nehmen soll. Sie ist fix und fertig. Wir sollten Schluss machen, sie kann wirklich nicht mehr.

Es war, als hätte sie seine Gedanken gehört. Frieda straffte sich, holte tief Luft und hob den Kopf.

»Entschuldigt«, sagte sie. Ihre Augen schimmerten wie dunkle Glasmurmeln, und als sie kurz lächelte, sah sie aus wie das kleine Mädchen auf dem Foto, das Zorn über ihrem Kinderbett gesehen hatte. »Lasst uns weitermachen, ja?«

»Okay«, nickte Schröder.

Auf dem Flur wurden Stimmen laut. Zwei Männer stritten in breitem Sächsisch über den Dienstplan für die kommende Woche. Eine Tür knallte, dann noch eine.

»Das zweite Opfer«, sagte Schröder, »hieß Cordula von Lubitzsch. Sagt dir der Name irgendwas?«

Frieda dachte nach. Eine Falte grub sich in ihre Nasenwurzel, sie sah zur Decke, schüttelte den Kopf.

»Nee. Nie gehört.«

In den folgenden zwanzig Minuten stellte Schröder noch ein paar weitere Fragen. Obwohl sie die meisten davon – in Zorns Augen jedenfalls – bereits zum Erbrechen durchgekaut hatten, gab sie sich Mühe, antworte knapp und präzise, doch die Resignation in ihrer Stimme war unüberhörbar. Draußen senkte sich die Dämmerung allmählich über die Stadt, und als Schröder schließlich den Stift beiseitelegte, das Notizbuch schloss und

Zorn einen kurzen Blick zuwarf, verstand dieser sofort, was gemeint war.

»Komm, ich bring dich nach Hause.«

Frieda bedankte sich artig, *zu* artig, fand Zorn. Das, sagte sie, sei wirklich nett, aber sie würde lieber laufen, ein wenig frische Luft schnappen. Zorn warf einen Blick auf ihren dünnen Wollmantel, sah aus dem Fenster, wo der Schnee jetzt in dicken Flocken gegen die Scheibe prasselte. Er öffnete den Mund, um ihr zu widersprechen, doch Schröder hielt ihn mit einem stummen Kopfschütteln zurück.

»Bis später«, sagte sie und knöpfte den Mantel zu.

In diesem Moment liebte er sie mehr als jemals zuvor. Die Sehnsucht nach früher, als alles normal gewesen war, bohrte sich wie ein Geschoss in seinen Kopf, und so schlug er vor, am nächsten Nachmittag mit Edgar im Stadtwald Schlitten zu fahren. Es wäre Zeit, endlich wieder was gemeinsam zu unternehmen, sagte er, erst ein paarmal mit Edgar die Todesbahn runterrutschen, Glühwein und Kakao trinken, danach bei Schröder zu Abend essen, natürlich nicht den vegetarischen Mist, den er sonst immer kochte, sondern was Handfestes, Steaks und Buletten zum Beispiel.

»Klar«, sagte Frieda. »Warum nicht?«

Er sah ihren Augen an, dass es nicht dazu kommen würde, und so wunderte er sich nicht, als sie ein paar Sekunden später sagte, dass das vielleicht doch keine so gute Idee sei. Sie habe Kopfschmerzen, wahrscheinlich sei eine Erkältung im Anzug, nichts Schlimmes, aber sie wolle Edgar nicht anstecken. Das, erwiderte Zorn, sei natürlich doof, und schlug vor, dass sie sich ein paar Stunden hinlegen solle, er würde auf dem Nachhauseweg bei der Apotheke anhalten und ein Eukalyptusbad mitbringen.

Das tat er auch.

Und als er am Abend nach Hause kam, in der einen Hand eine

Kiste Mineralwasser, in der anderen eine Tüte mit Hustensaft, Lutschtabletten, Papiertaschentüchern und dem versprochenen Eukalyptusbad, war Frieda nicht da.

Sieben

Es hatte den ganzen Tag geschneit. Dicke Flocken torkelten schwerfällig vom bleigrauen Himmel, umtanzten die Kirche auf dem Hasenberg wie betrunkene Wattebäusche, schmolzen auf den kupfernen, mit Grünspan überzogenen Turmspitzen, den Bleiglasfenstern und den hohen Backsteinmauern. Hunde bellten, Kindergeschrei wehte vorbei. Mütter in dicken Mänteln verteilten sich über den Hügel wie eine Schar versprengter Pinguine und sahen ihren Sprösslingen beim Rodeln zu.

»Bremsen, Edgar! Du musst *bremsen*!«

Zorn hüpfte zur Seite, während Edgar weiterhin unbeirrt auf ihn zusteuerte, erst im letzten Moment die Hacken in den aufspritzenden Schnee stemmte und zwei Zentimeter vor den Schienbeinen seines Vaters zum Stehen kam.

»Das war ganz schön knapp.« Zorn griff Edgar unter den Achseln und hob ihn vom Schlitten. »Du musst …«

»Wann kommt endlich Ögi?«

»Der muss noch arbeiten«, sagte Zorn, schob dem Kleinen die Pudelmütze über die feuerroten Ohren und klopfte den Schnee von den Schultern des gelben Schneeanzugs. »Er ist bestimmt bald da.«

»*Wann?*«, wiederholte Edgar.

Zorn sah hinauf zur Kirche. Die Zeiger der Turmuhr standen auf halb fünf. Es war kurz nach Mittag gewesen, als er aus dem Bürofenster hinaus in den wirbelnden Schnee gesehen und beschlossen hatte, mit Edgar rodeln zu gehen. Mach das, hatte Schröder gesagt. Vielleicht komme ich ja nach. Dann war er wieder in den Tiefen des Präsidiums verschwunden.

Zorn drehte den Schlitten bergauf, schlang Edgar den steifgefrorenen Strick um den Fäustling und ärgerte sich über sein schlechtes Gewissen. Es war das erste Mal seit Wochen, dass er pünktlich Feierabend machte, und er hatte ein verdammtes Recht darauf, Zeit mit seinem Sohn zu verbringen. Trotzdem fühlte er sich unwohl, was seinen Ärger verstärkte, denn dieser wiederum hinderte ihn, die Zeit mit Edgar zu genießen. Ein verdammter Teufelskreis.

»Na los«, er gab Edgar einen Klaps auf den Hintern. »Nächste Runde, Kumpel.«

Der Strick spannte sich. Edgar beugte sich vor, stapfte ein paar Schritte bergauf, blieb stehen und sah sich noch einmal um. Schnee glitzerte auf seinem blonden Haar, das unter der Pudelmütze auf die verschwitzte Stirn fiel.

»Und Frieda?«, fragte er und schob die Mütze nach hinten. »Wann kommt die?«

»Die kann heute nicht.«

»Das ist doof.«

»Ja«, nickte Zorn. »Total doof.«

Als er sie am Abend zuvor angerufen hatte, war sie im Zug gewesen. Ich fahre nach Hause, hatte sie gesagt. Ich muss ein bisschen allein sein. Versteh mich nicht falsch, es hat nichts, absolut nichts mit dir zu tun, das musst du mir glauben. Die Verbindung war schlecht gewesen, er hatte Schwierigkeiten gehabt, ihren abgehackten Worten zu folgen. Sie wolle ihm nicht auf die Nerven gehen, hatte sie gesagt, und seine Erwiderung, dass das absoluter, hirnverbrannter Blödsinn sei, war im statischen Rauschen untergegangen. Er könne sie jederzeit anrufen, hatte sie noch hinzugefügt, wenn's was Neues gäbe oder wenn sie Fragen hätten. Dann war sie im Funkloch verschwunden.

Tja, hatte Zorn gedacht und die Medikamente in den Spiegelschrank über dem Waschbecken gestopft, da kann man nix machen. Seine Miene war unbewegt geblieben, und rumgeschrien hatte er auch nicht. Nur auf der linken Tür des Spiegelschranks klaffte jetzt ein gezackter, von links unten nach rechts oben verlaufender Riss.

Er schlug den Kragen der Lederjacke hoch, blies in die klammen Hände und ärgerte sich, nicht wenigstens ein paar dicke Strümpfe angezogen zu haben. Schneebälle flogen umher. Schlitten rasten bergab, Kinder rutschten auf den Hosenböden vorbei, rannten ihren schimpfenden Müttern davon. Dazwischen Edgar, der sich in seinem wattierten Schneeanzug tapfer bergauf kämpfte wie ein kleiner Kosmonaut auf dem Weg zur Startrampe.

In den Villen rund um den Kreisverkehr am Fuße des Hügels flackerten Lichterketten, Weihnachtsbäume schimmerten hinter den Fenstern. Ein Taxi näherte sich aus einer der sternförmig abzweigenden Straßen, blieb mit laufendem Motor stehen. Im ersten Moment war Zorn nicht sicher, ob es sich bei der dick vermummten Gestalt, die sich schwerfällig aus dem Taxi schob und mit kurzen Schritten über die vereiste Fahrbahn tippelte, tatsächlich um Schröder handelte. Doch, das war er, aber er sah aus, als habe er den Beruf gewechselt und arbeite jetzt als Statist in einer amerikanischen Fernsehserie. Die Fellmütze mit den Ohrenklappen, die silberfarbene wattierte Jacke, die übergroßen Fausthandschuhe, der breite, doppelt um den Hals geschlungene Wollschal und die klobigen Stiefel ließen vermuten, dass er nicht aus dem Präsidium, sondern direkt von den Dreharbeiten zu *Fargo* kam.

Schröder kam näher, hob die Hand. Im selben Moment flackerten die Laternen rund um den Kreisverkehr auf, als wollten sie seine Begrüßung erwidern.

»Bin da!«, rief Schröder. »Guck! Ich bin da!«

»Du siehst aus, wie'n zu heiß gewaschenes Michelinmännchen«, sagte Zorn, hörte Edgars Jubelschrei von oben und begriff, dass Schröders Worte nicht ihm, sondern seinem Sohn gegolten hatten, der bereits auf seinem Schlitten angesaust kam und schnurstracks in Schröders ausgebreitete Arme sprang.

Die nächste Viertelstunde war Zorn Luft für die beiden. Er tröstete sich mit dem Gedanken, endlich in Ruhe eine Zigarette rauchen zu können, sah zu, wie Schröder mit seinem Sohn ausgelassen durch den wirbelnden Schnee tobte, hörte ihr Lachen, sah ihre geröteten Gesichter und fragte sich zum wiederholten Male, ob Schröder womöglich der bessere Vater wäre.

Er ging zu einem Papierkorb, drückte die Zigarette aus und hörte, wie Edgar sich kichernd von hinten anschlich. Ein Schneeball zischte dicht an seinem Ohr vorbei, scheinbar zu Tode erschrocken, fuhr er herum, und als Edgar ihn mit einem schrillen Angriffsschrei umstoßen wollte, da ließ er sich gehorsam auf den Rücken fallen.

»Du bist besiegt«, keuchte Edgar und setzte sich rittlings auf Zorns Brust.

»Jawoll«, erklärte Zorn. »Ich bitte um Gnade.«

Er sah die Augen seines Sohnes, nur ein paar Zentimeter entfernt. Sie glichen denen seiner Mutter, changierten in allen erdenklichen Farben.

»Ich hab dich lieb, Papa«, sagte Edgar ernst.

Bevor Zorn etwas erwidern konnte, sprang der Kleine auf und flitzte zu Schröder, der ein paar Meter weiter auf dem Schlitten saß. Zorn sah, wie die beiden kichernd die Köpfe zusammensteckten, rappelte sich mühsam hoch, und während Edgar im Getümmel verschwand und Schröder gemächlich auf ihn zuschlenderte, da dachte Zorn, wie dämlich die Frage war. Es gab keinen *besseren* Vater. Sie beide waren wichtig. Schröder war halt anders. Besonders.

»Hallo, Chef«, sagte Schröder.

»Jetzt«, knurrte Zorn und wischte sich den Schnee aus dem Nacken, »musst du mich auch nicht mehr begrüßen.«

*

»Und? Wie war's noch so?«

»Auf Arbeit?«

»Nee, Schröder, in Alaska.« Zorn schlang die Arme um die dünne Lederjacke und wärmte die klammen Finger unter den Achseln. »Hast du eigentlich 'ne Ahnung, wie …«

»Mir ist durchaus bewusst, wie ich aussehe.«

Schröder breitete die kurzen Arme aus. Zorn betrachtete die fellgesäumten Fäustlinge und dachte unwillkürlich an die gepolsterten Topfhandschuhe seiner Großmutter.

»Ich bin mit Edgar zum Rodeln verabredet«, sagte Schröder. »Eine Tätigkeit, die bekanntlich im Freien stattfindet, und angesichts der Wetterverhältnisse halte ich es durchaus für angemessen, mich zweckmäßig zu kleiden. Die Filzstiefel sind ein Erbstück meines Vaters. Die Jacke habe ich mir kurz nach der Wende zugelegt, seitdem leistet sie mir hervorragende Dienste, und bei meiner Kopfbedeckung«, er schob die graue Fellmütze über der Glatze zurecht, »handelt es sich um ein äußerst praktisches Utensil, das sich seit einem knappen Vierteljahrhundert in meinem Besitz befindet.«

»Ach.«

Zorn fischte die letzten Schneereste hinter dem Jackenkragen hervor, spürte, wie das Schmelzwasser seinen Rücken entlanglief und das dünne Leinenhemd mehr und mehr durchnässte.

»Dieselben Mützen«, fuhr Schröder fort, »werden übrigens von den Streitkräften eingesetzt und – wenn die Bemerkung gestattet ist – äußerst geschätzt. Auch wenn der Name der Mützen eher das Gegenteil vermuten lässt. Ich will das hier nicht weiter ausführen, der Begriff ist mir zu vulgär, entsprechend dem eher rüden Charme, der in Armeekreisen verbreitet ist. Man könnte es am besten mit dem Geschlechtsteil eines weiblichen Raubtieres umschreiben, aber ...«

»Bärenfo...«

»Wie gesagt, wir müssen das nicht weiter ausführen. Ist dir kalt?«

Schröder sah zu Zorn auf, ein unschuldiges Lächeln spielte um seine Lippen. Die unter dem Kinn geschlossenen Ohrenklappen pressten die vollen Wangen nach vorn, so dass sein rosiges Gesicht gleichzeitig an einen Karpfen und an einen Pfannkuchen erinnerte.

»Nee«, brummte Zorn und bewegte die steifgefrorenen Zehen in den nassen Stiefelspitzen.

Drei Jungen rasten mit aneinandergebundenen Schlitten vorbei und krachten zehn Meter von ihnen entfernt gegen einen Laternenmast. Zwei wälzten sich lachend im Schnee, der dritte hielt sich jammernd das Schienbein. Ein Mann in Bomberjacke und schwarzen Stiefeln herrschte sie an, gefälligst die Klappe zu halten.

»Zurück zu deiner Frage«, sagte Schröder. »Es gibt tatsächlich was Neues.«

Zorn, der unbewusst von einem Fuß auf den anderen getreten war, hielt inne. Die Zehen waren mittlerweile abgestorben. Langsam, aber unaufhaltsam kroch die Kälte unter dem nassen Jeansstoff über die Beine nach oben.

»Das zweite Opfer, Cordula von Lubitzsch. Sie hat in einem Prozess ausgesagt und ...«

»Ha!« Zorn reckte das Kinn, die Kälte war vergessen. »Lass mich raten! Der Prozess, in dem sie ausgesagt hat, wurde von Heiner Borck geleitet! Wir haben endlich 'ne Verbindung!«

»Klingt gut«, nickte Schröder.

»Na klar klingt das gut!«

»Richtig gut.«

»Aber *so was* von gut!«

»Ist aber nicht so.«

Zorns Schultern sackten nach vorn. Ebenso schnell, wie es erschienen war, verließ das Adrenalin seinen Körper, und die Kälte kehrte zurück, als wäre sie nie fort gewesen.

»Cordula von Lubitzsch hat gegen ihren Vater ausgesagt«, erklärte Schröder. »Es ging um Steuerhinterziehung und Unterschlagung von Fördermitteln. Der Prozess ist vor zwei Monaten beendet worden, allerdings nicht von Friedas Vater. Heiner Borck war zu diesem Zeitpunkt schon lange in Pension.«

»Schade«, murmelte Zorn.

»Ja«, nickte Schröder. »Sehr schade.«

*

»Vorsicht, Chef!«

Schröder kam mit ausgebreiteten Armen herangerutscht, stolperte kurz und hielt sich keuchend an Zorns Oberarm fest. Die letzten zehn Minuten war er noch einmal mit Edgar Schlitten gefahren, dieser war bereits wieder im Begriff, bergauf im Getümmel zu verschwinden.

»Wir müssen bald los!«, rief Zorn seinem Sohn hinterher. »Mama wartet!«

»Echt?« Schröder sah hinauf zur Kirchenuhr, deren Zifferblatt im Widerschein der umstehenden Laternen kaum noch zu erkennen war. »Es ist doch erst halb sechs!«

»Trotzdem«, murmelte Zorn und versuchte, das Zähneklappern unter Kontrolle zu halten. Natürlich war noch eine halbe Stunde Zeit, und seine Hoffnung, dass Edgar irgendwann genug haben und nach Hause wollen würde, war von vornherein Wunschdenken gewesen.

Schröder wischte den Schweiß von der Stirn, klemmte die Fausthandschuhe unter die Achseln, öffnete den verknoteten Schal und zog den Reißverschluss seiner Jacke ein Stück herab. Zorn erbleichte vor Neid, als er den dicken Rollkragenpullover darunter bemerkte.

»Ich bin ein bisschen aus der Übung«, ächzte Schröder und hängte den Schal über den Ast einer jungen Eberesche. »Ist schon verrückt, wie schnell man ins Schwitzen kommt, wenn man sich ausreichend bewegt, oder?«

»Ja «, presste Zorn zwischen farblosen Lippen hervor. »Total verrückt.«

Seine Ohren brannten wie Feuer, und die Verachtung, mit der er Schröders Fellmütze anfangs gemustert hatte, war einem stillen, verzweifelten Begehren gewichen.

Ein Windstoß wirbelte heran, Schneegriesel prasselte gegen Zorns dünne Lederjacke. Schröders Schal, ein zwei Meter langes Ungetüm aus orangefarbener, grobmaschiger Wolle, rutschte vom Ast und fiel zu Boden. Zorn bückte sich und hob ihn auf.

»Danke«, sagte Schröder. »Das ist lieb von dir.«

Er machte Anstalten, den Schal wieder über den Ast zu hängen, und hielt verwundert inne, als er bemerkte, dass Zorn das andere Ende noch immer in der Hand hielt.

»Der wird doch ganz dreckig«, murmelte Zorn und deutete mit einem verschämten Blick auf die im Wind schwankenden Äste. »Und 'ne Laufmasche kriegt er auch.«

»Stimmt.«

»Ich kann ihn ja so lange für dich …«

»Du musst dich wirklich nicht damit abmühen. Ich bin selbst schuld, dass ich mich zu dick angezogen habe.«

»Lass mal«, stieß Zorn hervor. »Ist schon okay.«

»Wirklich?«

Zorn nickte stumm.

Schröder stellte sich auf die Zehenspitzen und hängte Zorn den Schal über die Schultern. Dieser wickelte ihn hastig ein paarmal um den Hals.

»Eigentlich«, Schröder trat einen Schritt zurück, »sieht's gar nicht so schlimm aus.«

»Kratzt ganz schön.«

Zorns Stimme klang dumpf, er hatte den Schal bis über die Nase gezogen.

»Echte Schafwolle, hat Mama mir zur Jugendweihe gestrickt.«

Ein leises Piepsen drang unter Schröders Jacke hervor.

»Halt mal bitte.«

Schröder drückte Zorn seine Fäustlinge in die Hand, holte das Handy aus der Jacke, wandte sich ab und meldete sich. Zorn lauschte Schröders knappen Worten, drehte die Handschuhe in den klammen Fingern, spürte das raue Wildleder, das weiche, verlockende Fell.

»Wir kümmern uns drum.«

Schröder beendete das Gespräch, verstaute das Handy in der Jacke und zog den Reißverschluss hoch. Der chromfarbene, dick gepolsterte Nylonstoff spannte über seinem Bauch, blitzte im Schein der Laternen wie eine Discokugel.

Zorns Atem drang in dampfenden Schwaden durch die grobmaschige Wolle, darüber waren seine Augen fragend auf Schröder gerichtet.

»Eine Vermisstenanzeige«, sagte Schröder. »Eine Frau Anfang vierzig, mittlerweile seit fast drei Wochen verschwunden.«

»Und warum ...«

»Ich weiß nicht, warum sie erst jetzt als vermisst gemeldet wurde. Aber das wirst du sicherlich morgen rauskriegen.«

»Ich?!«

Der Schal blähte sich unter Zorns empörtem Prusten.

»Irgendjemand«, beschied Schröder knapp, »muss es ja machen.«

Zorn hob resigniert die Hände. Schröder tat, als würde er die Fäustlinge nicht bemerken, obwohl sie an den dünnen Ärmeln der Lederjacke wie Bratpfannen wirkten.

»Ögi!«

Eine kleine Gestalt löste sich aus dem Schneetreiben, Edgar kam auf dem Hintern herangeschlittert und stoppte ein paar Meter über ihnen, indem er sich an den Stamm einer Birke klammerte.

»Los!«, rief er. »Wir rutschen noch mal!«

»Klar!« Schröders Gesicht hellte sich auf. »Warte kurz!«

Hastig streifte er die Jacke ab, nahm die Mütze vom Kopf, drückte beides dem verdutzen Zorn in die Hand und war kurz darauf mit Edgar im Getümmel verschwunden.

»Scheiß drauf«, dachte Zorn und rannte hinterher.

Als zwanzig Minuten später sechs tiefe, getragene Glockenschläge über den Hasenberg hallten, hatten sich die meisten Menschen wieder auf den Heimweg gemacht, ausgenommen zwei seltsam gekleidete Gestalten, die mit einem kleinen Jungen in gelbem Schneeanzug ausgelassen durch den Schnee tollten. Der eine, klein und glatzköpfig, wirkte in seinem ausgeleierten, weit über die fülligen Hüften hängenden Rollkragenpullover und den Cordhosen, die sich über den Schäften der Filzstiefel beulten, wie der Knecht in einem russischen Märchenfilm. Ein wirklich ungewöhnlicher Anblick, doch nichts im Vergleich zu dem anderen, einem schlanken, hochgewachsenen Mann in metallicfarbener, viel zu kurzer Skijacke, fellgesäumten Handschuhen und einer Mütze, unter deren Ohrenklappen das dunkle Haar in langen Strähnen über einem orangefarbenen Schal hing. Der Mann war eitel – äußerst eitel –, und ihm war durchaus bewusst, dass er aussah wie ein obdachloser kaukasischer Schnorrer, doch es war ihm egal.

Er schwitzte. Der Schweiß floss in Strömen, und er genoss es.
Und war glücklich.

Acht

Zorn zog die Handbremse an, stemmte sich aus dem Volvo und kniff geblendet die Augen zusammen. Die Sonne strahlte vom stahlblauen Himmel, der wie eine eiserne Kuppel über der Siedlung am nördlichen Stadtrand hing. Gleißendes Licht spiegelte sich in den Fenstern der zweistöckigen Reihenhäuser, reflektiert vom unberührten Schnee auf den Dächern, den Hecken, den Vorgärten und den halb auf dem Bürgersteig geparkten Mittelklassewagen.

Die Luft war kalt, brannte in den Lungen, doch es war eine angenehme Kälte, und für einen Moment fühlte sich Zorn, als wäre er in ein idyllisches, tiefverschneites Alpendorf geraten.

Er schob die Fahrertür mit der Hüfte zu. Der dumpfe Knall hallte zwischen den gepflegten Fassaden wider. Steifbeinig stakste er über die vereiste Fahrbahn, klingelte an einem niedrigen Gartentor, und während er mit tief in der Lederjacke vergrabenen Händen wartete, spürte er ein leichtes Stechen hinter der Stirn, das offensichtlich mit seiner verstopften Nase zusammenhing und ein weiteres Anzeichen für eine drohende Erkältung darstellte.

Das hatte er auch Schröder im Büro erklärt. Wieso, hatte er gefragt, muss ich in dieser Schweinekälte durch die Gegend fahren? Okay, Schröder habe ihm diese Vermisstenanzeige auf die Backe gedrückt, damit müsse er leben, aber das mindeste, was man erwarten könne, sei doch, den Zeugen ins Präsidium zu bestellen. Das, hatte Schröder erwidert, stimme natürlich, aber zum einen habe er den Zeugen bereits informiert, und zum anderen sei er selbst mit Gero von Lubitzsch, dem Vater des zweiten Opfers, verabredet. Dieser wohne in einer Villa am Stadtpark, also genau auf dem Weg, und wenn Zorn in die Siedlung fahre, könne er ihn unterwegs einfach absetzen. Aber mein Schnupfen, hatte Zorn mit einem theatralischen Schniefen zu bedenken gegeben, was ist mit meinem Schnupfen? Zumindest hast du kein Fieber, hatte Schröder festgestellt, nachdem er Zorn die Hand auf die Stirn gelegt hatte, und als Zorn ihn wenig später mit einem mürrischen Brummen am Stadtpark absetzte, da hatte Schröder ihm zum Abschied ein Päckchen Tempotaschentücher in die Hand gedrückt mit den Worten, dass die frische Luft ihm bestimmt guttun werde.

Zorn hob den Kopf, folgte mit verkniffenen Augen dem wie mit einem Lineal über den wolkenlosen Himmel gezogenen Kondensstreifen eines Flugzeugs, hörte, wie hinter ihm eine Tür geöffnet wurde, und griff in die Jacke nach dem Dienstausweis, um seiner Arbeit nachzugehen.

*

»Es ist so furchtbar.«

Schröder war nicht sicher, ob die Worte an ihn gerichtet waren. Gero von Lubitzsch sah auf seine Hände, genauer gesagt auf einen Ring mit grünem, goldgefasstem Turmalin, den er unablässig um den Finger drehte. Ein schlanker, aristokratisch wirkender Mann Mitte fünfzig, der mit dem eisgrauen, kurzgeschnittenen Haar, der markanten Nase und den stechend blauen Augen aussah wie ein adliger Weingutbesitzer aus einer Vorabendserie und nicht wie ein vorbestrafter Finanzjongleur.

»Absolut furchtbar«, seufzte von Lubitzsch.

Bisher hatte Schröder nicht viel gesagt. Er hatte sich vorgestellt und war dann in die Villa gebeten worden, allerdings erst nachdem sein Dienstausweis einer eingehenden Prüfung unterzogen worden war. Die Hausherrin, hatte von Lubitzsch erklärt und war durch einen lichtdurchfluteten, mit weißem Marmor gefliesten Flur vorausgegangen, lasse sich entschuldigen, sie habe

Migräne. Nach all diesen furchtbaren Ereignissen brauche sie jetzt absolute Ruhe, hatte er hinzugefügt und Schröder in den Wintergarten geführt, einen verglasten Anbau mit honigfarbenen Rattanmöbeln, zwei deckenhohen Palmen und einem gusseisernen Kaminofen in der Ecke.

Von Lubitzsch saß mit gesenktem Kopf vor der Glasfront. Hinter ihm glitzerte ein weiträumiger Garten im kalten Licht der Wintersonne. Kugelförmig gestutzte Hecken verteilten sich wie riesige weiße Bälle über den schneebedeckten, sanft abfallenden Rasen, dazwischen Gipsstatuen, ein steinerner Springbrunnen und die spiegelnde Eisfläche eines künstlichen Teichs.

Schröder knöpfte den Mantel auf, während von Lubitzsch zum dritten Mal erklärte, wie furchtbar das alles sei.

»Das ist es«, nickte Schröder, streifte die beigefarbene Strickmütze ab und legte sie neben sich auf den geflochtenen Zweisitzer. »Ich weiß nicht, ob Ihnen das hilft, aber Sie haben mein tiefstes Mitgefühl.«

»Danke.« Von Lubitzsch sah auf. Seine Augen blitzten unter den buschigen Brauen, ihre Farbe glich dem eisigen Blau des kalten Dezemberhimmels. »Man hat uns alles genommen, wirklich alles. Einfach so, von einem Tag auf den anderen. Kein Mensch sollte so etwas durchmachen müssen.«

»Ich bedaure Ihren Verlust, wirklich.«

»Ich weiß natürlich, dass ich schuldig bin.«

Schröder horchte auf.

»Inwiefern?«

Von Lubitzsch beugte sich vor, schob die Ärmel des grauen Kaschmirpullovers nach oben. Eine feingliedrige Goldkette pendelte vor dem V-förmigen Ausschnitt, weißes Brusthaar kräuselte sich auf der gebräunten Haut.

Sein Lebenswerk, erklärte er, sei zerstört. Die Firma, die er in dreißig Jahren harter Arbeit aufgebaut habe, sei insolvent, liege in Trümmern. Er akzeptiere seine Strafe, doch irgendwann müsse

Schluss sein. Er sprach von Rufmord, Schmutzkampagnen und gezielten Verleumdungen. Je länger er redete, desto mehr versteinerte Schröders Gesicht.

»Ich habe Fehler gemacht, und zu diesen Fehlern stehe ich. Trotzdem ...«

»Das ist ein Missverständnis«, unterbrach Schröder. »Mein Beileid galt dem Verlust Ihrer Adoptivtochter und nicht Ihrer Firma. Was das betrifft, hält sich mein Mitgefühl in Grenzen.« Schröder klang freundlich. Doch jedes Wort, jede Silbe drang wie ein Geschoss zwischen seinen Lippen hervor. »Ich habe die Prozessakten gelesen und weiß, welche Steuern Sie hinterzogen und wie viel öffentliche Gelder Sie veruntreut haben. Ich kenne das Urteil. Ich bin hier, weil ich einen Mord aufklären muss, und nicht, um mir die Ausflüchte eines Betrügers anzuhören.«

Von Lubitzsch war blass geworden.

»Sie haben nicht das Recht, so mit mir ...«

»Doch«, lächelte Schröder, »das habe ich. Und jetzt werde ich Ihnen ein paar Fragen stellen, und es wäre nett, wenn Sie Ihre Antworten so knapp und präzise wie möglich halten.«

Er schlug die Beine übereinander.

»Können wir?«

*

»Sie hätten sich wirklich nicht herbemühen müssen, Herr Kommissar. Ich wäre natürlich zu Ihnen ins Präsidium gekommen.«

Der Mann hatte sich als Bertold Weisz vorgestellt, ein dünner Mittdreißiger mit weichen Gesichtszügen und kurzgeschnittenem, im Nacken rasiertem Haar, dessen Farbe an die verblichene Biotonne im Vorgarten erinnerte.

»Ach«, winkte Zorn ab und zwängte sich hinter einem weißen Esstisch auf eine ebenso lackierte Eckbank, »das ist schon okay.«

Die Küche war klein, dunkel und ebenso spießig eingerichtet

wie der Rest des Hauses. Zorn betrachtete die Wandhaken mit den gehäkelten Topflappen, das gedrechselte Regal mit den verstaubten Kochbüchern und die karierten Sitzkissen, farblich genau abgestimmt mit den Vorhängen vor dem schmalen Fenster, in dessen Mitte ein Kranz aus geflochtenen Strohblumen hing.

»Es ist jetzt über zwei Wochen her, dass ich Margrit zuletzt gesprochen habe.« Weisz öffnete einen Hängeschrank, holte zwei Kaffeebecher mit dem rotweißen Logo des örtlichen Fußballvereins heraus. »Seitdem ist sie wie vom Erdboden verschluckt. Ihr Handy ist aus, die Nachbarn haben sie nicht mehr gesehen, und als ich bei ihr auf Arbeit angerufen habe, wurde mir gesagt, dass sie dort nicht erschienen ist.«

Er stellte die Becher auf den Tisch, holte eine schwarze Thermoskanne vom Küchentresen. In grauen, ein paar Nummern zu großen Filzpantoffeln schlurfte er über die weißen Fliesen, ein seltsamer Kontrast zu den ausgewaschenen Jeans, der hellblauen Kapuzenjacke und dem T-Shirt mit dem verschnörkelten Harley-Davidson-Schriftzug.

»Sie sind geschieden?«, fragte Zorn.

»Seit anderthalb Jahren«, nickte Weisz. »Aber wir haben uns im Guten getrennt. Margrit hat mir immer viel bedeutet, wir kennen uns, seit wir klein waren. Zucker?«

»Nee, danke.«

»Wir hatten regelmäßig Kontakt. Auch nachdem ich Vera, meine zweite Frau, kennengelernt habe.« Weisz schob einen geflochtenen Untersetzer auf den Tisch und stellte die Thermoskanne ab. »Die beiden haben sich von Anfang an gemocht.«

»Das ist eher selten der Fall.«

»Allerdings«, lächelte Weisz. »Wir haben Glück gehabt.«

Er goss Kaffee ein. Zorn bemerkte das herzförmige Tattoo über dem rechten Handgelenk, flankiert von zwei Namen: *Margrit & Bertold*.

»Das haben wir uns damals bei unserer Hochzeit stechen lassen«, erklärte Weisz, der Zorns Blick registriert hatte. »Margrit trägt das gleiche. Ich hätte es natürlich längst entfernen lassen können, aber irgendwie mag ich's. Und Vera hat nichts dagegen.«

Zorn nippte an seinem Kaffee. Dieser war heiß, aber fürchterlich bitter und wahrscheinlich schon vor Stunden aufgebrüht worden.

»Wir machen uns Sorgen«, sagte Weisz. »Große Sorgen sogar.«

»Sie könnte verreist sein.«

»Dann hätte sie uns Bescheid gesagt.«

Zorn hob den Becher, erinnerte sich an den Geschmack und begnügte sich damit, in die dampfende Brühe zu pusten.

»Margrit hat niemanden außer uns«, sagte Weisz. »Ich hätte ihr so sehr gewünscht, dass sie ebenfalls jemanden kennenlernt, aber leider …«

Er hielt inne, hob lauschend den Kopf. Auch Zorn hörte das Rumpeln, irgendwo aus dem Keller.

»Die Heizung«, seufzte Weisz. »Der verdammte Kessel muss repariert werden. Dieses Haus, ständig geht irgendwas kaputt. Sie wissen ja, wie das ist.«

Das wusste Claudius Zorn nicht. Wollte es auch nicht wissen.

»Haben Sie den Wohnungsschlüssel Ihrer Exfrau?«, fragte er.

»Dann hätte ich längst nachgesehen.« Weisz schüttelte den Kopf. »Ich hätte die Wohnung natürlich aufbrechen lassen können, aber irgendwie … hab ich mich nicht getraut.«

»Weil Sie Angst hatten?«

»Ja«, nickte Bertold Weisz. »Die habe ich immer noch.«

*

»Ich habe Cordula geliebt.«

»Das«, erwiderte Schröder, »bemerkten Sie bereits.«

Er mochte Gero von Lubitzsch nicht. Der Mann lebte in einer sündhaft teuren Villa am Stadtpark, umgeben von Designermöbeln, edlen Teppichen und protzigen Gemälden. Auch der weiße Mercedes unter dem Carport war Schröder nicht entgangen. Wie konnte er nur behaupten, alles verloren zu haben? Nein, Schröder mochte ihn nicht, diesen Mann, dem der Verlust seiner Firma offensichtlich näherging als der Tod der Adoptivtochter. Schröder hatte sich stets unter Kontrolle, und so war es auch diesmal, doch als er von Lubitzsch über die genauen Todesumstände unterrichtet hatte, da hatte er ihn entgegen seinen sonstigen Gewohnheiten nicht geschont. Von Lubitzsch war mehr und mehr in sich zusammengesunken, als er erfuhr, wie seine Adoptivtochter aufgefunden worden war, nackt, gebrandmarkt, mit herausgeschnittener Zunge an einem Seil in einem verlassenen Wasserspeicher hängend. In den letzten Minuten schien er um Jahre gealtert, und obwohl Schröder sich nichts anmerken ließ, konnte er sich eine gewisse Befriedigung nicht verkneifen.

»Ihre Tochter hat Sie damals angezeigt«, sagte er. »Ohne sie wäre es wohl nie zum Prozess gekommen.«

Die Sonne schien schräg durch das verglaste Dach, reflektierte auf dem niedrigen Glastisch zwischen ihnen. Als von Lubitzsch den Kopf hob, wirkten die halbkreisförmigen Falten um die Mundwinkel wie mit dem Messer eingeritzt. Sein Gesicht, aschfahl unter der gebräunten Haut, hatte die Farbe eines alten Radiergummis angenommen.

»Das stimmt«, murmelte er.

»Warum hat sie das getan?«

»Ich … ich weiß es nicht.«

»Sie müssen ziemlich wütend gewesen sein.«

»Wütend?«, stieß von Lubitzsch hervor. »Natürlich waren wir das, was glauben Sie denn? Dass wir Freudentänze aufgeführt haben?« Die Worte explodierten zwischen den gepflegten Schneidezähnen. »Wir haben Cordula immer wie unser eigenes Kind behandelt. Wir haben alles für sie getan, *alles!* Wir haben die Ausbildung ermöglicht, ihr einen Platz in der Firma gegeben, sie hatte alles, was sie sich wünschen konnte! Und was war der Dank? Sie hat uns ans Messer geliefert! Herrgott, ich hätte sie …«

»… umbringen können?«

Ihre Blicke trafen sich, prallten über dem Tisch regelrecht aufeinander.

»Das ist jetzt nicht Ihr Ernst.« Von Lubitzsch schüttelte den Kopf. Seine Mundwinkel verschoben sich zu einer Grimasse, die unter anderen Umständen an ein freudloses Grinsen erinnert hätte. »Sie glauben doch nicht etwa …«

»Ich glaube gar nichts. Ich stelle Fragen.«

»Cordula war mein Kind.« Schweißperlen glänzten auf von Lubitzschs Stirn. Die Luft im Wintergarten war stickig, aufgeheizt von der Sonne. »Ich habe sie großgezogen. Ich … ich hätte ihr niemals etwas antun können. Niemals.«

Er vergrub das Gesicht in den Händen. Schröder betrachtete ihn eine Weile, sah dann hinaus in den Garten. Die Luft flimmerte über dem unberührten Schnee wie eine Fata Morgana. Grelles, von unzähligen Kristallen reflektiertes Sonnenlicht bohrte sich unbarmherzig in die Augen.

»Sie haben keine Ahnung, wer das getan haben könnte?«

Keine Antwort. Nur ein Kopfschütteln.

»Hatte sie Freunde?«

»Ich … ich weiß nicht.« Von Lubitzsch ließ die Hände sinken. Der Ring funkelte auf, ein flammender, giftgrüner Lichtblitz. »Ich glaube, nicht. Sie war eine Einzelgängerin.«

»Sie werden jetzt ein paar Stunden nachdenken. Ich muss wissen, mit wem sie Kontakt hatte. Bekannte, Arbeitskollegen, mit denen sie sich getroffen hat. Jede Kleinigkeit ist wichtig.« Schröder langte in die Gesäßtasche der Cordhose, klappte seine abgewetzte Brieftasche auf und legte eine Visitenkarte auf den Tisch. »Ich erwarte Ihren Anruf.«

Von Lubitzsch drehte die Karte in den Fingern.

»Bin ich …« Er schluckte, hob den Kopf. »Ich meine, *verdächtigen* Sie mich?«

Schröder antwortete nicht. Stattdessen stand er auf, stülpte die Pudelmütze über die Glatze und knöpfte den Mantel zu.

»Einen schönen Tag noch. Und Grüße an die Frau Gemahlin.«

*

»Hallo? Frau Weisz?«

Zorn schob die Wohnungstür auf. Der Hausmeister, ein bulliger Glatzkopf in fleckiger Latzhose und schweren Arbeitsstiefeln, beugte sich neugierig vor und versuchte, über Zorns Schulter einen Blick in den dämmrigen Flur zu erhaschen.

»Danke.« Zorn zog den Generalschlüssel aus dem Schloss und drückte ihn seinem Gegenüber in die Hand. »Ich brauche Sie dann nicht mehr.«

Ein kurzes Blickduell, ein beleidigtes Schniefen, dann verschwand der Hausmeister mit polternden Schritten im Treppenhaus.

Bertold Weisz hatte Zorn den Weg zur Wohnung seiner Exfrau genau beschrieben, und obwohl Zorn selbst in der Neustadt lebte, hatte er Schwierigkeiten gehabt, den fünfgeschossigen Plattenbau inmitten der verwinkelten Straßen zu finden.

Er betrat den Flur, schloss die Tür hinter sich und rief ein weiteres Mal, ohne mit einer Antwort zu rechnen. Die Wohnung war verlassen, seit längerer Zeit schon. Die Luft war stickig und abgestanden, die Vorhänge zugezogen, die Stille bedrückend wie in einem Museum.

Mehr stellte Zorn zunächst nicht fest. Keinerlei Unterschied zu den Hunderten, wenn nicht Tausenden Zwei-Zimmer-Apartments, die es in der Neustadt gab, abgesehen von der dünnen Staubschicht auf den Möbeln und den welkenden Topfpflanzen auf den Fensterbrettern. Das Zuhause einer alleinstehenden

Frau: keine Bilder an den Wänden, die Küche sauber und aufgeräumt, in der Spüle eine einzelne Kaffeetasse, auf dem winzigen Balkon ein verschneiter, im Netz verpackter Weihnachtsbaum.

Nichts Besonderes also. Auch im Schlafzimmer nicht. Das zerwühlte Bett, die offene Schranktür und die halb heruntergerissene Gardine bewiesen noch lange nicht, dass hier ein Kampf stattgefunden hatte, auch die zersplitterte Vase konnte zufällig vom Fensterbrett gefallen sein. Ein Außenstehender hätte sich womöglich über den seltsamen Gegenstand auf dem Nachtschränkchen gewundert, der aussah wie ein großer Kartoffelstampfer mit überlangem Griff und eher in eine Küche gehörte als in ein Schlafzimmer.

Claudius Zorn allerdings wusste es besser, schließlich hatte er die Anzeige gelesen, mit der dieser Gegenstand im Internet angepriesen wurde:

Der Fleischstempel für den Grill. Das BBQ-Brenneisen mit wechselbaren Buchstaben erlaubt Ihnen das Einbrennen von Schrift auf Fleisch und anderes Grillgut!

Margrit Weisz war verschwunden.

Ob sie noch lebte, war unklar.

Doch eines schien sicher: Sie war gebrandmarkt worden.

Neun

»Wir schicken die Spurensicherung in die Wohnung«, sagte Schröder und hängte seinen Mantel auf. »Vielleicht finden die was.«

Zorn folgte ihm ins Büro, schnüffelte, verzog das Gesicht und öffnete das Fenster. Es war drückend warm, nachdem die Sonne den ganzen Tag auf die verglaste Fassade geschienen hatte. Jetzt stand sie tief hinter der Häuserzeile auf der anderen Seite des Parkplatzes, schickte ihre Strahlen über die Dächer in die Dämmerung wie Suchscheinwerfer einer Flakbatterie.

»Wir müssen sie zur Fahndung ausschreiben«, sagte Zorn und ging zum Schreibtisch.

»*Yes*«, nickte Schröder.

Sie sanken auf ihre Stühle, gleichzeitig, wie in einer jahrelang geprobten Choreographie. Keiner von ihnen bemerkte es.

»Welche Zahlen waren auf dem Brenneisen?«, fragte Schröder.

»Hunderteinundvierzig«, schniefte Zorn und klaubte ein zerknülltes Taschentuch aus der Hose. »Ich meine jetzt nicht hunderteinundvierzig *Zahlen*, es waren natürlich drei.« Er schnäuzte sich geräuschvoll, betrachtete das Ergebnis und warf das Taschentuch in Richtung Papierkorb. »Eine Eins, 'ne Vier und noch 'ne Eins. Zusammengenommen ergibt das ...«

»... hunderteinundvierzig, ich hab dich schon verstanden.«

Zorn schniefte ein weiteres Mal.

»Bei Cordula von Lubitzsch«, Schröder öffnete eine Schublade, »war es ebenfalls eine dreistellige Zahl. Hundertzweiundneunzig.« Er warf Zorn kommentarlos ein neues Päckchen Taschentücher zu.

»Bei Heiner Borck«, Zorn rieb die geröteten Nasenflügel, »war's 'ne Fünf.«

Sie schwiegen einen Moment.

»Da muss es doch 'ne Verbindung geben«, näselte Zorn. »Primzahlen vielleicht oder irgendeine mathematische Reihe.«

»Vielleicht.«

»*Vielleicht?* Wer von uns beiden ist denn hier das Genie?«

Schröder antwortete nicht. Ein kurzer Blick genügte.

Du jedenfalls nicht.

Zorns Niesen dröhnte durch das Büro. Es klang wie ein explodierender Tanklaster. Er wischte sich über die tränenden Augen, seufzte theatralisch und fischte ein neues Taschentuch aus der Packung. Der Blick, den er Schröder dabei zuwarf, war eine Mischung aus stillem Leid und stummen Vorwürfen.

»Soll ich den Notarzt rufen?«, fragte Schröder.

»Blödmann«, knurrte Zorn und schnäuzte sich.

Draußen dröhnte ein Motor auf. Ein Streifenwagen fuhr auf den Parkplatz, Reifen knirschten auf dem Schnee. Die Tür wurde geöffnet, aus dem Autoradio drang Musik herauf. George Michael trällerte in ohrenbetäubender Lautstärke *Last Christmas*. Zorn sprang auf, schloss das Fenster mit einem Knall und atmete erleichtert auf, als die Musik schlagartig verstummte.

»Ich kann diesen Dreck nicht hören«, knurrte er.

»Übermorgen ist Weihnachten. Es gehört einfach dazu.«

»Klar doch. Wie Schimmel auf 'ne vergammelte Pizza.«

Die Tür wurde geöffnet, Gerald Hamsun erschien.

»Doktor Peck erwartet Ihren Bericht«, sagte er zu Schröder. Wie immer würdigte er Zorn keines Blickes.

»Den bekommt er«, sagte Schröder. »Morgen früh, wenn's recht ist.«

»Er hat den ganzen Tag versucht, Sie zu erreichen.«

Zorn betrachtete den hageren Mann. Alles an Hamsun war grau. Der Anzug. Das nach hinten gekämmte Haar. Das Gesicht. Die unregelmäßigen Zähne. Alles grau, in allen erdenklichen Nuancen.

»Das«, lächelte Schröder, »freut uns. Wir waren beschäftigt. Richten Sie Staatsanwalt Peck meine allerbesten Grüße aus. Im Moment wissen wir nur, dass Margrit Weisz verschwunden ist. Ich würde vorschlagen, die Öffentlichkeit um Mithilfe zu bitten. Vielleicht sollte er eine Pressekonferenz einberufen. Das ist natürlich nur ein Vorschlag.«

Den er natürlich befolgen wird, dachte Zorn. Peck nutzt jede Gelegenheit, sein Gesicht in eine Kamera zu halten.

»Ich werde es Doktor Peck ausrichten.«

»Das ist sehr freundlich.«

Hamsun machte auf dem Absatz kehrt.

»Ich hab da mal 'ne Frage«, sagte Zorn.

Pecks Assistent wandte sich um. Es war das erste Mal, dass er Zorn direkt ansah. Auch seine Augen waren grau. Natürlich waren sie das. Ein Grau, das Zorn an die bröckelnden Fassaden der Neustadt erinnerte.

»Mögen Sie *Last Christmas*?«

Die Tür schloss sich mit einem Knall.

»Man wird doch wohl mal fragen dürfen«, brummte Zorn.

*

Eine Dreiviertelstunde später betrat Zorn das Büro, in der Hand ein Salamibrötchen, das er sich aus der Kantine geholt hatte. Es wurde Abend, Schröder war im Halbdunkel nur als gedrungener Schemen hinter dem Schreibtisch zu erkennen. Sein kahlgeschorener Kopf schwebte im bläulichen Widerschein des Monitors wie ein fahler Vollmond in der Dämmerung. Zorn schaltete das Licht ein und zwängte sich im Schein der aufflackernden Neonröhren hinter Schröder zum Fenster, um sich einen Kaffee einzugießen.

»Was machst du?«

Im Vorbeigehen war sein Blick auf den Rechner gefallen.

»Recherchieren«, murmelte Schröder. »Im Internet.«

WILLKOMMEN BEI DEN ERBEN DES LICHTS!, war in grellroten Großbuchstaben auf dem Bildschirm zu lesen, dahinter rotierten die Strahlen einer stilisierten Sonne über die Webseite. Rechts oben flackerten drei weitere Wörter: *ERKENNE DICH SELBST!*

Zorn stopfte den Rest des Brötchens in den Mund, stützte sich auf Schröders Schultern ab und beugte sich vor, um die Schrift am unteren Bildrand besser entziffern zu können.

»Wir freuen uns«, las er kauend vor, »dass Sie sich für die universellen Lehren unserer Bruderschaft interessieren. Wir alle streben nach innerer Erkenntnis, doch nur durch ganzheitliches Betrachten … sag mal«, er richtete sich auf, »seit wann interessierst du dich für diesen esoterischen Müll?«

»Seit eben. Ich habe einen Anruf bekommen.«

»Von den … *Erben des Lichts*?«

»Nein. Es war Gero von Lubitzsch.«

Schröder pustete ein paar Krümel von seiner Tastatur. Zorn bemerkte den Fleck, den seine tropfende Nase auf Schröders Glatze hinterlassen hatte, und verwarf den Gedanken, die Stelle mit dem Jackenärmel abzuwischen.

»Der Adoptivvater des zweiten Opfers«, fuhr Schröder fort. »Die Befragung heute Vormittag hat ja nicht viel gebracht, also habe ich ihn gebeten, noch ein bisschen nachzudenken. Offensichtlich mit Erfolg. Er konnte mir zwar immer noch nichts über irgendwelche Freunde oder Bekannte sagen, aber er meinte, dass Cordula von Lubitzsch mit denen Kontakt gehabt haben muss.« Er wies mit dem Kinn auf den Monitor. »Vor ein paar Monaten hat sie ihm einen Prospekt gegeben und zu irgendeiner Veranstaltung eingeladen. Sie hat ihm in höchsten Tönen alles Mögliche vorgeschwärmt und wohl eine ganze Weile keine Ruhe gegeben, bis er ihr ziemlich deutlich gesagt hat, was er von solchen Leuten hält. Absolut nichts nämlich.«

»Ich geb's ungern zu«, Zorn lehnte sich ans Fensterbrett, »aber das macht diesen Kerl fast sympathisch.«

»Gero von Lubitzsch ist ein Machtmensch. Eiskalt, zynisch und rücksichtslos. Dumm ist er nicht. Du hast Butter am Kinn.«

Zorn wischte mit dem Handrücken den Mund ab.

»Wir müssen diesen Laden unter die Lupe nehmen«, sagte Schröder.

»Ja«, seufzte Zorn. »Das müssen wir wohl.«

Draußen wurden Stimmen laut. Zorn wandte sich zum Fenster

und sah, wie zwei Uniformierte einen laut krakeelenden, offensichtlich betrunkenen Weihnachtsmann im bernsteinfarbenen Laternenlicht über den Parkplatz führten. Wild gestikulierend, die fellbesetzte Zipfelmütze tief im weißbärtigen Gesicht hängend, torkelte der Mann zwischen den Beamten und verschwand schließlich im Präsidium, um seinen Rausch in einer Ausnüchterungszelle auszuschlafen.

Zwei Tage noch, dachte Zorn, dann ist Weihnachten. Was mache ich bloß mit Frieda? Ich kann sie doch nicht allein in ihrer Bude sitzen lassen. Hinfahren kann ich auch nicht, schließlich will ich den Abend mit Edgar verbringen und …

Schröders Stimme riss ihn aus seinen Gedanken. Im ersten Moment glaubte er, sich verhört zu haben. Es geschah zwar oft, dass Schröder die richtigen Worte im richtigen Moment sagte, und manchmal erschien es Zorn, als ob der kleine Mann seine Gedanken lesen konnte wie ein offenes Buch, doch diesmal fragte sich Zorn, ob er womöglich laut gedacht hatte.

»Was hast du gesagt?«

»Ich sagte«, erwiderte Schröder, den Blick noch immer auf seinen Monitor gerichtet, »dass wir Heiligabend bei mir feiern. Ich hab Malina Bescheid gesagt, sie kommt, zusammen mit Edgar natürlich. Frieda hab ich auch angerufen, sie wird ebenfalls da sein.«

Er rollte seinen Stuhl nach hinten, sah Zorn an.

»Das ist doch hoffentlich okay?«

»Klar«, erwiderte Zorn, »von mir aus. Aber nur, wenn du was Anständiges kochst.«

Er zuckte betont beiläufig die Achseln, kämpfte gegen den aufsteigenden Kloß und den Impuls, Schröder um den Hals zu fallen.

Es war nicht nur okay. Es war großartig.

Zehn

Als Claudius Zorn zwei Stunden später das Präsidium verließ, da fühlte er sich leicht und beschwingt. Entgegen seinen sonstigen Gewohnheiten wünschte er dem verdutzten Pförtner einen wunderschönen Abend, steckte sich eine Zigarette in den Mundwinkel, trat durch die zur Seite gleitenden Schiebetüren und genoss die klirrende Kälte, die ihm entgegensprang wie aus einer dunklen Gletscherspalte. Er inhalierte den Rauch, ging mit knirschenden Schritten auf den Parkplatz zu und sang dabei leise vor sich hin.

Last Christmas, I gave you my heart. But the very next day ...

Ach du Scheiße, dachte Zorn, verstummte und biss sich auf die Lippen. Jetzt krieg ich den Dreck nicht mehr aus dem Kopf. Na ja, es gibt Schlimmeres.

Der Volvo parkte weiter hinten unter einer Laterne, glitzerte unter einer dicken Reifschicht wie ein futuristisches Gefährt in einem Science-Fiction-Film. Zorn zögerte und bog dann ab, um die Zigarette an seinem Stammplatz unter der alten Kastanie zu Ende zu rauchen. Dort stand er eine Weile, sah hinauf in den nachtschwarzen Himmel, betrachtete die Sterne zwischen den knorrigen Ästen und dachte an Schröder, der oben an seinem Schreibtisch saß und den Bericht für Staatsanwalt Peck zu Ende schrieb.

Ich kann das natürlich auch machen, hatte Zorn scheinheilig angeboten. Das würde dann allerdings die ganze Nacht dauern, hatte er gesagt, ihm sei ein bisschen schwindlig, der verdammte Schnupfen, Schröder wisse ja, wie das ist. Abgesehen davon sei Schröder sowieso schneller, hatte Zorn hinzugefügt und mit den verbliebenen Fingern der verstümmelten Hand gewedelt. Zwei Finger mehr oder weniger mochten auf den ersten Blick vielleicht keinen großen Unterschied machen, doch beim Schreiben sei Schröder nun mal im Vorteil.

Scheinwerfer flammten auf, streiften über die in Reih und Glied geparkten Streifenwagen. Ein grüner Golf bog ein paar Meter von Zorns Volvo entfernt auf den Besucherparkplatz. Eine schlanke Frau stieg aus, streifte die fellbesetzte Kapuze ihrer roten Daunenjacke über das blonde, zu einem Pferdeschwanz gebundene Haar, lehnte sich an die Motorhaube und zündete eine Zigarette an. Ihr Gesicht war im Schatten der Kapuze verborgen, doch sie sah gut aus, fand Zorn, sehr gut sogar. Lange Beine in schwarzen Röhrenjeans, hochhackige Stiefel. Ihr Blick schien direkt auf ihn gerichtet, sie blies den Rauch seitlich in die Nachtluft, drehte die Zigarette zwischen den lackierten Fingernägeln. Zorn spürte ein leises Kribbeln im Bauch, etwas, das er seit Ewigkeiten nicht mehr gefühlt hatte, und je länger sie zu ihm hinübersah, desto mehr verstärkte sich diese längst vergessene Spannung.

Hinter ihm ertönte ein leises Zischen. Er wandte den Kopf und sah, wie die Glastüren des Präsidiums aufglitten. Gerald Hamsun erschien und blieb geduckt in der Kälte stehen. In der einen Hand baumelte eine Aktentasche, mit der anderen raffte er den Kragen eines dünnen Trenchcoats vor dem Hals. Zorn spürte ein wenig Mitleid mit diesem hageren Mann, der aussah wie ein trauriges, von der Herde verstoßenes Gnu, und fragte sich, wie dieser arme Kerl wohl sein Leben fristete. Wahrscheinlich würde er den Abend allein in einem tristen Wohnzimmer verbringen, ein Mikrowellengericht löffeln und auf ZDF Info eine Dokumentation über den Zweiten Weltkrieg anschauen, bis er irgendwann müde genug war, um schlafen zu können und ein paar Stunden von einem besseren Leben zu träumen.

Zorn wandte sich ab, schnippte die Zigarette weg und nahm sich vor, ein bisschen netter zu Hamsun zu sein, ab und zu wenigstens. Als er den Kopf hob, winkelte die blonde Frau den Arm an und winkte ihm mit einer kurzen Bewegung der Finger zu. Zorn sah verlegen zur Seite, ein wenig unangenehm berührt und gleichzeitig geschmeichelt. Krass, dachte er, die flirtet mit mir, und als er zurückwinkte, tat er es nicht mit irgendwelchen Absichten, sondern eher aus alter Gewohnheit. Die Frau trat die Zigarette aus, und obwohl Zorn ihr Gesicht unter der Kapuze nicht erkennen konnte, war er sicher, dass sie ihm zulächelte. Sie kam auf ihn zu, mit wiegenden Schritten wie ein Model auf dem Laufsteg. Gleich spricht sie mich an, dachte Zorn und setzte ein lässiges Grinsen auf. Ich werde nett sein, aber ich werde ihr deutlich zu verstehen geben, dass ich kein Interesse habe.

Hinter ihm knirschten Schritte, er sah aus den Augenwinkeln, wie Hamsun ein paar Meter entfernt vorbeiging, und erkannte schlagartig, dass die Frau auf Hamsun gewartet hatte, dass ihr Lächeln nicht ihm, Zorn, sondern diesem bleichen Sonderling gegolten hatte. Das Blut schoss Zorn in die Wangen, er wünschte, vom Erdboden verschluckt zu werden, und trat einen Schritt zurück in der Hoffnung, wenigstens im Schatten der Kastanie zu verschwinden. Sein Magen verkrampfte sich im pubertären Trotz eines eifersüchtigen Teenagers, er tröstete sich mit dem Gedanken, dass diese Frau wahrscheinlich eine Verwandte Hamsuns war, vielleicht auch eine Nachbarin. Doch auch dies erwies sich als falsch, denn die Art, wie sie Hamsuns blasses Gesicht in die Hände nahm, und der zärtlich auf die schmalen Lippen gehauchte Kuss bewiesen das Gegenteil.

Die beiden stiegen ein. Rücklichter flackerten auf, der grüne Golf verschwand hinter einem Mannschaftswagen. Claudius Zorn blieb noch eine Weile unter der Kastanie stehen, betrachtete die Auspuffgase, die träge im goldenen Schein der Laternen über den Parkplatz waberten, und schämte sich in Grund und Boden.

Elf

Nacht.

Das Thermometer ist auf minus fünfzehn Grad gefallen. Eine dünne, wie an den sternklaren Himmel geschmiedete Mondsichel schwebt geisterhaft über der schlafenden, im Frost erstarrten Stadt. Die Kirchenglocken schlagen Mitternacht, vereinen sich nach und nach zu einem düsteren Konzert, dessen getragene Klänge durch die leergefegten Straßen hallen wie eine Totenmesse.

*

Gero von Lubitzsch sitzt neben seiner Frau auf dem Sofa. Sie trägt einen fliederfarbenen Morgenmantel, das schwarzgefärbte Haar ist im Nacken zu einem Dutt gebunden. Der Fernseher ist eingeschaltet, auf dem zwei Meter großen Bildschirm läuft ein Schwarzweißfilm mit Humphrey Bogart. Sie achtet nicht darauf, ihr Blick ist auf ihren Schoß gerichtet. Sie strickt. Einen Schal vielleicht oder einen Pullover. Zwei Stunden nachdem der kleine Kommissar gegangen war, ist sie aufgestanden. Seitdem sitzt sie hier und strickt.

Sie haben kein Wort miteinander gewechselt.

Im Kamin brennt ein Feuer. Der Widerschein der Flammen spiegelt sich auf dem Kristallglas in seiner Hand, flackert über ihr Gesicht. Ihre Haut glänzt unter einer fettigen Schicht dick aufgetragener Nachtcreme. Er trinkt einen Schluck Wein. Denkt, wie sehr sie ihm zuwider ist. Seit Jahrzehnten. Vielleicht auch schon immer.

Aus dem Fernseher dringen Schüsse, Bogart starrt mit gezückter Pistole direkt in die Kamera. Seine Worte mischen sich mit dem Klackern der Stricknadeln. Von Lubitzsch betrachtet das Foto seiner toten Adoptivtochter, ein kleines, zerknittertes Passbild, das er die ganze Zeit in der Hand gehalten hat. Seine Augen glänzen.

Er steht auf. Sagt, dass er schlafen gehe.

Seine Frau antwortet nicht.

*

Ein paar Kilometer weiter nördlich ist Bertold Weisz damit beschäftigt, den Weihnachtsbaum zu schmücken. Mit der einen Hand befestigt er eine Lichterkette in den Zweigen, in der anderen hält er ein halbvolles Bier. Er trinkt einen Schluck, wischt den Mund am Ärmel der blauen Kapuzenjacke ab. Aus der Küche dringt Musik herüber, Helene Fischer trällert ein Weihnachtslied. Bertold Weisz pfeift leise mit, obwohl er Schlager nicht mag. Vera, seine zweite Frau, vergöttert Helene Fischer geradezu. Vera ist zwölf Jahre älter als Bertold, und sie diskutiert nicht mit ihm. Weder über Musik noch über irgendetwas anderes.

Er schaltet die Lichterkette ein, nickt zufrieden. Aus dem Flur hinter ihm dringt ein Knacken. Eine schmale Tür öffnet sich in der Holzverkleidung der Treppe zum oberen Stockwerk. Vera kommt aus dem Keller, in der Hand einen vergilbten Karton. Eine Spinnwebe hat sich in ihrem hellgrauen, dauergewellten Haar verfangen, Staub bedeckt die Schultern des türkisfarbenen Nylonkittels.

Der Flur ist total verdreckt, sagt sie und drückte ihm den Karton in die Hand. Sie ist einen Kopf kleiner als Bertold, ihr Mund zu einem farblosen Strich verkniffen. Er öffnet den Karton und kramt den Inhalt heraus: Weihnachtskugeln, Lamettapackungen, Plastikengel.

Ich war das nicht, sagt er. Das war der Polizist.

Beim nächsten Mal soll er die verdammten Drecksbotten ausziehen.

Tut mir leid, Vera.

Bertold Weisz hängt einen chromfarbenen Tannenzapfen auf, tritt einen Schritt zurück und begutachtet sein Werk. Nippt an seinem Bier und rülpst zufrieden.

Du benimmst dich wie ein Schwein.

Er duckt sich unter dem Blick ihrer wässrigen Augen, murmelt eine Entschuldigung. Ein leises Poltern erklingt, irgendwo aus dem Keller.

Ich gehe jetzt schlafen, sagt Vera. Wenn du hier fertig bist, machst du den Flur sauber.

Ihre Filzpantoffeln schlurfen über den zerschlissenen Teppichläufer, die Stufen der Treppe ins Obergeschoss knarren. Sie bleibt noch einmal stehen. Ihre mürrische Stimme hallt durch das kleine Haus.

Und geh unter die Dusche. Du stinkst wie ein Affe.

*

Gerald Hamsun liegt bereits seit über zwei Stunden im Bett. Er schläft nicht, seine grauen Augen sind nach oben gerichtet, folgen den Schatten der Gardinen, die sich sacht vor der Heizung bewegen und im Widerschein der Laternen über die Zimmerdecke huschen. Seine rechte Hand liegt im Nacken unter dem Kopfkissen, mit der anderen umfasst er die nackte Schulter der blonden Frau, die tief und fest neben ihm schläft. Sie liegt auf der Seite, ihr Kopf ruht auf seiner schmalen, kaum behaarten Brust. Ihr rechtes Bein ist angewinkelt, der Oberschenkel liegt quer über seinem Bauch.

Ein Brummen ertönt. Auf dem Nachttisch leuchtet sein Handy auf, das Display spiegelt sich auf der bauchigen Sektflasche. Vorsichtig beugt er sich hinüber, liest die Nachricht.

Morgen 10.00 Pressekonferenz. Erwarte Sie 7.15 im Büro. Peck.
Ist es wichtig?

Sie klingt verschlafen, schmiegt sich enger an ihn.

Nein, flüstert er und küsst ihr blondes, nach frischen Orangen duftendes Haar. Im Moment gibt es nichts, das wichtig ist.

Nur ich, murmelt sie, bereits wieder am Einschlafen.

Ja, sagt Gerald Hamsun. Nur du.

*

Während Hamsun allmählich in den Schlaf driftet, ist Schröder hinter seinem Küchentresen in die Arbeit vertieft. Auf der polierten Platte liegt eine frisch ausgenommene Gans, daneben stehen Schüsseln mit geschälten Äpfeln, gehackten Zwiebeln und gewürfeltem Speck. Messer blitzen zwischen duftenden Bündeln aus Rosmarin, Beifuß und Majoran. Aus der Stereoanlage plätschert eine Händelsinfonie, die perlenden Klänge mischen sich mit dem Klappern der Töpfe, dem Schaben der Messer und Schröders ruhigem, konzentriertem Atem. Vor den deckenhohen Fenstern funkeln die Lichterketten, die Schröder in den verschneiten Kiefern verteilt hat. Dahinter schimmert der vereiste See im matten Zwielicht der Sterne.

Es dauert eine Weile, bis Schröder die Gans in Frischhaltefolie verpackt und im Kühlschrank verstaut hat. Er säubert die Hände an dem Geschirrtuch um seine breiten Hüften, streckt seufzend den Rücken. Auf dem Esstisch türmen sich Einkaufstüten mit Geschenken. Schröder durchwühlt den Haufen auf der Suche nach seinem Handy, findet es schließlich unter einem eingeschweißten Weihnachtsmannkostüm, läuft zu dem Ohrensessel neben dem Kamin, sinkt mit einem erleichterten Aufatmen in die weichen Polster und schreibt eine Nachricht an Frieda.

Du kommst doch, ja?
Ihre Antwort kommt schnell.

Ich bin nicht sicher. Ich glaube, nicht.

Das kannst du ihm nicht antun, Frieda.

Ich denk drüber nach.

Tu das, murmelt Schröder.

Er steht auf und beginnt, die Küche aufzuräumen.

*

Und Zorn?

Nun, der liegt schnarchend in seinem Bett. Es hat nicht lange gedauert, bis er das peinliche Erlebnis vom Vorabend verarbeitet und als eines von vielen Fettnäpfchen, die seinen Lebensweg säumen, zu den Akten gelegt hat. Trotzdem schläft er unruhig, seine Pupillen bewegen sich hinter den geschlossenen Lidern, während er sich in den verschwitzten Laken von einer Seite auf die andere wälzt. Kein Wunder, denn der Gedanke, der ihm kurz vor dem Einschlafen gekommen ist und ihn jetzt im Traum weiter verfolgt, stellt ein Problem dar. Ein äußerst gravierendes, nahezu unlösbares Problem.

Es hat nichts mit dem Fall zu tun. Weder mit aufgespießten Körpern noch herausgeschnittenen Zungen. Auch nicht mit rätselhaften Zahlen, die Menschen bei lebendigem Leib in die Haut gebrannt werden, bevor man sie bestialisch ermordet.

Nein, Claudius Zorns Problem ist viel, viel schlimmer.

Was, um Himmels willen, soll er Schröder zu Weihnachten schenken?

ZWEITER TEIL

Zwölf

»Kann ich helfen?«

Das Lächeln der Frau erinnerte Zorn an eine Stewardess, die fragt, ob man seinen Kaffee schwarz oder lieber mit Milch und Zucker wolle.

»Ja«, sagte er, faltete die Broschüre zusammen und legte sie wieder zurück in den Prospektständer neben der chromglänzenden Fahrstuhltür. *Wege ins Licht*, stand über dem Bild eines lächelnden Pärchens in Businesskostümen. Darunter die stilisierte Sonne, die Zorn bereits auf der Webseite gesehen hatte.

»Ich bin Mona.«

Ihr Händedruck war fest. Sie deutete einladend in den Flur und ging mit klackernden Absätzen voraus. Auch ihre Kleidung ähnelte der einer Stewardess: taubenblaues Kostüm, hochgeschlossene Seidenbluse, blondes, im Nacken durch eine silberne Spange gehaltenes Haar.

Zorn folgte ihr, betrachtete dabei abwechselnd ihre schlanken Waden und die Schilder an den Türen, hinter denen Steuerbüros, Immobilienmakler und Versicherungsberater residierten. Sie stoppte neben einem Wasserspender, riss eine Tür auf. *Erben des Lichts e. V.* stand auf einem laminierten, mit Reißzwecken am Türblatt befestigten Schild. *Dein Weg zur spirituellen Vollendung.*

»Hereinspaziert, junger Mann.«

Das Büro befand sich im sechsten Stock eines Neubaus im Industriegebiet am westlichen Stadtrand. Ein heller, unpersönlich eingerichteter Raum mit fliederfarbener Auslegware und weißgestrichenen Wänden. Die Rückseite war vollständig verglast und gab den Blick auf die schneebedeckten Dächer der umstehenden Lagerhallen und die orangefarbene Fassade eines Baumarktes frei. Im Hintergrund glänzten die riesigen Pylonen der Seilbrücke am Güterbahnhof in der Wintersonne.

»Es ist hoffentlich okay, wenn ich dich duze.« Sie deutete auf drei Ledersessel, die um einen runden Glastisch gruppiert waren, nahm Platz und wartete, bis Zorn ihrem Beispiel gefolgt war. »Wir betrachten uns hier als große Familie.«

Ihre Mundwinkel hoben sich zu einem weiteren Lächeln. Die Farbe des grellroten Lippenstiftes passte perfekt zu den langen, sorgfältig manikürten Fingernägeln.

»Vielleicht sollte ich kurz etwas über uns erzählen«, fuhr sie fort. »Jeder, der zu uns kommt, kann jederzeit wieder gehen. Und ich will dir nichts vormachen. Es ist ein langer und verdammt schwerer Weg, aber wenn du's erst mal geschafft hast, dann bist du ein anderer Mensch.«

»Das«, sagte Zorn, »klingt wirklich toll, Mona.«

»Ja, nicht wahr?« Ihr Lächeln entblößte zwei Reihen schneeweißer Zähne. »Hier«, sie schob ihm ein dünnes Buch über den Glastisch entgegen. »Am besten, du liest dir das in Ruhe durch. Da steht alles drin, was du für den Anfang wissen musst.«

Zorn betrachtete den Einband. *TRANSZENDENZ UND HÖHERES SELBST,* stand in goldenen Buchstaben über dem weichgezeichneten Foto eines Mannes, der jedes Klischee eines amerikanischen Fernsehpredigers erfüllte: die Zähne zu weiß, das Lächeln zu breit, das Gesicht zu gebräunt, die nach hinten gegelten Haare zu schwarz. *Der neue Bestseller von Magnus de Vriess* las Zorn unter dem Foto.

»Es wird dir gefallen«, sagte sie. »Magnus schreibt einfach wunderbar. Ich selbst war mein Leben lang auf der Suche, aber seit ich Magnus kenne«, Zorn bemerkte die hauchzarte Röte unter der Schminke, »habe ich endlich meinen Platz gefunden.«

»Das«, sagte Zorn, »ist fein, Mona. Ich bin nämlich auch auf der Suche.«

»Das sind wir alle.«

»Dann kannst du mir bestimmt helfen.«

Er griff in die Lederjacke, holte ein Foto hervor und schob es ihr über den Tisch zu. Sie registrierte die fehlenden Finger, ließ es sich jedoch nicht anmerken.

»Wer ist das?«

»Eine Frau.«

Sie senkte die gezupften Brauen.

»Das sehe ich.«

»Ihr Name ist Cordula von Lubitzsch«, sagte Zorn. »Du müsstest sie eigentlich kennen.«

Sie nahm das Foto, gab es Zorn kopfschüttelnd zurück.

»Ich kenne diese Frau nicht. Und ich verstehe nicht …«

»Das wird dich jetzt wahrscheinlich enttäuschen, Mona.« Zorn verstaute das Foto wieder in der Innentasche, holte stattdessen seinen Dienstausweis hervor und warf ihn auf die Glasplatte. »Ich bin nicht hier, weil ich mich von euch über den Tisch ziehen lassen will. Euer esoterischer Bockmist geht mir meilenweit am Arsch vorbei, und wenn's nach mir ginge, würdet ihr alle in den Knast wandern. Und vielleicht«, er schlug lächelnd die Beine übereinander, »klappt das ja sogar. Cordula von Lubitzsch ist ermordet worden, und sie hat bei eurem Verein mitgemacht. Wenn dieser Saftladen irgendwas damit zu tun hat, dann mache ich euch die Hölle heiß.«

Sie stand so abrupt auf, dass der Sessel nach hinten kippte.

»Ich möchte, dass Sie jetzt gehen.«

»Gibt es irgendwelche Unterlagen? Mitgliederverzeichnisse, wo ihr Name stehen könnte?«

»So etwas existiert bei uns nicht.« Zorn sah die Falten um den verkniffenen Mund. »Niemand muss sich hier registrieren lassen.«

»Und Sie kennen diese Frau nicht?«

»Nein.«

»Was ist mit dem hier?« Zorn griff nach dem Buch, deutete auf das Foto auf dem Einband. »Kann diese lackierte Flachzange mir vielleicht weiterhelfen?«

»Das müssen Sie ihn schon selbst fragen.«

»Hervorragende Idee«, grinste Zorn und stemmte sich aus dem Sessel. »Danke, Mona, von allein wär ich bestimmt nicht draufgekommen.«

*

»Ich sehe einfach keinen Zusammenhang«, seufzte Schröder und trommelte mit den Fingerspitzen auf den Schreibtisch. »Zwei Menschen werden ermordet, einer verschwindet. Was verbindet einen alten Mann und zwei junge Frauen?«

Zorn antwortete nicht. Er hing mit gestreckten Beinen und im Nacken verschränkten Fingern in seinem Bürosessel und sah zum Fenster. Der Himmel hatte sich zugezogen, die Nachmittagssonne schimmerte wie eine verlöschende Glühlampe hinter einer schieferfarbenen Wolkenschicht.

»Wir haben nichts«, sagte Schröder.

»Hm«, machte Zorn.

»Keine Verbindung.«

Zorn nickte stumm, den Blick noch immer verträumt zum Fenster gerichtet.

»Nur diese verdammten Zahlen.«

Zorn starrte weiter ins Leere, kaute dabei nachdenklich auf der Innenseite seiner Wange.

»Das ist alles, was wir haben«, fuhr Schröder fort. »Aber ich erkenne einfach keinen Sinn, ich …«

»Hast du eigentlich 'ne Käsereibe?«

»Wie meinen?«

Zorn, der in Gedanken auf der Suche nach einem Weihnachtsgeschenk für Schröder gewesen war, winkte ab.

»Ach, nichts weiter.«

Was Nützliches, hatte er gedacht. Etwas, das er gebrauchen kann. Er kocht, also könnte ich ihm was für die Küche schenken.

Schröder bedachte Zorn mit einem misstrauischen Blick, wandte sich dann seufzend seinem Rechner zu. So verging eine Weile, nur das leise Rauschen der Klimaanlage war zu hören und das Klappern von Schröders Tastatur, während Zorn in Gedanken weitere Küchengeräte durchging.

»Was machst du eigentlich nach den Feiertagen?«, fragte Schröder schließlich.

»Keine Ahnung«, brummte Zorn, an dessen geistigem Auge ein Toaster, eine Knoblauchpresse, ein Quirl und unpassenderweise eine verchromte Schreibtischlampe vorbeizogen.

»Du hast also nichts weiter zu tun?«

»Nö.«

Ein Dosenöffner vielleicht?, überlegte Zorn.

»Fein.«

Oder ein Pfefferstreuer?

»Dann wäre das also abgemacht.«

Nee, den hatte Schröder garantiert schon. Vielleicht …

»Moment!« Zorn sah stirnrunzelnd auf. »*Was* wäre abgemacht?«

Schröder lehnte sich zurück, faltete die Hände über dem Kugelbauch.

»Dein Besuch heute Morgen, bei diesen … wie hattest du sie nochmal genannt?«

»Esoterische Dünnbrettbohrer.«

»Genau. Der hat ja nicht viel gebracht.«

»Das haben wir doch schon besprochen, Schröder.«

»Trotzdem gab's einen Punkt, wo wir nachhaken wollten. Du weißt schon, diese …«

»… lackierte Flachzange.«

»Richtig.«

Schröder drehte seinen Monitor in Zorns Richtung. Dieser beugte sich vor und erkannte den schwarzhaarigen Mann, dessen jugendliches Grinsen dem Betrachter unter einer dicken Schicht Bräunungscreme geradezu entgegensprang. *EIN ABEND MIT MAGNUS DE VRIESS* war in animierter Schrift auf der Webseite zu lesen. *ERLEBEN SIE DEN VERKÜNDER DER INNEREN WAHRHEIT AM 27. DEZEMBER LIVE IM KONGRESSZENTRUM!*

»Mit kaltem Buffet und Büchertisch«, las Zorn halblaut vor.

»Nicht zu vergessen«, ergänzte Schröder, »die gemeinsame Meditation mit anschließender Signierstunde.«

Sie sahen sich an.

»Ich geh da nicht hin, Schröder.«

»Warum?«

»Weil … ich da nicht hingehe.«

»Du hast selbst gesagt, dass wir uns diesen Mann näher anschauen sollten.«

»Ja. Aber ich geh da nicht hin.«

»Er kannte Cordula von Lubitzsch womöglich.«

»Trotzdem. Ich geh da nicht hin.«

»Ach komm, Chef.« Schröder stützte das Kinn in die Hände. »Denk an das kalte Buffet.«

»Ich geh da nicht …«

»Außerdem hast du gesagt, dass du nichts weiter vorhast.«

»*Jetzt* hab ich was vor.« Zorn verschränkte die Arme. »Geh du doch.«

»Ich muss meinen nächsten Kurs vorbereiten. Meine Studenten …«

»Deine Studenten«, unterbrach Zorn, »haben Semesterferien. Dein nächster Kurs ist frühestens in drei Wochen. Lass dir gefälligst 'ne bessere Ausrede einfallen.«

Schröder sank zurück in die Lehne, setzte eine dienstliche Miene auf.

»Dir ist schon klar, dass …«

»… du mir 'ne Anweisung geben kannst? Dass du mich dazu verdonnern kannst, zu dieser hirnverbrannten Veranstaltung zu gehen, um mir das Gelaber dieses Idioten anzuhören? Klar ist mir das klar. Aber es gibt so was wie Menschenrechte. Und die werde ich wahrnehmen, mein Freund. Und wenn ich bis zum Internationalen Gerichtshof nach Brüssel muss.«

»Den Haag«, korrigierte Schröder.

»Wo auch immer. Du kannst jedenfalls gern versuchen, mich zu zwingen. Wirst ja sehen, was du davon hast.« Zorn senkte die Stimme. »*Chef*.«

Er schob angriffslustig das Kinn vor. Schröder schürzte die Lippen, musterte ihn unter hochgezogenen Brauen.

»Nun gut«, erklärte er spitz, »wir besprechen das später.«

»Ich werde da trotzdem nicht …«

»Ich sagte«, unterbrach Schröder, »wir besprechen das später!«

»Pff!«, machte Zorn.

Irgendwo draußen auf dem Flur knallte eine Tür. Zorn stand auf, nahm seine Jacke und brummte, dass er jetzt Feierabend mache. Es sei spät, morgen sei Heiligabend, und er habe noch eine Menge zu tun.

»Es sei denn«, er schlug den Kragen hoch, »mein höchst verehrter Vorgesetzter hat noch eine Aufgabe für mich.«

Schröder wedelte mit den Fingern, zum Zeichen, dass Zorn für heute entlassen sei. Dieser schlug die Hacken zusammen, deutete eine Verbeugung an und ging zur Tür.

»Ich hab übrigens zwei«, sagte Schröder.

Zorn, die Klinke bereits in der Hand, wandte sich noch einmal um.

»Zwei *was*?«

»Käsereiben.«

Schröder hatte den Monitor wieder in seine Richtung gedreht

und sah, das Doppelkinn auf die linke Hand gestützt, auf den Bildschirm, während er mit der anderen etwas in seine Tastatur tippte.

»Eine elektrische und eine mechanische.«

»Ach.«

»Eigentlich«, sagte Schröder, »sind's sogar drei.«

»Echt?«

»Wenn man den Parmesanhobel dazurechnet.«

Zorn schnalzte anerkennend mit der Zunge.

»Krass.«

»Ich hab ihn allerdings noch nie benutzt.«

»Wozu hast du ihn dann?«

»Das«, nickte Schröder und hob den Kopf, »ist eine gute Frage.«

Er schob die Unterlippe vor und kratzte sich nachdenklich am Hals.

»Ich nehme an«, sagte er nach einer Weile, »zum Parmesanhobeln.«

Dreizehn

Margrit Weisz.

Es riecht infernalisch, doch sie nimmt es kaum noch wahr.

Plastik. Gummi. Verschimmelte Essensreste. Der Gestank ihrer Exkremente. Dazu die Ausdünstungen ihres Körpers, eines Menschen, der seit drei Wochen in einem Regenwassertank vor sich hin vegetiert. Nackt, ohne die geringste Ahnung, wo er sich befindet.

Irgendwann ist sie zu sich gekommen, in diesem Sarg aus giftgrünem Plastik, zwei Meter lang, einen Meter breit, einen Meter hoch. Man hatte sie niedergeschlagen, ihr Kopf hatte furchtbar weh getan, doch die Schmerzen im Rücken waren schlimmer gewesen, als würden glühende Nägel zwischen ihren Schulterblättern stecken. Nach ein paar Tagen hatte der Schmerz sich gelegt, jetzt heilen die Wunden allmählich, und wenn sie ganz still sitzt, spürt sie kaum noch etwas.

Sie hockt mit angewinkelten Beinen in einer Ecke. Ihr Kopf ruht auf den Unterarmen, die gekreuzt auf den verschorften Knien liegen. Sie schläft. Das Haar hängt in verfilzten Strähnen vor ihrem Gesicht, bewegt sich im Rhythmus ihres flachen Atems vor dem halbgeöffneten Mund. Fahles Licht dringt von außen durch die dünnen Plastikwände. Ihre nackte Haut schimmert im grünlichen Licht wie uralter, moosbewachsener Marmor. Ihr Schlaf ist unruhig, eher ein flaches Dahindösen. Die Finger zucken, ihre Lippen bewegen sich. Ein undeutliches Murmeln dringt hervor wie das Brabbeln eines träumenden Kindes.

Plötzlich schreckt sie hoch, hebt den Kopf wie ein witterndes Tier. Sieht sich mit flackernden Augen um. Es gibt nicht viel, das zu ihr durchdringt. Kaum ein Unterschied zwischen Tag und Nacht, nur ein eintöniger Wechsel aus giftgrüner Dämmerung und absoluter Dunkelheit. Kaum Geräusche, ab und zu das weit entfernte Bellen eines Hundes, ein hupendes Auto oder ein knatterndes Moped. Und dieses Quietschen, das sie geweckt hat. Das mittlerweile vertraute Knarren einer schweren Eisentür, die geöffnet und mit einem dumpfen Knall wieder geschlossen wird.

Sie geht ruckartig in die Hocke, stützt sich mit den Händen auf dem Boden ab. Ihre Finger verschwinden in der stinkenden Brühe. Leere Plastikflaschen schwimmen zwischen zerknickten Pappschalen umher. Der Strahl einer starken Taschenlampe huscht von außen über die Wände. Haarfeine, parallel verlaufende Linien überziehen das harte Plastik, dazwischen dunkle Streifen getrockneten Blutes. Überreste ihrer Fingernägel kleben in den Abdrücken, die ihre blutenden Hände hinterlassen haben, als sie noch versucht hat, ihrem Gefängnis zu entkommen.

Sie hat es längst aufgegeben. Mehr noch, sie hat vergessen, es überhaupt probiert zu haben.

Auf allen vieren kriecht sie durch den glucksenden Schlamm, hin und her wie ein Käfighund vor der Fütterung. Jede ihrer Bewegungen lässt den Tank vibrieren, erzeugt ein dumpfes, hohles Poltern.

Über ihr wird ein Deckel aufgeschraubt. Sie hebt den Kopf. Schließt die Augen, geblendet vom Strahl der Taschenlampe, einer gleißenden Sonne aus einer anderen Welt. Ihre verschorften Lippen bewegen sich, doch kein Laut dringt hervor.

Anfangs, da hat sie noch geweint. Gebettelt hat sie und geschrien. Was willst du? Wer bist du? Warum bin ich hier?, hat sie gerufen. Sie hat gedroht, gefleht, doch sie hat keine Antwort bekommen. Kein einziges Wort. Nur dieses Licht hat sie gesehen, einen halben Meter über ihrem Kopf. Es hat lange gedauert, bis sie verstanden hat, dass sie nicht reden darf, denn erst, als sie halb verdurstet war, unfähig, zu sprechen, da hat sie Essen und Trinken bekommen.

Sie setzt sich auf die Knie. Senkt den Kopf und hebt die Hände wie eine Betende in Erwartung der Hostie. Seit drei Wochen ist sie jetzt gefangen. Einundzwanzig Tage, die eine kultivierte fünfunddreißigjährige Frau in eine zitternde, einzig nach Nahrung gierende Anhäufung menschlicher Körperzellen verwandelt haben. Es gibt kein Gestern. Kein Morgen. Nur Hunger und Durst. Nackten, animalischen Instinkt. Sie weiß nicht, dass nach ihr gefahndet wird. Selbst wenn, es wäre ihr egal. Zitternd und durchnässt, krümmt sie sich in dem engen Tank, inmitten eines schwarzen, knöcheltiefen Sees aus stinkendem Unrat. Das Licht der Taschenlampe spiegelt sich auf ihrem schmalen Rücken. Die Wunden sind verschorft und vereitert, doch die Zahlen, tief in die Haut gebrannt, deutlich zu erkennen: eine Eins, eine Vier, eine Drei.

Mit zitternden Fingern nimmt sie ihr Essen in Empfang. Über

ihr wird der Deckel zugeschraubt. Das Licht verlischt. Die Tür schließt sich mit einem dumpfen Knall.

Es ist Heiligabend. Die Menschen versammeln sich im Kerzenschein an ihren festlich gedeckten Tischen, hören Weihnachtslieder und verspeisen den Festtagsbraten. Glockengeläut hallt über die verschneiten Dächer der Stadt, und während die Gläubigen in die Kirchen strömen, um die Ankunft ihres Heilands zu feiern, kauert Margrit Weisz in einem grünen Plastiktank und verschlingt eine Packung Katzenfutter.

Vierzehn

Claudius Zorn war ein furchtbar schlechter Sänger. Das war ihm durchaus bewusst – er war zwar eitel, aber nicht doof –, trotzdem trällerte er aus voller Kehle.

»Stihille Naaaaaacht!«

Seine Stimme hallte durch Schröders festlich geschmücktes Haus.

»Heiiiiiilige Naaaacht!«

Sehr laut. Und sehr, sehr falsch.

»Aaaaaaaaalles schläft! Einsaaaaam wacht nuuur das …«

»Ich denke«, brummte der Weihnachtsmann, »das reicht.«

»Echt?«

Zorn schniefte scheinbar beleidigt, nahm ein in silbernes Geschenkpapier verpacktes Kistchen entgegen und setzte sich wieder zu Malina und Edgar auf das Sofa. Der Kleine nahm seine Hand, zog ihn zu sich herab.

»Papa!«, zischte er ihm atemlos ins Ohr. »Das ist nicht der Weihnachtsmann! Das ist Ögi!«

»Meinst du?«, flüsterte Zorn zurück.

Er gab einen unterdrückten Rülpser von sich. Sie hatten gerade gegessen, der Duft des Gänsebratens hing noch in der Luft, mischte sich mit dem Geruch der Kerzen, des Lebkuchens auf den bunten Papptellern und dem würzigen Kieferduft des in allen Farben leuchtenden Weihnachtsbaums neben dem Esstisch. Während des Essens hatten sie Edgar kaum in Zaum halten können, er hatte zappelnd am Tisch gesessen und immer wieder gefragt, wann denn nun endlich *Beschährung* sei, bis Schröder schließlich aufgestanden war und beiläufig erklärt hatte, dass er noch mal kurz in den Keller müsse, um ein paar Minuten später in voller Weihnachtsmann-Montur an der Tür zu klingeln.

Zunächst, hatte er grummelnd erklärt, nachdem er den Sack mit den Geschenken unter dem Weihnachtsbaum platziert hatte, müsse jeder ein Ständchen vorbringen. Jetzt, nachdem Zorn seinen Vortrag beendet hatte, kramte er das nächste Geschenk aus dem Sack und las den Namen auf dem Kärtchen vor. Er machte das gut, fand Zorn, auch wenn er eher wie ein purpurrot gekleideter Gartenzwerg aussah. Auch seine Stimme, die tief und brummend klingen sollte, erinnerte mehr an einen erkälteten Kermit, den Frosch aus der Sesamstraße.

»Wer von euch«, brummte Schröder und schob die rote Wollmütze aus der Stirn, »ist Rufus?«

»Das ist Mamas Freund«, erklärte Edgar. »Der kommt später, er muss nämlich arbeiten. Im Krankenhaus«, fügte er mit wichtiger Miene hinzu. »Bei den kranken Kindern, damit die nicht alleine sind.«

Zorn und Malina lächelten sich über den Kopf ihres Sohnes zu. Dieser zog Zorn am Ärmel zu sich heran und schirmte den Mund mit der Hand ab.

»Das *ist* Ögi!«, flüsterte er.

»Aber Ögi hat doch gar keinen Bart«, murmelte Zorn.

»Der ist doch nicht echt!«

Edgar verdrehte die Augen, während Schröder bereits das nächste Päckchen in der Hand hielt.

»Malina?«

»Hier, Weihnachtsmann!«

Sie strich das kurze Haar hinter die Ohren, stand auf und zog ihren gestrickten Rollkragenpullover glatt.

»Das ist meine Mama!«, erklärte Edgar. »Die kann total gut Gedichte aufsagen!«

»Da bin ich aber gespannt«, brummte Schröder und kraulte den Wattebart.

»Lieber guter Weihnachtsmann«, begann Malina, nachdem sie sich umständlich geräuspert hatte. »Schau mich nicht …«

»Papa«, zischte Edgar ungeduldig, »wann bin ich endlich dran?«

»Gleich«, flüsterte Zorn zurück.

»Und es ist *doch* Ögi!«

»Kann gar nicht sein«, murmelte Zorn, ohne die Lippen zu bewegen. »Er hat gesagt, er geht in den Keller. Wie soll er dann hier sein?«

Darüber dachte Edgar stirnrunzelnd nach, während Malina ihr Gedicht beendete und wieder Platz nahm. Der Kleine hielt den Atem an, beobachtete, wie Schröder das nächste Geschenk in die Hände nahm, und stieß enttäuscht die Luft aus, als der nächste Name vorgelesen wurde.

»Frieda.«

»Das ist Papas Freundin.« Edgar zappelte aufgeregt mit den kurzen Beinen. »Die kommt vielleicht später. Wann bin ich endlich dran?«

Zorns Magen verkrampfte sich ein wenig. Sie hatten am Mittag telefoniert, er hatte angeboten, sie vom Bahnhof abzuholen. Das, hatte Frieda gesagt, sei wirklich lieb, aber sie wisse noch nicht, welchen Zug sie nehmen würde. Ihre Stimme hatte belegt geklungen, spröde und traurig. Zorn hatte gespürt, dass sie wahrscheinlich nicht kommen würde, doch er hatte sich nicht getraut, sie zu fragen.

»Gibt es hier jemanden«, Schröder betrachtete das nächste Geschenk, »der Edgar heißt?«

»Ich!«, rief Edgar und sprang mit leuchtenden Augen auf. »Ich, Weihnachtsmann!«

Die nächsten anderthalb Minuten nahm Claudius Zorn ein wenig verschwommen wahr. Zwanzig Jahre lang hatte er Weihnachten als gefühlsduseligen Quatsch abgetan, doch als Edgar im Kerzenschein vor dem Tannenbaum stand und inbrünstig *wie wisch yuh ä merrie christmäss* krähte, da saß er neben Malina auf dem Sofa, lauschte der glockenhellen Stimme seines Sohnes und kämpfte mit den Tränen der Rührung.

»*... änd ä häääppiee nju yieeeer!*«, endete Edgar, riss Schröder ein großes, in blaues Seidenpapier gewickeltes Paket aus den weißen Handschuhen, flitzte zurück zum Sofa und begann sofort, die goldene Schleife zu lösen.

»Moment!«, sagte Zorn. »Aufgemacht wird erst, wenn alles verteilt ist.«

»Pff!«, machte Edgar.

Eine unbewusste, aber perfekte Imitation seines Vaters.

»Wer«, fragte Schröder, »ist Ögi?«

»Der wohnt hier«, sagte Edgar. »Aber jetzt ist er im Keller.«

Schröder drehte ein kleines, mit silbernen Sternen verziertes Paket in den Händen, hob es ans Ohr, wackelte und tat, als würde er lauschen.

»Das klingt wie 'ne Käsereibe«, grummelte er in den Bart.

»Aber die hat Ögi doch schon!«, sagte Zorn kopfschüttelnd. »Der hat sogar einen Parmesanhobel! Hast du das nicht gewusst, Weihnachtsmann?«

»Nein«, erwiderte Schröder, »das hab ich nicht gewusst.«

»Also Ögi«, sagte Edgar ernst, »weiß alles. Und er kann total gut singen. Er ist der allerbeste Sänger von der ganzen Welt.«

»*Auf* der Welt«, korrigierte Malina lächelnd.

»Ach!«, protestierte Zorn. »Ich kann auch gut singen!«

Schröder murmelte etwas in seinen Bart. Edgar zupfte an der Schleife seines Geschenks. Malina nestelte am Kragen ihres Pullovers.

»Soll ich vielleicht noch mal?«, fragte Zorn.

Die Antwort kam schnell. Und sie kam aus drei Kehlen gleichzeitig.

»Nein!«

Fünfzehn

Es tat weh. Fürchterlich weh.

Barnabas Krull war stark, ein kräftiger Landwirt mit der Statur eines Bären. Vor zwei Monaten hatte er seinen fünfzigsten Geburtstag gefeiert. Er hatte viel erlebt in diesem halben Jahrhundert, auch Schmerzen natürlich. Die Arbeit auf dem Hof war nicht ungefährlich, er hatte sich beim Holzhacken verletzt, war von Leitern gestürzt, von brünstigen Hengsten und trächtigen Kühen getreten worden, hatte sich die Finger in der Strohpresse gequetscht und beinahe ein Bein verloren, als sich die Handbremse des alten Traktors gelöst und das tonnenschwere Gefährt über seinen Fuß gerollt war.

O ja, Barnabas Krull kannte sich mit Schmerzen aus. Doch das hier war schlimmer. Viel schlimmer. Er lebte seit Jahren allein auf dem Hof, Weihnachten hatte ihm nie viel bedeutet. Es gab niemanden, mit dem er feiern konnte, niemanden, dem er etwas schenkte. Er selbst bekam ebenfalls nichts, doch es hatte ihn nie gekümmert. Bisher jedenfalls, denn dieses Mal hatte er etwas bekommen: Schmerzen.

Er war nackt. Ketten schlangen sich um Handgelenke und Knöchel, zerrten Arme und Beine in entgegengesetzte Richtungen wie auf einer mittelalterlichen Streckbank. Man hatte ihm einen Kartoffelsack über den Kopf gestülpt. Fahles Licht drang durch den groben Jutestoff, Schatten huschten durch sein Gesichtsfeld, mehr sah er nicht. Er wusste trotzdem, dass sie ihn in den ehemaligen Schweinestall neben dem Wohnhaus geschleppt haben mussten, den er jetzt als Garage nutzte. Der Geruch war unverwechselbar, er kannte ihn seit seiner Kindheit: feuchtes Stroh, altes Holz, Maschinenöl und natürlich die Schweine. Er hatte sie schon vor Jahren verkauft, doch ihre Ausscheidungen hatten sich tief in den lehmgestampften Boden gefressen.

Sie waren schnell gewesen. Und leise. Er hatte vor dem Fernseher gesessen, eine Weihnachtssendung mit Florian Silbereisen angeschaut und dabei eine indische Hühnerpfanne gegessen, die er in der Mikrowelle aufgetaut hatte. Plötzlich war alles schwarz geworden. Wie lange das her war, konnte er nicht sagen. Viel Zeit konnte jedenfalls nicht vergangen sein, er spürte den Currygeschmack noch immer im Mund.

Und die Schmerzen.

Als er das erste Mal zu sich kam, hatte er auf dem Bauch gelegen. Sie hatten kein Wort gesagt. Nichts. Er war benommen gewesen, unfähig, sich zu rühren. Dann waren die Qualen über ihn gekommen wie ein Monster, das sich mit glühenden Zähnen in seinen Rücken fraß. Einmal. Noch einmal. Beim dritten Mal war er wieder ohnmächtig geworden. Und er war dankbar dafür gewesen, obwohl er viel zu schnell wieder zu sich gekommen war, hier, zwischen faulenden Strohballen, aufgestapeltem Brennholz, seinem altersschwachen Toyota und dem rostenden Wrack des alten Traktors.

Ein eiskalter Windstoß fegte durch die dünnen Bretterwände über seinen nackten, blaugefrorenen Körper. Sterne funkelten durch das löchrige Dach. Schnee wurde aufgewirbelt, rieselte wie Puderzucker herab.

Zitternd hing Barnabas Krull zwischen den Ketten, atmete den Gestank seines verbrannten Fleisches. Der Schmerz heulte zwischen seinen Schulterblättern. Er hatte keine Ahnung, was man von ihm wollte, wer ihn an diesem Heiligabend auf seinem einsamen Hof besucht hatte.

Nur eines war sicher. Der Weihnachtsmann war es nicht.

*

Sie saßen im Schneidersitz auf dem Boden und widmeten sich ihren Geschenken. Edgar wickelte ein Paar Spiderman-Hausschuhe aus und legte sie kommentarlos beiseite, nachdem er einen kurzen Blick darauf geworfen hatte. Das Geschenk stammte von Zorns Mutter. Wie immer hatte er sie am Nachmittag besucht, einen Kaffee getrunken und angeboten, den Abend gemeinsam zu verbringen, was sie – ebenfalls wie immer – dankend abgelehnt hatte. Sie sei über siebzig, hatte sie gesagt, sie brauche ihre Ruhe, und hatte Zorn eine Plastiktüte mit zwei Päckchen in die Hand gedrückt. Das zweite war für Zorn gewesen, ein Taschenbuch, das sie offensichtlich gleich im Laden hatte einpacken lassen und das jetzt mit dem Einband nach unten neben Zorn auf dem Boden lag. *Sag nie, ich bin zu alt dafür! Erotik und Sex ab fünfzig*, stand auf dem Titel. Er würde das Büchlein später unauffällig mit den Verpackungsresten entsorgen und hatte sich vorgenommen, seine Mutter bei Gelegenheit darüber in Kenntnis zu setzen, dass es für solcherlei Ratgeber noch ein paar Jahre zu früh war.

Die Tür öffnete sich, Schröder kam herein.

»Ach!«, sagte er und hockte sich zu ihnen, »jetzt hab ich den Weihnachtsmann wohl verpasst?«

Malina gab ihm ein unauffälliges Zeichen, worauf Schröder

sich einen weißen Watterest vom Kinn wischte. Edgar hatte inzwischen das nächste Geschenk ausgepackt und blätterte in einem großen Dinosaurier-Buch.

»Das warst doch *du*, Ögi«, murmelte er, ohne aufzusehen. »Papa hat gesagt, dass du's nicht gewesen sein kannst, weil du in den Keller gegangen bist.«

»Das stimmt ja auch«, sagte Zorn. »Er kann doch nicht gleichzeitig im Keller und hier bei uns sein, oder?«

»Ögi ist nur ganz kurz in den Keller gegangen.« Edgar blätterte um. »Und ganz schnell wieder hochgekommen.«

Hach, er ist so klug, dachte Zorn gerührt. Das hat er von mir.

Er packte eine Schallplatte aus. *WE WISH YOU A METAL XMAS!*, stand über dem Schädel eines Elchs auf dem Cover. Er schnalzte anerkennend mit der Zunge, las die Interpreten (Alice Cooper, Lemmy Kilmister), grinste Malina zu und formte ein lautloses *Danke!* mit den Lippen. Sie erwiderte sein Lächeln und deutete auf das Entspannungsbad, das Zorn ihr geschenkt hatte, nachdem er es am Abend zuvor im Drogeriemarkt besorgt hatte.

»Ist das für mich?«

Schröder drehte das silberne Päckchen in den kurzen Fingern.

»Das weißt du doch«, murmelte Edgar, der noch immer in sein Buch vertieft war.

Es klingelte. Schröder wollte aufstehen, doch Malina hielt ihn zurück.

»Das ist Rufus.«

Sie ging zur Tür.

»Krass!«, rief Edgar plötzlich. »*Ein Tiereggs*!«

»Ja«, sagte Zorn, »echt krass.«

Er hatte keine Ahnung, was Edgar meinte. Seine Augen waren auf Schröder gerichtet, der bedächtig damit beschäftigt war, sein Geschenk auszupacken.

»Guck doch mal, Papa!«

Zorn beugte sich über Edgars Buch, sah in das zähnestarrende

Maul eines urzeitlichen Ungeheuers und las, dass es sich um einen Tyrannosaurus Rex handelte.

»Oh«, sagte Schröder. »Wie originell!«

Er hielt mit feierlicher Miene ein Paar Socken in die Höhe.

»Ja«, nickte Zorn, »find ich auch.«

»Kariert«, stellte Schröder fest.

»Passt zu deinen Hemden.«

»Ein tolles Geschenk.« Schröder faltete die Socken zusammen. »Kann ich total gut brauchen.«

»Vielleicht«, Zorn deutete auf das Päckchen, »ist ja noch was drin.«

»Der *Tiereggs*«, erklärte Edgar ernst, »ist ein Fleischfresser.«

Schröder fischte einen Briefumschlag aus dem Paket, öffnete ihn und entfaltete ein Formular.

»Der ist total gefährlich«, sagte Edgar. »Aber schon lange tot.«

»Du …« Schröder sah ungläubig auf, »du hast mir eine Reise gebucht?«

»*Ich* doch nicht!«, protestierte Zorn. »Das war der Weihnachtsmann!«

»Genau«, murmelte Edgar und blätterte um.

»Nach Parma?«, fragte Schröder.

»Parma?« Zorn kratzte sich an der Schläfe. »Liegt das nicht in Italien? Kommt da nicht dieser Käse her? Dieser … Parmesankäse?«

»Ja«, nickte Schröder.

»Da gibt's bestimmt ganz tolle Käsereiben.«

»Parmesan«, korrigierte Schröder, »wird gehobelt, nicht gerieben.«

Sie sahen sich an.

»Das«, erklärte Schröder leise, »hat sich der Weihnachtsmann wirklich gut überlegt. Ich habe mich lange nicht mehr so doll gefreut, und wenn er jetzt hier wär, dann würde ich ihm einen fürchterlich dicken Kuss geben.«

Darauf wusste Claudius Zorn keine Antwort. Das war zum Glück auch nicht nötig. Malina erschien, gefolgt von Rufus. Edgar sprang auf und wurde von Rufus mit ausgebreiteten Armen in Empfang genommen.

»Ihr glaubt gar nicht, was ich draußen entdeckt habe!« Rufus rieb die klammen Hände, sein Gesicht war vor Kälte gerötet. »Kann es sein, dass der Weihnachtsmann was vergessen hat?«

Zorn fand, er klang etwas *zu* gutgelaunt. Auch Malinas Lächeln wirkte gezwungen. Hatten sie gestritten?

»Echt?«, fragte er. »Kann ich mir nicht vorstellen.«

Sie hatten abgemacht, dass Edgar sein Hauptgeschenk erst bekommen sollte, wenn Rufus dabei war.

»Doch«, sagte Rufus. Eiskristalle glitzerten in seinem Bart. »Ich glaube, es ist für Edgar.«

»Was denn?«, krähte der Kleine. »Was denn?«

Eine halbe Minute später gellte ein Jubelschrei durch Schröders Haus, als Edgar sein neues Fahrrad entdeckte.

Sechzehn

Barnabas Krull.

Schlimmer, denkt er, kann es nicht werden. Alles hat Grenzen, auch der Schmerz. Und diese Grenze ist jetzt erreicht.

Sein massiger, über zwei Zentner schwerer Körper hängt zwischen den Ketten wie ein gefangener Wal. Er bekommt kaum Luft, ein Streifen Teppichband klebt vor seinem Mund. Der Kartoffelsack bläht sich über seiner Nase, bewegt sich im Rhythmus seines hektischen Atems. Die Ketten graben sich tief in die Gelenke, er spürt weder Hände noch Füße. Sein Rücken hingegen brennt, als würde er in kochender Salzsäure liegen.

Er versucht, sich auf die Seite zu drehen, ohne Erfolg. Metall klirrt, die Ketten straffen sich. Schnaufend bäumt er sich auf, ringt nach Luft, erschlafft.

Lauscht.

Hört das vertraute, monotone Rauschen der Autobahn. Das leise Brummen des Generators hinter dem Haus. Irgendwo bellt ein Hund. Eisiger Wind pfeift durch die dünnen Holzwände. Ansonsten nichts.

Sind sie weg?

Dann wird er hier draußen erfrieren. Er hat keine Chance, sich bemerkbar zu machen, und selbst wenn sie ihn nicht geknebelt hätten, wenn er sich die Seele aus dem Leib brüllen würde, niemand wird ihn hören. Der Hof liegt mitten im Niemandsland, begrenzt von der Autobahn, den Ruinen eines verlassenen Hotels und der vierspurigen Schnellstraße, von der man das riesige Einkaufszentrum am Stadtrand erreicht. Kaum jemand verirrt sich zufällig hierher, erst recht nicht über die Feiertage, wenn der kleine Bioladen geschlossen ist, mit dem er sich mehr schlecht als recht über Wasser hält. Irgendwann wird Lena ihn finden, doch das wird zwei Wochen dauern. Sie hilft ihm im Laden, obwohl er sie seit drei Monaten nicht bezahlt hat, eine blasse, wortkarge Frau, die ein bisschen verliebt in ihn ist, sie …

Plötzlich ein Geräusch. Schritte? Ja, das sind Schritte. Weiche Gummisohlen auf dem gestampften Lehm. Ein Rascheln, wie Plastikfolie. Oder ein dünner Mantel. Jemand geht neben ihm in die Hocke, er hört ihn atmen, riecht sein Parfum. Herb, gleichzeitig süßlich. Etwas streift seinen Arm. Leicht, fast behutsam, doch Barnabas Krull schreit auf, schreckt zusammen wie nach einem Messerstich. Finger tasten über seine Handgelenke, die Knöchel, prüfen die Fesseln. Kalte, eiskalte Finger in ebenso kalten Handschuhen.

Zitternd hängt Barnabas Krull in den Ketten. Die Frage nach dem Warum taucht auf. Was wollen sie? Oder ist es nur einer? Es gibt nichts, was man hier stehlen könnte, Geld hat er auch nicht. Auch keine Feinde, abgesehen von …

Wieder das Rascheln. Schritte, die sich entfernen. Die Tür eines Autos wird geöffnet, scheppernd wieder geschlossen. Barnabas Krull kennt dieses Geräusch, ebenso das dumpfe Grollen, mit dem der Motor des alten Toyota anspringt, unterlegt mit dem Pfeifen des ausgeleierten Keilriemens. Die Handbremse wird gelöst, der Gang rastet ein.

Ein Ruck. Die Ketten spannen sich. Er wird emporgezerrt, hängt plötzlich einen halben Meter über dem Boden und erkennt, dass die Kette um seine Handgelenke an der Stoßstange des Toyotas befestigt ist, während die andere irgendwo hinter ihm in der Wand verankert sein muss.

Der Motor heult auf. Rauch schießt in rußigen Schwaden aus dem rostigen Auspuff. Barnabas Krull nimmt weder den ohrenbetäubenden Krach noch den beißenden Gestank wahr, er hängt zwischen den vibrierenden Ketten, nackt, bleich, stumm. Kein Denken mehr, keine Frage nach dem Warum. Panik tobt in seinem Kopf. Ein blutrotes, tosendes Flammenmeer.

Der tonnenschwere Pick-up zerrt mit durchdrehenden Reifen an den Ketten wie ein tollwütiges Nashorn, eingehüllt in eine stinkende Wolke aus Abgasen und verbranntem Gummi. Das Heck bricht aus. Der Lärm steigert sich zu einem infernalischen Getöse. Die Ketten rotieren unter der gewaltigen Zugkraft, er wird um die eigene Achse gedreht wie ein aufgespießter Ochse über dem offenen Grill.

Barnabas Krull ist stark. Er kämpft. Wehrt sich, solange er kann. Doch es ist ein ungleiches Duell, zwei Tonnen Stahl, vorwärtsgetrieben von der Gewalt eines 80-PS-Motors, gegen ein paar Kilo menschliches Fleisch, Knochen und Eingeweide, und als der Toyota urplötzlich nach vorn schießt und Barnabas Krull zerrissen wird, da flackert sein Verstand ein letztes Mal auf wie eine verlöschende Kerze, und er erkennt, dass er sich geirrt hat.

Es *kann* schlimmer werden. Viel schlimmer.

Schmerz kennt keine Grenzen.

Dann ist es endlich vorbei.

Siebzehn

»Ich wusste gar nicht, dass du rauchst«, sagte Zorn.

»Tu ich auch nicht.« Rufus schirmte das Feuerzeug mit der Hand ab. Die Flamme flackerte auf, verlosch wieder. »Nur manchmal.«

Sie standen auf Schröders Terrasse. Honigfarbenes Licht schimmerte hinter ihnen durch die Fensterfront, glitzerte auf den mit Raureif überzogenen Brettern. Edgars gedämpftes Lachen drang aus dem Haus. Ihre Schatten, riesig und verzerrt, zeichneten sich weiter unten auf den verschneiten Kiefern ab.

»Hast du Stress?«, fragte Zorn.

Rufus antwortete zunächst nicht. Stirnrunzelnd betrachtete er die Zigarette, die er ein wenig ungelenk zwischen Daumen und Mittelfinger hielt.

»Wie kommst du darauf?«

Zorn zuckte die Achseln.

»Keine Ahnung.«

Anfangs hatte er Rufus nicht gemocht. Aus Neid wahrscheinlich, Rufus war attraktiv, über zehn Jahre jünger und sah noch immer wie ein Sportstudent aus und nicht wie ein Kinderarzt. Mittlerweile schätzte er Rufus, die ruhige, liebevolle Bedächtigkeit, mit der er Edgar und Malina behandelte. Freunde würden sie nicht werden, aber das war auch nicht nötig.

»Mit Malina«, sagte Rufus, »ist alles okay.«

»Gut«, erwiderte Zorn und meinte es ernst.

Eine Weile standen sie schweigend da und pafften mit hochgezogenen Schultern Rauchkringel in die frostige Nachtluft.

»Einer meiner Patienten ist gestorben«, sagte Rufus plötzlich,
»Der Junge war vier, ein paar Monate älter als Edgar.«

Zorn schlang die Arme um die Brust.

»Das klingt jetzt vielleicht bescheuert.« Die Zigarette wippte
in seinem Mundwinkel. »Aber gehört das nicht zu deinem Job?«

Rufus sog mit gespitzten Lippen an der Zigarette, blähte die
Wangen und stieß den Rauch wieder aus, ohne zu inhalieren.

»Seine Eltern haben mich verklagt.«

Ein Poltern erklang. Zorn warf einen Blick über die Schulter
und sah, wie Edgar auf seinem neuen Rad um den Weihnachtsbaum kurvte, gefolgt von Schröder, der gebückt hinterherlief und
vergeblich versuchte, den Gepäckträger zu greifen. Weiter hinten
stand Malina hinter dem Küchentresen und spülte das Geschirr ab.

»Behandlungsfehler?«, fragte Zorn.

»Ja.«

»Ist es einer?«

Rufus nagte an der Unterlippe. Der Bart sträubte sich vor seinem Kinn, graue Strähnchen kräuselten sich zwischen den dunklen, drahtigen Locken.

»Nein. Sie werden mich freisprechen. Ich werde meine Zulas-
sung behalten, und das Krankenhaus wird keinen Cent bezahlen
müssen.«

»Trotzdem macht es dich fertig.«

»Der Junge hatte einen Asthmaanfall. Seine Babysitterin hat
ihn in die Notaufnahme gebracht, die Eltern waren im Theater.
Sie wusste nicht, dass er Allergiker war.« Rufus zerrieb die Zigarette zwischen Daumen und Zeigefinger, Tabakreste rieselten
auf die Terrasse. »Er war am Ersticken, ich musste mich schnell
entscheiden. Das habe ich auch getan, ich hab ihn intubiert und
die Atmung stabilisiert. Und diese Spritze«, seufzte Rufus, »hat
den Jungen getötet.«

»Weil er Allergiker war?«

»Ja.«

»Das konntest du nicht wissen.«

»Es gibt ein paar Medikamente mit unterschiedlichen Wirkstoffen. Ich hab mich für den falschen entschieden. Der Junge könnte noch leben.«

Zorn zertrat die Zigarette auf den gefrorenen Verandabrettern, fischte eine neue aus der Schachtel. Rufus griff ebenfalls zu. Das Feuerzeug flackerte auf, die Flamme huschte über sein müdes, blasses Gesicht.

»Aus medizinischer Sicht«, murmelte er und unterdrückte ein Husten, »hab ich alles richtig gemacht. Es war kein … Fehler. Vielleicht war's Pech? Schicksal? Oder Zufall?«

»Scheiße«, seufzte Zorn.

»Das trifft's wohl am besten.«

Rufus hob die Hand, sie verharrte kurz vor seinen Lippen. Er betrachtete die Zigarette, als sähe er sie zum ersten Mal, verzog das Gesicht und schnippte sie angewidert in die Dunkelheit.

»Keine Ahnung, warum ich dir das erzähle.«

»Kann ich dir irgendwie helfen?«

»Warum? Ich bin doch unschuldig.« Rufus brachte ein freudloses Lachen hervor. »Abgesehen davon hat die Klinik die besten Anwälte, die man sich vorstellen kann. Und mit dem Rest komme ich irgendwie klar.«

Er rieb fröstelnd die Hände, stampfte mit den Schuhen auf. Die Lichterketten bewegten sich sacht in den Kiefern, die schneebedeckte Oberfläche des gefrorenen Sees schimmerte unter den Sternen. Hinter ihnen drang Stimmengewirr durch die Fenster, Schritte polterten, gefolgt von Edgars Lachen.

»Ich glaube«, sagte Rufus, »du hast Besuch.«

Zorn sah sich um. »Ja«, sagte er und spürte, wie ihm vor Freude das Blut in die Wangen schoss.

Frieda war gekommen.

DRITTER TEIL

Achtzehn

Drei Tage später trafen sie sich morgens wieder im Büro. Der Tag war trüb, der Himmel bedeckt, das Grau der tiefhängenden Wolken passte perfekt zur Farbe des schmutzigen, von schmelzendem Schnee, Streusalz und Straßendreck überzogenen Parkplatzes vor dem Präsidium.

»Auch einen?«

Schröder stand am Fenster, deutete auf eine kleine Teedose aus Messing in seiner Hand. Zorn winkte ab, zog eine Schublade heraus, legte die Füße auf die Kante und sank ächzend in den Sessel.

»Nee.«

Schröder, der mit dieser Antwort gerechnet hatte, schaltete den Wasserkocher ein.

»Du siehst müde aus.«

»Ich hab nur 'n paar Stunden geschlafen.«

»Wie geht's Frieda?«

»Ganz gut«, gähnte Zorn.

Er hatte sie am frühen Morgen zum Bahnhof gebracht. Die Feiertage waren wie im Flug vergangen, sie waren mit Edgar rodeln gewesen, hatten bei Schröder gegessen und stundenlang mit vollen Bäuchen auf dem Sofa gefaulenzt. Am Abend zuvor hatten sie ein Konzert im alten Varieté besucht. Die Tickets waren Friedas Geschenk gewesen, *Weihnachtssingen* hatte auf den Karten gestanden. Zorns Vorfreude war – wie immer – sehr schlecht gespielt gewesen, schließlich hatte er einen einschläfernden Abend mit klassischer Musik erwartet. Zu seiner Überraschung fand er sich in einer ausgelassen jubelnden Menschenmasse wieder und erlebte ein krachendes Rockkonzert. Frieda war glücklich gewesen, sie hatten bis weit nach Mitternacht gefeiert, sogar getanzt hatten sie, und als sie sich am Morgen am Bahnsteig verabschiedeten, da war es wie früher gewesen. *Fast* zumindest, denn noch immer war Zorn nicht sicher, wie es mit ihnen weitergehen würde.

Der Wasserkocher erwachte brodelnd zum Leben.

»Meinst du, er kommt heute?«, fragte Schröder und füllte etwas Tee in ein Sieb.

Zorn beugte sich schwerfällig vor und las die Uhrzeit vom Handy ab.

»Das werden wir gleich sehen.«

»Vielleicht hat er ja Urlaub.«

»Das«, brummte Zorn, »wäre zu schön, um wahr zu sein.«

Schröder stellte eine dampfende Porzellantasse mit dem verblassten Logo des Opernhauses und einen kleinen Teller auf dem Schreibtisch ab und nahm Zorn gegenüber Platz.

Als ihre Blicke sich trafen, änderte sich schlagartig die Stimmung. In den vergangenen beiden Tagen hatten sie nicht über die Arbeit geredet. Sie hatten zusammen gegessen, gefeiert und die gemeinsame Zeit genossen. Doch jetzt, da sie in ihrem überheizten Büro saßen, waren sie wieder Polizisten, die ihre Arbeit erledigen mussten. Da war etwas, das sie noch nicht geklärt hatten. Sie wussten beide, worum es ging.

Schröder räusperte sich.

»Wir müssten noch …«

»Ich geh da nicht hin«, unterbrach Zorn.

Schröder nahm das Sieb aus der Tasse, legte es auf den Porzellanteller, griff einen silbernen Löffel und rührte bedächtig in seinem Tee.

»Ich hab nachgedacht.«

»Ach, tatsächlich?«

»Wir stecken in einem komplizierten Fall.« Schröder leckte den Löffel ab, legte ihn auf den Teller. »Die Ermittlungen verlaufen stockend, wir haben kaum Spuren. Es gibt jemanden, der uns womöglich weiterhilft, und dieser …«

»… esoterische Dünnbrett…«

»… dieser *Jemand* spricht heute Abend auf einer Veranstaltung. Wir sind uns einig, dass einer von uns beiden dort hinmuss, richtig?«

»Klar.« Zorn hob die Schultern. »Und weil *ich* nicht hingehe, bleibt ja nur noch einer übrig, gelle?«

Schröder blies in die Tasse, schloss die Augen und atmete das Aroma ein.

»Ich werde dich nicht zwingen.«

»Das ist lieb, Schröder.«

»Wir werden das Schicksal entscheiden lassen.«

Zorn sah Schröder unter kampfeslustig gesenkten Brauen an.

»Ein fairer Wettkampf«, sagte Schröder. »Wer verliert, geht hin.«

»Was für'n *Wettkampf*?«

»Schnickschnackschuck.« Schröder spitzte die Lippen, spreizte den kleinen Finger ab und nippte genüsslich an seinem Tee. »Du weißt schon, Stein schleift Schere.«

Zorns Augen verengten sich.

»Okay«, knurrte er.

Sie erhoben sich, liefen um den Schreibtisch und trafen sich an der Stirnseite, wo sie einen Meter voneinander entfernt stehen blieben. Zorn, der über einen Kopf größer war, starrte mit grimmiger Miene auf seinen Gegner hinab.

»Ein Versuch«, sagte er. »Der Verlierer geht hin.«

»*Yes*«, nickte Schröder.

Sie winkelten die Arme an, ballten die Fäuste.

»Schnick!«, kommandierte Schröder.

Ihre Arme wedelten nach rechts …

»Schnack!«

… nach links …

»Schnuck!«

… und verharrten vor ihren Bäuchen.

»Ich hab Stein.« Schröder hatte die Hand noch immer zur Faust geballt. »Da hab ich wohl gewonnen.«

»Wieso?«

»Stein schleift Schere, ist doch logisch.«

Er deutete auf Zorns verstümmelte Hand, die ein paar Zentimeter vor seinem Gesicht in der stickigen Büroluft schwebte. Daumen und Zeigefinger fehlten, die restlichen waren ausgestreckt.

»Ich mache doch keine *Schere*!«, protestierte Zorn.

»Also ich«, Schröder trat einen Schritt näher, »erkenne hier ganz klar eine Schere.« Er legte den Kopf schief und beäugte Zorns Finger, die beinahe seine Nase berührten. »Hier«, murmelte er, »der kleine Finger ist abgespreizt. Das ist eindeutig eine Schere.«

»Eine Schere«, zischte Zorn, »wird mit dem Zeigefinger gebildet. Siehst du vielleicht einen?«

Schröder stellte sich auf die Zehenspitzen, als wolle er die Hand aus einem anderen Blickwinkel begutachten. Was er auch ausgiebig tat.

»Nein«, beschied er schließlich knapp.

»Dann ist es auch keine Schere!«

»Trotzdem hast du verloren.« Schröder sah zu Zorn auf. »Du hättest Papier machen müssen, um mich zu besiegen, und *Papier*«, er stupste mit dem Zeigefinger gegen Zorns noch immer ausgestreckte Hand, »ist das eindeutig nicht.«

»Soll's auch nicht sein.«

»Und was«, fragte Schröder lauernd, »ist es dann?

Zorn holte tief Luft.

»Ich sag's dir.« Er drehte die Hand mit der Innenfläche nach oben, die verbliebenen Finger wedelten vor Schröders Gesicht. »Das, mein Freund«, er senkte die Stimme, »ist 'ne Atombombe.«

Schröder ignorierte Zorns Finger, die jeden Moment in Begriff schienen, sich in seine Nasenlöcher zu bohren, und sagte, jede einzelne Silbe betonend: »Es gibt keine Atombombe.«

»O doch!«, triumphierte Zorn. »Frag Edgar!«

»Das Spiel«, erklärte Schröder gelassen, »heißt Stein schleift Schere. Und nicht Stein schleift Atombombe.«

»Das ist 'ne Geheimwaffe, die hat Edgar erfunden!«

Die Tür wurde geöffnet, weder Zorn noch Schröder bemerkte es.

»Du hast verloren«, sagte Schröder.

»Hab ich nicht!«

»Hast du doch.«

»Hab ich *nicht*!«

»Es gibt keine Atombombe!«

»Gibt es wohl!«

»Gibt es nicht!«

»Gibt es ...«

»Guten Tag, die Herren.«

Sie verstummten.

»Wie waren die Festtage?« Staatsanwalt Peck lehnte neben der Tür, die Arme vor der Brust verschränkt, ein breites Lächeln auf den Lippen. »Der Laden ist ja wie ausgestorben. Schön, dass wenigstens hier jemand am Arbeiten ist.«

*

»Wir sollten allmählich in die Gänge kommen.«

Peck saß halb auf der Stirnseite des Schreibtischs, ein Bein angewinkelt, die Hände über dem Knie gefaltet. Er wandte Zorn den Rücken zu, seine Worte waren an Schröder gerichtet, der ebenso wie Zorn wieder Platz genommen hatte.

»Der Oberstaatsanwalt sitzt mir im Nacken«, seufzte Peck. Das kurze, gegelte Haar glänzte im Schein der Neonröhre. »Ganz zu schweigen von den Presseheinis.«

»Richten Sie Oberstaatsanwalt Stoltz unsere besten Grüße aus«, sagte Schröder. »Wir tun, was wir können.«

»Das weiß ich doch.«

Peck nestelte am Ausschnitt seines grauen Pullovers. Eine schmale vergoldete Uhr blitzte auf. Zorn las die Uhrzeit, zwei Minuten nach zehn.

Scheiße, dachte er. Wir wussten beide, dass er kommt. Trotzdem haben wir uns überrumpeln lassen wie zwei streitende Schulkinder.

»Es ist nur so.« Peck holte tief Luft. »Wir haben's mit 'nem Serienkiller zu tun. Zwei Tote und eine Vermisste. Der erste Mord ist jetzt fast einen Monat her, trotzdem sind wir kaum einen Schritt weiter. Wir müssen hier hundert Prozent geben, Freunde. Mindestens.«

Er sagt *wir*, dachte Zorn, aber er meint uns. Genauer gesagt Schröder, ich selbst scheine ja Luft für ihn zu sein.

»Das tun wir«, sagte Schröder.

»Indem ihr Kinderspielchen spielt?«

Zorn tastete vorsichtig nach seinem Handy, tippte eine Nachricht ein.

»Kollege Zorn und ich«, erwiderte Schröder, »arbeiten seit Jahren zusammen. Unsere Ermittlungsmethoden mögen einem Außenstehenden ein wenig unkonventionell erscheinen, allerdings …«

Er stockte, unterbrochen vom leisen Signalton seines Handys. Murmelte eine Entschuldigung und las Zorns Nachricht auf dem Display:

Du bist schuld, dass dieses Arschloch uns erwischt hat!

»Ist es wichtig?«, fragte Peck.

»Nein«, murmelte Schröder, tippte etwas ein und legte das Telefon mit einem kurzen Blick zu Zorn wieder auf den Schreibtisch.

»Fakt ist jedenfalls …«

Diesmal war es Staatsanwalt Peck, der unterbrochen wurde.

Er warf einen Blick über die Schulter, zunächst auf Zorns vibrierendes Handy, dann auf Zorn selbst. Seine Miene blieb unbewegt, nur die gepflegten Brauen hoben sich unmerklich.

»Was für 'n Zufall«, murmelte Zorn und las Schröders Antwort: *Ich hab trotzdem gewonnen*

Zorn spielte mit dem Gedanken, eine Erwiderung zu schreiben, registrierte Schröders unmerkliches Kopfschütteln und ließ es bleiben. Peck wandte ihm wieder den Rücken zu. Zorn las die Uhrzeit vom Display ab, hob die gesunde Hand, spreizte die Finger und beugte einen nach dem anderen, um einen stummen Countdown anzudeuten.

Fünf, vier, drei, zwei, eins …

Es klopfte.

»Immer herein!«, rief Peck gutgelaunt.

Die Tür öffnete sich.

»Kollege Hamsun!«, rief Zorn. »Was für eine tolle Überraschung!«

Wie immer wurde er ignoriert. Gerald Hamsun hielt eine rote Mappe in den bleichen Fingern, die wässrigen Augen waren ausdruckslos auf Peck gerichtet. Dieser wiederum sah Schröder an, streckte die Hand in Richtung seines Assistenten, um die Mappe in Empfang zu nehmen, und schickte ihn mit einem knappen Nicken wieder weg.

»Gehen wir alles noch mal durch«, sagte er, nachdem die Tür sich wieder geschlossen hatte.

»Gern«, lächelte Schröder.

»Alle drei Opfer wurden gebrandmarkt«, begann Peck. »Bei den Ermordeten wissen wir's, bei der Vermissten gehen wir davon aus. Wir haben das Brandeisen gefunden, und die Spurensicherung meint, dass es benutzt wurde. An den Tatorten gibt es so gut wie keine Spuren, weder in der Villa von Heiner Borck noch in dem Wasserspeicher, wo Cordula von Lubitzsch gefunden wurde. Auch die Wohnung von Margrit Weisz war sauber.«

117

»*Zu* sauber«, sagte Schröder. »Wir glauben, dass der Täter einen Overall getragen hat, ähnlich wie die Spurensicherung. Dazu Handschuhe, Mundschutz und Überzieher an den Schuhen.«

»Jemand in diesem Aufzug müsste doch auffallen, oder nicht?«

»Er hat nachts agiert.« Schröder schüttelte den Kopf. »Und im Verborgenen. Die Villa von Heiner Borck, der alte Wasserspeicher, er konnte ziemlich sicher sein, dass ihn niemand beobachten würde. Was Margrit Weisz betrifft, wissen wir nur, dass er sie in der Wohnung überwältigt und gebrandmarkt hat. Als er sie verschleppt hat, war sie entweder bewusstlos oder tot. Wahrscheinlich in den frühen Morgenstunden, es gibt keinerlei Zeugen.«

»Wie in den anderen Fällen auch.«

»Ja«, nickte Schröder. »Wie in den anderen Fällen auch.«

»Wir haben also so gut wie nichts«, seufzte Peck und verlagerte das Gewicht auf der Schreibtischkante. »Und das nach einem knappen Monat Ermittlungsarbeit. Man könnte sich fast fragen, was ihr den ganzen Tag so macht.«

Schröder erwiderte Pecks Lächeln.

»Ermitteln, Herr Staatsanwalt.«

»Natürlich.« Peck rollte die Mappe zusammen, schlug sie ein paarmal in die flache Hand. »Darf man fragen, in welche Richtung?«

»Es muss einen Zusammenhang geben. Die Opfer waren Einzelgänger, das ist das Einzige, was sie verbindet. Alle drei lebten zurückgezogen, hatten weder Freunde noch enge Bekannte. Wir haben das Umfeld befragt, Arbeitskollegen, Nachbarn, Verwandte. Bisher hat das nicht viel gebracht.«

»Einzelgänger«, nickte Peck und kratzte sich mit dem Nagel des kleinen Fingers an der Schläfe. »Einsame Menschen, kaum Kontakt zur Umwelt. Gilt das auch für das zweite Opfer? Cordula von Lubitzsch?«

Zorn runzelte die Stirn.

Hier stimmt was nicht, dachte er. Worauf will der hinaus?

»Davon gehen wir aus«, sagte Schröder.

Peck nickte nachdenklich, entrollte die Mappe und glättete sie auf dem Oberschenkel.

»Das hier«, sagte er, »lag heute Morgen in meinem Fach.«

Auch Schröder wurde misstrauisch. Er ließ es sich allerdings nicht anmerken, nur seine rostfarbenen Brauen hoben sich auf der kahlen Stirn.

»Der Obduktionsbericht«, erklärte Peck beiläufig. Eine knappe Bewegung aus dem Handgelenk, die Mappe landete mit einem leisen Klatschen vor Schröder auf dem Schreibtisch. »Ich hatte die Herrschaften gebeten, über die Feiertage ein paar Überstunden zu machen.«

Schröder warf einen Blick auf den roten Einband.

»Ich weiß«, Peck hob beschwichtigend die Hände, »dass ihr auf den Bericht gewartet habt. Ich wollte nur vorher einen Blick drauf werfen, um auf dem Laufenden zu sein.«

Schröder öffnete schweigend die Akte.

»Eigentlich«, sagte Peck, »steht nicht viel Neues drin. Cordula von Lubitzsch wurde betäubt, sie hatte eine Platzwunde am Hinterkopf. Sie war noch am Leben, als sie gebrandmarkt wurde, und ist letztendlich verblutet, nachdem man ihr die Zunge herausgeschnitten hat. Wie gesagt, kaum neue Erkenntnisse. Bis auf die Spermaspuren.«

Schröder sah auf. Diesmal gelang es ihm nicht, seine Überraschung zu verbergen.

»Irgendwie passt das nicht zusammen.« Peck streckte den Rücken, bewegte den Kopf wie ein Boxer, um die Nackenmuskeln zu lockern. »Sie hatte ein paar Stunden vor ihrem Tod Sex. Korrigiert mich, wenn ich mich irre, aber Cordula von Lubitzsch war doch eine einsame, zurückgezogen lebende Frau, oder? Eine Einzelgängerin, das hattet ihr doch ermittelt?«

»Es kann eine Vergewaltigung sein«, sagte Zorn.

»Keine Vergewaltigung«, beschied Peck knapp, ohne sich umzusehen. »Einvernehmlicher Sex, geht eindeutig aus dem Bericht hervor.«

Schröder starrte schweigend ins Leere. Zorn spürte förmlich, wie der Verstand hinter seiner kahlen Stirn auf Hochtouren arbeitete.

»Von wem«, fragte Peck, »stammen eigentlich die Informationen über das Opfer?«

»Von ihrem Adoptivvater«, erwiderte Schröder.

»Wer hat den Mann befragt?«

»Ich.«

»Mehr hast du nicht rausgekriegt? Außer, dass sie«, Peck malte mit den Fingern ein paar Anführungszeichen in die stickige Büroluft, »*einsam* war? Ein bisschen dürftig, oder?«

Der genießt das, dachte Zorn. Er genießt es, andere zu erniedrigen.

Peck stützte sich an der Schreibtischkante ab, sprang leichtfüßig auf und wandte sich an Zorn.

»Und du?«, fragte er. »Was machst du so den ganzen Tag?«

Zorn öffnete den Mund, doch Schröder kam ihm zuvor.

»Die Befragung des Adoptivvaters hat ergeben, dass Cordula von Lubitzsch Kontakt zu einer Art Sekte hatte.« Er schloss den Obduktionsbericht und schob ihn zur Seite. »Kollege Zorn folgt dieser Spur seit geraumer Zeit und ist sicher, in den nächsten Tagen erste Ergebnisse vorweisen zu können.«

Peck vergrub die Hände in den Taschen seiner schwarzen Stoffhose, sein Blick wanderte zwischen Zorn und Schröder hin und her.

»Was für 'ne Sekte?«

»Zurzeit«, Schröder verstaute die Akte in einer Schublade, »sammelt Kollege Zorn Informationen. Das ist nicht einfach, abgesehen von einer Webseite und einer Büroadresse haben wir bisher nicht viel. Allerdings hat Hauptkommissar Zorn einen

Hinweis bekommen, dass heute Abend eine Veranstaltung stattfindet, und darauf bestanden, der Sache persönlich nachzugehen.«

Das Blut schoss Zorn in die Wangen.

Du mieser kleiner Mistzwerg. Das kriegst du zurück, du …

»Heute Abend?«, fragte Peck.

»Genau«, nickte Zorn.

»Dann bin ich gespannt auf deinen Bericht. Was meinst du, schaffst du's bis morgen früh?«

»Na ja.« Zorn räusperte sich. »Ich …«

»Klar schafft er das.« Schröder verschränkte die Arme vor der karierten Hemdbrust. »Um neun hat er den Bericht fertig.«

»Okay.« Peck drohte Zorn spielerisch mit dem Zeigefinger. »Wehe, es steht nichts Neues drin. Apropos, wie geht's eigentlich Frieda?«

»Was?«

Mehr brachte der verblüffte Zorn nicht hervor.

»Sie meinen Staatsanwältin Borck?«, fragte Schröder.

»Wir haben zusammen studiert«, nickte Peck. »Herrje«, er schüttelte versonnen den Kopf, »das ist Ewigkeiten her. Die Sache mit ihrem Vater … sie muss ziemlich fertig sein. Pass gut auf sie auf, Zorn. Das Mädel ist was Besonderes.«

Zorn hockte perplex in seinem Sessel.

»Grüß sie von mir, ja?«

Peck zwinkerte ihm zu, dann krachte die Tür hinter ihm ins Schloss. Schröder betrachtete das vibrierende Türblatt, atmete erleichtert auf und langte nach seinem Tee.

»Na toll«, murmelte er. »Jetzt ist er kalt.«

Zorn starrte ihn an, die Augen zu schmalen Schlitzen verengt.

»Ist was?«, fragte Schröder unschuldig und stellte die Tasse ab.

Ein paar Sekunden vergingen.

»Arschloch«, knurrte Zorn.

»Wer? Er oder ich?«

»Alle beide.«

Neunzehn

Das alte Gewerkschaftshaus an der östlichen Auffahrt zur Hochstraße war gut gefüllt. Knapp dreihundert Menschen – hauptsächlich Frauen mittleren Alters – drängten sich in dem neoklassizistischen Bau, der seine besten Zeiten schon seit Jahrzehnten hinter sich gelassen hatte. Stimmengewirr hallte durch die marmorverkleideten Gänge, Absätze klapperten auf den roten, zerschlissenen Teppichen in den Treppenhäusern. Frauen in bonbonfarbenen Kleidern standen tuschelnd beisammen, reckten die dauergewellten Köpfe und tranken lauwarmen Sekt aus Plastikgläsern.

Zorn lehnte an einer stuckverzierten Säule und beobachtete, wie sich der große Saal allmählich füllte. Er hatte die Arme vor dem Oberkörper verschränkt, der Hals einer Bierflasche lugte hinter dem Ärmel der Lederjacke hervor. Es war bereits die zweite, das erste Bier hatte er in einem Zug hinuntergestürzt in der Hoffnung, dass der Alkohol seine desolate Stimmungslage ein wenig aufhellen würde. Ein Trugschluss. Claudius Zorn war genervt. Und das würde sich auch nicht ändern, wenn er ein ganzes Fass leerte.

Ein melodischer Gong ertönte, die riesigen Kronleuchter wurden gedimmt. Erwartungsvolles Schweigen machte sich breit, unterbrochen vom Scharren der Metallstühle auf dem zerkratzten Parkett, vereinzeltem Husten und dem Rascheln von Kleidung. Die letzten Besucher strömten herein. Eine schlanke Frau in dunklem Hosenanzug und weißer Bluse erschien vor der Bühne und wies ihnen freie Plätze in den Stuhlreihen zu. Zorn kniff die Augen hinter der Brille zusammen und erkannte Mona, die junge Frau, mit der er vor ein paar Tagen bereits gesprochen hatte.

Der Saal war zu zwei Dritteln gefüllt. Zorn schlenderte nach hinten, setzte sich auf einen Stuhl in der letzten Reihe, nippte an seinem Bier und wappnete sich für das Kommende.

Lautsprecher knackten, ein Trommelwirbel ertönte. Die Kronleuchter erloschen. Donnernder Applaus erklang, Füße trampelten auf dem Parkett. Rechts neben Zorn entstand Bewegung, ein Nachzügler zwängte sich durch die letzte Reihe und nahm neben Zorn Platz. Dieser achtete nicht darauf, sein Blick war zur Bühne gerichtet. Ein Vorhang teilte sich, ein einzelner Scheinwerfer flammte auf, ein Mann in weißem Hemd und dunkler Anzughose tänzelte mit federnden Schritten auf die leere Bühne. Der Beifall schwoll an, Jubelschreie wurden laut.

Magnus de Vriess nahm den Applaus mit ausgebreiteten Armen und geschlossenen Augen entgegen. So blieb er eine Weile stehen, wartete, bis der Jubel allmählich verebbte, und als er schließlich verklang, rührte er sich noch immer nicht. Stille senkte sich über den Saal, doch de Vriess ließ sich Zeit, reglos stand er im Scheinwerferlicht, und als er nach über einer Minute das Wort ergriff, waren seine Augen noch immer geschlossen.

»Ich spüre euch.«

Seine Stimme, wohlklingend und weich wie dunkler Samt, hallte aus den Lautsprechern durch den Saal und mischte sich mit der Parfumwolke über den sorgfältig frisierten Köpfen.

»Ja, ich kann euch spüren. Jeden Einzelnen von euch.«

Er senkte den Kopf, als würde er lauschen.

»Eure Energie. Eure Kraft.«

Ein tiefes Einatmen, dann öffnete er die Augen, trat an den Bühnenrand und ließ seinen Blick durch den Saal schweifen, als wolle er jeden einzelnen seiner Besucher betrachten. Die Stille war absolut, kein Atmen, kein Hüsteln, kein Rascheln.

»Ich habe einen Bruder.« De Vriess ordnete das Headset über der geschminkten Wange. »Sigmar, er ist vier Jahre jünger als ich. Er lebt in Zürich, wir sehen uns selten, aber wir telefonieren jeden Tag.«

Er ließ ein paar Sekunden verstreichen.

»Heute Morgen hatte Sigmar einen Motorradunfall. Mein kleiner Bruder ist tot, ich hab es am Mittag erfahren.«

Ein Raunen ging durch den Saal.

»Vor zwei Minuten«, de Vriess hob die Stimme, deutete hinter sich, »habe ich in meiner Garderobe gesessen. Ich habe mich schwach gefühlt, war verzweifelt, habe geweint. Jetzt allerdings fühle ich mich stark. Nicht etwa, weil ich hier im Scheinwerferlicht auf der Bühne stehe. Soll ich euch sagen, warum?«

»Ja!«, flüsterte eine Frau in der zweiten Reihe.

»Es ist wegen euch. *Ihr* seid es, die mir Kraft gebt. Eure Energie, eure Liebe, die Aura jedes Einzelnen von euch machen mich stark. Dafür«, de Vriess klatschte ein paarmal in die Hände, »will ich euch danken.«

Irgendwo schluchzte jemand auf.

»Ich danke euch.«

De Vriess verbeugte sich, wischte sich über die dunklen, tränenden Augen. Vereinzelter Beifall brandete auf, steigerte sich zu einem tosenden Applaus.

»Scheinheiliges Arschloch«, knurrte Zorn.

»Echt?«, sagte Zorns Nachbar. »Also ich finde, er macht das nicht schlecht.«

Zorn kannte die Stimme. Auch den Mann, der kurz vor der Vorstellung in der Dunkelheit Platz genommen hatte und jetzt applaudierend neben ihm saß, kannte er gut.

»Was, verdammt nochmal, machst *du* denn hier?«

»Ermitteln«, grinste Schröder, noch immer ausgelassen klatschend. »Ich dachte, ich unterstütze dich ein bisschen. Vier Ohren hören bekanntlich mehr als zwei.«

*

»Auch eins?« Schröder kam gemächlich herbeigeschlendert, in der einen Hand ein Käsebrot, in der anderen eine Bierflasche. »Die Schnittchen sind lecker.«

»Nee«, brummte Zorn und nahm Schröder das Bier aus der Hand. »Ich will kein Schnittchen.«

Sie standen neben dem Saaleingang an einer Säule. De Vriess hatte die Bühne vor zehn Minuten verlassen, trotzdem war kaum jemand gegangen. Die Kronleuchter waren wieder eingeschaltet worden, leise Musik, unterlegt mit Walgesängen, plätscherte aus den Boxen.

»Wie du meinst«, sagte Schröder kauend.

Sein Schädel, frisch rasiert, glänzte wie eine feuchte Bowlingkugel. Er trug ein braunes Sakko über dem karierten Hemd, dazu einen senfgelben Schlips und ein gleichfarbiges Einstecktuch.

»Hast dich ganz schön rausgeputzt.« Zorn nippte an seinem Bier.

»Schick, oder?« Schröder streckte erst das eine, dann das andere Bein, so dass die karierten Strümpfe unter dem Saum der Cordhose hervorlugten. »Hab ich vom Weihnachtsmann bekommen.«

»Klasse.« Zorn wischte sich mit dem Handrücken über die Lippen. »Können wir dann langsam abhauen?«

»Noch nicht.«

Zorn streckte genervt den Rücken, rieb den schmerzenden Hintern. Zwei geschlagene Stunden hatte er auf dem harten Stuhl verbracht, zwei Stunden, in denen Magnus de Vriess mit blitzenden Augen und hochgekrempelten Ärmeln auf der Bühne gestanden hatte, während seine samtweiche Stimme wie Sirup aus den Lautsprechern geflossen war. Er hatte über Energieströme geredet, über geheimes Wissen, uralte Weisheiten, Astralkörper und verborgenes Karma. Später war eine Leinwand heruntergelassen worden, de Vriess war zum Verkauf übergegangen und pries seinem atemlos lauschenden Publikum eine schier endlose Reihe diverser Produkte an, die von Heilsteinen über magische Pendel bis zu energetischen Raumsprays reichte. Zorns Geduld war auf eine sehr, sehr harte Probe gestellt worden, und als de Vriess eine seiner Zuhörerinnen auf die Bühne geholt und der blassen, vor Aufregung gelähmten Frau wortreich die Vorzüge einer lichtspeichernden Chakra-Girlande erklärte, da war er kurz davor gewesen, den Saal zu verlassen, und es war Schröder nur mit Mühe gelungen, seinen wutschnaubenden Kollegen zum Bleiben zu bewegen.

Schröder stopfte den Rest des Käsebrotes in den Mund, zupfte das Einstecktuch aus der Brusttasche und begann, sich sorgfältig die Finger zu säubern. Zorn trat ungeduldig von einem Bein auf das andere und sah ihm eine Weile zu.

»Können wir dann jetzt …?«

Schröder deutete stumm nach vorn. Eine Seitentür öffnete sich, de Vriess erschien, winkte lächelnd in den Saal und ging zu einem Tisch vor der Bühnenkante. Ein Raunen ging durch die Menge, sofort bildete sich eine Traube in den ersten Reihen.

»Guck mal.« Schröder tupfte sich die Mundwinkel ab. »Der Meister signiert seine Bücher.«

»Du willst diesem Heizdeckenverkäufer doch nicht etwa eine von seinen Schwarten abkaufen?«

»Ganz sicher nicht«, sagte Schröder, faltete das Tuch penibel zusammen und verstaute es wieder an seinem Platz. »Aber ich denke, ich sollte ihn mir mal aus der Nähe ansehen.«

*

Was für ein Beschiss, dachte Zorn. Man müsste diesem Typen das Handwerk legen. Aber das geht ja nicht, niemand kann ihm verbieten, seinen Mist zu verkaufen.

Er lehnte unter der stuckverzierten Empore des ersten Ranges an der Wand und betrachtete die Menschenschlange, die sich von der Bühne über den kompletten Saal bis zu den hinteren Eingängen erstreckte. Es ging nur schleppend voran, doch niemand schien ungeduldig. Frauen tuschelten leise miteinander, Ohrringe blitzten im Licht der Kronleuchter, Seidenblusen raschelten. Dazwischen ein paar Männer mit streng gescheiteltem Haar und Anzügen, die nur zu besonderen Anlässen aus den Kleiderschränken geholt werden. Die meisten von ihnen hielten eines der Bücher von de Vriess in den Händen, um es signieren zu lassen.

Zorn sah die geröteten Gesichter, die erwartungsvollen Blicke. Niemand von denen ist reich, dachte er. Die besitzen nicht viel, nur Hoffnung. Schröder hatte recht, de Vriess macht das wirklich gut. Er gibt ihnen diese Hoffnung, gleichzeitig zieht er ihnen das wenige Geld aus der Tasche.

Er reckte den Hals, um Schröder zu entdecken, doch der kleine Mann war irgendwo in der Masse verschwunden. Schritte näherten sich, eine Frau kam mit klackernden Absätzen herbeigestöckelt.

»Na, Mona?«, grinste Zorn. »Alles fit?«

Sie baute sich vor ihm auf, verschränkte die Arme vor dem Jackett. Ihr Blick war kalt, das Gesicht unter der Schminke zu einer Maske erstarrt.

»Was wollen Sie hier?«

»*Sie*?« Zorns Augen weiteten sich in schlecht gespieltem Erstaunen. »Ich dachte, wir duzen uns? Wir sind alle eine große Familie, das hast du neulich gesagt, Mona!«

Sie sah ihn an, die Lippen zu einem schmalen, grellroten Strich verkniffen.

»Nette Veranstaltung, echt jetzt.« Zorn schob anerkennend die Unterlippe vor. »Beeindruckend, wie ihr die Leute übers Ohr haut. Bist du so lieb«, er hielt ihr die leere Bierflasche entgegen, »und besorgst mir noch eins?«

Ihre Augen verengten sich.

»Leg dich nicht mit uns an«, zischte sie. »Das haben schon ganz andere versucht. Niemand schadet der Bewegung. Niemand.«

*

»Danke, dass du hier warst, Gabriele.«

Mit schwungvoller, hundertfach ausgeführter Routine kritzelte Magnus de Vriess seinen Namenszug in das Buch, klappte es zusammen und reichte es einer schmalen Frau über den Signiertisch.

»Ich … ich bin dein größter Fan«, hauchte sie in breitem Sächsisch. Ihre Wangen erblühten in hektischer Röte, sie drückte das Buch wie einen Schatz an den flachen Busen und stolperte davon.

De Vriess sah ihr einen Moment lächelnd nach, dann wandte er sich an den Nächsten in der Schlange, einen kleinen, glatzköpfigen Mann in kariertem Hemd, braunem Sakko und gelbem Einstecktuch in der Brusttasche.

»Was kann ich für dich tun?«, fragte er und drehte den Filzstift in den manikürten Fingern. Sein Lächeln schien echt, ungekünstelt und natürlich. Kleine, ebenmäßige Zähne blitzen auf, winzige Fältchen gruben sich in die gebräunte Haut um die schwarz glänzenden Augen. Er war älter, als es von weitem erschien, mindestens Mitte fünfzig, doch noch immer ein attraktiver Mann. Ein Mann, der sich seines Aussehens und der daraus resultierenden Wirkung auf seine Umwelt bewusst war und der offensichtlich entschlossen war, dieses Aussehen so lange wie möglich zu konservieren.

»Ich hätte gern ein Autogramm«, sagte der Kleine. Hinter ihm drängten sich die Menschen, er stützte sich an der Tischkante ab, um nicht nach vorn zu kippen.

»Deshalb sitze ich hier.« De Vriess zwinkerte verschmitzt. »Ich brauche allerdings etwas, wo ich draufschreiben kann.«

»Ach je!« Der Kleine griff sich an den Kopf. »Natürlich, wie dumm von mir.«

Er langte in die Tasche seiner Cordhose und kramte die Eintrittskarte hervor.

»Es ist nicht für mich, sondern für …«

Die Karte entglitt seinen pummeligen Fingern. Er murmelte eine Entschuldigung, ging vor dem Tisch in die Hocke und tastete suchend zwischen den Beinen der Umstehenden den Boden ab.

»Für eine Freundin!«, rief er. »Leider kann sie … ach, da ist ja das blöde Ding!«

Schwer atmend kam er wieder zum Vorschein, richtete sich im Gedränge auf und glättete die Karte umständlich auf dem Signiertisch. De Vriess kritzelte seinen Namen darauf, ein nachsichtiges, amüsiertes Schmunzeln auf den Lippen.

»Wie gesagt.« Noch immer schien der Kleine außer Atem. »Sie konnte leider nicht kommen.«

»Ist sie krank?«

»So ähnlich.«

»Dann«, de Vriess beugte sich über den Stift, »wünsche ich ihr noch gute Besserung.«

»Und ihren Namen«, der Kleine deutete auf die Karte, »es wäre nett, wenn Sie ihren Namen draufschreiben, dann wird's persönlicher.«

Unruhe machte sich breit. Die Umstehenden reckten ungeduldig die Köpfe, eine ältere Dame mit bläulich getöntem Haar zischte dem Kleinen zu, dass die anderen auch mal drankommen wollten.

»Wie heißt sie denn?«, fragte de Vriess.

»Cordula.«

Der Filzstift quietschte auf dem Papier.

»Cordula von Lubitzsch.«

Der Stift verharrte. De Vriess versteinerte förmlich, doch als er zwei Sekunden später den Kopf hob, hatte er sich wieder unter

Kontrolle. Nur seine Wangen schienen eine Nuance blasser unter der Tönungscreme.

»Danke«, strahlte der kleine Mann, nahm die Karte zwischen Daumen und Zeigefinger und verstaute sie in der Brusttasche. »Sie ahnen gar nicht, wie sehr Sie mir geholfen haben. Wirklich, ich …«

Er stolperte vor, als habe ihn jemand gestoßen. Haltsuchend ruderten seine Arme durch die Luft, die linke Hand klammerte sich um die Tischkante, die rechte fuchtelte unbeholfen vor de Vriess' Gesicht, der einen überrachten Schrei ausstieß, als sich die kurzen Finger für einen winzigen Moment in seinem Haar verkrallten.

»Herrje«, murmelte der Kleine und betrachtete das Haarbüschel in seinen Fingern. »Ich bin aber auch wirklich ungeschickt heute.«

Sprach's, machte auf dem Absatz kehrt und verschwand in der Menge.

*

»Was war denn das für 'ne Nummer?«

Zorn drehte den Zündschlüssel und startete den Volvo.

»Zugegeben, ein wenig unkonventionell vielleicht.« Schröder griff nach dem Sicherheitsgurt. »Aber es hat definitiv was gebracht. Bist du so lieb und drehst die Heizung auf?«

Das tat Zorn. Der Volvo tuckerte friedlich im Leerlauf. Ein tiefes, monotones Dröhnen, widerhallend von den Betonwänden des Parkhauses.

»De Vriess kannte Cordula von Lubitzsch«, sagte Schröder und wärmte die geröteten Finger am Gebläse. »Sicherlich, wir hätten ihn auch offiziell befragen können. Dann allerdings wäre er vorgewarnt gewesen und hätte es wahrscheinlich abgestritten. Der Kerl ist mit allen Wassern gewaschen.«

»Das«, nickte Zorn, »würde ich nicht abstreiten.«

»Wir haben noch mehr.« Schröder reckte sich, wühlte in der Tasche seiner Cordhose. »Da wären zum einen«, er hielt die Eintrittskarte empor, die er in einem durchsichtigen Plastiktütchen verstaut hatte, »seine Fingerabdrücke.«

»Und zum anderen?«

Schröder deutete auf ein weiteres Tütchen, das auf den ersten Blick leer zu sein schien.

»Noch 'ne Tüte?«, fragte Zorn.

»*Yes*«, nickte Schröder.

»Ist da überhaupt was drin?«

»Allerdings.«

»Und was?«

»Eine Haarprobe.«

»Was willst du mit einer …«

»Abwarten«, beschied Schröder knapp.

Eine Weile saßen sie schweigend nebeneinander, lauschten dem einschläfernden Tuckern des Diesels.

»Es gibt keine Atombombe«, sagte Schröder schließlich.

»Fängst du schon wieder an?« Zorn verdrehte die Augen. »Du kannst einfach nicht verlieren, oder? Ich hab dir gesagt, dass das 'ne Geheimwaffe ist. Frag Edgar, der hat sie schließlich erfunden.«

»Das hab ich.«

»*Was* hast du?«

»Ich hab vorhin mit ihm telefoniert.«

»Ach.« Zorn versteifte sich.

»Es gibt sogar drei Geheimwaffen, sagt Edgar.« Schröder langte über die Schulter nach dem Sicherheitsgurt. »Das grüne Ninjaschwert, den Eishauch des furchtbaren Drachen und den lasergesteuerten Feuerspieß. Aber definitiv keine Atombombe.«

Der Gurt rastete ein.

»Ach«, murmelte Zorn, »das hat er bestimmt vergessen.«

»Edgar vergisst nie etwas.«

»Na ja, dann …« Zorn strich verlegen über das Lenkrad. »Dann hat er sich halt … geirrt.«

Schröder sah Zorn an.

»Damit ich das richtig verstehe: Du bezichtigst deinen einzigen Sohn der *Lüge*?«

»Das würde ich nie tun!« Zorn schlug die Augen nieder, legte den Gang ein. »Soll ich dich nach Hause fahren?«, fragte er kleinlaut, um das Thema zu wechseln.

»Es reicht, wenn du mich beim Präsidium rauslässt. Du weißt ja, Peck wartet auf seinen Bericht.«

Zorn sah auf die Uhr neben dem Tachometer. Kurz vor Mitternacht.

»Den kannst du doch auch morgen früh …«

»Das«, unterbrach Schröder, »ist ein Missverständnis. Ich habe nicht vor, das Präsidium zu betreten, sondern mir dort ein Taxi zu nehmen. Ich weiß, wie wichtig dir sorgfältiges und akribisches Arbeiten ist, gerade, wenn es um das Verfassen eines Berichtes geht. Du wirst bestimmt ein paar Stunden brauchen, da musst du mich nicht noch die halbe Nacht durch die Stadt gondeln.«

Zorn presste die Zähne aufeinander.

»Das«, knurrte er, »ist wirklich sehr rücksichtsvoll, Chef.«

»Ich weiß«, lächelte Schröder. »Das bin ich immer.«

Zwanzig

»Wie viel?«, fragte der Mann am anderen Ende der Leitung.

De Vriess saß vor einem kleinen, von nackten Glühbirnen gerahmten Wandspiegel in der schäbigen Garderobe, in der einen Hand einen Wattebausch, mit der anderen hielt er das Telefon ans Ohr. Das Tischchen vor ihm war übersät mit Parfumflaschen, Pinseln und Puderdosen. Er war dabei gewesen, sich abzuschminken, als sein Handy geklingelt hatte.

»Wir zählen noch.«

Er wandte den Kopf. Hinter ihm beugte sich ein breitschultriger Hüne in schwarzem Anzug, mit militärisch kurzgeschnittenem Haar und den groben Gesichtszügen eines Bullterriers über einen niedrigen Tisch und zählte die Geldscheine, die in Dutzenden Stapeln auf der Glasplatte verteilt waren. Ein weiterer, ähnlich gekleideter Mann lehnte neben einem Garderobenständer an der Wand. Er hielt ein Butterfly-Messer in den großen Händen und war damit beschäftigt, seine Fingernägel zu reinigen.

»Ungefähr vierzehntausend.« De Vriess nahm das Telefon in die andere Hand. »Vielleicht auch fünfzehn.«

»Ich lasse unseren Anteil nachher abholen«, sagte der Anrufer.

»Darüber wollte ich schon länger mit dir reden.«

Keine Antwort. Nur ein leises, ruhiges Atmen drang aus dem Hörer.

»Ich habe heute eine Menge Umsatz gemacht.« De Vriess wandte sich wieder seinem Spiegelbild zu, zog eine Grimasse und tupfte etwas Puder von der Nase. »Und ich finde, wir sollten noch einmal über meinen Anteil sprechen.«

Der Mann neben der Tür hob den Kopf, bedachte de Vriess mit einem kurzen Blick und widmete sich wieder seinen Fingernägeln.

»Du hältst dich für unterbezahlt?«

»Na ja.« De Vriess feuchtete den kleinen Finger mit der Zunge an und strich über die geschwungene Augenbraue. »Schließlich bin *ich* es, der sich den Mund fusselig redet und sich von all diesen alten Schachteln betatschen lässt.«

»Du bekommst zwanzig Prozent.«

»Ich will mich nicht beschweren«, sagte de Vriess, zog die

Oberlippe empor und betrachtete prüfend seine Zähne. »Wie gesagt, ich …«

»Was wäre denn deiner Meinung nach angemessen?«

»Keine Ahnung.« De Vriess nahm eine Bürste, kämmte das glänzende, pechschwarze Haar aus der glatten Stirn. »Dreißig vielleicht?«

Der Bullterrier schob einen Stapel Hundert-Euro-Scheine beiseite, nahm einen Stift und notierte eine Zahl auf einen Zettel. Die Arbeit nahm seine gesamte Konzentration in Anspruch, seine Stirn war gerunzelt, die Zungenspitze bewegte sich zwischen den fleischigen Lippen.

»Du willst also, dass sich etwas ändert.« Der Anrufer klang amüsiert.

»Wie gesagt, ich will mich nicht …«

»Abgemacht.«

De Vriess ballte triumphierend die Faust.

»Schön, dass wir uns so schnell einig werden. Ich …«

»Fünfzehn Prozent, ab sofort.«

De Vriess erbleichte. Das Grinsen verschwand, als wäre es mit einem nassen Lappen aus seinem Gesicht geschlagen worden.

»Du mieses kleines Arschloch«, zischte der Anrufer. »Du glaubst doch nicht ernsthaft, dass wir mit uns *feilschen* lassen? Wir haben dich aufgebaut. Du hast keine Ahnung, wie schnell du wieder in der Versenkung verschwindest. Es gibt Dutzende Typen wie dich, gutaussehende, parfümierte Schwätzer, die nur darauf warten, deinen Platz einzunehmen.«

»Das … das war nur ein Vorschlag, ich …«

»Halt's Maul, lass das Geld zählen und halte es bereit. Danach kannst du ins Hotel fahren und eine von deinen Schlampen ficken.«

Ein Klicken, die Leitung war tot. De Vriess starrte in sein Spiegelbild, das Handy noch immer am Ohr. Seine Finger umklammerten das Telefon, die Knöchel traten weiß hervor.

Ein vorsichtiges Klopfen, die Tür wurde geöffnet. Ein kalter Luftzug wehte herein, Geldscheine flatterten vom Tisch. Der Bullterrier stieß einen Fluch aus, während Mona mit wehendem Zopf in der Garderobe erschien.

»Das Taxi kommt in zwanzig Minuten.«

Sie ging zu de Vriess, fasste ihn an der Schulter und beugte sich zu ihm.

»Du warst toll heute«, hauchte sie ihm ins Ohr. »Wie immer.«

Der Mann mit dem Messer betrachtete seine Fingernägel, hob das Bein und schloss die Tür, ohne den Kopf zu heben. Der Bullterrier kniete vor ihm und klaubte Geldscheine vom Teppich.

»Ich hab uns einen Tisch an der Hotelbar reserviert«, flüsterte Mona. Ihre langen, lackierten Fingernägel fuhren sacht über sein Ohrläppchen. »Danach könnten wir …«

Sie verstummte, ihre Blicke trafen sich im Spiegel. De Vriess hielt das Handy noch immer in der Hand. Sein markantes, ebenmäßiges Gesicht war erstarrt, wie mit Wachs überzogen.

»Verpiss dich«, knurrte er. »Verpiss dich, du dämliche Kuh.«

Einundzwanzig

Gero von Lubitzsch.

Es ist wie immer. Ein Abend, wie er ihn in den letzten Jahren hundertfach erlebt hat, seit die Kinder aus dem Haus sind. Sie sitzt im Morgenmantel auf dem Sofa und strickt. Das Gesicht glänzend von Nachtcreme, das Haar, noch feucht von der abendlichen Dusche, streng nach hinten gekämmt. Auf dem Flachbildschirm neben dem Kamin läuft eine Dokumentation über die Wiener Philharmoniker. Der Ton ist stummgeschaltet. Es interessiert ihn nicht, doch die flimmernden Bilder lenken ihn ab.

Trink deinen Tee, sagt sie. Sonst wird er kalt.

Sie sieht ihn nicht an. Ihre Aufmerksamkeit gilt den Stricknadeln, die auf ihrem Schoß hin- und herflitzen. Wollknäuel liegen neben ihr. Gelb, Türkis, ein schmutziges Rosa. Ein Schal vielleicht, seit Wochen strickt sie schon daran. Bei ihrem Tempo müsste das verdammte Ding schon über zehn Meter lang sein. Vielleicht, denkt er und nippt an seinem Tee, trennt sie ja zwischendurch die Maschen wieder auf. Vielleicht will sie nicht fertig werden. Vielleicht hat sie Angst davor.

Er stellt die Tasse wieder auf den Glastisch. Der Tee schmeckt furchtbar, irgendein exotisches Zeug, das sie im Bioladen besorgt hat. Wahrscheinlich hat sie Ewigkeiten vor dem Regal verbracht, sonst hat sie ja nichts weiter zu tun.

Wir werden das Haus verlieren, sagt er.

Sie legt die Nadeln beiseite, füllt zunächst seine, dann ihre Tasse. Bisher hat sie noch nicht getrunken. Das Teeservice ist ein Erbstück ihrer Mutter. Meißner Porzellan mit goldenen Rändern. Der Deckel der Kanne hat einen winzigen Sprung.

Ich weiß, sagt sie.

Die Stricknadeln klackern weiter.

Früher, denkt Gero von Lubitzsch, war sie eine schöne Frau. Das ist sie eigentlich noch immer. Wahrscheinlich liegt es daran, dass sie nie in ihrem Leben arbeiten musste. Sie hat sich wirklich gut gehalten. Wenn sie ihm nur nicht so fürchterlich auf die Nerven gehen würde.

Ich habe Natascha gekündigt, sagt er, leert seine Tasse und wendet den Kopf ab, damit sie nicht sieht, wie er das Gesicht verzieht. Sie würde nichts sagen, wenn er den Tee stehen ließe. Ein stummer, vorwurfsvoller Blick würde ihr genügen. Er hat keine Lust darauf.

Natascha ist ihre Putzfrau.

Hattest du was mit ihr?

Mit Natascha? Er lacht auf. Bist du verrückt?

Ihm ist warm, obwohl er die Heizung heruntergedreht hat. Regelrechte Hitzewallungen. Womöglich die Wechseljahre, er hat gelesen, dass es auch Männer treffen kann.

Er fragt, ob sie die Scheidung wolle.

Nein, erwidert sie.

Viel Geld würdest du sowieso nicht bekommen. Wir sind pleite, meine Liebe.

Sie beugt sich vor, sieht in seine leere Tasse. Dann nimmt sie ihre eigene und leert sie in einem Zug. Sie habe nicht nach Natascha gefragt, sagt sie und stellt die Tasse wieder ab.

Ich weiß, dass du mit Natascha geschlafen hast. Ich meinte Cordula.

Du bist verrückt, wiederholt er. Du bist völlig verrückt. Sie war unser Kind.

Hattest du was mit ihrem Tod zu tun, Gero?

Schweiß bricht ihm aus. Sein Herz rast. Wie kannst du nur so etwas behaupten, murmelt er, ich habe Cordula geliebt, auch wenn …

Seine Stimme bricht.

Mir ist schlecht.

Sie steht auf, die Stricknadeln fallen zu Boden. Schwankend geht sie um das Sofa, tastet haltsuchend nach der Lehne. Eine Vase fällt zu Boden, als sie das Mobilteil des Telefons vom Fensterbrett nimmt. Sie sinkt zurück in die Polster, wählt mit zitternden Fingern eine Nummer.

Drei Zahlen.

Eine Eins. Noch eine Eins. Dann eine Null.

Der Notruf. Er will fragen, was sie da tut, doch er bringt nur ein unverständliches Lallen hervor.

Ich möchte zwei Tote melden, sagt sie ins Telefon.

Sie nennt eine Adresse. Es ist ihre eigene.

Nein, eigentlich ist es kein Notfall. Es eilt nicht.

Das Telefon entgleitet ihren Fingern. Sie deutet auf die Tassen.

Zyankali. Ich habe gelesen, dass es weh tut. Dafür soll es sehr schnell gehen.

Sie sieht ihn an. Ihre Augen, denkt er. Es sind ihre Augen. Deswegen habe ich mich damals in sie verliebt. Und in ihr Lächeln. Wann habe ich dieses Lächeln zuletzt gesehen? Vor dreißig Jahren?

Es ist viel schlimmer, als ich dachte, sagt sie. Es tut wahnsinnig weh, oder?

O ja. Es ist furchtbar.

Er öffnet den Mund, um es ihr zu sagen.

Es geht nicht mehr.

Zweiundzwanzig

»Du klingst müde, Frieda.«

»Es ist drei Uhr morgens, Claudius.«

»Ich wollte dich nicht wecken.«

»Ist schon okay.«

»Bist du gut angekommen?«

»Der Zug hatte 'ne halbe Stunde Verspätung. Wo bist du?«

»Im Büro. Die Adoptiveltern von Cordula von Lubitzsch sind tot. Doppelselbstmord. Sie haben sich mit Zyankali vergiftet. Das alles war genau geplant, die beiden haben sogar noch den Notruf gewählt. Aber als die ankamen, war es zu spät.«

»Das ist … ich weiß nicht, was ich jetzt sagen soll.«

»Ich auch nicht. Eigentlich wollte ich nur deine Stimme hören, Frieda. Erzähl mir irgendwas.«

»Und was? Dass du mir fehlst?«

»Das wäre ein guter Anfang.«

»Du fehlst mir, Claudius.«

»Du mir auch.«

»Was macht Schröder?«

»Der schläft. Das hoffe ich zumindest. Eigentlich hatte mich mein hochverehrter Vorgesetzter dazu verdonnert, bis morgen früh einen Bericht für deinen Nachfolger zu schreiben.«

»Du Armer.«

»Das muss jetzt sowieso warten. Dieser Staatsanwalt, dieser …«

»Peck. Matthias Peck.«

»Er sagt, er kennt dich von früher.«

»Peck, der Geck. Wir haben zusammen studiert. Er scheucht dich wahrscheinlich ganz schön durch die Gegend, oder?«

»Er ist 'n Arschloch.«

»Würde ich nicht abstreiten.«

»Sag mal … kann ich dich was fragen?«

»Klar.«

»Dieser Typ …«

»Ja?«

»Ach, vergiss es.«

»Was ist? Du klingst komisch.«

»Nee, alles okay. Du fehlst mir, Frieda.«

»Das bemerktest du bereits.«

»Schlaf gut.«

»Claudius?«

»Ja?«

»Ist wirklich alles okay?«

»Ich bin nur … müde.«

»Du kriegst das schon hin.«

»Klar krieg ich das hin. Ich muss ja.«

Dreiundzwanzig

»Gibst du mir die Butter?«

Sie stellte die Frage bereits zum zweiten Mal. Auch jetzt reagierte Gerald Hamsun nicht, er saß am Küchentisch, hielt die Tasse mit dem Morgenkaffee in den Händen und starrte ins Leere.

»Gerald?«

»Ich war mit meinen Gedanken woanders.« Er gab sich einen Ruck, reichte ihr die Butterdose. »Entschuldige, Penelope.«

Sie verdrehte die grünen Augen. Nenn mich Penny, hatte sie bei ihrer ersten Begegnung gesagt, ich komme mir sonst alt vor, wie eine Figur aus einer griechischen Sage. Hamsun hielt sich nur ungern daran, obwohl er ihr sonst jeden Wunsch von den Lippen ablas. Er liebte den Klang dieser vier Silben. Der Name passte zu ihr, es war wie Musik, göttliche Musik. Und das war sie. Eine Göttin. Selbst jetzt, sieben Uhr morgens, hatte sie etwas Überirdisches an sich, fand Gerald Hamsun. Etwas *Entrücktes*. Als wäre sie vor ein paar Minuten nicht aus seinem Bett, sondern aus einem Boticelli-Gemälde gestiegen.

»Und wo genau warst du mit deinen Gedanken?«

Sie zog die nackten Beine an und biss in ihren Toast. Ihr Haar war noch feucht vom Duschen und im Nacken zu einem lockeren Knoten geschlungen. Wie immer, wenn sie bei ihm übernachtete, hatte sie eines seiner Hemden übergestreift.

»Ich weiß nicht«, sagte er. »Irgendwo.«

Er blies in den dampfenden Kaffee. Sie hatten sich im Kino kennengelernt, er hatte sich eine Woody-Allen-Retrospektive angesehen. Das kleine Programmkino am Zoo war so gut wie leer gewesen, und später, als er im Foyer ein Glas Wein trank, da hatte sie plötzlich neben ihm an der Bar gestanden. Penelope hatte gefragt, wie ihm der Film gefallen habe – er selbst hätte niemals gewagt, sie anzusprechen –, und so waren sie ins Gespräch gekommen, hatten Rotwein getrunken und über Woody Allen geredet, bis Penelope irgendwann erzählt hatte, dass sie Jura studiere und kurz davor sei, alles hinzuwerfen. Hamsun, der selbst nie studiert hatte, war ein wenig aufgetaut, er hatte von seiner Arbeit bei der Staatsanwaltschaft erzählt, die oft eintönig sei, doch – das war seine feste Überzeugung – wichtig, ein Grundpfeiler für das Funktionieren der Gesellschaft. Jeder Mensch, hatte er gesagt (mit allmählich schwerer werdender Zunge, er vertrug keinen Alkohol), habe natürlich das Recht, ein Studium einfach abzubrechen, doch es gäbe auch Pflichten. Du klingst wie mein Vater, hatte sie erwidert, obwohl du nur ein paar Jahre älter bist als ich. Sie hatte ihn lange angesehen, aus meergrünen Augen unter endlos langen Wimpern. Du gefällst mir, hatte sie gesagt, sehr sogar, und als die Bar um Mitternacht schloss, da hatte sie ganz selbstverständlich ein Taxi gerufen und war mit zu ihm gekommen, als wäre es die natürlichste Sache der Welt.

Das war wie ein Traum gewesen, und auch jetzt noch, ein paar Wochen später, verfolgte ihn die ständige Angst, dass sie sich plötzlich vor seinen Augen in Luft auflösen würde. Dass sie nicht real war, das Hirngespinst eines fünfunddreißigjährigen einsamen Mannes, der zuvor noch nie mit einer Frau zusammen gewesen war – abgesehen von einem kurzen, fast zwanzig Jahre zurückliegenden Intermezzo mit einer angehenden Justizfachwirtin während seiner Ausbildung.

»Möchtest du noch Kaffee?«

Sie nickte kauend.

Als er ihr nachschenkte, trafen sich ihre Blicke.

»Danke, schöner Mann.«

Gerald Hamsun erwiderte ihr Lächeln, ein zartes Rosa färbte seine bleichen Wangen. Anfangs hatte er sich gefragt, was sie von ihm wollte (nun, das tat er auch jetzt noch, schließlich war ihm bewusst, dass er alles andere als ein *schöner Mann* war). Ich mag dich einfach, hatte sie ihm irgendwann erklärt, du bist ein süßer, unbeholfener Kerl. Und du bist lieb, du würdest mich niemals verletzen.

Das stimmte. Gerald Hamsun hätte sich eher ein Auge ausgerissen, als ihr weh zu tun. Sie besuchte ihn ein-, manchmal zweimal pro Woche. Er wusste nicht, was sie die restliche Zeit über trieb, ob es andere Männer gab, *wollte* es nicht wissen.

»Was macht deine Semesterarbeit?«, fragte er. »Kommst du voran?«

Ihre Miene verdüsterte sich. Sie stellte ihre Tasse ab und pustete eine feuchte Haarsträhne aus dem Gesicht.

»Können wir vielleicht über was anderes reden? Ich hab Ferien.«

»Natürlich.«

Er lockerte den Schlips, räusperte sich verlegen. Schob die Zuckerdose beiseite, griff nach dem Marmeladenglas, stellte es wieder ab und nippte an seinem Kaffee.

»Entschuldige«, seufzte Penelope. »Es ist nur … manchmal glaub ich, mein Kopf platzt von all diesem theoretischen Kram. Ich weiß einfach nicht, ob ich das hinkriege. Und ich will dir nicht auf die Nerven gehen. Du … du hast mir schon genug geholfen.«

Auch das stimmte. Gerald Hamsun war sich durchaus bewusst, nur ein winziges Rädchen im weitverzweigten Getriebe der Justiz zu sein. Er sortierte Akten, koordinierte die Termine seines Vorgesetzten und protokollierte Gerichtsverhandlungen. Das mochte nicht viel sein, doch er erledigte seine Arbeit akribisch, emotionslos, ohne sich jemals zu beschweren, denn er war sicher, einen kleinen, aber wichtigen Beitrag zu leisten. Es war der Platz, den ihm das Leben zugewiesen hatte, ein Platz, mit dem er zufrieden war, denn zu Höherem, davon war Gerald Hamsun überzeugt, war er nicht berufen. Im Gegensatz zu Penelope, die nicht nur wunderschön, sondern klug war. Sie konnte alles erreichen.

Anwältin werden, Richterin oder Staatsanwältin. Sie konnte Dinge *bewegen*.

»Ich wollte dir nicht zu nahe treten, Penelo… *Penny*«, verbesserte er sich hastig, schluckte und strich das schüttere Haar aus der Stirn. »Jemand wie du sollte nicht einfach alles hinschmeißen. Es steht mir nicht zu, dir Vorschriften zu machen, aber…«

»Du bist wirklich süß.«

Sie lächelte ihm über den Rand ihrer Kaffeetasse zu. Ihre Augen funkelten im Morgenlicht wie Smaragde. Verlegen senkte er den Kopf, wischte mit dem Zeigefinger einen Toastkrümel von der weißen Tischdecke.

»Ohne dich«, sie wurde ernst, »hätte ich längst aufgegeben. Du büffelst mit mir, hörst mich vor den Klausuren ab, gibst mir Akten zu lesen, Gerichtsprotokolle, die ich eigentlich gar nicht zu Gesicht kriegen dürfte.«

Er hoffte, sie damit anzuspornen. Sie sollte die Praxis kennenlernen, verstehen, dass sie die Dinge verändern konnte. Vorher allerdings musste sie das Studium beenden.

Hamsun sah auf die Wanduhr über der Spüle. Acht Minuten nach sieben. Er griff zur Serviette, tupfte die Mundwinkel ab.

»Ich muss los.«

Er machte Anstalten, den Tisch abzuräumen.

»Lass mal«, sagte sie. »Ich mach das schon.«

Hamsun zögerte. Er achtete peinlich genau auf Ordnung. Jeder Teller, jeder Löffel hatte seinen Platz, ebenso wie die alphabetisch geordneten Bücher in dem deckenhohen Regal im Wohnzimmer, die genau auf Kante gefalteten Handtücher im Bad und seine blitzblank gewienerten Schuhe, drei Paar, die schnurgerade aufgereiht im Flur standen.

»Danke.«

Ein Lächeln teilte seine schmalen Lippen. Er schob den Stuhl zurück, nahm das beigefarbene Jackett von der Lehne und streifte es über. Penelope winkelte die nackten Beine unter dem

Körper an, kuschelte sich auf ihren Stuhl und wärmte die Finger an der Kaffeetasse.

»Du bist immer pünktlich, oder?«

Er verstand die Frage nicht.

»Ich meine«, sie trank einen winzigen Schluck, »bist du eigentlich jemals zu spät zur Arbeit gekommen?«

»Natürlich nicht. Warum sollte ich?«

»Komm her«, sagte sie leise.

Er gehorchte, trat zögernd näher und blieb ein wenig steif vor ihr stehen. Sie sah einen Moment zu ihm auf, dann stellte sie die Tasse ab, griff seinen Schlips und zog ihn zu sich hinab.

»Ich weiß nicht, woran's liegt«, murmelte sie, die Lippen dicht an seinem Ohr. »Aber ich mag dich. Ich mag dich wirklich.«

Ihre linke Hand umfasste noch immer den Schlips, die andere massierte sanft seinen Nacken. Hamsun erschauerte, die Härchen an seinen Armen richteten sich auf. Er roch ihren Duft, Duschbad, ein wenig Parfum und den Geruch seines frisch gewaschenen Hemdes. Sie hauchte einen Kuss auf seine Wange und gab ihn frei.

»Ich ruf dich an, okay?«

Fast hätte er gefragt, wann genau sie sich melden würde, doch er sprach es nicht aus, nickte nur stumm. Es würde dunkel sein, wenn er nach Hause kam. Sie würde nicht da sein, natürlich nicht, doch ihr Duft würde noch hier sein. Wie immer würde er zeitig schlafen gehen, den Kopf in ihrem Kissen vergraben, und sich einbilden, die Wärme ihres Körpers zu spüren.

»Hab einen schönen Tag, Gerald.«

»Den hab ich bestimmt«, sagte er. »Ganz bestimmt.«

Und ging.

Vierundzwanzig

Er hatte schon eine Menge gesehen. Eine ganze Menge sogar, schließlich war es Teil seiner Arbeit. Schröder war seit über zwanzig Jahren Polizist, er wusste, wozu ein Mensch fähig ist, hatte es selbst oft genug am eigenen Leibe erfahren. Doch das hier übertraf alles.

Er lehnte neben einem Brennholzstapel an der dünnen Bretterwand. Es war kalt in der windschiefen Scheune, sein Atem dampfte in der klirrenden Luft. Die Sonne fiel in schrägen Strahlen durch das löchrige Dach, bohrte sich in das Dämmerlicht wie weißglühende Speere. Lichtpunkte tanzten auf der rostigen Ladefläche eines alten Toyota, flimmerten auf der staubigen Frontscheibe. Neben dem rechten Hinterrad lag eine menschliche Hand auf dem lehmgestampften Boden. Die wachsbleichen Finger waren gekrümmt, mit Ausnahme des gestreckten Zeigefingers, der auf einen verbeulten Wassereimer zu deuten schien. Eine hauchzarte Schneeschicht überzog den behaarten Unterarm, der Rest wurde durch den klobigen Reifen verborgen.

Schröder seufzte leise. Er wusste, dass der Arm kurz oberhalb des Ellbogens abgetrennt war. Er hatte es gesehen, ebenso das nackte, abgerissene Bein, um dessen Knöchel sich eine eiserne Kette schlang, deren Ende zehn Meter weiter in einem Schornstein verankert war.

Schröder hob fröstelnd die Schultern, schloss die Augen. Doch die Bilder blieben, hatten sich tief in die Netzhaut gebrannt. Der Wind pfiff durch die dünnen Wände, ein leises, klagendes Lied. Murmelndes Stimmengewirr drang herein, unterlegt mit dem entfernten Rauschen der Schnellstraße. Eine Autotür wurde zugeschlagen, Schritte näherten sich. Ein Mann fragte die beiden draußen wartenden Streifenbeamten nach Feuer. Schröder kannte die mürrische Stimme, er sammelte sich kurz und ging hinaus, um Claudius Zorn den Anblick des zerfetzten Toten zu ersparen.

*

Sie saßen im Volvo. Der Motor lief, Zorn hatte die Heizung auf die höchste Stufe gestellt. Schröders Miene war starr, die Kiefermuskeln arbeiteten unter der bleichen Haut. Sein Blick war leer, er sah durch die verschmierte Frontscheibe hinüber zu den beiden Uniformierten, die frierend vor der Scheune auf seine Anweisungen warteten. Das große Tor stand halb offen, die Flügel hingen schief in den Angeln. Dazwischen blitzte die Schnauze des alten Toyota in der Sonne.

»Ist es so schlimm?«, fragte Zorn.

Schröder setzte zu einer Antwort an, brach kopfschüttelnd ab.

»Schlimmer«, sagte er nach einer Weile.

Ein Windstoß fegte vorbei. Schnee wirbelte über die ungepflasterte Zufahrt, zerstob an den schiefen, von abblätternder Farbe bedeckten Scheunenwänden. Das Tor bewegte sich knarrend in den rostigen Angeln, die beiden Beamten duckten sich schutzsuchend hinter einem Stapel ausrangierter Lkw-Reifen.

»Im Mittelalter«, murmelte Schröder, »hat man das mit Pferden gemacht. Meist waren die Tiere zu schwach. Selbst, wenn Ochsen eingesetzt wurden, musste der Henker nachhelfen. Der menschliche Körper ist widerstandsfähiger, als man denkt. Es gehört eine gewaltige Kraft dazu, jemanden in Stücke zu reißen. Ein Pick-up zum Beispiel.«

Zorn, der keine Ahnung hatte, wovon die Rede war, wartete schweigend, dass Schröder fortfuhr. Was dieser dann auch tat.

»Er wurde geviertelt.«

Er sah Zorn an, die blauen Augen in kindlichem Erstaunen geweitet, als könne er selbst nicht glauben, was er sagte. Zorn fuhr das Seitenfenster herunter, holte tief Luft und sah hinaus. Dichtes Gestrüpp säumte die Einfahrt zum Hof. Sein Blick fiel auf ein verwittertes Holzschild, das an den Stamm einer Birke genagelt war. *MEIN BIOLADEN*, stand unter einem Pfeil, der auf das verwilderte Grundstück wies. *INH. BARNABAS KRULL. EINGANG HINTER DER SCHEUNE LINKS!*

»Eine Angestellte hat ihn gefunden.« Schröder blinzelte, fuhr sich mit dem Handrücken über die Augen. »Wir werden sie frühestens morgen befragen können. Sie hatte einen Nervenzusammenbruch.«

»Wer …« Zorns Stimme versagte, er setzte noch einmal an. »Wer macht so was?«

»Das kann ich dir sagen.« Schröder bekam sich allmählich wieder in den Griff. »Jemand, der anderen Menschen die Zunge herausschneidet, sie mit hydraulischen Bolzenschussgeräten foltert oder nachts aus ihren Wohnungen entführt.«

»Es ist derselbe?«

Schröder nickte stumm.

»Bist du sicher?«

Ein weiteres Nicken.

»Wa…«

…*rum*?, wollte Zorn fragen, doch nach der ersten Silbe kam er selbst auf die Antwort. Er deutete durch die Windschutzscheibe auf den Toyota, dessen bulliger Frontgrill ihnen aus der dämmrigen Scheune entgegenblitzte wie das Maul eines zähnefletschenden Monsters.

»Der Tote da drin«, sagte Zorn, »er wurde gebrandmarkt. Richtig?«

Schröder nickte ein drittes Mal.

Fünfundzwanzig

Margrit Weisz.

Bumm.

Zitternd kauert sie in der Ecke des Regenwassertanks, die Beine angezogen, die dünnen Arme fest um die Unterschenkel geschlungen. Ihr Rücken hebt und senkt sich im Rhythmus ihres gepressten Atems. Die pergamentartige Haut spannt über den Schulterblättern, die Rückenwirbel treten hervor. Ihr Körper, überzogen von einer dicken Kruste aus Schmutz und Exkrementen, hat sämtliche Fettreserven aufgebraucht.

Bumm. Bummbummbumm.

Sie krümmt sich, macht sich so klein wie möglich. Diese Detonationen, gedämpft und weit entfernt, machen ihr Angst. Sie weiß nicht, wann es angefangen hat. Sekunden. Minuten. Tage. Begriffe, die längst keine Bedeutung mehr haben.

BUMM!

Lauter, näher jetzt. Wimmernd umklammert sie ihre Knie, starrt ängstlich in die Dunkelheit. Selbst der Hunger, diese ständige, nagende Gier nach Nahrung, ist einen Moment vergessen.

BUMMBUMMBUMM!

Plötzlich Stille. Dann, endlich, das andere Geräusch. Das ersehnte Quietschen der schweren Eisentür. Ihre Reaktion kommt instinktiv, sie strafft sich, leckt die verschorften Lippen wie ein Hund, dem berühmten Pawlow'schen Reflex folgend. Ein Lichtstrahl huscht von außen über den Tank, sie lässt ihn nicht aus den Augen. Dieses Signal, es bedeutet Essen. Sie kriecht durch die glucksende Kloake, kniet sich unter die Öffnung. Die Angst ist verschwunden. Dankbarkeit erfüllt ihr Herz. Man hat sie nicht vergessen. Sie ist nicht allein. Jemand kommt, füttert sie.

Über ihr wird der Deckel aufgeschraubt. Ein ersticktes Stöhnen erklingt. Jemand hält angewidert die Luft an, als würde ihm der Gestank, der ihm entgegenschlägt, den Atem rauben. Reglos verharrt sie am Boden, den Kopf gesenkt, die Hände demütig in die Höhe gestreckt.

Etwas ist anders. Das, was ihr von oben in die zitternden Finger fällt, ist leichter als sonst. Kein Essen, sondern Papier. Sie wartet einen Moment. Senkt die Arme und betrachtet den Zettel in ihren Händen.

Hallo, Margrit, heute ist ein besonderer Tag. Du bist jetzt seit achtundzwanzig Tagen bei uns zu Gast.

Die Buchstaben tanzen im Strahl der Taschenlampe vor ihren Augen.

Du hast Schuld auf dich geladen. Morgen beginnt ein neues Jahr. In den kommenden drei Jahren erhältst du Gelegenheit, diese Schuld zu begleichen.

Sie blinzelt verwirrt. Die Worte formen sich in ihrem Kopf, doch die Bedeutung bleibt ihrem Verstand verborgen. Auch der Sinn hinter der letzten Zeile

Guten Rutsch, Margrit

erschließt sich ihr nicht. Platschend landet etwas direkt vor ihr in der schäumenden Kloake, sie greift nach der kleinen Plastikflasche,

TRINKEN!

öffnet mit flatternden Fingern den Schraubverschluss und leert sie in hastigen, gierigen Zügen. Ein weiteres Platschen

ESSEN!

sie hält die Flasche an die Lippen, tastet mit der freien Hand über den Boden des Tanks. Die Kloake schwappt gegen die grünen Wände, Dutzende, längst ausgetrunkene Wasserflaschen tanzen neben leeren Plastikschälchen auf den trüben Wellen. Sie findet ihr Essen, reißt mit den Zähnen die Verpackung

Katzen würden Whiskas kaufen

auf, und während über ihr der Deckel zugeschraubt wird,

149

schlingt sie den Inhalt des Schälchens innerhalb weniger Sekunden hinunter.

Die Eisentür fällt ins Schloss.

Es ist Mitternacht. Draußen, in einer anderen Welt, wird Silvester gefeiert. Feuerwerk leuchtet über den Straßen, Raketen zischen funkensprühend über den Nachthimmel. Ein prächtiges, in allen Farben schimmerndes Schauspiel erhellt die Stadt. Wildfremde Menschen fallen einander in die Arme.

Margrit Weisz kauert in ihrem dunklen Gefängnis. Der Hunger nagt unverändert in ihren Eingeweiden. Sie weiß nicht, was draußen vorgeht, duckt sich ängstlich und lauscht dem dumpfen Dröhnen des Feuerwerks.

Bumm. Bummbumm. Bumm.

VIERTER TEIL

Sechsundzwanzig

»Barnabas Krull, fünfzig Jahre alt, alleinstehend, keine Kinder.«

Schröder lehnte am Fensterbrett. Seine gedrungene Gestalt schien vor dem wolkenlosen Himmel in der muffigen Büroluft zu schweben. Das neue Jahr hatte begonnen, wie das alte vor zwei Tagen geendet hatte. Mit kaltem, klarem Winterwetter.

»Er hat mindestens vier Tage in der Scheune gelegen«, fuhr Schröder fort.

»Und niemand hat was mitgekriegt«, murmelte Zorn. Er hatte die Beine hochgelegt, seine Stiefel ruhten auf einer halb herausgezogenen Schreibtischschublade.

»Bis auf die Frau, die ihn gefunden hat«, erwiderte Schröder. »Sie hat ab und zu in seinem Bioladen geholfen, ansonsten hatte er kaum Kontakte.«

»Abgesehen von seinen Kunden.«

»Das können nicht viele gewesen sein, der Laden lief wohl ziemlich schlecht. Krull war so gut wie bankrott. Er hat den Hof vor ein paar Jahren verkauft und später einen Teil vom neuen Eigentümer gepachtet. Wie's aussieht, hat er die Pacht seit Monaten nicht bezahlt.«

Ein Motor dröhnte auf, die Scheibe vibrierte. Schröder sah über die Schulter hinaus und beobachtete eine Kehrmaschine, die im Schritttempo über den müllübersäten Parkplatz kroch, um die Hinterlassenschaften der Silvesternacht zu beseitigen.

»Ich frage mich, wo er bleibt«, sagte Zorn.

»Wer?«

»Unser gemeinsamer Freund. Es ist eine Minute nach zehn.« Zorn deutete vielsagend zur Tür. »Nicht, dass ihm was passiert ist.«

»Das wollen wir doch nicht hoffen.«

»Nein«, nickte Zorn, »das wollen wir nicht.«

»Vielleicht hat er ja Urlaub.«

»Oder er ist krank.«

»Wäre möglich«, sagte Schröder. »Eine Erkältung vielleicht.«

»Oder die Beulenpest.«

»Die ist seit dem Mittelalter ausgerottet.«

»Ich weiß«, seufzte Zorn. »Leider.«

Sie schwiegen einen Moment.

»Was Barnabas Krull betrifft«, Schröder setzte sich hinter den Schreibtisch, »wissen wir ebenso wenig wie bei den anderen Opfern. Bisher haben wir weder Fingerabdrücke noch irgendwelche Faserspuren. Der Toyota ist auf seinen Namen zugelassen. Im Obduktionsbericht steht etwas von einer Platzwunde am Hinterkopf. Man hat ihn in seiner Wohnung niedergeschlagen und dann nach nebenan in die Scheune geschleppt. Er hat noch gelebt, als er gebrandmarkt wurde.«

»Und du siehst immer noch keinen …«

»Nein, ich sehe auch jetzt keinen Zusammenhang. Ich hab's mal aufgeschrieben. Vielleicht«, Schröder zog eine Schublade auf, holte einen Zettel hervor und hielt ihn Zorn über den Schreibtisch entgegen, »fällt dir ja was auf.«

Zorn kniff die Augen hinter der Brille zusammen.

»Das kann keine Sau lesen, Schröder.«

»Womöglich solltest du die Füße vom Tisch nehmen, Chef.«

Zorn prustete genervt, tat wie ihm geheißen und las, was Schröder notiert hatte.

Heiner Borck: 5
Carola von Lubitzsch: 192
Margrit Weisz: 141
Barnabas Krull: 256

»Bei Margrit Weisz«, sagte Schröder, »ist es nur eine Vermutung. Es sind jedenfalls die Zahlen, die wir auf dem Brandeisen in ihrer Wohnung gefunden haben.«

Zorn starrte blinzelnd auf den Zettel.

»Womöglich«, erklärte Schröder, »ist es ein Code. Wir haben's jedenfalls weder mit einer arithmetischen noch einer Potenzfolge zu tun. Eine geometrische Reihe können wir ebenfalls ausschließen, ebenso die Fibonacci-Folge oder eine Euler'sche Zahlenreihe.«

»Das«, murmelte Zorn, der kein Wort verstand, »sehe ich genauso.«

Schröder stieß frustriert die Luft aus.

»Ich erkenne einfach keinen Sinn.«

Zorn sank stirnrunzelnd zurück.

»Vielleicht ist es genau das, Schröder.«

»Was?«

»Der Sinn. Vielleicht ist ja der Sinn, dass es keinen gibt.«

Schröders Augen wurden schmal.

»Du meinst, die Zahlen sollen uns ablenken?«

»*Yes*«, nickte Zorn.

»Man konfrontiert uns mit willkürlichen, völlig sinnfreien Ziffern? Wie Nebelkerzen, damit wir die Wahrheit nicht sehen?«

»Das«, erwiderte Zorn, »wäre der Sinn hinter dem Ganzen.«

»Das ist absurd.«

»Aber nicht abwegig.«

»Du hast recht«, sagte Schröder, nachdem er einen Moment nachgedacht hatte. »Ein interessanter Gedanke. Wir sollten diese Möglichkeit nicht ausschließen.«

»Ist das jetzt ein Lob?«

»Ich denke schon.«

»Darf ich dann heute früher Feierabend machen?«

*

Das durfte Claudius Zorn natürlich nicht. Immerhin, Schröder gestattete seinem ehemaligen Vorgesetzten, zur Belohnung eine außerplanmäßige Zigarette rauchen zu gehen, danach bat er ihn, weitere Informationen über Magnus de Vriess und die *Erben des Lichts* zusammenzutragen.

Das tat Zorn dann auch, klickte sich durch verschiedene Webseiten und fand relativ schnell heraus, dass Magnus de Vriess in Wirklichkeit Hubert Göllerich hieß, ein ehemaliger Versicherungsvertreter, der später als Motivationstrainer gearbeitet und zwei Jahre wegen Insolvenzverschleppung im Gefängnis verbracht hatte, nachdem eine seiner Beratungsfirmen bankrottgegangen war. Nach seiner Entlassung war er eine Weile abgetaucht, um dann als Magnus de Vriess das Aushängeschild für einen Verein, der sich *Erben des Lichts* nannte, zu bilden. Zorn stieß auf einen fünf Jahre alten *Stern*-Artikel, in dem de Vriess als Strohmann bezeichnet wurde. Der Verein, hieß es, sei nur Fassade, die Spitze eines Eisbergs, hinter dem sich ein weitverzweigtes, kompliziertes Netzwerk verbarg. Es war von mafiaähnlichen Strukturen die Rede, versteckten Hintermännern, geheimen Ritualen und veruntreuten Spendengeldern, von Erpressung und Psychoterror gegen ehemalige Mitglieder. Das Blatt war verklagt worden, hatte ein fünfstelliges Schmerzensgeld zahlen und eine Gegendarstellung drucken müssen.

Es war fast Mittag, als Zorn zum ersten Mal nach anderthalb Stunden den Kopf hob.

»Darf man fragen, was du da machst?«

Schröder stand mit dem Rücken zu Zorn am Fenster, in der einen Hand einen Lappen, in der anderen eine Sprühflasche, und war damit beschäftigt, die Blätter eines Gummibaums abzuwischen.

»Ich kümmere mich um die Pflanzen.«

»Das sehe ich. Hast du nix Besseres zu tun?«

»Ein Gummibaum«, sagte Schröder, konzentriert in seine Arbeit vertieft, »braucht Pflege. Abgesehen davon hilft's mir beim Nachdenken. Ich schlage also zwei Fliegen mit einer Klappe.«

»Und? Hat's was gebracht?«

»Das Nachdenken?« Schröder stellte die Sprühflasche auf das Fensterbrett. »Nee. Leider nicht.«

»Schade.«

»Was ist mit dir?«

»Na ja«, seufzte Zorn und rieb sich den steifen Nacken. »Dieser Verein stinkt. Und zwar gewaltig.«

Schröder setzte zu einer Antwort an, doch im selben Moment wurde die Bürotür geöffnet.

»Kollege Hamsun!« Zorn langte mit einer übertriebenen Geste nach seinem Handy und las die Uhrzeit ab. »So spät heute? Wir haben uns schon Sorgen gemacht!«

Hamsun bedachte Zorn mit einem ausdruckslosen Blick, ging zum Schreibtisch und legte eine dünne Akte auf Schröders Platz.

»Aus dem Labor«, sagte er zu Schröder. »Sie hatten eine DNA-Probe angefordert.«

»Richtig.« Schröder wischte die Hände an seinem Lappen trocken. »Darf man erfahren, wieso dieser Bericht bei Ihnen landet?«

»Anweisung von Doktor Peck.«

»Wo ist der eigentlich?«, fragte Zorn. »Er ist doch nicht etwa krank?«

»Termin bei Gericht«, beschied Hamsun knapp.

Schade, dachte Zorn. Doch keine Beulenpest.

»Wir stehen ziemlich unter Druck.« Schröder klang freundlich wie immer, doch Zorn hörte den leisen, metallischen Unterton. »Dieser Bericht ist wichtig, und es wäre mir lieb, wenn solche Dinge auf kürzestem Wege in meine Hände gelangen, Kollege Hamsun.«

»Das dachte ich mir. Deshalb habe ich ihn sofort hergebracht.«

»Würden Sie das an Staatsanwalt Peck weitergeben?«

Hamsun nickte steif, machte kehrt, ging zur Tür und wandte sich noch einmal um, die wässrigen Augen auf Zorn gerichtet.

»Sie parken auf dem Behindertenparkplatz.«

Zorn sah verdutzt auf.

»Das mach ich doch meistens!«

»Es gibt Vorschriften. Die gelten für jeden.«

Zorn schob das Kinn vor.

»Du kannst mich gerne verklagen, wenn's dir so …«

… *wichtig ist*, wollte Zorn sagen, doch da hatte Hamsun das Büro bereits verlassen.

»Korinthenkacker«, brummte Zorn.

»Er hat recht.«

»Was?!«

Schröder hatte Platz genommen und beugte sich über die Akte. »Ein paar Meter zu Fuß«, murmelte er und blätterte um, »können dir nicht schaden.«

Zorn prustete beleidigt.

»Verdammt«, fluchte Schröder und schloss die Akte mit einem resignierten Seufzer.

»Was steht denn drin?«, blaffte Zorn, noch immer wütend.

»Die Haarprobe von Magnus de Vriess.« Schröder wies mit dem Kinn auf die Akte. »Ich habe sie mit den Spermaspuren vergleichen lassen, die bei Cordula von Lubitzsch gefunden wurden.«

»Keine Übereinstimmung?«

»*Nothing*. Ist wahrscheinlich auch besser so.«

»Das solltest du mir erklären, Schröder.«

»Bei einer Übereinstimmung müssten wir davon ausgehen«, Schröder öffnete die Akte, löste ein durchsichtiges Tütchen von der Innenseite und hielt es in die Höhe, »dass Cordula von Lubitzsch kurz vor ihrer Ermordung Geschlechtsverkehr mit dem Inhaber dieses Haares hatte.«

»Richtig«, nickte Zorn.

»Eine äußerst befremdliche Vorstellung.«

»Warum?«

»Hier drin«, Schröder deutete auf das Tütchen, »ist das Haar eines Bernhardiners.«

»Ach.« Zorn nahm die Brille ab. »Wie, verdammt nochmal, kommt ein Hundehaar auf die Rübe von Magnus de Vriess?«

»Ich nehme an, es war angeklebt.«

»Verarsch mich nicht, Freundchen.«

»Das tu ich nicht. Wahrscheinlich hätte ich auch ein künstliches Haar erwischen können oder ein echtes. Da gibt's die unterschiedlichsten Varianten. Ich selbst«, Schröder fuhr sich mit der flachen Hand über den kahlen Schädel, »würde so etwas nie im Leben benutzen, ich stehe zu meiner Frisur.«

»De Vriess trägt ein Toupet?«

»*Yes.*«

»Dann war deine Aktion völlig sinnlos.«

»Stimmt«, lächelte Schröder. »Spaß hat's trotzdem gemacht.«

Siebenundzwanzig

»Du hast mich immer noch nicht verstanden«, sagte Hanns Lerby.

Magnus de Vriess mochte ihn nicht. Die Art, wie er mit übereinandergeschlagenen Beinen hinter seinem klobigen, mit Intarsien verzierten Schreibtisch aus Wurzelholz saß. Das gleichgültige, kantige Gesicht. Die stechenden Augen, die geradewegs durch einen hindurchzusehen schienen.

»Ich nehme dir das nicht übel«, fuhr Lerby fort. »Du bist einfach nicht in der Lage dazu, Hubert.«

Nein, de Vriess mochte ihn wirklich nicht. Hanns Lerby war

der Einzige hier, der ihn bei seinem richtigen Namen nannte. Es war seine Art, ihn zu demütigen. Eine von vielen subtilen Facetten wie die SMS, mit der er ihn herbestellt hatte *(in 30 Minuten bei mir)*, oder die Tatsache, dass er ihm keinen Platz angeboten hatte, obwohl es mehr als genug Möglichkeiten gab in diesem Saal, den Lerby als seinen Arbeitsraum bezeichnete. Ein halbes Dutzend geschnitzte Lehnstühle. Zwei Chesterfield-Sofas unter den hohen Fenstern, dazu vier passende Sessel. Stattdessen stand er hier wie ein Bittsteller. Der er eigentlich auch war, wie de Vriess sich widerwillig eingestehen musste.

»Ich war neulich am Telefon ein wenig direkt. Womöglich sogar beleidigend, aber auch das«, Lerby griff nach einer Kristallkaraffe und goss Whisky in ein Glas, »war nicht persönlich gemeint, sondern einzig und allein deinen intellektuellen Fähigkeiten geschuldet. Ich hasse persönliche Beschimpfungen, aber ich musste sichergehen, dass du mich auch wirklich verstehst.«

Die Karaffe funkelte im Widerschein eines Feuers, das hinter Lerby in einem mannshohen, offenen Kamin prasselte. Darüber hing ein großes Ölbild in goldenem Rahmen. Risse zogen sich über die vom Alter geblichene Leinwand, eine einsame Gestalt in Mönchskutte kniete auf einer Wiese inmitten einer kitschigen Berglandschaft, bestrahlt von einer überdimensionalen Sonne, dem Symbol der *Erben des Lichts*.

»Wie viel hast du letztes Jahr verdient, Hubert? Hunderttausend? Hundertfünfzig?«

»Da müsste ich nachsehen, aber das ...«

»Ich stelle dir die Frage noch einmal.« Lerby schwenkte das Glas in der flachen Hand, betrachtete die bernsteinfarbene Flüssigkeit. »Bist du zufrieden, Hubert?«

»Ja.«

Eine Tür öffnete sich lautlos in der getäfelten Wand. Stimmengewirr drang herein, unterlegt mit leiser Musik. Irgendwo nebenan stimmte jemand ein Cello. Ein breitschultriger Mann in dunklem Anzug setzte sich in einen Sessel, hob eine Zeitung vom Boden und schlug sie wortlos auf.

»Hallo, Pierre«, sagte de Vriess.

Er erhielt keine Antwort, hatte es auch nicht erwartet. Offiziell fungierte der hünenhafte Franzose gelegentlich als sein Bodyguard, doch in Wahrheit, das hatte de Vriess schnell erkannt, war er sein Aufpasser. Lerbys Bluthund, der ihn bei seinen Auftritten überwachte und zumeist scheinbar unbeteiligt in der Garderobe stand und die Fingernägel mit einem Butterfly-Messer reinigte.

»Warst du's vorher auch?«, fragte Lerby.

»Was?«

»Zufrieden. Warst du vorher auch zufrieden?«

»Klar, aber ich dachte einfach ...«

»Du hast den Kuchen gesehen und dir überlegt, dass dein Anteil zu klein ist. Du bist ein guter Verkäufer, Hubert. Aber der Bäcker bestimmt den Preis. Du bist gierig geworden. Ich nehme dir das nicht übel, schließlich bin ich Geschäftsmann. Wir alle sind gierig, es liegt in unserer Natur. Andererseits bedeutet Gier Unzufriedenheit. Ich will, dass meine Leute funktionieren. Das klappt aber nur, wenn sie zufrieden sind. Leuchtet dir das ein?«

»Das war nur ein Vorschlag.«

»Von jemandem, der unzufrieden ist.«

»Jetzt bin ich's nicht mehr.«

»Ein Glenfarclas.« Lerby schnupperte an seinem Glas. »Über dreißig Jahre alt. Früher habe ich das nicht zu schätzen gewusst, aber man lernt es mit der Zeit.«

Sie hatten de Vriess buchstäblich auf der Straße aufgelesen. Das war jetzt eine ganze Weile her, er hatte gerade sein erstes Buch veröffentlicht. *Erkenne dich selbst!*, lautete der Titel, er hatte es im Gefängnis geschrieben. Die erste Auflage hatte er selbst finanziert, die Druckkosten hatten seine sämtlichen Reserven aufgebraucht, doch die Bücher lagen wie Blei in den Läden. Es war ein trüber Oktobernachmittag gewesen, de Vriess wartete auf die Straßenbahn, als ein Jaguar direkt neben ihm am Bordstein hielt. Lerby liebte theatralische Auftritte, de Vriess erinnerte sich noch genau an das Surren, mit dem die getönte Scheibe herunterfuhr, an Lerbys Gesicht, das im Halbdunkel erschien, und seine Stimme, die ihn mit höflicher Beiläufigkeit zu einer kleinen Spazierfahrt einlud. Es hatte nicht lange gedauert, sie saßen auf dem Rücksitz, Pierre steuerte die Limousine gemächlich durch die verregnete Stadt, und als de Vriess den Wagen eine halbe Stunde später verließ, da war aus dem vorbestraften Bankrotteur ein Mann geworden, dem eine glänzende Zukunft bevorzustehen schien.

»Wir bieten dir ein Podium«, sagte Lerby. »Eine Bühne, auf der du einen Teil unserer Produkte verkaufst. Die Bretter, auf denen du stehst, sind dünn, Hubert. Sie können jederzeit brechen. Ebenso wie dein Genick.«

»Ist das eine Drohung?«

Lerby legte den Kopf in den Nacken, leerte das Glas in einem Zug und sah de Vriess an. Dieser war, fünf, vielleicht sechs Meter entfernt, doch er musste sich zwingen, dem Blick dieser hellgrauen Augen standzuhalten.

»Aber sicher doch, Hubert.«

Leblose Augen, schimmernd wie flüssiges Quecksilber. Die Augen eines Reptils beim Anblick der Beute.

»Du sprichst mit dem Hüter des Lichts. Dem Wächter des Inneren Kreises. Dem siebenundzwanzigsten Großmeister einer Gesellschaft, die seit Jahrhunderten existiert. Vergiss das nicht, Hubert.«

Nein, Magnus de Vriess mochte Hanns Lerby nicht. Alles an diesem Mann wirkte einschüchternd: das eisgraue Haar, unter dem die Kopfhaut durchschimmerte, ebenso militärisch kurzgeschnitten wie bei Pierre, dem Bluthund. Das Kinn eines Boxers, kantig, wie gemeißelt. Lerbys Stimme, leise, gleichzeitig scharf wie ein Rasiermesser. Furchteinflößend wie diese Villa am Ende der Flusspromenade, ein schlossähnliches Anwesen mit verklinkerten Türmchen, einer geschwungenen Freitreppe und gotischen Fenstern, Dutzenden Sälen, verwinkelten Gängen, vollgestopft mit antiken Möbeln und staubigen Ölschinken, umgeben von drei Meter hohen Eisenzäunen, gespickt mit Bewegungsmeldern und Überwachungskameras, deren Bilder auf einen 27 Zoll großen Monitor auf Lerbys Schreibtisch übertragen wurden.

»Ich habe dich neulich einen parfümierten Schnösel genannt.« Lerby stand auf. Er war kleiner, als er hinter dem Schreibtisch gewirkt hatte, höchstens einen Meter siebzig. »Ich hätte dich auch als geschminkten Dummschwätzer bezeichnen können.« Er ging nach hinten zum Kamin, nahm ein Holzscheit, warf es in das prasselnde Feuer. »Oder als tuntigen Hohlkopf.«

Pierre schien noch immer in seine Zeitung vertieft, doch de Vriess bemerkte das Grinsen auf seinen breiten Lippen.

»Das tue ich allerdings nicht«, sagte Lerby, den Blick in die Flammen gerichtet. »Ich hasse Öffentlichkeit. Schon immer. Ich agiere lieber im Hintergrund, doch es gibt Geschäfte, für die ich ein Gesicht brauche. Jemanden, der uns nach außen vertritt, ohne zu wissen, was genau hinter den Kulissen geschieht. Einen, dem unsere Ideale egal sind.«

Lerby stützte sich am Kaminsims ab. Silberne, vom Alter geschwärzte Pokale reihten sich aneinander, daneben standen Zinnteller mit seltsamen, an Runen erinnernden Zeichen. Kerzen flackerten in siebenarmigen Leuchtern, spiegelten sich auf dem Rahmen des riesigen Ölbildes über dem Kamin. De Vriess hielt das alles für Brimborium, er machte sich nichts daraus. Sicherlich, er verkaufte all diesen Kram, er schrieb sogar Bücher darüber. Allerdings nicht, weil er daran glaubte, das hatte er nicht eine Sekunde lang getan.

»Ich brauche jemanden, der sich nicht für unsere Ziele interessiert«, sagte Lerby dann auch. »Sondern einzig und allein für

Geld. Einen, der es genießt, im Rampenlicht zu stehen. Kurz gesagt«, er wandte sich um, »jemanden wie dich, Hubert. Ich könnte dich auch als eitlen Selbstdarsteller bezeichnen, aber auch *das* tue ich nicht. Das wäre eine Beleidigung, nicht wahr? Ein weiterer Grund, unzufrieden zu sein. Und wer unzufrieden ist, der könnte auf dumme Gedanken kommen.«

Lerby faltete die Hände auf dem Rücken, kam gemächlich näher geschlendert. Ein kräftiger, untersetzter Mann um die fünfzig, der früher viel Sport getrieben haben musste und auch jetzt noch regelmäßig Gewichte stemmte. Das weiße Seidenhemd spannte über dem breiten Brustkorb, doch das Alter forderte seinen Tribut, der Bauch wölbte sich unübersehbar über der gebügelten Hose.

»Sag's mir.« Lerby stand direkt vor de Vriess. Obwohl er einen halben Kopf kleiner war, schien es, als würde er auf ihn hinabsehen. »Bist du zufrieden, Hubert?«

Ein Holzscheit zerbarst in den Flammen. Der Knall dröhnte wie ein Pistolenschuss durch den Saal.

»Nein«, sagte de Vriess.

Lerby musterte ihn einen Moment, das Kinn gereckt, den Kopf ein wenig schiefgelegt. Plötzlich hoben sich seine Mundwinkel. Kein Lächeln, eher eine kurze Grimasse, ausschließlich auf die Lippen beschränkt. Der Rest seines Gesichts blieb unbewegt, die Augen metallisch, starr wie zuvor.

»Gut«. Er nickte zufrieden. »Sehr gut.«

De Vriess schluckte. Schweißperlen glänzten auf seiner gebräunten Stirn. Als Lerby plötzlich die Hand hob, zuckte er unwillkürlich zurück, doch dieser tätschelte ihm nur kurz die Wange, wandte sich dann ruckartig um.

»Was meinst du, Pierre? Sollte ich mich nicht langsam um meine Gäste kümmern?«

Der Franzose stand schweigend auf, ging mit hallenden Schritten quer durch den Saal und öffnete eine hohe, zweiflügelige Tür am anderen Ende. Der angrenzende Raum war wesentlich größer, Menschen standen dichtgedrängt beieinander. Frauen in bauschigen Seidenkleidern und hohen Perücken, Männer in schwarzen Mönchskutten. Kerzen flackerten. Ohrringe blitzten. Livrierte Diener liefen umher. Champagner perlte in hochstieligen Gläsern. Ein Streichquartett, ebenso barock gekleidet wie die Gäste, spielte eine Serenade von Mozart.

»Wenigstens bist du ehrlich.« Lerby hatte einen Schrank in der vertäfelten Wand geöffnet und hielt eine Robe aus weinrotem Samt in den Händen. »Ich hatte deinen Anteil auf fünfzehn Prozent gekürzt. Belassen wir's bei den ursprünglichen zwanzig.« Er streifte die Robe über den Kopf. »Bist du dann zufrieden?«

De Vriess nahm allen Mut zusammen.

»Nein.«

Lerby, der die bauschigen Ärmel zurechtzupfte, hielt inne.

»Ich warne dich, Hubert.«

»Fünfundzwanzig.«

»Denk an dein Genick. Wie leicht es brechen kann.«

»Ach komm.« De Vriess versuchte sich in einem schiefen Grinsen, doch seine Stimme zitterte. »Du hast recht. Ich habe keine Ahnung, was ihr alles so treibt. Es gibt nichts, was ich über euch ausplaudern könnte. Selbst wenn ich wollte, ich könnte euch gar nicht erpressen. Aber ich weiß, was ich wert bin. Ihr verdient eine Menge mit mir. Natürlich bin ich austauschbar, aber es wird dauern, bis ihr Ersatz gefunden habt. Du weißt selbst, wie schwer es ist …«

»Zweiundzwanzig. Letztes Angebot.«

»Einverstanden.«

De Vriess hatte keine Sekunde gezögert. Lerby nickte knapp, ordnete den schweren Stoff und verknotete eine goldfarbene Kordel vor dem Bauch.

»Bist du so gut«, er hob die Stimme, »und begleitest Hubert hinaus?«

Pierre, der wartend in der Tür zum anderen Saal stand, senkte zustimmend das Kinn. Lerby ging an de Vriess vorbei auf ihn zu, streifte die Kapuze über und wandte sich noch einmal um. Sein Gesicht verschwand unter dem schweren Samtstoff.

»Und Hubert …vergiss nicht, mit wem du es zu tun hast.« Lerbys Stimme drang dumpf aus dem Schatten hervor. »Vergiss das niemals.«

Achtundzwanzig

Margrit Weisz.

Es ist so dunkel. Ich habe Angst.

Sie kauert in einer Ecke des Regentanks, die Arme um die Knie geschlungen, die Hände unter die Achseln gepresst. Die Stimme in ihrem Kopf klingt hell, ängstlich. Die Stimme eines kleinen Mädchens.

Sie sollen kommen. Die Leute mit dem Licht.

Langsam, ganz langsam, wiegt sie sich vor und zurück. Die stinkende Brühe schwappt glucksend gegen die Wände des Tanks. Sie hört das Klicken, mit dem die leeren Plastikflaschen aneinanderstoßen.

Du weißt, wer diese Leute sind, sagt die andere Stimme. Sie klingt älter. Es ist ihre eigene, die Stimme einer erwachsenen Frau. *Es sind die, die dich hergebracht haben. Die dich hier festhalten. Sie haben dich …*

Sie sollen KOMMEN!

Sie sind böse, verdammt nochmal!

Ich habe Hunger, und ich habe ANGST!

Sie schiebt trotzig die Unterlippe vor. Streicht das verfilzte Haar aus der Stirn und hebt lauschend den Kopf. Wartet auf das

Rasseln, mit dem sich der Schlüssel im Schloss dreht, auf das Quietschen, wenn die schwere Stahltür geöffnet wird.

Verstehst du nicht, was sie vorhaben?, fragt die andere Stimme. Der rationale Teil ihres Verstands, die Vernunft. Es ist lange her, dass sie sich zu Wort gemeldet hat. *Sie wollen dich brechen. Wir wissen nicht, warum. Aber du ahnst, wer sie sind. Du kennst sie. Sei ehrlich, sie ist dir von Anfang an komisch vorgekommen.*

»Nein«, murmelt sie.

Sie war nett, freundlich, aber du hast immer geahnt, dass …

»Sie sollen kommen!«

… etwas nicht stimmt, sie …

»Jetzt! Sofort!«

Störrische Worte eines verlassenen Kindes, hervorgestoßen mit der brüchigen Stimme einer Greisin.

Und dann? Was erwartest du? Dass sie dich irgendwann gehen lassen? Einfach so? Du darfst dich nicht aufgeben. Du musst hier raus.

»Aber das geht nicht«, schluchzt sie. »Ich … ich hab's doch versucht.«

Stimmt. Du hast dir die Finger blutig gekratzt. Die Wände sind viel zu fest, aber der Deckel ist gerade mal einen Meter über dir. Du musst nur aufspringen, wenn sie ihn das nächste Mal aufmachen, vielleicht kannst du sie wegstoßen, vielleicht kannst du…

»Nein.«

Sie hält sich die Ohren zu.

Du musst dich wehren.

»Nein.«

Willst du hier drin verrecken? In deiner eigenen Scheiße ersaufen? Oder lieber verhungern? Sag schon, was willst du?

»ICH WILL ESSEN!« Ein kehliger Schrei. »ICH WILL DAS LICHT!

Sie schlägt mit den Händen auf den Boden. Die übelriechende

167

braune Masse spritzt auf, ergießt sich über ihren verkrümmten Körper, läuft an den grün schimmernden Wänden hinab.

»ICH WILL, DASS SIE ENDLICH KOMMEN!«

Dann stirbst du.

»SEI STILL!«

Sie hält sich die Ohren zu. Ballt die Fäuste, schlägt gegen die Schläfen.

»Hunger«, knurrt sie. Ihre Hände fallen kraftlos herab, die Stirn sinkt auf die Knie. Das Haar hängt in öligen Fäden über ihren mageren Schultern.

»Piep piep piep.«

Ein Murmeln.

»Piep piep piep, guten Appetit.«

Als sie den Kopf hebt, sind ihre Augen leer, schimmern wie staubige Perlen im grünlichen Zwielicht des Regentanks.

»Jeder isst, so gut er kann, nur nicht seinen Nebenmann.«

Ein leiernder, monotoner Singsang.

»Und wir nehmen's ganz genau, auch nicht seine Nebenfrau.«

Die verschorften Lippen bewegen sich kaum.

»Piep piep piep, guten Appetit.«

Noch einmal von vorn.

»Jeder isst, so gut er ...«

Da. Endlich. Das Rasseln des Schlüssels, das Quietschen. Sie kriecht unter den Deckel. Licht flackert in den Tank. Sie kniet nieder, hebt die Hände. Die Stimmen in ihrem Kopf sind verstummt. Kein logisches Denken mehr. Keine Fragen. Auch keine Angst.

Nur eines.

Dankbarkeit.

Neunundzwanzig

»Verdammt nochmal!« Pecks Stimme überschlug sich. »Was bildet sich dieser kleine Scheißer eigentlich ein?«

»Hauptkommissar Schröder«, erwiderte Hamsun, »hat lediglich um korrekte Einhaltung des Dienstwegs gebeten. Es ist allgemein üblich, dass die technischen Abteilungen ihre Ergebnisse direkt an die ermittelnden Organe weitergeben. Dieser Laborbericht ...«

Peck hieb mit der Faust auf den Schreibtisch.

»Ich habe meine Gründe!«

Eine silberne Dose mit Schreibutensilien kippte um. Bleistifte, Kugelschreiber und ein vergoldeter Füller rollten über die Tischplatte, landeten nacheinander auf dem flauschigen Teppich.

»Natürlich haben Sie die.«

Hamsun stand mit unbewegter Miene in Pecks Büro. Wie immer ertrug er die Ausbrüche seines Vorgesetzten mit stoischer Ruhe, er kannte sie zur Genüge. Heute war es besonders schlimm, er hatte es sofort bemerkt, als Peck vor zwei Stunden vom Gericht wiedergekommen war. Wortlos hatte er seine schwarze Aktentasche geöffnet, einen Stapel Gerichtsakten auf Hamsuns Schreibtisch geknallt und ihn mit zusammengepressten Lippen angewiesen, diesen *verdammten Dreck* zu archivieren.

Hamsun wusste, worum es in dem Prozess gegangen war, er hatte die Unterlagen vorbereitet. Ein vierzigjähriger Taxifahrer hatte den zehn Jahre jüngeren Geliebten seiner Frau wegen Körperverletzung angezeigt, nachdem er die beiden in einem Hotelzimmer überrascht hatte. Die folgende Schlägerei hatte dem gehörnten Taxifahrer eine mehrfach gebrochene Nase eingebracht. Sein Anwalt verlangte fünfhundert Euro Schmerzensgeld. Peck, als Vertreter der Staatsanwaltschaft, hatte diese Forderung unterstützt und zusätzlich für eine dreimonatige Bewährungsstrafe plädiert, der Beklagte war ausgebildeter Kampfsportler. Dessen Aussage, sich ausschließlich gewehrt zu haben, war während der Vorverhandlung von der Frau bestätigt worden, und heute nun war das Gericht den Argumenten der Verteidigung gefolgt und hatte den jungen Mann freigesprochen. Hamsun, der bereits in Dutzenden vergleichbaren Prozessen Protokollführer gewesen war, hatte von Anfang an damit gerechnet, doch er hatte sich wie immer nicht dazu geäußert, es stand ihm nicht zu. Am Morgen hatte er im Vorzimmer an seinem Schreibtisch gesessen und alte Akten beschriftet, während Peck hinter der halbgeöffneten Verbindungstür vor dem Spiegel gestanden und mit sonorer Stimme sein Plädoyer geübt hatte.

»Die heutige Verhandlung«, sagte Hamsun. »Soll ich eine Revision vorbereiten?«

»Ich dachte, ich hätte mich deutlich ausgedrückt. Archivieren Sie diesen Mist. Ich habe genug Scheiße an der Backe.«

Es ging Peck nicht darum, dass Recht gesprochen wurde. Es ging ihm einzig und allein um sein Ego. Er wollte gewinnen. Immer. Das missfiel Gerald Hamsun, doch auch dazu äußerte er sich nicht.

Es stand ihm nicht zu.

»Was soll ich Hauptkommissar Schröder ausrichten?«

»Ich traue den beiden nicht«, knurrte Peck. Das weiße Hemd, das er bei Gericht getragen hatte, war unter der Achseln verschwitzt. Der Schlips baumelte hinter ihm über dem Fenstergriff. »Ein fetter Zwerg und ein Krüppel, die seit Wochen nichts auf die Reihe kriegen. Ich will wissen, was passiert. Und zwar als Erster.«

»Das entspricht nicht den Vorschriften.«

»*Ich* bin's, der hier die Scheiße ausbaden muss!«

Ein Knall donnerte durch das Büro, als Pecks geballte Faust erneut auf dem Tisch landete. Die Wucht des Schlags ließ das goldene MacBook emporhüpfen. Gerald Hamsun reagierte wie immer. Überhaupt nicht.

»Hauptkommissar Schröder«, sagte er steif, »ist ein sehr geachteter Mann. Als ermittlungsführender Beamter hat er das Recht auf die korrekte Einhaltung des Dienstwegs.«

»Ach, hat er das?«

»Er könnte sich in seiner Arbeit behindert sehen. In diesem Falle hätte er sogar die Pflicht, sich an höherer Stelle zu beschweren.«

Ihre Blicke trafen sich. Es war Staatsanwalt Peck, der als Erster die Augen niederschlug.

»Bis auf weiteres«, er klappte das MacBook zu, »sind meine Anweisungen außer Kraft gesetzt. Geben Sie das an die zuständigen Stellen weiter. Und dann suchen Sie mir die Unterlagen für den Prozess gegen diesen Kinderarzt raus, ich will morgen mein Schlussplädoyer vorbereiten.«

»Natürlich, Herr Staatsanwalt.«

Ein knappes Nicken. Eine kurze Drehung. Gerald Hamsun verschwand aus dem Büro ebenso lautlos, wie er gekommen war.

*

»Hab ich dich geweckt, Frieda?«

»Das fragst du immer, wenn du anrufst. Nein, hast du nicht. Es ist noch nicht mal acht. Was isst du?«

»Ich hab mir 'ne Pizza aufgetaut.«

»Man spricht nicht mit vollem Mund, Claudius.«

»Ich hab den ganzen Tag nix gegessen.«

»Aber geraucht hast du.«

»Ja. Mehr als genug.«

»Was ist drauf?«

»Salami. Ist ein bisschen angebrannt.«

»Das hört man.«

171

»Edgar vermisst dich.«

»Gib ihm einen Kuss von mir.«

»Und ich soll dich von Schröder grüßen.«

»Küss ihn auch.«

»Das kannst du vergessen.«

»Ich fange morgen wieder an. Mit der Arbeit.«

»Das ist gut, Frieda.«

»Es ist jedenfalls besser, als rumzusitzen. Kommt ihr voran?«

»Wir nehmen diesen Verein unter die Lupe. Unsere einzige Spur, wenn man's überhaupt so bezeichnen kann.«

»Die *Erben des Lichts*.«

»Dein Vater hat wirklich nie was von denen erwähnt?«

»Nie. Ich habe seine Unterlagen noch mal durchgesehen, aber da war nichts. Hätte mich auch gewundert. Er konnte mit diesen Dingen nichts anfangen. Religion, Esoterik, höhere Mächte, das alles hielt er für Spinnerei.«

»Ein Agnostiker.«

»Atheist.«

»Wo ist der Unterschied?«

»Lass es dir von Schröder erklären.«

»Werd ich garantiert nicht.«

»Wie geht's ihm?«

»Ich sehe ihn kaum, er ist ständig unterwegs. Morgen früh will er diesen Magnus de Vriess vernehmen.«

»Den Guru.«

»Heizdeckenverkäufer trifft's besser. Der Kerl ist aalglatt. Ich hab übrigens neulich 'ne Frau kennengelernt, eine äußerst attraktive Dame.«

»Vorsicht, Claudius.«

»Sie heißt Mona, ist so was wie die Büroleiterin bei denen.«

»Du hast sie befragt?«

»Hat aber nix gebracht. Ich halte sie nicht für sonderlich clever, aber ihre Beine sind Weltklasse, ich ... Scheiße!«

»Was ist?«

»Mein Bier ist umgekippt.«

»Du solltest Tee trinken.«

»Dann hätte ich mich jetzt verbrannt.«

»Unter der Spüle sind frische Lappen.«

»Geht schon. Was ist mit dem letzten Opfer?«

»Barnabas Krull.«

»Hast du noch mal nachgedacht?«

»Ich tue nichts anderes, Claudius. Aber ich habe den Namen noch nie gehört, genau wie die anderen. Ich kann mir nicht vorstellen, dass mein Vater ihn kannte.«

»Ein pensionierter Richter und ein bankrotter Biobauer. Was sollten die auch miteinander zu tun haben?«

»Ich weiß es nicht, Claudius. Ich weiß es einfach nicht.«

»Ich würde dir so gerne sagen, dass wir vorankommen, Frieda.«

»Das werdet ihr. Irgendwann.«

*

Gerald Hamsun saß am Schreibtisch und übertrug Staatsanwalt Pecks Notizen in den Computer. Dieser hatte sein Büro vor über zwei Stunden verlassen, im Vorbeigehen hatte er ihm einen Stapel Papiere in die Hand gedrückt mit der Anweisung, diese abzutippen und zusammen mit den wichtigsten Prozessunterlagen bis zum nächsten Morgen auf seinem Schreibtisch zu deponieren. Punkt acht, hatte er noch bemerkt, bevor die Tür hinter ihm ins Schloss gefallen war, und keine Minute später. Das war natürlich Schikane, Pecks Reaktion auf Hamsuns unerwarteten Widerspruch, doch wie immer stellte Gerald Hamsun die Anweisung seines Vorgesetzten nicht in Frage.

Steif, den Rücken gestreckt, saß er vor seinem Rechner, die wässrigen Augen auf den Bildschirm gerichtet, während seine Finger geübt über die Tastatur flitzten. Ein leiser Signalton erklang, er hielt stirnrunzelnd inne, holte sein Handy aus der Innentasche des sandfarbenen Jacketts, las die Nachricht auf dem Display.

War bei dir zu Hause, wollte dich besuchen. Bist du noch im Büro? Kann dich in zehn Minuten abholen. Kuss, P

Hamsun zögerte keine Sekunde.

Gern, schrieb er hastig zurück. Sein blasses Gesicht färbte sich rosa, er überlegte einen Moment, dann fügte er hinzu: *Ich freue mich auf dich.*

*

»Rauchst du, Claudius?«

»Ja. Ich stehe am Fenster und gucke raus.«

»Was siehst du?«

»Es ist dunkel.«

»Hier auch.«

»Auf der Hochstraße ist Stau.«

»Hier schneit's.«

»Frieda?«

»Ja?«

»Kann ich dich was fragen?«

»Klar.«

»Wie gut kennst du diesen Peck?«

»Peck, den Geck?«

»Er ... er hat neulich behauptet, ihr hättet was miteinander gehabt.«

»Hat er das gesagt?«

»Er hat so geguckt.«

»Können wir ein anderes Mal darüber reden?«

»Du, wir müssen da überhaupt nicht drüber reden, wenn du nicht willst, ich…«

»Es war auf 'ner Erstsemesterparty. Ich war bekifft, das erste

174

und letzte Mal in meinem Leben. Wir sind zusammen in der Kiste gelandet. Er hat sich schon damals unwiderstehlich gefunden, aber ich bin ihm danach aus dem Weg gegangen. Das ist fast zwanzig Jahre her. Ist das wichtig?«

»Nee.«

»Du wolltest mich schon vor ein paar Tagen fragen.«

»Ja.«

»Aber du hast dich nicht getraut.«

»Ja.«

»Muss ich mir jetzt Sorgen machen, Claudius?«

»Warum?«

»Rennst du jetzt los, holst deine Pistole und schießt ihn über den Haufen?«

»Ich hasse meine Knarre.«

»Du könntest ihn verprügeln.«

»Er sieht verdammt durchtrainiert aus. Wahrscheinlich ist er Kampfsportler.«

»Matthias Peck ist ein Arschloch.«

»Du nimmst mir die Worte aus dem Mund, Frieda.«

»Er ist schon damals über Leichen gegangen, wenn es um seinen Vorteil ging.«

»Du hättest mich vor ihm warnen können.«

»Warum? Du bist alt genug, Claudius.«

»O ja, das bin ich. Alt.«

»Rauchst du schon wieder?«

»Es ist erst die zweite.«

»Innerhalb einer Viertelstunde.«

»Ich bin alt genug. Das hast du eben selbst gesagt.«

»Claudius?«

»Was ist?«

»Liebst du mich?«

»Mehr als alles auf der Welt, Frieda. Ausgenommen Edgar vielleicht.«

»Und Schröder.«

»Ja, den auch.«

»Mein Akku ist gleich alle.«

»Ich liebe dich trotzdem.«

»Das ist gut. Und jetzt mach die Zigarette aus.«

»Zu Befehl.«

»Geh nicht zu spät ins Bett, alter Mann. Und träum was Schönes.«

»Das werd ich Frieda. Das werd ich bestimmt.«

*

Ihr grüner Golf stand auf dem Besucherparkplatz neben einem zugeschneiten Streifenwagen. Sie lehnte rauchend an der Motorhaube, lächelte ihn an, während er mit klopfendem Herzen auf sie zuging.

»Überstunden?« Penelope schnippte die Zigarette weg, blies den Rauch aus dem Mundwinkel in die kalte Abendluft und kam ihm die letzten beiden Meter entgegen. »Ich hätte mir denken sollen, dass du noch im Büro bist.«

Sie ging auf die Zehenspitzen, schlug ihm den Mantelkragen hoch und ordnete seinen grauen Schal.

»Im Moment haben wir viel zu tun«, sagte Hamsun.

»So viel«, sie deutete auf die schwere Aktentasche in seiner Hand, »dass du die Arbeit wieder mit nach Hause nehmen musst?«

»Leider. Aber ich sollte das in einer Stunde erledigt haben.«

Es schneite. Schneeflocken blitzten auf dem fellbesetzten Kragen ihrer Kapuze, auf ihrem hellen, wie gesponnenes Gold glänzenden Haar.

»Lass dich nicht ausnutzen, Gerald.«

»Es ist meine Arbeit.«

Ihre Wangen waren vor Kälte gerötet, sie schien schon eine

176

Weile gewartet zu haben. Ein Taxi bog auf den Parkplatz, hielt mit laufendem Motor vor dem Präsidium.

»Ich war einkaufen«, sagte sie. »Was meinst du, soll ich uns was kochen? Du kümmerst dich um deine Arbeit, und danach essen wir. Spaghetti mit Hackfleischsoße, okay? Rotwein hab ich auch besorgt.«

»Das klingt toll, Penelo…«

»Penny.«

»Entschuldige.« Er lächelte verlegen. »*Penny.*«

»Hast du überhaupt Hunger?«

Nein, den hatte Gerald Hamsun nicht.

»Und wie«, behauptete er trotzdem. »Ganz fürchterlich.«

»Na dann.« Sie nahm ihm die Tasche ab, seufzte übertrieben, als sie das Gewicht spürte. »Ach du Schande, was ist denn da alles drin? Scheint ja ein richtig schwerer Fall zu sein.«

Sie lachte. Er liebte ihr Lachen.

»Es geht um einen Todesfall in der Notaufnahme im Stadtkrankenhaus«, sagte er. »Genauer gesagt um die Frage, ob es sich um einen ärztlichen Kunstfehler handelt oder nicht.«

»Und?« Sie wuchtete die Tasche in den Kofferraum. »Ist es einer?«

»Ein Urteil steht mir nicht zu. Aber ich kann dir gerne meine Meinung erläutern.«

»Sehr gut.«

Die Heckklappe schloss sich mit einem dumpfen Knall.

»Das wird ein wunderbarer Abend«, strahlte sie und öffnete die Beifahrertür. »Vorausgesetzt, ich bringe uns unfallfrei zu dir nach Hause.«

»Das wirst du«, erwiderte Hamsun, obwohl er ein wenig zweifelte. Penelope war eine wunderbare Frau, doch ihre Fahrkünste ließen zu wünschen übrig.

»Wir schlagen uns die Bäuche voll, trinken Wein und nebenbei lerne ich noch was fürs Studium. Und danach«, sie deutete einladend in den Wagen, »werden wir miteinander schlafen. Ist das Leben nicht wunderschön?«

Bisher hatte Gerald Hamsun diesen Gedanken verdrängt. Weil er ahnte, dass er bei längerer Betrachtung seines irdischen Daseins zu einer völlig anderen Erkenntnis gelangen würde.

Er stieg ein, die Digitaluhr neben dem Tachometer stand auf zwanzig Uhr vier.

In zwölf Stunden, dachte er, sitze ich wieder im Büro. Genau neun Minuten nach sieben werde ich meine Wohnung verlassen. Bis dahin bleiben mir elf Stunden und fünf Minuten. Ich will nicht über mein Leben nachdenken. Nicht jetzt.

Sie gab ihm einen Kuss auf die Wange. Hinter ihnen glitten die Türen des Haupteingangs auseinander. Schröder erschien, tippelte mit kurzen Schritten die Treppe herab und stieg, ohne sich umzusehen, in das Taxi.

Penelope ließ den Motor an. Die Digitaluhr sprang um. Zwanzig Uhr fünf.

Noch elf Stunden und vier Minuten. Insgesamt sechshundertvierundsechzig Minuten. Gerald Hamsun würde sie alle genießen. Jede einzelne würde schön sein. Wunderschön.

Dreißig

»Ganz schön kalt heute Abend, finden Sie nicht?«

Der Taxifahrer würdigte Schröder keines Blickes, geschweige denn einer Antwort.

»Wohin?«, fragte er stattdessen, die Augen stur geradeaus gerichtet, und fuhr an. Schröder, der noch in Begriff gewesen war, die Beifahrertür zu schließen, nannte die Adresse und langte gewohnheitsmäßig über die Schulter, um den Sicherheitsgurt zu schließen. Seine Finger griffen zunächst ins Leere, er drehte sich zur Seite und wurde im selben Moment nach vorn geschleudert, als das Taxi nach wenigen Metern eine Vollbremsung vollführte und schlingernd hinter einem grünen Golf zum Stehen kam.

»Weiber«, knurrte der Fahrer. »Dann auch noch blond.«

»Wie meinen?«

Haltsuchend stützte sich Schröder mit der linken Hand am Handschuhfach ab, die rechte versuchte vergeblich, den Sicherheitsgurt über den dicken Bauch zu zerren.

»Weiber und Auto fahren. Hat noch nie funktioniert.«

Das Taxi folgte dem Golf, der im Schritttempo zwischen den Streifenwagen über den Parkplatz zuckelte. Autos gehörten zu den wenigen Dingen, die Schröder nicht interessierten, er kannte sich kaum damit aus, doch er war sicher, dass der klapprige Benz schon seit Jahrzehnten durch die Stadt holperte. Ebenso wie sein missmutiger Besitzer, ein unrasierter, bulliger Kerl um die vierzig mit speckiger Schiebermütze und wattierter Weste, der zu Schröders Verwunderung eine Halskrause um den Stiernacken trug und ungeduldig mit den Fingern auf das abgegriffene Lenkrad trommelte.

»Ich hab's nicht eilig«, sagte Schröder, noch immer mit dem Sicherheitsgurt beschäftigt.

»Der ist kaputt«, brummte der Fahrer.

Sein Name war *G. Kravlansky*, so jedenfalls stand es auf dem Schild unter dem Navigationsgerät. *Rund um die Uhr kompetent und zuverlässig.*

»Ach.« Schröder sank in den zerschlissenen Ledersitz. »So ein Pech aber auch.«

»Ist ja nur 'ne Stadtfahrt.«

Schröder war ein streitbarer Mensch. Wenn ihn etwas störte, dann sagte er es. Freundlich natürlich, so, wie es seiner Natur entsprach, in wohlüberlegten Worten. Jetzt allerdings tat er's nicht. Schröder war müde. Er hatte Hunger. Seit fünfzehn Stunden war er auf den Beinen, dreizehn davon hatte er im Präsidium verbracht. Er wollte nur eines. Nach Hause. Vor dem Kamin sitzen. Ein Truthahnsandwich essen und ein bisschen Satie hören. Oder eine Sonate von Penderecki. Vielleicht würde er auch gar keine Musik hören und nur dem Knacken des Kaminfeuers lauschen. Ja, einfach nur Stille. Nichts hören. Schon gar nicht die Stimme dieses Mannes auf dem Fahrersitz, ein paar Worte hatten genügt. Schröder wollte nicht wissen, was *G. Kravlansky* dachte. Auch nicht, wie dieser missmutige, frauenverachtende Mann mit Vornamen hieß. Gerald. Gundolf. Gandalf. Gisbert. Es war egal.

Schröder schloss die Augen. Die Heizung lief auf höchster Stufe, er öffnete den obersten Mantelknopf. Es roch nach kalter Zigarettenasche, Diesel, verbranntem Gummi, dem Schweiß von *G. Kravlansky* und Tausender Fahrgäste, deren Ausdünstungen sich im Laufe der Jahre wie Säure in die rissigen Polster gefressen hatten. Das Radio lief, ein Schlagersender dudelte ein altes Lied von Peter Maffay.

»Fahr doch, du Kuh!«

Schröder schreckte hoch. Sie standen hinter dem Golf an der Einmündung zur Schnellstraße. Kaum Verkehr, nur eine Straßenbahn zischte in der Gegenrichtung vorbei. Der Golf ruckelte vor, blieb stehen. Die Bremslichter erloschen, flackerten wieder auf.

»Motor abgewürgt«, knurrte G. Kravlansky. »Weiber.«

»Ich hab's nicht eilig«, wiederholte Schröder.

»Aber ich.«

Der grüne Golf schoss vor, das Taxi umgehend hinterher. Schröder wurde in die Lehne gepresst, als der Benz mit aufjaulendem Motor haarscharf an der Stoßstange des Golfs vorbei auf die Überholspur wechselte.

»Dämliche Kuh.«

Das war der Moment, in dem Schröder nun doch die Geduld verlor.

»Es reicht jetzt.«

Er war müde.

»Ich bin müde«, sagte er.

Wollte schlafen.

»Ich will schlafen«, sagte er.

Brauchte Ruhe.

»Ich brauche Ruhe«, sagte er.

Scheinwerfer blendeten im Gegenverkehr. Bremslichter flimmerten vor der Windschutzscheibe. Streusalz wirbelte auf. *Und als ein Mann sah ich die Sonne aufgehn!*, erklärte Peter Maffay im Radio.

»Ich fahre selten Taxi«, sagte Schröder. »Eigentlich nie. Die Fahrt zu mir nach Hause dauert ungefähr eine Viertelstunde. Es gibt jetzt zwei Möglichkeiten. Entweder wir schweigen. Oder wir führen ein unverfängliches Gespräch. Über Autos zum Beispiel. Oder Benzinpreise. Das wäre natürlich naheliegend, obwohl ich zu diesem Thema nicht viel beizutragen habe. Aber ich würde Ihnen zuhören, ab und zu eine Bemerkung machen in der Hoffnung, dies an der richtigen Stelle zu tun. Wir können natürlich auch über das Wetter reden. Oder Sie jammern mir etwas über die allgegenwärtigen Baustellen vor. Aber verschonen Sie mich bitte mit diesem sexistischen Geschwafel.«

Ich war sechzehn, behauptete Maffay, *und sie einunddreißig!*

Der Mann am Steuer warf Schröder einen Blick zu. Es war das erste Mal, dass er ihn direkt ansah. Schröder roch seinen sauren Atem, bemerkte das Pflaster quer über der Nase.

»Ich habe meine Gründe«, sagte G. Kravlansky.

Als er den Kopf wieder abwandte, erklang ein kurzes, unangenehmes Geräusch. Die Bartstoppeln auf seinem Kinn schabten über die fleckige Halskrause wie Schmirgelpapier über einen vertrockneten Schwamm.

»Sind Sie verheiratet?«

»Nein«, sagte Schröder.

»Waren Sie's jemals?«

»Nein.«

»Sind Sie schon mal betrogen worden?«

»Schon oft.«

»Ich meine«, der Fahrer gab ein Geräusch von sich, es klang wie das Bellen einer erkälteten Bulldogge. Schröder war nicht sicher, ob es ein Lachen oder ein Husten war. »Ich meine«, wiederholte G. Kravlansky, die Stimme noch immer belegt, »von einer Frau. Dann wüssten Sie nämlich ...«

»Ihre Gründe interessieren mich nicht«, unterbrach Schröder. »Und jetzt tun Sie mir bitte einen Gefallen und halten den Mund, ja?«

Sie gab sich so, als sei ich überhaupt nicht da. Und um die Schultern ...

»Und wenn Sie einmal dabei sind ...«

... trug sie nur ihr langes Haar. Ich war ...

»... machen Sie doch bitte das Radio leiser.«

*

G. Kravlansky (der mit Vornamen Günther hieß) hatte viele Gründe, wütend zu sein. Der Hauptgrund lag in Form einer Klarsichthülle mit einem amtlichen Schreiben darin unter einem zerknickten Kaffeebecher auf dem Rücksitz, daneben befand sich ein Brief mit der Rechnung, die ihm sein Anwalt nach der Urteilsverkündung mit einem aufmunternden Klaps auf die Schulter in die Hand gedrückt hatte.

Er wendete auf der engen Einfahrt, während sein Fahrgast im Licht der Scheinwerfer nach dem richtigen Schlüssel suchte und schließlich das Eisentor öffnete, hinter dem sich die Umrisse eines zweistöckigen Hauses vor dem Nachthimmel abzeichneten. Der kleine Kerl hatte keinen Cent Trinkgeld gegeben, aber das kümmerte Kravlansky im Moment nicht. Er hatte andere Probleme.

Das Taxi holperte davon, rutschte über die gefrorenen Spurrinnen der Zufahrt. Die Reifen waren längst überfällig, die Stoßdämpfer ebenfalls. Scheiß drauf. Scheiß auf alles.

Achtzehn Jahre. Achtzehn verdammte Jahre waren sie verheiratet. Er hatte sich den Arsch abgerackert, hatte alles versucht, es Anna recht zu machen. Überstunden. Nachtschichten. Und warum? Weil sie einmal pro Woche zur Kosmetik musste. Zum Friseur. Nicht zu vergessen die Reitstunden. Oder der neue Fernseher. Selbst für das verdammte Fitnessstudio hatte er brav geblecht, ausgerechnet für diese Muckibude, wo sie dieses Schwein kennengelernt hatte. Sie hatte ihn ausgepresst wie eine Zitrone, und zum Dank hatte diese Nutte mit diesem aufgeblasenen Kerl rumgemacht.

Er bog auf die Hauptstraße ein. Das Funkgerät knackte, die Zentrale fragte nach einem freien Wagen in der Nähe des Stadtwaldes. Eigentlich hätte er sich jetzt melden müssen.

Kravlansky schaltete das Gerät ab. Keine Lust.

Sie sollten realistisch sein, hatte der Anwalt bei ihrem ersten Gespräch gesagt. Die Zeiten, in denen Ehebruch strafbar war, sind lange vorbei. Sie sind in ein Hotelzimmer eingedrungen, haben den Liebhaber Ihrer Frau attackiert. Die Sache hat für Sie mit einer gebrochenen Nase und zwei ausgerenkten Halswirbeln geendet. Wir können auf Schmerzensgeld klagen, aber viel Hoffnung mache ich Ihnen nicht. Ich verstehe, dass Sie wütend sind, aber Sie sollten den Tatsachen ins Auge sehen.

Dazu war Günther Kravlansky nicht in der Lage gewesen. Er wollte Genugtuung. Wollte sie bluten sehen, alle beide. Und es hatte zunächst sogar danach ausgesehen, als sein Anwalt ihm mitgeteilt hatte, dass die Staatsanwaltschaft die Klage unterstützen werde. Heute Vormittag war diese Hoffnung zerschlagen worden. Diese verdammten Dreckschweine hatten …

Eine Hupe dröhnte auf, Kravlansky zuckte zusammen.

Der Benz stand mitten auf einer schmalen Einbahnstraße hinter dem Museum. Die Hupe plärrte erneut, Scheinwerfer blendeten im Rückspiegel. Ein Kleintransporter stand dicht hinter ihm, der Fahrer hatte die Scheibe heruntergekurbelt und forderte ungeduldig, den Weg freizumachen. Kravlansky presste einen Fluch hervor, legte den Gang ein und steuerte das Taxi in eine Lücke vor einer Garageneinfahrt.

Er hatte keine Ahnung, wie er hergekommen war. *Warum* er hier war, wusste er allerdings genau. Dort oben, hinter den erleuchteten Dachfenstern einer Gründerzeitvilla, wohnte das Schwein. Casimir Holtz. Dieser Mistkerl, der ihm die Nase gebrochen hatte. Dort saßen sie jetzt, alle beide. Und lachten sich ins Fäustchen.

Kravlanskys Finger krallten sich in das Lenkrad. Der Diesel röchelte unter der Motorhaube. Schritte näherten sich, eine vermummte Gestalt beugte sich herab, klopfte an die Scheibe. Das Fenster fuhr surrend nach unten.

»Sind Sie frei?«

Eine Frau, ziemlich jung. Vor Kälte gerötete Wangen. Der Mund hinter einem gehäkelten Schal verborgen. Eine dazu passende Wollmütze. Geflochtene Zöpfe lugten hervor, Wahrscheinlich eine von diesen Kunststudentinnen. Die liefen hier massenhaft herum.

»Nein.«

»Aber das Schild leuchtet.«

Ein Knopfdruck.

»Jetzt nicht mehr.«

Das Fenster glitt nach oben. Das Mädchen lief kopfschüttelnd davon. Ihr Atem kondensierte im klirrenden Nachtfrost, wirbelte in wattigen Schwaden über ihre Schulter und schwebte wie Nebel im schwefligen Licht der Laternen.

»Blöde Kuh.«

Kühe. Das waren sie. Alle.

»Leckt mich am Arsch. Dämliche, bekloppte …«

Seine Stimme erstarb, ein trockenes Husten dröhnte durch den Wagen. Er öffnete den Reißverschluss der wattierten Weste, massierte den schmerzenden Brustkorb. Günther Kravlansky hielt diesen Husten für eine harmlose Erkältung, kein Wunder, der Krebs befand sich im Anfangsstadium und hatte bisher nur den linken Lungenflügel befallen. Das konnte er im Moment noch nicht wissen, und wäre dies der Fall gewesen, dann hätte sich seine jahrelang aufgestaute Wut wahrscheinlich ein anderes Ziel gesucht. Das Schicksal, das Leben, vielleicht auch die Zigarettenindustrie. Jetzt aber, mit dem Gerichtsurteil und der Anwaltsrechnung (er hatte keinen Schimmer, wie er sie bezahlen sollte) auf dem Rücksitz, richtete sich seine Wut auf alle Frauen dieses Planeten, nicht nur auf Anna, die ihm zwar nie sonderlich viel bedeutet, aber trotzdem gewagt hatte, ihn zu verlassen.

Er beugte sich über den Beifahrersitz, öffnete das Handschuhfach. Sein Blick fiel durch die Windschutzscheibe nach oben. Sterne blitzten am Himmel, die geziegelten Dächer schimmerten unter dem Raureif. Eine Gardine bewegte sich. Kerzen flackerten. Da, hinter einem dieser beiden Fenster, war sie.

Wart's nur ab, Anna. Genieß deinen Triumph, du blöde Kuh. Wer weiß, wie lange du's noch kannst.

Kravlansky kramte die Zigaretten aus dem Handschuhfach. Ein gieriger Zug, gefolgt von einem trockenen Husten. Er stieß den Rauch durch die Nase aus, klappte den Aschenbecher auf. Eigentlich rauchte er nur bei geöffnetem Fenster.

Na und?

Jetzt war alles egal. Alles.

Einunddreißig

Margrit Weisz

Sie wartet.

Gebückt kauert sie in der Mitte des Tanks unter dem Deckel, wippt auf den Fersen vor und zurück, den Kopf in den Nacken gelegt, die Augen geschlossen. Die Stimmen sind verstummt. Nur die Worte eines alten Kinderreims drehen sich unablässig in ihrem Kopf wie Schaukelpferde auf einem Karussell.

Piep piep piep, guten Appetit.

Immer wieder zuckt sie zusammen, bewegt ruckartig den Kopf. Fahrige, nervöse Reaktionen eines ausgemergelten Körpers, ausgelöst durch ein dumpfes Warnsignal. Etwas ist anders. Etwas fehlt. Das vertraute Rasseln, das metallische Quietschen, das sie schon längst nicht mehr mit einer Kellertür in Verbindung bringt, sie hätte es schon lange hören müssen.

Jeder isst, so viel er kann.

Keine Fragen mehr.

Zuallererst den Nebenmann.

Nur Hunger.

Danach, wir nehmen's ganz genau ...

Sie fletscht die Zähne.

... essen wir die Nebenfrau.

Sie öffnet die Augen. Schließt sie. Öffnet sie.

Keinerlei Unterschied. Die Dunkelheit bleibt.

Wo ist das Licht? Wo ist das Licht?

Das ist alles, was zählt. Alles andere ist vergessen. Die Frage, warum sie hier ist. Wo sie ist. Das sind Fragen, die sie in einem anderen Leben gestellt hätte, als sie noch Margrit Weisz war, eine adrette Sachbearbeiterin, die gern Kreuzworträtsel löste und ein Dauerabo im Opernhaus gebucht hatte, eine Frau, die Musicals liebe, besonders *My fair Lady*, sie hatte fast jede Vorstellung besucht, und als das Stück abgesetzt wurde, da hatte sie ein wenig geweint, weil sie sich in den Hauptdarsteller verguckt hatte.

Piep piep piep, guten Appetit.

Speichel tropft von ihrer Unterlippe. Zischend saugt sie die Luft ein.

Wann kommt es? Wo bleibt das Licht?

Sie weiß nicht, dass es von einer rostigen Taschenlampe stammt. Dass der, der diese Lampe trägt, ihr Peiniger ist. Das alles ist vergessen. Dieses Licht, es bedeutet Nahrung. Sie ist am Verhungern, aber da ist noch mehr.

Sie will nicht allein sterben, einsam und verlassen. Das Licht bringt Trost. Einen Augenblick der Wärme. Das Gefühl, nicht vergessen zu sein. Sie würde alles dafür tun. Alles.

Piep piep piep. Wir haben uns alle lieb.

Niemand kommt.

Zweiunddreißig

»Ich hasse unangekündigte Besuche, Hubert.«

De Vriess setzte zu einer Antwort an, zögerte. Es hatte gefühlte Ewigkeiten gedauert, bis Lerby ihn in sein Arbeitszimmer gebeten hatte, nachdem er ihn zuvor eine geschlagene Stunde im Vorzimmer hatte warten lassen.

»Ich auch«, sagte er.

Lerby sah kurz auf, widmete sich dann wieder den Gegenständen auf seinem klobigen Schreibtisch: Tonscherben, die neben dem Überwachungsmonitor auf einer Plastikunterlage verteilt waren, daneben lagen Pinzetten, Pinsel, verschiedene Lupen.

»Vor allem«, fuhr de Vriess fort, »wenn der Besucher ein Polizist ist.«

Lerby nahm eine Lupe, beugte sich über eine der Scherben und musterte sie, versunken in tiefste Konzentration. Er trug einen Laborkittel über dem hellblauen Hemd, dazu weiße Stoffhandschuhe.

»Eine Schenkungsurkunde«, murmelte er. »Altbabylonisch, würde ich sagen. Ungefähr tausendachthundert vor Christus. Die Keilschrift ist außergewöhnlich gut erhalten.«

Hinter ihm prasselte ein Feuer im Kamin. Der würzige Rauchduft mischte sich mit den Ausdünstungen der alten Mauern, dem muffigen Geruch der schweren Vorhänge.

»Ein Polizist war heute Morgen bei mir«, wiederholte de Vriess.

»Das ändert nichts an den Tatsachen. Du hast hier nicht einfach aufzutauchen.«

»Ein Kommissar«, sagte de Vriess. Seine Stimme hallte von den hohen Wänden wider. »Klein, dick, glatzköpfig.«

»Ein Mann überschreibt einem anderen ein Grundstück.« Lerby nahm einen Pinsel und begann, das Tonstück vorsichtig zu säubern. »Irgendwo in Mesopotamien, vor knapp viertausend Jahren. Kein Notar, keine ellenlangen Verträge. Nur ein paar Schriftzeichen. Einfache, knappe Regeln, an die sich alle zu halten hatten. Für jeden verständlich, selbst für den dümmsten Bauern.«

»Er hat Fragen gestellt.«

»Gesetze, vor viertausend Jahren aufgestellt. Man sollte meinen«, Lerby pustete ein unsichtbares Staubkörnchen von der Scherbe und legte sie behutsam wieder zurück, »die Menschheit hätte sich weiterentwickelt. Das Gegenteil ist der Fall. Jede Kleinigkeit, jeder Furz ist geregelt, doch niemand hält sich daran. Weil kaum jemand diese Regeln versteht.«

»Es geht um Cordula.«

Lerbys Blick wanderte über den Schreibtisch, als wolle er sich jede einzelne Scherbe genau einprägen. Er seufzte, hob den Kopf und sah de Vriess zum ersten Mal an.

»Cordula von Lubitzsch«, ergänzte de Vriess.

»Du siehst anders aus, Hubert. Hast du ein neues Toupet?«

»Man hat ihre Leiche gefunden, in einem verlassenen Wasserspeicher.«

»Das ist mir bekannt. Ich lese Zeitungen, auch wenn meist nur Schwachsinn drinsteht.«

»Dieser Kommissar wollte wissen, ob ich sie kannte.«

»Hast du gefrühstückt?«

»Ja.«

»Was hast du diesem Kommissar geantwortet?«

»Die Wahrheit. Dass ich sie kannte. Flüchtig.«

»Flüchtig?« Lerbys Mundwinkel hoben sich unmerklich. Ein Lächeln, das den Rest seines kantigen Gesichtes nicht erreichte. »Korrigiere mich, wenn ich mich irre, aber hast du diese Frau nicht gefickt?«

»Woher willst du …«

»Ich weiß alles, mein Bester.«

»Cordula gehörte zum Inneren Kreis.«

»Hat sie das behauptet?«

»Sie hat fünfzehntausend Euro bezahlt, um aufgenommen zu werden.«

»Tatsächlich?« Lerby hob die Brauen. »Diese Information ist streng vertraulich. Du scheinst es ihr ordentlich besorgt zu haben. Was hat sie noch erzählt?«

»Von den Schulungen.« De Vriess deutete auf die holzvertäfelten Wände. »Von irgendwelchen geheimen Räumen, in denen ihr eure … Rituale abhaltet.«

»Sie hat sich doch hoffentlich nicht beschwert?«

»Im Gegenteil. Sie meinte, sie wäre kurz davor, die dritte Bewusstseinsebene zu erreichen. Vielleicht war's auch die vierte, ich bin nicht ganz sicher.«

»Vorsicht, Hubert. Ansonsten schlage ich dir dieses abfällige Grinsen aus der Visage.«

Weder Lerbys Tonfall noch seine Mimik hatten sich verändert. Trotzdem erbleichte de Vriess unter der gebräunten Haut.

»Du hältst das für Hokuspokus«, sagte Lerby. »Ich akzeptiere das, solange du deine Arbeit ordentlich erledigst. Aber sei so gut, und behalte deine Meinung für dich.«

»Ich …«

»Haben wir uns verstanden?«

»Ja.«

»Warum bist du hier?«

»Um …«, de Vriess leckte einen Schweißtropfen von der Oberlippe, »wir sollten unsere Aussage absprechen.«

»Welche Aussage?«

»Es kann sein, dass dieser Polizist auch bei dir auftaucht.«

»Warum sollte er?«

»Weil Cordula dich ebenfalls kannte.«

»Nun, wenn sie im Inneren Kreis war, *muss* sie mich gekannt haben, ich bin der Großmeister. Das hier«, Lerby glättete die Handschuhe, klaubte eine Tonscherbe von der Unterlage und hielt sie de Vriess entgegen, »existiert seit Ewigkeiten. Soll ich dir sagen, warum? Weil es Jahrtausende im Dreck lag, versteckt in Schutt und Wüstensand. Nach diesem Prinzip funktioniert unsere Organisation. Wir verhalten uns still. Nichts dringt nach außen, jedenfalls nichts von Belang. Weil niemand die wahren Zusammenhänge kennt. Selbst die, die den Inneren Kreis betreten, wissen nicht viel. Sie kennen sich nicht einmal untereinander. Man könnte es mit einer Kette vergleichen, man sieht das benachbarte Glied, doch das übernächste bleibt verborgen. Ein Schutzmechanismus, der seit Jahrhunderten funktioniert. Nur einer hält die Fäden zusammen.«

»Du.«

»Der Hüter des Lichts«, nickte Lerby ernst. »Es ist meine

Aufgabe, diese Organisation mit allen Mitteln zu schützen, ohne selbst öffentlich in Erscheinung zu treten. Die Strukturen sind kompliziert, doch du kannst mir glauben, dass ich über alles Bescheid weiß, und sei es noch so nebensächlich. Nichts, aber auch gar nichts würde nach außen dringen, schon gar nicht zur Polizei. Falls dieser Kommissar also hier auftauchen würde, gäbe es nur einen, von dem er seine Informationen haben könnte.«

Pause. Ein kurzer, stechender Blick.

»Dich, Hubert.«

»Das ist absurd. Warum sollte ich …«

»Und? Was macht dein neues Buch? Kommst du voran?«

Der Themenwechsel kam so abrupt, dass de Vriess verwirrt blinzelte. Als er antwortete, klang seine Stimme belegt.

»Sicher doch.«

»Fein. Der Verlag meinte, es gibt fast zehntausend Vorbestellungen. Wie viele Veranstaltungen hast du nächste Woche?«

»Zwei Klubhäuser und eine Konzerthalle. Laut Mona ist alles ausverkauft.«

Lerby nahm eine Pinzette, schob ein paar Tonstücke hin und her, stützte die Unterarme auf dem Schreibtisch ab und bedachte das Ergebnis mit einem zufriedenen Nicken.

»Fein«, wiederholte er. »Sehr, sehr fein.«

Dreiunddreißig

»Kann ich mit dem neuen Fahrrad fahren? Kann ich, Papa?«

Edgar wartete ungeduldig im Treppenhaus.

»Nee«, schnaufte Zorn ein wenig außer Atem, kam die letzten Stufen hinauf und nahm seinen Sohn in die Arme. »Es ist Winter, hast du das vergessen? Draußen liegt Schnee, da fährt man Schlitten, nicht mit dem Fahrrad.«

»Mama!«, rief Edgar, machte sich los und flitzte in die Wohnung, »ich fahre mit Papa Schlitten!«

Malina erschien in der Küchentür, trocknete die Hände an einem Geschirrtuch ab und warf Zorn einen fragenden Blick zu.

»Jetzt noch? Es ist doch schon dunkel.«

»Papa hat's versprochen!«

»Quatsch.« Zorn streifte die Schuhe ab und kam in den Flur. »Hat er nicht.«

»Hast du doch!«

»Es ist viel zu spät. Wir verpassen das Sandmännchen.«

»Sandmännchen«, schmollte Edgar, »ist was für Babys.«

»Danach kommt Yakari, das kannst du ausnahmsweise gucken. Aber nur, wenn du dich beeilst. Komm«, Zorn gab Edgar einen Klaps auf den Hintern, »schnapp deine Sachen, wir müssen los.«

Der Kleine verschwand in seinem Zimmer.

»Du bist spät dran«, sagte Malina.

»Sorry, ging nicht eher. Ich bin direkt von der Arbeit hergekommen. Ist er da?«

»Im Wohnzimmer.«

Die Tür war angelehnt. Zorn klopfte leise und trat ein. Rufus saß im Unterhemd über eine Zeitung gebeugt auf dem Sofa. Er trug eine schwarze Anzughose, das dazu passende Sakko lag zusammen mit einem weißen Hemd achtlos zusammengeknüllt in einem Korbstuhl neben dem alten Röhrenfernseher.

»Ich wollte dir gratulieren«, sagte Zorn.

»Danke.«

»Du hast dich rasiert.«

»Beim Friseur war ich auch.« Rufus faltete die Zeitung zusammen. »Heute früh, kurz vor der Urteilsverkündung. Wahrscheinlich haben sie mich deshalb freigesprochen.«

»Du warst sogar im Fernsehen.«

»Und morgen stehe ich in der Zeitung. Ich bin unschuldig, und zwar in allen Punkten. Was will man mehr?«

»Du solltest zufrieden sein.«

»Das bin ich.«

»Du siehst aber nicht so aus.«

»Ein Kind ist gestorben. Vielleicht liegt's ja daran. Willst du'n Bier?«

»Nee.«

»Die Eltern waren in der Verhandlung. Nach der Urteilsverkündung hatte die Mutter einen Nervenzusammenbruch. Der Vater ist auf mich losgegangen, der Gerichtsdiener musste ihn aus dem Saal schleifen. Der Kleine hieß Friedrich. Er war ihr einziges Kind.«

»Scheiße«, murmelte Zorn.

»Ja. Scheiße.«

Malinas Stimme drang durch die angelehnte Tür. Edgar weigerte sich lautstark, seine Winterstiefel anzuziehen, und schien offensichtlich gewillt, das Haus in seinen neuen Spiderman-Hauschuhen zu verlassen.

»Ich bin nicht sicher, ob es vorbei ist«, seufzte Rufus. »Womöglich geht der Staatsanwalt in Revision. Wundern würde mich das nicht, der Typ war stocksauer. Er hat das ziemlich persönlich genommen.«

»Peck«, sagte Zorn, ohne einen Moment nachzudenken.

»Du kennst den?«

»Leider.«

»Bin fertig, Papa!«

»Gut!«, rief Zorn über die Schulter. »Gib Rufus noch 'nen Kuss!«

Edgar kam hereingestürzt, sprang Rufus auf den Schoß und schlang ihm die Ärmchen um den Hals.

»Tschüs.«

Rufus drückte den Kleinen fest an sich, sein Kinn ruhte auf Edgars Kopf.

»Mach's gut, mein Großer.«

Edgar hüpfte von seinem Schoß, schob die Mütze aus der Stirn und sah ernst zu ihm auf.

»Du bist traurig.«

»Nur ein bisschen.«

»Weil der Bart weg ist?«

»Nee. Der wächst ja wieder.«

»Aber der stachelt.«

»Echt?«

»Ganz doll. Ich hab dich trotzdem lieb.«

»Ich dich auch.« Rufus ging vor Edgar in die Hocke, ordnete die Kapuze und schlang den Schal fester um den Hals. »Du musst mir was versprechen. Und zwar, dass du immer auf dich aufpasst. Damit dir nichts passiert, okay?«

»Aber ich hab doch Mama. Die passt auf mich auf.«

»Das stimmt.«

»Und Papa.«

»Ja.« Rufus warf Zorn einen kurzen Blick zu. »Der passt auch auf dich auf.«

»Und Ögi. Und dich hab ich auch. Das sind«, Edgar runzelte die Stirn und begann, an den Fingern abzuzählen, »vier. Wenn ich im Kindergarten bin, passt Kristin auf mich auf.« Er hob einen weiteren Finger. »Oder Kerstin. Das sind dann …«

»Sechs«, half Zorn lächelnd.

»Ja!«, strahlte Edgar. »Alle passen auf mich auf!«

»Aber du selbst«, sagte Rufus ernst, »musst auch auf dich aufpassen. Das ist ganz, ganz wichtig, verstehst du? Du musst immer …«

»Zwölf!«, unterbrach Edgar, dessen vierjähriger Verstand ausschließlich auf das Rechnen konzentriert war. »Wenn ich auch mit aufpasse, sind's zwölf!«

»Nee«, sagte Zorn. »Sechs plus eins sind …«

»Können wir jetzt los?« Edgar rannte zu Zorn, zerrte ungeduldig an seiner Hand. »Komm, Papa! Yakari fängt an!«

*

Am nächsten Morgen standen sie zeitig auf. Zorn saß am Küchentisch, nippte schlaftrunken an seinem Kaffee, während Edgar geräuschvoll seine Cornflakes schlürfte und eine gelbe Plastik-Planierraupe durch eine Milchpfütze steuerte. Zorn sah ihm aus leicht verquollenen Augen zu und dachte dabei an Rufus und dessen Angst um Edgar, eine Angst, die Zorn naturgemäß teilte. Ansonsten hatten sie nicht viel gemeinsam, doch Rufus liebte Edgar wie seinen eigenen Sohn, und diese Liebe, stellte Zorn ein wenig verwundert fest, verband sie stärker als jede Freundschaft. Zorn ahnte, wie Rufus sich fühlte, dass er sich entgegen jeglicher Logik Vorwürfe machte und sich trotz des Freispruchs die Schuld am Tod des kleinen Jungen gab.

Nach dem Frühstück wollte Edgar sofort seinen neuen Lego-Hubschrauber zusammenbauen, Zorn allerdings bestand als verantwortungsvoller Vater darauf, dass zuerst die Zähne geputzt wurden. Es folgte eine der üblichen Diskussionen, in der sie sich schließlich darauf einigten, vor dem Zähneputzen eine Geschichte – *Von einem, der auszog, das Gruseln zu lernen* – zu lesen, um danach den Hubschrauber in Angriff zu nehmen. Zorn freute sich auf die nächsten Stunden, er hatte Schröder bereits angekündigt, erst am späten Vormittag im Büro zu erscheinen. Dazu sollte es allerdings nicht kommen, denn kurz nachdem er das Märchenbuch aufgeschlagen hatte, klingelte sein Handy. Schröder war am Apparat, bat ihn in knappen Worten, umgehend an einem Tatort zu erscheinen, und so geschah es, dass Edgar schlussendlich doch seinen Willen bekam und von Claudius Zorn mit ungeputzten Zähnen in den Kindergarten gebracht wurde.

Vierunddreißig

Ein friedliches, fast idyllisches Bild, auf den ersten Blick jedenfalls. Das Pärchen lag eng umschlungen im Wasser. Beide waren
nackt. Der Mann hielt die Frau in den Armen, als wolle er ihr
noch im Tod Trost spenden. Ihre Wange schmiegte sich an seine
breite, behaarte Brust, die Arme lagen um seine Hüften. Die
orangefarbene Wäscheleine, die sich hinter seinem Rücken um
ihre Handgelenke schlang, schimmerte im trüben Wasser des Flus-
ses. Auch die Hände des Mannes waren hinter dem Rücken der
Frau gefesselt, die Füße der beiden knapp über den Knöcheln
fest aneinandergezurrt. Von dort aus schlang sich die orangefarbene Leine spiralförmig über die Beine hinauf zu den Hüften
und endete in einem dicken Knoten.

Schnee fiel in feinen Flocken herab, schmolz auf ihren bleichen, bläulich schimmernden Körpern, verfing sich in ihren Haaren, verschwand im träge dahinfließenden Fluss.

Die Frau war blond. Ihr Haar bewegte sich sacht in der Strö
mung. Ihr Gesicht verschwand hinter den muskulösen Oberarmen des Mannes, dieser hatte die Augen geöffnet, leere kaffee-
braune Kugeln, die fast verwundert in den trüben Januarhimmel
zu starren schienen. Wasser umspülte seinen Bart, bildete kleine
Wirbel um den hölzernen Pfosten des Bootsstegs, der direkt
hinter seinem Rücken aus dem seichten Uferwasser ragte und
verhindert hatte, dass die Leichen weiter flussabwärts getrieben
waren.

Ein Knacken ertönte. Es klang wie ein brechender Ast, doch es
stammte von Zorns linkem Knie, der sich jetzt aufrichtete, nachdem er eine Weile neben Schröder auf dem Steg gehockt und mit
ausdrucksloser Miene auf die Leichen hinabgestarrt hatte.

»Hast du's gesehen, Schröder?«

»Auf dem Rücken?«

Zorn nickte stumm.

»Ja«, murmelte Schröder. »Natürlich hab ich's gesehen.«

Fünfunddreißig

»Wo bist du, Claudius?«

»Ich bin eben nach Hause gekommen.«

»Es ist fast Mitternacht.«

»Ich weiß, Frieda.«

»Du klingst ziemlich fertig.«

»Ich hab in den letzten beiden Nächten kaum gepennt. Es ist das erste Mal, dass wir einen Verdächtigen haben. Jemanden mit einem handfesten Motiv. Aber der Kerl ist wie vom Erdboden verschluckt.«

»Günther Kravlansky.«

»Bist du sicher, dass dein Vater ihn nicht kannte?«

»Nein, Claudius, bin ich nicht. Ich hab dir gesagt, dass *ich* diesen Namen nicht kenne. Mein Vater hat selten ein Taxi benutzt, aber es kann durchaus sein, dass er irgendwann mal mit diesem Mann gefahren ist.«

»Bist du genervt, Frieda?«

»Quatsch.«

»Du klingst aber so.«

»Ich will nur ... dass es endlich vorbei ist.«

»Wir finden den Typen. Er hat seine Frau und ihren Liebhaber ermordet, nachdem er die beiden zusammen erwischt hat. Er ist verprügelt worden, hat den Prozess verloren und ist ausgerastet. Am Tag vor dem Mord ist er in seinem Taxi gesehen worden, er stand die halbe Nacht vor der Wohnung des Liebhabers. Die

Spurensicherung meint, dass die beiden dort überwältigt wurden. Er hat sie betäubt, gefesselt und dann von der Brücke an der Burg in den Fluss geworfen. Die Frage ist nur ,,,«

»… warum sie gebrandmarkt wurden.«

»Ja. Das ist die Frage.«

»Und warum ein gehörnter Taxifahrer vier weitere Menschen tötet.«

»Ja.«

»Falls er überhaupt etwas mit den anderen Morden zu tun hat.«

»Wir haben diese Zahlen, Frieda. Da ist nichts an die Presse gegeben worden, niemand außerhalb des Präsidiums weiß davon. Und das Brandeisen ist dasselbe Modell wie bei den anderen Opfern.«

»Ich … ich verstehe das alles nicht.«

»Wir kriegen das raus. Irgendwann schnappen wir den Kerl, dann wird er's uns erzählen.«

»Es ist lieb, dass du mich aufmuntern willst.«

»Das sind Tatsachen, Frieda.«

»Hast du was gegessen?«

»Heute Mittag. In der Kantine gab's Nudelauflauf.«

»Du schwindelst.«

»Was machst du gerade?«

»Lenk nicht ab, Claudius.«

»Klingt, als ob du Fernsehen guckst.«

»Markus Lanz.«

»Ach du Schande.«

»Wie geht's Schröder?«

»Der sitzt noch im Büro. Er hat irgendein neues Computerprogramm, jetzt jagt er diese Zahlen durch den Rechner. Keine Ahnung, wie das funktioniert. Vielleicht findet er ja 'ne Verbindung.«

»Glaubst du dran?«

»Das muss ich, Frieda. Und du solltest das auch.«

»Ich geb mir Mühe.«

»Dieser Prozess, den der Taxifahrer geführt hat. Soll ich dir sagen, wer die Staatsanwaltschaft vertreten hat?«

»Ich ahne es, sonst würdest du nicht fragen.«

»Dein alter Kumpel Peck.«

»Er ist nicht mein Kumpel, Claudius. Das war er nie.«

»Er ist 'n Wichser.«

»Du bist eifersüchtig.«

»Bin ich nicht.«

»Das ist zwanzig Jahre her, und du bist allen Ernstes eifersüchtig?«

»Kein bisschen.«

»Du schwindelst schon wieder, Claudius.«

»Okay. Am liebsten würde ich diesem Arschloch den Hals umdrehen, aber ich reiße mich am Riemen. Schließlich bin ich Bulle, da macht man so was nicht.«

»Hervorragende Einstellung, Herr Hauptkommissar.«

»Frieda?«

»Ja?«

»Würdest du mich vielleicht heiraten?«

»Verarsch mich nicht.«

»Mach ich nicht.«

»Vorsicht. Ganz, ganz dünnes Eis.«

»Irgendwann vielleicht?«

»Noch dünner.«

»Echt?«

»Du bist müde, mein Schatz. Völlig überarbeitet bist du auch. Außerdem hast du seit zwei Tagen kaum was gegessen.«

»Aber geraucht hab ich.«

»Kein Wunder, dass du Blödsinn redest, Claudius. Außerdem … was gibt's da bitte schön zu lachen?«

»Ich lache nicht.«

»Klingt aber so.«

»Ich imitiere Hochzeitsglocken.«

»Hörst du das, Claudius? Dieses Knacken?«

»Nee.«

»Klingt wie Eis. Sehr, sehr dünnes, brechendes Eis.«

»Meine Hochzeitsglocken fand ich besser. Soll ich noch mal?«

»Schlaf jetzt, mein Schatz.«

»Nur ganz kurz?«

»Ab ins Bett.«

»Zu Befehl, Madame.«

Sechsunddreißig

»Danke. Sie melden sich, wenn's was Neues gibt.« Schröder beendete das Telefonat, streckte die kurzen Arme durch, verhakte die Finger ineinander und ließ die Gelenke knacken. »Keine Spur«, sagte er zu Zorn, der ihn über den Schreibtisch hinweg fragend ansah.

»Scheiße.«

Die Fahndung nach Günther Kravlansky lief bundesweit. Noch immer hatten sie keine Ergebnisse.

Ein leiser Signalton erklang. Schröder wandte sich dem Laptop zu, den er neben seiner Tastatur aufgestellt hatte, studierte den Monitor mit gerunzelten Brauen und stieß frustriert die Luft aus.

Zorn hatte keine Ahnung, was genau Schröder da tat. Er hatte nur einen kurzen Blick auf die winzigen Zahlenreihen geworfen, die in atemberaubender Geschwindigkeit über den Bildschirm flimmerten. Das Programm, hatte Schröder erklärt, suche nach mathematischen Zusammenhängen zwischen den Ziffern, mit denen die Opfer gebrandmarkt worden waren. Die gab es auch, mehr als genug, doch nichts davon ergab laut Schröder einen Sinn.

»Vielleicht«, murmelte er, »sollte ich einen anderen Algorithmus versuchen.«

»Das wollte ich dir gerade vorschlagen.«

Schröders Finger flitzten über die Tastatur.

»Wie wär's«, fragte Zorn, »wenn du die hundertneunundzwanzig doppelt eingibst?«

Das waren die Ziffern, die sie bei den letzten beiden Opfern gefunden hatten.

»Zweimal?« Schröder hielt inne. »Stimmt, schließlich taucht sie auch doppelt auf. Einen Versuch ist es wert.«

Ein kurzer Blick zu Zorn, dann schürzte er anerkennend die Lippen und widmete sich wieder seinem Laptop. Zorn sah die Schatten unter seinen Augen, den Kranz rötlicher, millimeterkurzer Stoppeln auf dem sonst sorgfältig rasierten Schädel, der Zorn ein wenig an einen verrosteten Kaktus erinnerte. Er öffnete den Mund, um es auszusprechen, ließ es dann aber sein.

»Er ist seit zehn Sekunden überfällig«, sagte er stattdessen.

»Hoppla. Nicht, dass er …«

Die Tür öffnete sich.

»Was gibt's Neues?«

Wie immer nahm sich Staatsanwalt Peck nicht die Zeit für eine Begrüßung.

»Nicht viel.« Schröder schob den Laptop beiseite. »Wir haben den Obduktionsbericht. Bei beiden Opfern ist Chloroform gefunden worden. Sie wurden betäubt. Wie in den anderen Fällen haben sie noch gelebt, als sie gebrandmarkt wurden. Laut Bericht ist die endgültige Todesursache Ertrinken. Sie haben ungefähr drei Stunden im Wasser gelegen. Am Brückengeländer wurden Faserreste sichergestellt, sie passen zu dem Material, mit dem die Opfer aneinandergefesselt waren. Wir gehen davon aus, dass sie gegen vier Uhr morgens von der Brücke geworfen wurden, wie genau sie dorthin transportiert wurden, ist unklar.«

»Zeugen?«

»Bisher nicht.«

»Und Kravlansky?«

»Die Fahndung läuft.«

»Findet den.« Peck schob die Ärmel seines schwarzen Rollkragenpullovers hoch. »Der Mann ist unsere einzige heiße Spur.«

»Dessen«, erwiderte Schröder, »sind wir uns durchaus bewusst.«

»Dieser Prozess«, sagte Zorn, »der war vor vier Tagen.«

Peck wandte verwundert den Kopf. Es geschah selten, dass Zorn sich in das Gespräch einschaltete.

»Günther Kravlansky hat Schmerzensgeld gefordert«, fuhr Zorn fort. »Die Staatsanwaltschaft hat diese Forderung gestützt.«

»Und?«

»In den Akten steht, dass Sie die Staatsanwaltschaft vertreten haben.«

»Richtig. Und?«

»Kravlansky war bei der Urteilsverkündung anwesend.«

»Und?«

Pecks Miene hatte sich zusehends verdüstert. Er mochte Zorns Fragen nicht. *Er* war es, der hier die Fragen stellte, nicht umgekehrt.

»Sie kannten ihn«, sagte Zorn. »Die Information wäre hilfreich gewesen.«

Schröder saß scheinbar unbeteiligt hinter dem Schreibtisch. Doch Zorn wusste, dass ihm keine Silbe entging.

»Blödsinn.« Peck schüttelte den Kopf. »Klar, Kravlansky war bei der Verhandlung. Aber ich habe kein Wort mit ihm gewechselt.«

»Ich hab keine Ahnung, wie so 'ne Verhandlung abläuft. Das ist jetzt vielleicht 'ne doofe Frage«, Zorn hob entschuldigend die Hände, »aber ist das nicht ungewöhnlich?«

»Ist es nicht.«

Peck klang entspannt. Doch die Haut unter den unrasierten Wangen nahm eine leichte Röte an.

Du bist sauer, dachte Zorn. Stinksauer. Weil du diesen Prozess verloren hast. Und weil ich dich in die Defensive dränge. Das kotzt dich an.

Gut so. Sehr gut.

»Ich habe im Vorfeld mit Kravlanskys Anwalt gesprochen«, sagte Peck. »Ich habe die Rechtslage geprüft und entschieden, dass es sich um Körperverletzung handelt.«

»Der Richter«, lächelte Zorn, »hat das anders gesehen.«

»Das kommt vor.«

Peck lächelte ebenfalls, doch seine Augen blieben kalt.

Ein Gedanke keimte auf, weit, weit hinten in Zorns Verstand. Kaum greifbar, eher eine Ansammlung von Begriffen. Anwalt. Richter. Kläger. Verteidiger. Da war etwas. Irgendetwas. Eine Verbindung.

»Ich will ständig informiert werden«, erklärte Peck und griff nach der Klinke. Im selben Moment wurde die Tür von außen geöffnet.

»Ach«, murmelte Zorn, »da isser ja.«

Peck, der um ein Haar mit Gerald Hamsun zusammenprallt wäre, schob seinen Assistenten wortlos zurück in den Flur, wandte sich dann noch einmal an Zorn.

»Grüß Frieda von mir.«

»Das«, strahlte Zorn, »mache ich immer!«

Die Tür fiel ins Schloss.

Schröder saß hinter dem Schreibtisch, die Arme vor der karierten Hemdbrust verschränkt. Er musterte Zorn ein paar Sekunden mit unbewegter Miene.

»Kann es sein«, fragte er schließlich, »dass du gerade ein Verhör geführt hast?«

Darüber dachte Zorn einen Moment nach.

»Schon möglich.«

»Mit deinem vorgesetzten Staatsanwalt?«

»Warum nicht?«

»Stimmt«, nickte Schröder. »Warum eigentlich nicht?«

Er zog den Laptop wieder heran, während Zorn sich etwas schwerfällig aus dem Sessel stemmte und seine Lederjacke vom Haken nahm.

»Was meint er eigentlich damit?«, fragte Schröder.

»Womit?«

»Dass du Frieda grüßen sollst.«

»Nichts weiter«, wiegelte Zorn ab. »Ich gehe mal kurz an die frische Luft.«

»Rauchen?«

»Das auch. Vor allem«, Zorn streifte die Jacke über, »muss ich kurz nachdenken.«

*

»Wir haben fünf Tote und eine Vermisste.« Zorn warf die Jacke über die Lehne und sank wieder hinter den Schreibtisch. »Seit Wochen suchen wir nach 'ner Verbindung, aber vielleicht haben wir's an der falschen Stelle getan. Wir dachten, dass sie sich gekannt haben müssen, sich irgendwann mal getroffen haben. Womöglich ist es ganz anders.«

Schröder klappte den Laptop zu, faltete die Hände unter dem Doppelkinn und sah Zorn erwartungsvoll an. Dieser rieb das vor Kälte gerötete Gesicht, sammelte sich einen Moment.

»Zunächst«, begann Zorn, »haben wir Heiner Borck, der war Richter. Das zweite Opfer …«

»Carola von Lubitzsch.«

»… hat ihren Adoptivvater angezeigt und später gegen ihn ausgesagt. Barnabas Krull ist verklagt worden, weil er die Pacht für seinen Biohof nicht bezahlen konnte. Genau wie die letzten beiden Opfer, Anna Kravlansky und Casimir Holtz, ihr Liebhaber. Die standen ebenfalls vor Gericht. Was die Vermisste betrifft, diese …«

»Margrit Weisz«, half Schröder.

»Die ist geschieden. Da muss es auch 'ne Verhandlung gegeben haben.«

Der Laptop surrte geschäftig vor sich hin. Ein leiser Signalton erklang, Schröder achtete nicht darauf.

»Das erste Opfer war Richter«, sagte er.

»Das zweite war Zeugin.«

»Das dritte wurde verklagt.«

»Das vierte ist geschieden.«

»Nummer fünf und sechs wurden freigesprochen.«

Sie schwiegen einen Moment.

»Die haben sich vielleicht nicht gekannt«, sagte Zorn. »Aber alle haben irgendwann vor Gericht gestanden, auf irgendeiner Seite jedenfalls.«

»Das«, nickte Schröder, »ist richtig.«

»Vielleicht liegt er ja da«, sagte Zorn.

»Wer?«

»Der Hase.«

»Im Pfeffer?«

»Oder wo auch immer. Jedenfalls in dieser Richtung.«

Schröder nahm einen Bleistift, drehte ihn grübelnd in den Händen.

»Das wären die Opfer«, sagte er. »Was ist mit den Verdächtigen?«

»Kravlansky hat zwei der Opfer verklagt.«

»Nach allem, was wir wissen, hatte er nie mit den anderen zu tun.«

»Magnus de Vriess stand auch vor Gericht, der war sogar im Knast.«

»Das alles können Zufälle sein. Ich weiß nicht, wie viele Menschen in ihrem Leben mit der Justiz zu tun haben, aber ich wette, es sind eine Menge.«

»Klar, Schröder.«

»Wen haben wir noch?«

»Einen Staatsanwalt. Peck.«

»Du verdächtigst Peck? Zugegeben, ich mag ihn auch nicht. Aber sei ehrlich, Chef. Das ist Wunschdenken.«

»Ja«, seufzte Zorn. »Wahrscheinlich ist es das.«

Schröder vergrub das Gesicht in den Händen, rieb die geröteten Augen und sah blinzelnd wieder auf.

Er ist todmüde, dachte Zorn. Wie lange hat er letzte Nacht geschlafen? Wahrscheinlich gar nicht.

»Vielleicht«, sagte er, »ist es ja Blödsinn.«

»Vielleicht aber auch nicht. Wir haben zumindest einen neuen Ansatz.«

»Einen kleinen.«

»Und du bist beim Rauchen draufgekommen?«

»Natürlich, Schröder. Ich rauche doch immer.«

»Vielleicht sollte ich's auch mal versuchen.«

»Du bist alt genug, ich kann's dir nicht verbieten«, sagte Zorn. »Aber von mir kriegst du jedenfalls keine.«

Siebenunddreißig

»Ist alles okay, Malina?«

Nein, das war es nicht. Sie hatte Angst, das merkte Zorn, auch wenn er nur mit ihr telefonierte. Der Klang ihrer Stimme war ausreichend.

»Nein«, sagte sie dann auch.

Er stand vor dem geöffneten Kühlschrank, das Telefon am Ohr, die freie Hand nach einer Bierflasche ausgestreckt. Ein Gedanke schoss ihm durch den Kopf, er spürte, wie ihm schlagartig heiß wurde.

»Ist was mit …«

»Mit Edgar ist alles okay.«

Zorn atmete erleichtert aus. »Was ist los?«

»Es geht um Rufus.«

»Was ist mit ihm?«

»Kannst du herkommen, Claudius?«

Zorn schloss den Kühlschrank, sah auf die Uhr. Kurz nach halb elf. Er war müde, hundemüde. Und er roch nicht gut, sehnte sich nach einer heißen Dusche, einer letzten Zigarette am Küchenfenster und seinem Bett.

»Klar«, sagte er. »Ich bin in zehn Minuten da.«

*

»Er ist heute Morgen um Viertel nach fünf aus dem Haus gegangen, wie immer, wenn er Frühdienst hat. Eigentlich braucht er nur 'ne Viertelstunde in die Klinik, aber Rufus hasst es, zu spät zu kommen.«

Malina saß mit zusammengepressten Knien auf dem Sofa, ihre Finger spielten mit einem zerknüllten Taschentuch auf ihrem Schoß. Sie hatte Zorn bereits im Flur erwartet und geöffnet, bevor er geklingelt hatte.

»Er ruft immer an, wenn er Überstunden machen muss«, sagte sie. »Oder noch irgendwo hingeht. Spätestens um fünf hätte er hier sein müssen.«

»Was ist mit seinem Handy?«, fragte Zorn.

»Da geht er nicht ran. Ich hab in der Klinik angerufen. Die sagen, er ist nicht zum Dienst erschienen.«

Edgars Stimme drang gedämpft durch die angelehnte Tür. Malina wollte aufstehen, Zorn hielt sie mit einer Handbewegung zurück und ging selbst ins Kinderzimmer. Der Kleine hatte sich freigestrampelt, lag auf dem Rücken quer in seinem Bettchen und murmelte etwas im Schlaf. Zorn deckte ihn sorgfältig zu, gab ihm einen langen Kuss auf die Stirn und ging zurück ins Wohnzimmer.

»Rufus ist fix und fertig.« Er sank wieder in den Sessel. »Dieser Prozess, das alles hat ihn ziemlich mitgenommen. Vielleicht will er einfach eine Weile allein sein.«

Malina hob den Kopf. Als sie Zorn ansah, bemerkte er, dass sie geweint hatte. Ihr dunkles Haar war im Nacken zu einem Dutt gewunden, ein paar Strähnen hatten sich gelöst.

»Rufus ist Arzt, er liebt seine Arbeit«, sagte sie. »Der würde niemals im Leben einfach so wegbleiben, niemals. Egal, wie schlecht es ihm geht, er macht so was nicht. Der haut nicht einfach ab, ohne Edgar und mir Bescheid zu sagen. Dazu sind wir ihm zu wichtig.«

Was, überlegte Zorn, wäre, wenn wir uns damals nicht getrennt hätten? Wenn ich anstatt Rufus verschwunden wäre? Würde sie über mich dasselbe sagen?

»Stimmt«, nickte er. »Das passt nicht zu ihm.«

Er klaubte eine Legofigur vom Teppich und stellte sie auf den Couchtisch. Ein Feuerwehrmann, dem Edgar anstelle des Helms einen Cowboyhut aufgesetzt hatte.

»Ich … ich weiß nicht, was ich machen soll«, murmelte sie. »Wenn ich 'ne Vermisstenanzeige aufgebe, halten die mich doch für hysterisch.«

»Ich kümmere mich drum.«

»Versprochen?«

Zorn nahm Malinas Hand. Ihre Finger waren eiskalt, zitterten. Er roch ihr Parfum, diesen längst vergessenen, trotzdem vertrauten Duft nach Flieder. Und noch etwas. Kartoffelpuffer, die sie Edgar zum Abendessen gebraten hatte.

»Alles wird gut, Malina.«

»Bist du sicher?«

Nun, das war Claudius Zorn nicht. Im Gegenteil, je länger er darüber nachdachte, desto stärker wurden seine Zweifel.

»Ja«, sagte er trotzdem. »Das bin ich.«

*

Als Zorn weit nach Mitternacht den Fahrstuhl verließ und müde über den Flur zu seiner Wohnung schlurfte, saß Gerald Hamsun allein in der Küche. Der Tisch, an dem er vor drei Tagen mit Penelope gefrühstückt hatte, war leer. Nur sein Handy lag vor ihm auf der blankpolierten Tischplatte. Seit Stunden hatte er sich nicht von der Stelle gerührt, die farblosen Augen in stummer Konzentration unablässig auf das Telefon gerichtet.

Der Wasserhahn tropfte.

Die Wanduhr über der Spüle tickte.

Hamsun griff nach dem Telefon. Las die Nachricht, die er ihr geschickt hatte.

Ich muss mit dir reden, es ist dringend.

Sie hatte es nie direkt ausgesprochen, doch er wusste, dass sie nicht von ihm kontaktiert werden wollte. Penelope gab den Rhythmus vor, sie bestimmte, wann sie sich trafen. Bisher hatte Gerald Hamsun sich daran gehalten, doch vor sieben Stunden und vierzehn Minuten hatte er ihre stumme Abmachung gebrochen und die Nachricht abgeschickt. Sieben Stunden und vierzehn Minuten saß er jetzt hier und wartete vergeblich auf eine Antwort.

Ein Klacken, der Minutenzeiger sprang um. Ein Geräusch, unnatürlich laut in der nächtlichen Stille.

Hamsun wählte ihre Nummer. Das, was er zu sagen hatte, duldete keinen Aufschub. Er legte sich die Worte nicht zurecht, wichtig war nur, dass er sie aussprach. Es sollte allerdings nicht dazu kommen, denn anstatt des Rufzeichens erklang eine computergesteuerte Ansage:

Die gewählte Rufnummer ist nicht vergeben.

*

»Wir haben dich hoffentlich nicht geweckt?«

Lerby wartete nicht auf eine Antwort, drängte sich stattdessen an de Vriess vorbei in die Wohnung. Pierre, der hünenhafte Franzose, folgte ihm wortlos.

»Ich wollte mal sehen, wie du lebst.« Lerby stand im Wohnzimmer, betrachtete die schweren Vorhänge, die dunklen Möbel, den dicken Teppich. »Wie ich's mir gedacht habe«, nickte er, »teuer, aber geschmacklos. Und das alles von meinem Geld. Ich ... mein Gott, ist dir eigentlich bewusst, wie du aussiehst?«

»Was ... was wollt ihr?«, stammelte de Vriess.

Seine Stimme klang belegt, er hatte tatsächlich geschlafen. Lerby hatte die Hände auf dem Rücken verschränkt, musterte ihn von oben bis unten aus metallisch glänzenden Augen.

»Guck ihn dir an, Pierre.« Er klang belustigt und angewidert zugleich. »Wie fett er ist.«

Der Franzose stand schweigend neben der Tür, die Beine gespreizt, die Hände vor dem Schoß gefaltet.

»Du wirst alt, Hubert.«

»Nenn mich nicht Hubert.«

»*Magnus*«, verbesserte sich Lerby mit einem Grinsen. »Was würde deine weibliche Anhängerschaft sagen, wenn sie dich so sehen würde? Ohne Schminke, ohne Toupet? Glaubst du, die rennen dir dann immer noch nach? Einem dicklichen Glatzkopf in verschwitztem Unterhemd und ...«, ein Blick nach unten, eindeutig angewidert, »geblümten Boxershorts?«

»Ich muss mir das nicht anhören, Hanns.«

»Natürlich nicht.« Lerby streifte ein Paar Lederhandschuhe

von den Fingern und verstaute sie in der Innentasche seines dunkelblauen, offensichtlich maßgeschneiderten Mantels. »Und? War die Polizei noch mal bei dir?«

»Nein. Selbst wenn, würde ich denen nichts erzählen. Du kannst sicher sein, dass …«

»Jaja.« Eine knappe, unwirsche Handbewegung. »Solltest du mir nicht etwas anbieten?«

De Vriess deutete wortlos auf eine Kommode. Lerby nahm eine der dort aufgereihten Kristallkaraffen, öffnete sie, schnüffelte und verzog kopfschüttelnd das Gesicht.

»Fusel.«

Klirrend landete die Karaffe wieder auf ihrem Platz. Auf einem Flachbildschirm über der Kommode lief ein Fußballspiel, der Ton war abgeschaltet.

»Warum«, wiederholte de Vriess, »bist du hier?«

»Ich glaube, wir sollten unsere Geschäftsbeziehung neu überdenken.«

»Wir hatten das geklärt. Ich werde meine Prozente nicht mehr verhandeln.«

»Nein?«, lächelte Lerby. »Bist du sicher?«

Irgendwie schaffte es de Vriess, Lerbys Blick standzuhalten.

»Vielleicht«, sagte Lerby, »will ich deine Prozente gar nicht drücken, Hubert.«

»Nenn mich nicht so.«

»Vielleicht will ich sie ja erhöhen.«

Draußen schneite es. Lerbys Mantel war feucht, schmelzender Schnee glitzerte auf den grauen Haarstoppeln.

»Ich wusste es!« Ein schiefes, triumphierendes Grinsen teilte Lerbys fleischige Lippen. »Auf der Bühne hast du die Masse unter Kontrolle, du manipulierst sie, besser als jeder andere. Aber wenn's um Geld geht, wirst du schwach. Sieh dich an, Hubert. Die Gier springt dir geradezu aus den Augen.«

»Nenn mich nicht …«

»Fünfunddreißig Prozent, bei jeder Veranstaltung. Du bekommst über ein Drittel der Einnahmen. Das sind zehn Prozent mehr.«

»Was …«

»… du dafür tun musst? Das wird sich zeigen. Ich werde dich enger in die Organisation einbinden. Die *Erben des Lichts* sind dir egal, unsere Ziele interessieren dich einen Dreck. Genau deshalb wirst du uns nützlich sein. Unsere Beziehung bleibt unverändert, rein geschäftlich. Wir erweitern sie nur um ein paar Aufgaben.«

»Was für Aufgaben?«

»Kleinigkeiten. Schnell erledigt und noch schneller vergessen. Jetzt tu nicht so, als ob du nachdenken musst. Ich kenne dich, du hast längst ausgerechnet, wie viel mehr du verdienen wirst.«

Das stimmte.

Fünfzigtausend, vielleicht auch sechzig.

»Die Abmachung gilt ab sofort«, sagte Lerby.

»Nein.« De Vriess schüttelte den Kopf. »Rückwirkend für das letzte halbe Jahr.«

»Ich hasse dieses Gefeilsche«, seufzte Lerby. »Also gut, von mir aus.«

Er griff in den Mantel, streifte die Handschuhe über und kam näher. De Vriess roch sein Rasierwasser und den leichten, kaum wahrnehmbaren Duft einer teuren Zigarre.

»Du hast alles gehört?«

Die Worte waren an Pierre gerichtet. Dieser neigte stumm den Kopf.

»Dann sind wir uns einig.«

Ein Grinsen.

»Auf bald, Magnus.«

212

Achtunddreißig

»Das ist nicht dein Ernst.« Staatsanwalt Peck saß hinter seinem eindrucksvollen Schreibtisch und sah Zorn kopfschüttelnd an. »Der Mann ist gerade mal vierundzwanzig Stunden verschwunden, und du willst ihn zur *Fahndung ausschreiben*? Nur, weil er gestern nicht nach Hause gekommen und nicht bei der Arbeit erschienen ist?«

»Ja«, sagte Zorn. Mehr nicht.

Es war das erste Mal, dass er hier oben in Pecks Büro war. Er hasste es. Den dicken beigefarbenen Teppich. Die verchromten Regale. Den Blick über die verschneite Stadt, der selbst jetzt, an einem trüben Wintermorgen, atemberaubend war und den Eindruck vermittelte, hoch über allen Dingen zu schweben. Sicherlich, Zorn hatte geahnt, worauf dieses Gespräch hinauslaufen würde, doch jetzt, da er es tatsächlich führen musste, kochte er vor Wut.

»Wir haben fünf Mordfälle.« Peck hob die Hand, spreizte die Finger. »*Fünf*, Zorn. Keiner davon ist auch nur in Ansätzen geklärt. Und jetzt kommst du und willst nach einem Kinderarzt fahnden? Korrigiere mich, wenn ich mich irre, aber habt ihr nicht genug zu tun? Oder ist dir vielleicht langweilig?«

»Ich kenne den Mann.«

»Und woher, wenn man fragen darf?«

Zorn antwortete nicht sofort.

Was sollte er sagen? Dass dieser Kinderarzt mit der Mutter seines vierjährigen Sohnes zusammenlebte? Dass sie ihn um Hilfe gebeten hatte, weil sie sich Sorgen machte? Dass er, Zorn, die halbe Nacht wachgelegen hatte, weil er diese Sorgen allmählich teilte?

Das alles, dachte Zorn, geht dich einen verdammten Dreck an.

Du weißt schon genug über mich, alleine die Tatsache, dass du früher mal mit Frieda ...

Stopp. Ruhig bleiben.

»Wir glauben jedenfalls«, presste Zorn hervor, »dass mehr hinter dieser Sache steckt.«

»Was heißt *wir*?«

»Schröder ist derselben Meinung wie ich.«

»Ach, ist er das?«

Das war Schröder tatsächlich. Im Gegensatz zu Zorn hatte er allerdings nicht nur geahnt, sondern gewusst, wie Peck reagieren würde.

»Vergesst diese Fahndung«, erklärte dieser dann auch. »Vorerst jedenfalls. Konzentriert euch auf das Wesentliche und haltet euch nicht mit irgendwelchen Kinkerlitzchen auf.«

Peck klappte sein MacBook auf. Ein Zeichen, dass das Gespräch beendet war.

Arschloch, dachte Zorn. Verdammtes, borniertes Arschloch.

»Sonst noch was?«, fragte Peck.

»Nee.«

»Wie geht's Frieda?«

Sie sahen sich an.

Eins. Zwei. Drei. Vier. Fünf, zählte Zorn in Gedanken.

Dann wandte er sich wortlos um. Gerald Hamsun stand in der Tür. Stumm, reglos, wie eine Statue, die fast mit der Wand zu verschmelzen schien. Wie lange er schon hier war, konnte Zorn nicht sagen, wahrscheinlich schon seit einer Weile.

»Schönen Tag noch«, knurrte Zorn im Vorbeigehen.

Gerald Hamsun reagierte wie immer: gar nicht.

*

Zorn verließ den Aufzug und stapfte mit gesenktem Kopf über den Flur auf das Büro zu. Eine Sachbearbeiterin in grünem

Hosenanzug kam ihm entgegengestöckelt, öffnete den Mund zu einem Gruß und schloss ihn wieder, als sie Zorns verkniffenen Gesichtsausdruck bemerkte.

»Flitzpiepe«, brummte Zorn, ohne den Kopf zu heben. Die Frau stieß empört die Luft aus und verschwand in einem der unzähligen Büros. Zorn, der sie in seiner Wut nicht bemerkt hatte, lief weiter. Kurz bevor er sein eigenes Büro erreichte, öffnete sich die Tür, und Schröder kam ihm entgegen.

»Du hattest recht«, sagte Zorn. »Der hat mich nicht mal ausreden lassen.«

Schröder lief stumm an Zorn vorbei in Richtung Aufzug.

»Und was machen wir jetzt?« Zorn hob hilflos die Arme, machte auf dem Absatz kehrt und folgte Schröder. »Ich hab Malina versprochen, dass ich mich kümmere!«

Auch jetzt antwortete Schröder nicht. Mit kurzen, schnellen Schritten tippelte er vor Zorn einher, knöpfte im Gehen den grauen Wollmantel zu.

»Hörst du mir überhaupt zu, Schröder?«

Sie erreichten den Aufzug. Schröder drückte die Ruftaste, stülpte seine Pudelmütze über die Glatze und wandte sich dann an Zorn.

»Was hast du vor?«

Er deutete auf das Telefon in Zorns Hand.

»Malina anrufen. Ich muss ihr wenigstens sagen, dass …«

»Warte noch.«

Die Fahrstuhltüren glitten auf. Zwei Uniformierte drängten sich an ihnen vorbei, murmelten eine Begrüßung. Zorn ignorierte die beiden. Auch Schröder reagierte entgegen seinen sonstigen Gepflogenheiten nicht.

»Worauf«, fragte Zorn, »soll ich bitte schön warten?«

»Bis wir Gewissheit haben.«

Schröder betrat die Kabine. Zorn wollte ihm folgen, doch Schröder hielt ihn mit einem knappen Kopfschütteln zurück.

»Hol deine Jacke. Und vergiss die Autoschlüssel nicht.«

»Was, verdammt nochmal, ist hier los, Schröder?«

»Eine Leiche. Männlich, offensichtlich stranguliert.«

Zorn taumelte zurück.

»Sag jetzt nicht, dass …«

»Beeil dich«, unterbrach Schröder. »Wir treffen uns unten.«

Ein melodischer Signalton erklang, die Fahrstuhltüren glitten zu.

*

Der Volvo holperte über einen Feldweg, blieb neben einem mannshohen Findling stehen. Eine Weile saßen sie schweigend nebeneinander, die Blicke stur geradeaus gerichtet. Zorn kannte den Steinbruch, als Kind war er oft mit dem Fahrrad zum Baden hergekommen.

»Dann wollen wir mal«, murmelte Schröder und löste den Sicherheitsgurt.

Auf der Fahrt hatten sie kein Wort gewechselt. Zorn hatte den Volvo durch die verschneite Stadt gesteuert, während Schröder neben ihm gesessen und stumm aus dem Beifahrerfenster gesehen hatte. Jeder wusste, was der andere dachte. Ebenso, wie ihnen klar war, dass es müßig war, darüber zu sprechen, solange sie keine Gewissheit hatten.

Sie liefen einen gewundenen Trampelpfad bergauf, vorbei an Hagebuttensträuchern und verkrüppelten Bäumen. Verharschter Schnee knirschte unter ihren Schritten, gefrorene Grashalme barsten wie brechendes Glas. Sie erreichten die Felskante, verharrten einen Moment. Knapp zwanzig Meter unter ihnen glitzerte der See in der Sonne.

»Da drüben«, sagte Zorn, »hab ich meinen ersten Kopfsprung gemacht.«

Er deutete auf einen Vorsprung in der Felswand gegenüber.

Dorniges Gestrüpp krallte sich in den rissigen, senkrecht abfallenden Kalkstein.

»Das kam mir damals viel höher vor.«

Links von ihnen senkte sich der Fels ein wenig. Ein schmaler Weg führte zwischen den steil aufragenden Klippen hinab zum Wasser. Dort unten, verborgen hinter den Wipfeln der Krüppelkiefern, befand sich eine kleine Landzunge. Gedämpftes Stimmengewirr drang herauf, weißgekleidete Gestalten liefen gebückt umher. Die Spurensicherung war bereits eingetroffen.

»Wir nannten's den Todessprung«, sagte Zorn.

Er wollte nicht dort hinunter. Wollte nicht sehen, was ihn erwartete. Also redete er weiter, um es noch ein bisschen hinauszuzögern.

»Ich war der Erste, der sich getraut hat. Nee«, korrigierte er sich, »Steffen Moosdorf war's, glaube ich. Der war mit mir in einer Klasse, er hat ein paar Etagen unter uns gewohnt. Der hatte ein Kofferradio, damit konnte man sogar NDR2 hören. Und ein Rennrad hatte der auch. Wir sind um die Wette gefahren, durch den Stadtwald konnte ich noch mithalten, aber auf der Landstraße hat er mich immer abgehängt. Nur einmal hab ich gewonnen, als mein Bruder bei der Armee war, da hab ich mir sein Moped geklaut. Ich hatte noch nicht mal 'ne Fahrerlaubnis. Cornelius hat's zum Glück nicht mitgekriegt, der hätte mich wahrscheinlich gelyncht. Meine Mutter hatte mir 'ne Badehose genäht, die war orange, mit getigerten Streifen an der Seite. Ich kam mir vor wie der absolute …«

»Chef«, unterbrach Schröder ihn sanft und schob die Pudelmütze aus der Stirn, »du musst nicht mitkommen.«

»Klar komme ich mit, das ist ja mein Job. Weißt du eigentlich, warum das Wasser so blau ist? Das liegt am Kalkstein. Wie in der Karibik, hab ich damals immer gedacht, obwohl ich keine Ahnung hatte, wo die Karibik überhaupt ist, geschweige denn, dass ich da jemals … Scheiße, Schröder, was sag ich Malina?«

Zorns Nase lief. Er schniefte, schüttelte hilflos den Kopf. »Ich meine ... wenn er's tatsächlich ist? Was soll ich ihr dann sagen?«

»Das weiß ich nicht«, sagte Schröder. »Ich gehe jetzt runter. Du wartest hier. Ich bin nicht sicher, ob der Rechtsmediziner schon da ist. Falls er kommt, sag ihm, wo er hinmuss.«

»Du willst mir 'nen Grund geben.«

»Ja.«

»Eine Ausrede, damit ich hierbleiben kann.«

»Ja.«

»Obwohl wir beide wissen, dass das Blödsinn ist. Weil der Rechtsmediziner wahrscheinlich schon hier ist.«

»Ja.«

»Gut«, nickte Zorn ernst. »Dann warte ich hier. *Falls* er noch kommt, zeige ich ihm den Weg. Nicht, dass er sich verläuft. Hier draußen ist es ziemlich abgelegen, womöglich stolpert er, bricht sich den Fuß und verhungert. Oder erfriert bei dieser Schweine-kälte.«

»Das wäre furchtbar.«

»Dann halte ich hier die Stellung.«

»Fein.«

»Du kannst dich auf mich verlassen, Schröder. Ich ...«

»Alles ist gut. Bis gleich.«

*

Die letzten Meter verliefen fast senkrecht. Schröder rutschte über das Geröll, hielt sich an einer Wurzel fest, stolperte über einen Felsbrocken und wäre um ein Haar gegen einen Techniker geprallt, der ihm helfend die Hand entgegenstreckte.

»Danke«, keuchte Schröder und klopfte den Mantel ab.

»Da drüben.« Der Techniker, dessen untere Gesichtshälfte un-ter einem weißen Mundschutz verschwand, deutete nach vorn. »Vorsicht, ist tierisch glatt.«

Die Landzunge war nicht groß. Ein Felsvorsprung, der fünf, vielleicht sechs Meter in den beinahe kreisrunden See hineinragte. Schröder zählte vier Kiefern, deren Wurzeln sich in den vernarbten Kalkstein krallten. Die vorderste stand direkt am Wasser, vier Männer hatten sich darunter versammelt: drei weitere Techniker, die in ihren weißen Papieranzügen den Boden untersuchten, und etwas abseits ein hagerer, vollbärtiger Mann in gefütterter Jacke und Skimütze, der leise in ein Diktaphon sprach. Sein Blick war nach oben gerichtet, auf zwei Füße, die einen knappen Meter über ihm in der Luft baumelten. Braune Lederstiefel, mehr konnte Schröder nicht erkennen.

Vorsichtig lief er los. Die Steine waren glatt, verdorrtes Unkraut wucherte zwischen den Ritzen. Unrat lag herum, Überbleibsel des letzten Sommers. Zigarettenkippen. Zerdrückte Bierdosen. Ein vergessener Einweggrill.

Nach zwei Schritten blieb Schröder stehen. Er schloss die Augen, als wolle er sich sammeln. Öffnete sie wieder und sah nach oben. Die Sonne blitzte durch die spärlichen Baumkronen, wurde von dem türkisfarbenen Wasser zurückgeworfen wie von einem riesigen, zerbrochenen Spiegel, huschte in flimmernden Strahlen über die ringsum steil aufragenden Felswände. Eine einsame Gestalt stand hoch oben an der Kante, ein dunkler Schemen, dessen schmaler Umriss sich wie ein Scherenschnitt vor dem stahlblauen Himmel abzeichnete.

»Ist das Zorn?«

Der Techniker war Schröders Blick gefolgt.

»Ja«, sagte Schröder.

»Was macht er da oben?«

»Er hält die Stellung.«

Schritte knirschten, der bärtige Mann mit dem Diktaphon kam näher. Doktor Klemm, der Rechtsmediziner, Schröder kannte ihn bisher nur vom Sehen.

»Auf den ersten Blick würde ich Fremdeinwirkung ausschließen. Tod durch Strangulation. Zum genauen Zeitpunkt kann ich noch nicht viel sagen, aber ich denke …«

»Moment.« Schröder hob die Hand. »Ich will ihn mir erst ansehen.«

Vorsichtig näherte er sich der Spitze der Landzunge. Dort verharrte er erneut, den Kopf gesenkt, als betrachte er die Spitzen seiner ausgetretenen Winterstiefel.

»Okay«, murmelte er schließlich. Es klang, als wolle er sich selbst Mut zusprechen. Sein Blick wanderte über den Stamm der Kiefer nach oben, streifte ein Schild, das in Augenhöhe befestigt war. BADEN AUF EIGENE GEFAHR!, stand darauf. *Mirko ist schwul,* hatte jemand daruntergekritzelt. Direkt über dem Schild baumelten die Füße des Toten, gefütterte schwarze Lederboots. Schröder trat einen Schritt zurück, legte den Kopf in den Nacken, musterte die Leiche mit versteinertem Gesicht.

»Was mich betrifft, können Sie ihn abnehmen lassen«, sagte der Rechtsmediziner hinter ihm. »Wenn Sie Fingerabdrücke für die Identifizierung brauchen, dann …«

»Das wird nicht nötig sein.« Schröders Lippen bewegten sich kaum, er presste die Worte zwischen den Zähnen hervor. »Ich kenne den Mann.«

Neununddreißig

Margrit Weisz.

»Stopp.«

Sie reagiert nicht sofort. Also erhält sie einen Stoß in den Rücken, stolpert, bleibt zitternd stehen, den Oberkörper im rechten Winkel nach vorn geneigt. Ihre Wirbelsäule ist verkrümmt, nachdem sie sich wochenlang nicht aufrichten konnte. Ihre Haut ist durchweicht, schwammig, von wässrigen Blasen bedeckt. Sie hat geweint, die Tränen haben helle Spuren auf ihren schmutzigen Wangen hinterlassen. Jeder Schritt ist eine Tortur, doch es sind Freudentränen, sie war so froh, als sie gekommen sind, nachdem sie so unendlich lange gewartet hatte. Nachdem sie aus dem Tank gekrochen war, hat ihr jemand die Hände auf den Rücken gefesselt und die Augen verbunden. Sie musste eine Treppe hinaufsteigen, und als sie gestolpert ist, hat sie einen heftigen Schlag auf den Hinterkopf bekommen, es tut immer noch fürchterlich weh.

»Runter mit dir.«

Sie wird unsanft zu Boden gedrückt. Ihre Knie prallen auf dünnen Teppich, Dielen knarren unter dem Gewicht ihres abgemagerten Körpers. Auch das tut weh. Ihr Wimmern erinnert an das Fiepen einer verängstigten Maus.

»Guck sie dir an.«

»Wie dreckig sie ist.«

Es sind zwei. Zwei Stimmen, eine links, eine rechts von ihr. Sie hört alles genau, doch der Sinn bleibt ihr verborgen. Keine Worte, nur Geräusche. Wie Meeresrauschen oder das Rascheln eines Baumes.

»Und wie sie stinkt, die Sau.«

»Die alte Drecksau.«

Zitternd kniet sie auf dem Boden. Die Augenbinde ist ein wenig verrutscht, sie sieht das verblasste Muster des dünnen Teppichs. Grüne und rote, ineinander verschlungene Rauten.

»Die sieht aus wie Gollum.«

»Widerlich. Wie 'ne Ratte.«

»Straßenköter.«

»Gottverdammter Drecksköter.«

Ein kalter Luftzug streift über ihren nackten zusammengekauerten Körper. Eine offene Tür vielleicht oder ein gekipptes Fenster. Ihre Zähne beginnen zu klappern, es klingt wie eine defekte Schreibmaschine.

Klackklackklack.

Finger verkrallen sich in ihrem Haar. Ein heftiger Ruck, ihr Kopf wird emporgerissen.

»Hier.«

»Friss.«

Metall schabt über den Teppich. Sie sieht weder den Blechnapf, der vor sie hingeschoben wird, noch dessen Inhalt: Kartoffelschalen. Schimmelnde Gurkenscheiben. Zerplatzte Tomaten. Ranzige Käsestücke.

»Mach schon, Köter.«

»Feines Fresschen.«

Sie begreift erst, als ihr Gesicht in den Napf gedrückt wird. Gierig schlingt sie ihr Essen hinunter, kniet schmatzend auf dem Boden. Die Hände auf dem Rücken gefesselt, wühlt sie sich durch die Abfälle wie ein Kind, das auf einer Geburtstagsfeier nach Würstchen schnappt.

»Keine Manieren, der Drecksköter.«

»Er braucht ein Halsband.«

Sie spürt, wie ihr das Halsband umgelegt wird, doch sie achtet nicht darauf. Der Napf ist längst leer, sie leckt mit der Zunge über den verrosteten Boden, jedes Gramm, jedes Molekül ist wichtig. Nahrung. Essen. Nur das zählt.

»Das reicht.«

»Hoch mit dir.«

Die dünne Kette, die in ihrem Nacken am Halsband befestigt ist, strafft sich ruckartig. Wieder wird ihr Kopf in die Höhe gerissen. Das Leder gräbt sich in ihren Hals, sie gibt ein Knurren von sich. Hunger. Sie hat immer noch Hunger.

»Böser Hund.«

»Ein Hund muss gehorchen.«

»Wenn nicht, wird er bestraft.«

»Bringen wir ihn wieder zurück.«

Sie erstarrt. *Zurück.* Das Wort löst etwas in ihr aus. Keine konkrete Erkenntnis, nur Angst. Sie will nicht *zurück*. Dort ist es dunkel. Dort ist sie allein. Dort wird sie sterben. Sie hat so lange dort gewartet, und wer weiß, ob sie dann wiederkommen?

Nein!, will sie rufen, doch sie erinnert sich nicht, wie man es ausspricht. Vier Buchstaben nur, doch sie sind ihr längst entfallen. Sie gibt ein ersticktes Krächzen von sich, schüttelt den Kopf, ohne dass es ihr bewusst wird.

»Sie will nicht.«

»*Er* will nicht.«

»Der Köter.«

»Er muss gehorchen, sonst ist er nutzlos.«

Ein Klirren, die Kette strafft sich. Das Halsband presst sich gegen ihre Kehle. Schritte knarren, kommen näher.

»Wirst du brav sein?«

Die erste Stimme. Links, dicht an ihrem Ohr.

»Wirst du gehorchen?«

Die zweite. Ebenso nah, auf der anderen Seite.

Sie nickt. Fett glänzt auf ihrem Kinn, sie leckt einen Rest Kartoffelschale von den rissigen Lippen.

»Was bist du?«

»Unser kleiner Köter?«

Ein weiteres Nicken.

»Dann belle für uns.«

Margrit Weisz hebt den Kopf. Vor drei Monaten hat sie eine Reise gebucht, auf einem Kreuzfahrtschiff in die Karibik. Einzelkabine, mit Meerblick und kleinem Balkon. Kein Schnäppchen, weiß Gott nicht, und es hat eine Weile gedauert, bis sie sich dazu durchringen konnte. Bald werde ich vierzig, hat sie sich damals gesagt, es wird Zeit, dass ich mir etwas gönne. Ich bin jetzt lange genug geschieden, vielleicht lerne ich ja jemanden kennen.

»Mach schon.«

Das Schiff wird in drei Tagen ablegen. Das Zugticket nach Hamburg liegt in der Kommode neben dem Fernseher. Sie erinnert sich nicht daran, ebenso wenig wie an den Bikini, den sie schon im Herbst gekauft hat. Blau, mit weißen Sternen bedruckt. Ein bisschen gewagt, hat sie zuerst gedacht, aber was soll's? Man lebt nur einmal.

»Ein Hund, der nicht bellt, ist nutzlos.«

»Der kann weg. Zurück in den Tank.«

Alles, nur das nicht.

»Na los.«

»Sei ein braves Hundchen.«

Das ist Margrit Weisz.

Sie öffnet den Mund.

Und bellt.

Vierzig

»Warum rufst du mich eigentlich an?«, fragte Zorn. »Du hättest auch wieder hochkommen können, um's mir direkt zu sagen.«

»Ich wollte, dass du's sofort erfährst«, erwiderte Schröder. »Abgesehen davon hab ich hier noch zu tun.«

»Ich friere.« Zorn nahm das Handy ans andere Ohr. »Es ist saukalt hier oben.«

Die Sonne stand direkt über ihm, eine gleißende Kugel. Keine Wolke, nur ein schnurgerader Kondensstreifen, schräg über den Steinbruch verlaufend.

»Hier unten ist es auch kalt, Chef.«

»Und du bist absolut sicher, Schröder?«

»Dass es kalt ist?«

»Du weißt, was ich meine.«

Zorn sah nach unten, schloss geblendet die Augen hinter der Brille. Das Wasser glitzerte, als stünde der See in Flammen.

»Geh lieber ein Stück zurück«, sagte Schröder. »Nicht, dass du runterfällst.«

»Ich hab dich was gefragt.«

Schröder trat aus dem Schatten der Kiefern. Es war ein wenig unwirklich, ihn da unten an der Spitze der Landzunge zu sehen, winzig klein in der Tiefe, gleichzeitig seine Stimme, nah an Zorns Ohr, als wäre er direkt neben ihm.

»Natürlich bin ich sicher«, sagte Schröder. »Schließlich haben wir lange genug nach Kravlansky gefahndet. Abgesehen davon kannte ich ihn persönlich. Ich bin letzte Woche in seinem Taxi gefahren, hatte ich das eigentlich erzählt?«

»Nee.«

»Man soll ja nicht schlecht über die Toten reden, aber Günther Kravlansky war alles andere als ein sympathischer Zeitgenosse.«

»Ist er … hat man ihn …«

»Nein, er wurde nicht gebrandmarkt.«

»Ich hab mir fast in die Hose gemacht. Ich dachte, Rufus hängt da unten.«

»Ich auch.«

»Warum fühle ich mich dann nicht besser?«

»Du hast Rufus gern.«

»Jetzt übertreibst du, Schröder. Ich …«

»Du magst ihn, obwohl du's nie zugeben würdest. Du hattest Angst, und du wusstest nicht, wie du's Malina beibringen solltest, ganz zu schweigen von Edgar. Jetzt, wo dir das erspart bleibt, bist du erleichtert. Deswegen schämst du dich, schließlich ist trotz allem ein Mensch gestorben. Mir geht's übrigens genauso. Musst du denn schon wieder rauchen?«

»Das kannst du überhaupt nicht …«

»Natürlich sehe ich das von hier unten. Ich habe sehr gute Augen, Chef.«

Zorn, die Zigarette bereits im Mundwinkel, steckte das Feuerzeug wieder ein. Schröder reckte ihm aus der Tiefe den Daumen entgegen.

»Sehr gut, Chef.«

»Es ist albern, so zu telefonieren.«

»Wir könnten uns auch anschreien.«

»Oder du kommst hoch, Schröder.«

»Ich hab zu tun.«

»Und ich hab Rücken.«

»Fahr ins Präsidium, lass die Fahndung nach Kravlansky abblasen. Und ruf Malina an.«

»Und was soll ich ihr sagen?«

»Dass wir nach Rufus suchen. Dass wir alles tun, was wir können.«

»Das sage ich Frieda auch, seit Wochen schon. Dass wir tun, was wir können. Die Frage ist, ob das reicht, Schröder. Fünf Morde, und wir haben immer noch keinen blassen Schimmer. Irgendwann wird uns Peck den Arsch aufreißen, wir ...«

Ein schriller Schrei ließ Zorn aufhorchen. Zwei Raubvögel schwebten hoch über dem Steinbruch in der kristallklaren Luft, reglos, mit majestätisch gespreizten Schwingen.

»Das sind Bussarde«, erklärte Schröder am Telefon. »Mäusebussarde, wenn ich mich nicht irre.«

»Nee«, widersprach Zorn. »Ich hab zwar keine Ahnung von Floristik ...«

»Ornithologie.«

»... aber das da oben, das ist ein Zeichen. Wie im Western, kurz bevor alles den Bach runtergeht.«

»Ach.«

»Das sind Geier, Schröder. Die Geier kreisen über uns.«

*

»Soll ich dir einen Tee machen?«, fragte Zorn.

»Ach, das wäre zu liebenswürdig.«

Schröder war gerade ins Büro gekommen, sein Gesicht war noch immer vor Kälte gerötet. Die Sonne stand tief über den Häusern auf der anderen Seite des Parkplatzes, der Nachmittag ging allmählich in den Abend über.

»Wir haben sein Taxi gefunden.« Schröder sank in den Bürostuhl, seufzte erleichtert auf. »Anderthalb Kilometer vom Steinbruch entfernt vor der alten Dorfkirche. Die Frau des Pastors sagt, dass der Wagen mindestens drei Tage dort gestanden hat. Das passt zur Aussage des Rechtsmediziners. Der meint, dass Kravlansky seit mindestens zweiundsiebzig Stunden tot ist.«

»Dann kann er seine Exfrau und ihren Liebhaber nicht ermordet haben.« Zorn schaltete den Wasserkocher ein. »Zucker?«

»Ich bin Diabetiker.«

»Du Armer.«

Der Wasserkocher erwachte knisternd zum Leben.

»Womöglich«, murmelte Schröder, »war ich sein letzter Fahrgast. Dann ist er aus der Stadt gefahren, hat das Taxi abgestellt, ist zum Steinbruch gelaufen und hat sich dort erhängt. Die Spurensicherung ist noch dort, bisher haben sie keinerlei Anzeichen auf eine zweite Person gefunden.«

»Selbstmord.«

»*Yes*.«

»Das Motiv?«

»Na ja.« Schröder blähte die Wangen, blies in die klammen Hände. »Kravlansky hat zuerst seine Frau verloren, dann den Prozess. Im Taxi lag die Rechnung seines Anwalts. Wahrscheinlich steckte er in Geldschwierigkeiten, schließlich musste er auch die Gerichtskosten …«

»Tee ist alle.«

»Ach je. Immerhin, es war eine sehr nette Geste.«

»Gern geschehen.«

Schröder deutete auf den brodelnden Wasserkocher. »Dann kannst du ihn wieder ausmachen.«

Zorn gehorchte, nahm dann Platz hinter dem Schreibtisch.

»Jetzt, wo wir nicht mehr nach Kravlansky fahnden«, sagte er, »könnten wir die freien Kapazitäten nutzen, um nach Rufus zu suchen.«

»Das lässt uns Peck niemals durchgehen.«

»Ich hab angewiesen, Rufus' Handy orten zu lassen.«

»Heimlich?«

»Jawohl.«

Schröder dachte einen Moment nach, trommelte dabei mit den kurzen Fingern auf den Tisch.

»Gut«, entschied er dann. »Warten wir ab, was dabei rauskommt.«

»Und dann?«

»Ich weiß es nicht«, seufzte Schröder. »Sicherlich, Rufus hat sich seit gestern Morgen nicht gemeldet, aber es gibt keinerlei Hinweise auf ein Verbrechen.«

»Das«, sagte Zorn, »waren haargenau die Worte von Staatsanwalt Peck.«

Die Tür wurde geöffnet. Wie immer wandte sich Gerald Hamsun direkt an Schröder.

»Ich würde Sie gern sprechen.«

»Aber gern.«

»Allein.«

Zorn öffnete den Mund, um zu protestieren, doch Schröder brachte ihn mit einem kurzen Blick zum Schweigen.

»Es ist wichtig«, sagte Hamsun.

»Kollege Zorn war sowieso gerade auf dem Sprung.«

»Ach«, knurrte Zorn. »War er das? Wo wollte er denn hin, der Kollege Zorn?«

»Einkaufen«, lächelte Schröder.

»Ach.«

»Der Tee ist alle.«

Zorn, die Lederjacke bereits in der Hand, funkelte Schröder wütend an.

»Sonst noch jemand einen Wunsch?« Er wandte sich an Hamsun. »Ein paar Kekse vielleicht? Oder Quarkbällchen?«

»Ich esse keine Quarkbällchen«, erklärte Hamsun.

»Das war 'n Witz, du Nulpe.«

»Das ändert nichts an meiner Abneigung gegen Süßspeisen.«

»Tee«, Schröder deutete aufmunternd zur Tür, »reicht völlig aus. Aber bitte keine Aufgussbeutel.«

»Sehr wohl, Chef.«

Zorn schlug die Hacken zusammen. Als er das Büro verließ, knallte die Tür deutlich lauter als gewöhnlich hinter ihm ins Schloss.

Einundvierzig

»Und Sie wollen sich wirklich nicht setzen?«

»Nein danke.«

Schröder gab Hamsun mit einem kurzen Lächeln zu verstehen, dass er beginnen könne. Was dieser nach ein paar Sekunden auch tat.

»Sie wissen, dass ich mit Ihren Ermittlungen bestens vertraut bin. Es gehört zu meinem Aufgabenbereich, die Akten für Staatsanwalt Peck aufzuarbeiten. Ich habe mich also eingehend mit den Morden an Richter Borck, Cordula von Lubitzsch und Barnabas Krull beschäftigt, ebenso mit den beiden Leichen, die vor drei Tagen im Fluss entdeckt wurden, Anna Kravlansky und Casimir Holtz. Auch über das Verschwinden von Margrit Weisz bin ich im Bilde.«

Gerald Hamsun hielt einen Moment inne. Im fahlen Dämmerlicht wirkte er wie ein Geist, eine hagere, substanzlose Erscheinung, die jeden Augenblick im Zwielicht verschwinden würde.

»Sie sind der Überzeugung, dass diese Delikte zusammenhängen«, fuhr er fort. »Ich teile diese Auffassung aufgrund der Tatumstände und der Tatsache, dass sämtliche Opfer gebrandmarkt wurden. Sie suchen nach einer Verbindung zwischen diesen Zahlen. Ich wollte Ihnen …«

»Ich unterbreche nur ungern. Aber sind Sie so freundlich und schalten das Licht ein? Links hinter Ihnen, neben der Tür.«

Hamsun gehorchte zögernd. Es dauerte einen Moment, bis er den Schalter fand. Er wandte sich im aufflackernden Neonlicht wieder um, blinzelte.

»Ich wollte Sie nicht aus dem Konzept bringen«, lächelte Schröder. »Es ist nur so, dass ich den Menschen gern ins Gesicht sehe, wenn ich mit ihnen rede.«

Hamsun sah stirnrunzelnd zu Boden.

»Wir waren bei den Zahlen«, half Schröder.

»Ich … es steht mir nicht zu, Ihre Arbeit zu kommentieren.« Hamsun, der sich seine Worte offensichtlich sorgfältig zurechtgelegt hatte, sammelte sich kurz. »Es liegt auf der Hand, nach dem Sinn hinter diesen Zahlen zu suchen. Es besteht allerdings die Gefahr, beim Versuch, dieses Rätsel zu lösen, gewisse andere Dinge zu übersehen.«

»Ich kann Ihnen nicht ganz folgen.«

»Wie gesagt, es steht mir nicht zu, Ihre …«

»Welche *Dinge*, Herr Hamsun?«

»Zusammenhänge. Es gibt neben den Zahlen eine weitere Verbindung.«

»Und die wäre?«

Hamsuns Zunge fuhr über die schmalen Lippen.

»Mich.«

*

»Wir tun, was wir können, Malina.«

Zorn stand telefonierend auf dem Parkplatz. Er hatte nicht vorgehabt, einkaufen zu gehen, und wusste, dass Schröder es auch nicht erwartete. Es war Teil eines Spiels, das sie seit Jahren spielten. Wortgefechte, die sie sich zum Spaß lieferten. Ein Spaß, der längst vergessen war, jetzt, da er mit Malina sprach.

»Ich weiß, wie abgedroschen das klingt«, sagte er. »Aber du musst mir das glauben.«

Ein Schniefen drang aus dem Hörer. Sie weinte.

»Da … da ist was passiert, ich spüre das. Nein, ich *weiß* es.«

»Ich hab mit Schröder gesprochen. Wenn Rufus bis morgen früh nicht auftaucht, leiten wir die Fahndung ein.«

Eine Lüge. Na und? Scheiß drauf.

»Dieses Rumsitzen, diese Warterei macht mich wahnsinnig, Claudius. Ich dreh hier noch durch, ich …«

»Wir finden ihn.«

»Sicher?«

»Ja.«

Noch eine Lüge. Was blieb Zorn auch übrig? Malina bedeutete ihm eine Menge, die Wahrheit würde sie nicht trösten. Er log, um ihr zu helfen. Vorerst zumindest.

»Er taucht wieder auf, Malina.«

Keine Antwort.

»Du rufst mich sofort an, wenn er sich meldet, okay?«

»Okay.«

»Wie geht's Edgar?«

»Der ist in seinem Zimmer. Er weint.«

»Gib ihn mir.«

*

Es war schwerer, als Gerald Hamsun es sich ausgerechnet hatte. Die Entscheidung, mit jemandem reden zu müssen, hatte er relativ schnell getroffen, auch seine Wahl auf Schröder war zügig gefallen. Es war logisch, schließlich hatte Hamsun keine Freunde (selbst wenn, hätte ihm niemand einen Rat geben können), abgesehen davon war es seine Pflicht, die Behörden zu informieren. Hauptkommissar Schröder bearbeitete den Fall, und selbst wenn dies nicht der Fall gewesen wäre, hätte sich Hamsun wohl an ihn gewandt. Der kleine Polizist mit den strahlend blauen Augen war der Einzige weit und breit, der nett zu ihm war. Wenn mich jemand versteht, hatte Hamsun gedacht, dann er. Jetzt, da er vor ihm stand, war er sich nicht mehr sicher.

»Sämtliche Opfer«, sagte er, »waren in Gerichtsverhandlungen involviert. Als Richter, Zeuge, Kläger oder Angeklagter.«

»Zu dieser Erkenntnis bin ich bereits gekommen.«

Hamsun horchte auf.

»Davon steht nichts in Ihren Berichten.«

»Nun«, lächelte Schröder, »nicht alles, was ich weiß, steht in einem Bericht.«

Er ist klug, dachte Gerald Hamsun. Und er ist wirklich nett. Falls ich jemals einen Freund haben sollte, wünschte ich, er wäre wie er.

»Ich verstehe nicht ganz, was das mit Ihnen zu tun hat«, sagte Schröder.

»Die Prozessakten. Zumindest ein Teil davon ist über meinen Tisch gegangen. Erstens das Verfahren, in dem Cordula von Lubitzsch gegen ihren Adoptivvater ausgesagt hat. Zweitens der Prozess gegen Barnabas Krull, der seine Pacht nicht bezahlte. Und drittens die Klage Günther Kravlanskys gegen seine Frau und Casimir Holtz, ihren Liebhaber. Ich glaube …«

»Moment.«

Schröders Augen verengten sich.

Er ist nicht nur nett, überlegte Hamsun. Er kann auch hart sein, wenn's drauf ankommt. Kompromisslos und hart.

»Wir haben das überprüft«, sagte Schröder. »Staatsanwalt

Peck war nur in einen dieser Fälle involviert, und zwar in die Klage von Günther Kravlansky. Und trotzdem behaupten Sie, dass Ihr Vorgesetzter etwas damit zu tun hat?«

Hamsun stutzte. Nein, der Gedanke war abwegig.

»Das behaupte ich nicht. Sie sollten wissen, dass ich nicht ausschließlich für Staatsanwalt Peck arbeite. Mein Aufgabenbereich umfasst weitere Dinge. Unter anderem die Protokollführung bei Gericht.«

»Das Verfahren gegen Barnabas Krull?«

»Richtig. Ebenso die Verhandlung, in der Cordula von Lubitzsch ausgesagt hat.«

Ein paar Sekunden vergingen.

»Es tut mir leid.« Schröder schüttelte bedächtig den kahlen Kopf. »Aber ich kann Ihnen beim besten Willen nicht folgen.«

»Mein Arbeitspensum ist relativ groß. Manchmal«, Hamsun räusperte sich, »ist es mir nicht möglich, dieses Pensum während der Dienstzeit zu bewältigen. Es kommt also vor, dass ich einen Teil meiner Arbeit zu Hause erledige und gewisse Unterlagen mitnehme.«

Hamsun reckte das Kinn, lockerte mit dem Zeigefinger den Hemdkragen. Immer wieder war er dieses Gespräch durchgegangen, jedes Wort, jede Silbe hatte er genau überlegt. Nun, da er sie aussprach, erschienen sie ihm absurd.

»Ich … vor ein paar Wochen habe ich eine Frau kennengelernt. Sie sagte, sie würde Jura studieren. Ich wollte ihr helfen, sie sollte Einblick in die Praxis bekommen. Also habe ich ihr die Akten gezeigt. Ich habe diese … Frau nur ein paarmal gesehen. Es sind genau diese drei Prozesse, über die ich mit ihr gesprochen habe. Sie hat die Urteilsbegründungen gelesen, die Plädoyers. Ich habe mit ihr über das Strafmaß diskutiert. Ich weiß noch genau, wann diese Gespräche stattgefunden haben. Kurz darauf sind die Morde geschehen.«

»Wie heißt diese Frau?«

Hamsun hatte mit dieser Frage gerechnet, sie war unvermeidlich. Jetzt, dachte er, lacht er mich entweder aus oder er wirft mich aus seinem Büro.

»Ich weiß es nicht«, sagte er.

*

»Rufus ist weg, Papa.«

»Er kommt bald wieder.«

»Wann?«

»Bald. Du musst nicht weinen, Edgar.«

»Aber Mama weint auch.«

»Vielleicht ist er ... einfach nur ein bisschen spazieren gegangen.«

»Dann wird er krank. Es ist kalt. Und dunkel ist es auch.«

»Rufus ist doch schon groß.«

»Und stark.«

»Genau, total stark. Dem passiert schon nichts, Edgar. Und jetzt hör auf zu weinen, sonst fange ich auch gleich an. Vielleicht kann Mama dir was vorlesen?«

»Die weint doch, Papa!«

»Was ist mit dem Sandmännchen? Ich glaube, das kommt gleich.«

»Sandmännchen ist was für Babys.«

»Wollen wir morgen in den Zoo gehen? Wir könnten ...«

»Ich will Rufus!«

»Ich weiß, mein Schatz.«

»Und ich will Ögi. Wo ist Ögi?«

»Der sucht nach Rufus.«

»Vielleicht hat Rufus sich ja verlaufen.«

»Ja, vielleicht.«

»Wenn er sich verlaufen hat, wird Ögi ihn finden.«

»Das wird er. Weint Mama immer noch?«

»Ein bisschen. Jetzt hat sie gerade gelacht.«

»Sagst du ihr, dass …«

»Ich muss jetzt Schluss machen. Sandmännchen fängt an.«

»Ich dachte, das ist was für …«

»Tschüs, Papa, ich hab dich lieb.«

*

Schröder war unsicher. Warum war Hamsun hier? Sagte er die Wahrheit? Was ging in diesem blassen Mann vor, dessen Gesichtszüge in etwa so leicht zu lesen waren wie eine frisch betonierte Autobahn?

»Ich weiß nicht viel über sie«, sagte Hamsun. »Nur, dass sie Penelope heißt. Aber auch das entspricht vermutlich nicht der Wahrheit. Ich habe mich an der Universität erkundigt, es gibt niemanden mit diesem Vornamen, der dort Jura studiert.«

Sein Blick war auf Schröder gerichtet, gleichzeitig in weite Ferne.

»Das letzte Mal habe ich sie Mitte vergangener Woche gesehen. Ich hatte die Akten mit der Klage Günther Kravlanskys mit nach Hause genommen. Sie hat diese Akten gesehen, wir haben den Fall diskutiert. Zwei Tage später sind die Morde geschehen. Da sind mir die ersten Zweifel gekommen. Ich habe versucht, sie zu erreichen. Die Nummer ist nicht vergeben.«

Hamsun klang kühl, emotionslos. Schröder fühlte sich an einen Kellner erinnert, der in einem Nobelrestaurant aus der Speisekarte zitiert.

»Ich hatte mit dieser Frau ein …«, Hamsun suchte einen Moment nach dem richtigen Wort, »Verhältnis. Ich glaube, sie hat mich benutzt.«

»Um Einsicht in die Akten zu bekommen?«

Ein knappes Nicken.

»Mein Verhalten war unklug, das ist mir bewusst. Zu meiner

Entschuldigung sollten Sie wissen, dass ich bisher noch nie eine … Beziehung hatte. Ich glaubte, dieser Frau etwas zu bedeuten.« Hamsun blinzelte kurz. »Das war ein Trugschluss.«

»Können Sie diese Frau beschreiben?«

»Natürlich.«

»Welches Motiv sollte sie haben?«

»Das weiß ich nicht.«

»Sie wissen, wie absurd das alles klingt?«

»Mir ist klar, dass Sie diese … diese Frau für eine Erfindung halten könnten. Ein Hirngespinst, um den Verdacht von mir abzulenken. Über kurz oder lang wären Sie selbst auf die Zusammenhänge gestoßen.«

Vielleicht, dachte Schröder. Vielleicht auch nicht.

Hamsun war nicht der Typ, sich eine solche Geschichte auszudenken. Er hatte einfach nicht genügend Phantasie dafür. Andererseits: Was steckte dahinter?

»Weiß Staatsanwalt Peck von diesem Gespräch?«

Hamsuns Antwort kam schnell.

»Nein. Und ich möchte Sie um Diskretion bitten.«

Es ist ihm peinlich, dachte Schröder. Er schämt sich.

»Was Peck betrifft«, sagte er, »kann ich's Ihnen versprechen, vorerst zumindest.«

Schröder war nicht sicher, doch er meinte, zum ersten Mal ein Fünkchen Leben in Hamsuns Augen zu entdecken. Etwas wie Erleichterung. Dankbarkeit vielleicht.

»Aber ich muss das mit Hauptkommissar Zorn besprechen.«

Hamsun versteifte sich.

»Ich weiß, dass Kollege Zorn einen anderen Eindruck vermittelt.« Schröder gestattete sich ein feines Lächeln. »Aber er kann durchaus sensibel sein, wenn man ihn nur deutlich genug darauf hinweist. Er wird das für sich behalten.«

»Danke.«

»Wir brauchen Informationen über diese Frau.«

236

»Penny.«

»Wie bitte?«

»Ich ... ich sollte sie Penny nennen.«

Hamsun sah aus dem Fenster.

»Sie hat Ihnen viel bedeutet?«, fragte Schröder leise.

»Jetzt nicht mehr. Ich war dumm.«

Er ist verletzt, dachte Schröder. Ein einsamer, unglücklicher Mann, der zum ersten Mal in seinem Leben so etwas wie Liebe erfahren hat. Hoffentlich bleibt mir dieses Schicksal erspart.

Ein unschöner Gedanke, den Schröder umgehend beiseiteschob.

»Wir haben also eine Verbindung zu drei Opfern«, sagte er.

»Was ist mit den anderen? Heiner Borck?«

»Ich kannte Richter Borck, allerdings nur vom Sehen. Er ist vor Jahren in Pension gegangen.« Hamsun schüttelte den Kopf. »Ich sehe da keinen Zusammenhang.«

»Was ist mit Margrit Weisz? Sie wurde vor anderthalb Jahren geschieden, es muss Unterlagen geben.«

»Die hatte ich nie in der Hand.«

»Nun gut«, nickte Schröder, nachdem er einen Moment nachgedacht hatte. »Ich weiß nicht genau, was das alles bedeutet, aber wir werden ...«

»Sie sprachen von drei Opfern«, unterbrach Hamsun. »Möglicherweise sind es vier.«

Schröder hob den Kopf. »Erklären Sie mir das.«

»Heute Morgen bin ich zufällig Zeuge eines Gesprächs zwischen Hauptkommissar Zorn und Staatsanwalt Peck geworden. Es ging um einen vermissten Kinderarzt. Ich kenne diesen Mann.«

Schröder wurde blass. Er ahnte, worauf Hamsun hinauswollte.

»Woher?«, fragte er trotzdem.

»Es gab einen Prozess, wegen eines angeblichen Kunstfehlers. Staatsanwalt Peck hat die Anklage vertreten.«

»Und Sie haben sich um die Akten gekümmert.«

»Ja.«

»Sie haben diese Akten mit nach Hause genommen.«

»Ja.«

»Und jemandem gezeigt.«

»Ja.«

»Einer Frau.«

»Ja.«

»Einer Frau, von der wir nur wissen, dass sie eventuell Penelope heißt.«

»Ja.«

Schröder atmete tief ein. Straffte sich plötzlich und hieb mit der flachen Hand auf den Tisch, so heftig, dass Hamsun erschrocken zurücktaumelte. Im nächsten Moment erhielt er einen Stoß in den Rücken, als die Tür schwungvoll aufgerissen wurde.

»Quarkbällchen waren alle«, verkündete Zorn. »Tut mir leid, aber ... was, verdammt nochmal, ist hier los?«

»Scheiße«, knurrte Schröder. »Gottverdammte Scheiße.«

Zweiundvierzig

Margrit Weisz.

ritsch ritsch ritsch ritsch ritsch

Die Zahnbürste schabt über die Fliesen. Sie kniet im Bad, reinigt den Boden. Sorgfältig, eine Fliese nach der anderen. Ihr nackter Körper glänzt im harten Schein der Neonlampe, die Schulterblätter bewegen sich unter der dünnen, pergamentartigen Haut. Die Zahlen, die man ihr in den Rücken gebrannt hat, sind vernarbt, violette, im Rhythmus ihrer Bewegungen zuckende Wülste.

Eine Eins. Eine Vier. Eine Eins.

ritsch ritsch ritsch

Verbissen arbeitet sie sich vor. Schweiß glänzt auf ihrer Stirn. Ihre Finger tun weh, sie nimmt die Zahnbürste in die andere Hand.

Vergiss die Fugen nicht, haben sie gesagt. Du hast zwei Stunden Zeit.

Zwei Stunden. Zeit.

Margrit Weisz hat keine Ahnung, was das bedeutet. Aber sie hat verstanden, was man von ihr erwartet. Sie muss sich anstrengen. Ansonsten schickt man sie zurück in den Tank. Das will sie nicht.

Sie hat Essen bekommen. Dann musste sie in die Badewanne steigen. Man hat sie abgespritzt und ihr einen Scheuerlappen gegeben, damit sie sich reinigt.

Du stinkst, haben sie gesagt.

Das Wasser war eiskalt.

Und noch etwas haben sie gesagt.

Du hast das Haus deines Gatten ruiniert.

Sie musste die Worte wiederholen.

Ich habe das Haus meines Gatten ruiniert.

Noch mal, haben sie gesagt. Mach schon, du Nutte.

Ich habe das Haus meines Gatten ruiniert.

Die nächste Fliese. Sie robbt ein wenig vor. Die dünne Stahlkette schleift hinter ihr über den Boden. Vier Meter, lang genug, um jede Ecke zu erreichen. Ein Ende ist an der Heizung befestigt, das andere am Band um ihren Hals. Das Band ist aus schwarzem Leder, mit pyramidenförmigen Nieten besetzt.

ritsch ritsch ritsch

Sie hält inne. Legt den Kopf schief. Betrachtet den Fleck auf der Fliese. Kaugummi, vielleicht auch getrockneter Teer. Nicht größer als ein Fünf-Cent-Stück.

ritsch ritsch ritsch ritsch ritsch

Es geht nicht ab. Sie beugt sich hinab, mustert den Fleck aus zusammengekniffenen Augen, die Nase nur wenige Zentimeter entfernt. Ihr Haar schleift in dünnen, verfilzten Strähnen über den Boden. Sie gibt ein unwilliges Knurren von sich, verdoppelt ihre Anstrengungen.

ritschritschritschritschritsch

Sie müssen zufrieden sein.

ritschritschritschritschritsch

Wenn sie unzufrieden sind, muss sie wieder in den Tank.

ritschritschritschritschritsch

Oder sie schlagen sie. Das haben sie vorhin getan, als Margrit sie angesehen hat. Das ist nicht erlaubt. Sie wollen nicht, dass Margrit sie ansieht.

ritschritsch

Sie nimmt den Fingernagel zu Hilfe. Keuchend schabt sie über den Boden. Schneller, immer schneller.

Endlich.

Der Fingernagel ist abgebrochen. Es tut weh. Doch es ist geschafft. Blut glänzt in dunklen Schlieren auf der Fliese. Das ist nicht schlimm, es lässt sich leicht entfernen.

Sie steckt den Finger in den Mund.

Es schmeckt nach Metall.

Wieder greift sie nach der Zahnbürste. Ihr Blick fällt auf das Tattoo an ihrem Handgelenk. Ein Herz, flankiert von zwei Namen.

Margrit & Bertold.

Es hat längst keine Bedeutung mehr.

Im Wohnzimmer wird ein Fernseher eingeschaltet. Musik dringt herein, die Titelmelodie einer Quizshow. Jörg Pilawa begrüßt seine Gäste. Früher hat sie keine seiner Sendungen verpasst. Sie hat ihn immer als ein wenig schleimig empfunden, aber er sah unglaublich gut aus, vor allem sein Lächeln war umwerfend gewesen. Meist hat sie nur mit einem Ohr zugehört, Kreuzworträtsel gelöst oder gelesen und sich dabei vorgestellt, dass er neben ihr auf dem Sofa sitzen würde. Manchmal hat sie sogar von ihm geträumt, damals, als sie noch Margrit Weisz gewesen ist. Wenn Pilawa jetzt hier auftauchte, würde sie sich wimmernd in die Ecke verkriechen, die Arme schützend über den Kopf heben und in kindlichem, unverständlichem Gebrabbel darum bitten, nicht wieder in den Tank zu müssen.

Sie kniet unter dem Waschbecken. Über ihr tropft der Wasserhahn. Schritte nähern sich, verharren vor der Tür. Sie schreckt zusammen, stößt mit dem Hinterkopf an den Abfluss, greift hastig nach der Zahnbürste.

RITSCHRITSCHRITSCHRITSCHRITSCH

Die Schritte entfernen sich. Sie schrubbt verbissen weiter. Ein Schweißtropfen löst sich von ihrer Stirn, bleibt glitzernd an ihrer Nase hängen.

Ihre Lippen bewegen sich.

Ich habe das Haus meines Gatten ruiniert.

Dreiundvierzig

»Du klingst müde.«

»Ich *bin* müde, Frieda. Ich hab die Schnauze voll. Ich … ich bin einfach nur genervt.«

»Von mir?«

»Quatsch. Seit Wochen erzähle ich dir, dass wir rauskriegen, was mit deinem Vater passiert ist. Und jedes Mal, wenn wir was Neues erfahren, stehen wir blöder da als am Anfang. Soll ich dir sagen, was am schlimmsten ist?«

»Sag's mir.«

»Selbst Schröder weiß nicht mehr weiter. Der hat sogar *geflucht*, kannst du dir das vorstellen?«

»Was hat er gesagt?«

»Gottverdammte Scheiße.«

»Dann muss es wirklich schlimm sein.«

»Kennst du diesen Hamsun eigentlich?«

»Nur vom Sehen. Er ist mir ab und zu in der Staatsanwalt-schaft über den Weg gelaufen, direkt zu tun hatte ich mit ihm nie. Er kam mir immer ein bisschen komisch vor. Irgendwie ... *spooky*.«

»Das trifft's ganz gut. Die Geschichte, die er uns aufgetischt hat. Diese mysteriöse Frau, die angeblich die Prozessakten gese-hen hat. Die Morde, die kurz danach geschehen sind.«

»Glaubst du ihm?«

»Nee.«

»Ihr habt nach 'ner Verbindung gesucht, Claudius. Das ist eine.«

»Ich *will* ihm nicht glauben. Weil das bedeuten würde, dass Rufus das nächste Opfer ist.«

»Was ist mit Schröder? Glaubt er's?«

»Der ist einfach nur sauer. Vor allem auf sich selbst, denke ich. Ich bin's ja gewohnt, ständig im Dunkeln zu tappen, aber Schrö-der kann damit überhaupt nicht umgehen.«

»Habt ihr ...«

»Ich will mit dir schlafen, Frieda.«

»Ziemlich gewagter Gedankensprung. Du willst *jetzt* über Sex reden?«

»Nicht reden. Machen.«

»Es ist zwei Uhr morgens, mein Schatz. Wir sind knapp hun-dert Kilometer voneinander entfernt.«

»Man wird ja wohl noch sagen dürfen, was man denkt.«

»Du willst doch nicht etwa am Telefon ...«

»Dazu bin ich viel zu verklemmt.«

»Spinner.«

»Du fehlst mir, Frieda.«

»Hör auf zu jammern.«

»Komm wieder zurück. Weißt du noch, wie du mich immer getriezt hast? Du könntest mir jeden Tag den Arsch aufreißen, wie früher.«

»Zugegeben, ein verlockender Gedanke.«

»Was Peck betrifft, lasse ich mir was einfallen, den räume ich irgendwie aus dem Weg. Blausäure vielleicht. Genau, ich rühre dem Blausäure ins Müsli. Oder ich schubse ihn vor die Straßenbahn.«

»Es muss wie ein Unfall aussehen.«

»Das kriege ich hin. Ich … warte mal.«

»Was ist?«

»Wir müssen Schluss machen, Frieda. Schröder ruft an.«

*

»Hab ich dich …«

»Nein«, sagte Zorn. »Du hast mich nicht geweckt.«

Er saß am Küchentisch, vor sich eine halbvolle Bierflasche und die Reste seines Abendessens, ein Teller Nudelsuppe. Die Suppe war kalt, trocknete bereits an den Rändern. Zorn hatte sie kaum angerührt.

»Ich kann auch nicht schlafen«, sagte Schröder.

Sie schwiegen eine Weile.

»Und?«, fragte Zorn. »Was gibt's Neues?«

Er wusste, warum Schröder anrief. Tagsüber ließ er sich nie etwas anmerken, doch es gab Nächte, in denen Schröder allein in seinem Haus saß und mit seinen Dämonen kämpfte. Dies war eine solche Nacht, Schröder brauchte jemanden zum Reden, einen, der ihn auf andere Gedanken brachte. Es gab niemanden außer Zorn.

»Ich war gestern Abend noch mal bei Peck«, sagte Schröder.

»Über den hab ich gerade mit Frieda gesprochen.«

»Was für ein Zufall.«

»Ich hab überlegt, wie ich ihn elegant aus dem Weg räume. Was meinst du, was ist besser? Blausäure im Müsli oder vor die Straßenbahn schubsen?«

»Ich würde die Straßenbahn vorschlagen. Aber lass es wie einen Unfall aussehen.«

»Das hat Frieda auch gesagt.«

Zorn nahm die Zigaretten von der Spüle, öffnete das Fenster einen Spalt. Ein eiskalter Luftzug schoss ihm entgegen, er kniff fröstelnd die Augen zusammen.

»Was wolltest du bei Peck?«

»Die Fahndung nach Rufus. Wir können sie morgen früh einleiten.«

»Er ist einverstanden? Wie hast du das hingekriegt?«

»Ich kann ziemlich überzeugend sein.«

»Ja«, nickte Zorn. »Das kannst du.«

»Wir müssen diese Frau finden«, sagte Schröder.

»Klar«, Zorn spitzte die Lippen, blies den Rauch durch den Fensterspalt, »aber einfach wird das nicht.«

Leise Klaviermusik drang aus dem Hörer. Zorn sah den kleinen Mann vor sich, wie er am Fenster stand und hinaus in die Nacht sah. Den zugefrorenen See, die verschneiten Kiefern. Darüber der schwarze, sternenbedeckte Himmel.

»Glaubst du, dass Hamsun die Wahrheit sagt?«

»Ich hoffe nicht, Schröder.«

»Hast du's Malina erzählt?«

»Nee.« Zorn nahm einen letzten Zug, schnippte die Zigarette hinaus und schloss das Fenster. »Sie ist ohnehin schon fertig genug. Sag mal, was pfeift da bei dir? Klingt wie'n Rauchmelder, du hast doch nicht etwa gekokelt?«

»Ich hab Teewasser aufgesetzt.«

»Ach, zu Hause hat der feine Herr also Tee. Nimm morgen gefälligst welchen mit auf Arbeit, wenn du das Zeug unbedingt trinken musst. Ich kann auf die Brühe gerne verzichten.«

Das Pfeifen brach abrupt ab. Zorn hörte das leise Klappern von Geschirr.

»Danke«, sagte Schröder.

»War nur 'n Vorschlag.«

»Ich meinte das Gespräch.«

»Soll ich dich morgen früh abholen?«

»Nein, das ist nicht … Oder doch. Ja, das wäre nett.«

»Dann sollten wir noch ein bisschen schlafen, Schröder.«

Sie wünschten einander eine gute Nacht. Es war drei Uhr morgens. Als Zorns Volvo vier Stunden später über die gefrorene Zufahrt zu Schröders Grundstück holperte, wartete dieser bereits am Gartentor. Keiner von ihnen hatte ein Auge zugemacht.

Vierundvierzig

Rufus.

Er liegt in Embryonalstellung auf der Seite, die Beine bis zum Bauch angezogen, die Arme um die Schienbeine geschlungen. Seine Augen sind geschlossen. Er ist nackt. Die Haut von einem erdfarbenen Schmutzfilm überzogen. Überall Blutergüsse von der Farbe faulender Erdbeeren. Platzwunden, geronnenes Blut. Das Gesicht verquollen, die Lippen aufgeschlagen. Moosgrün schimmerndes, fauliges Zwielicht. Eine stille, gekrümmte Gestalt, übersät von Dreck und Wunden. Ein Bild des Leidens, wie arrangiert. Der Schmerzensmann. Ein religiöses Gemälde, abstoßend und ästhetisch zugleich.

Absolute Stille. Totenstille.

Reglos liegt er da, wie gefroren. Nur ein leichtes Heben und Senken des Brustkorbs. Ein kaum merkliches Pulsieren der Halsschlagader.

Rufus lebt. *Noch* lebt er, umgeben von grünen Plastikwänden, die zerkratzt wurden von der Frau, die vor ihm hier gefangen gehalten wurde und verzweifelt versuchte, sich zu befreien, bevor sie gebrochen wurde.

Rufus, der Kinderarzt. Nackt, blutend, inmitten einer knöcheltiefen, infernalisch stinkenden Lache, zwischen zerknickten Wasserflaschen und leeren Katzenfutterdosen.

Rufus im Regentank.

FÜNFTER TEIL

Fünfundvierzig

»Das kapier ich nicht, Schröder.«

Es war kurz vor Mittag. In den letzten Stunden war das Thermometer gestiegen, mittlerweile stand es auf vier Grad plus. Schmelzwasser strömte die verglaste Fassade des Präsidiums hinab, tropfte von den Dachrinnen, bildete Pfützen auf dem Parkplatz. Ein unschöner Tag, passend zu Zorns Verfassung. Trist, traurig, trostlos.

»Ich auch nicht, im Moment jedenfalls.« Schröder, der gerade das Büro betreten hatte, stand vor seinem Computer, die Hände auf die Tischplatte gestützt. »Der Anruf ist vor einer halben Stunde gekommen«, sagte er, den Blick auf den Monitor gerichtet. »Ich würde sagen, du fährst sofort hin, du kennst ja die Adresse.«

»Wieso ist sie wieder aufgetaucht?«, fragte Zorn.

»Ich weiß es nicht.« Schröder klang ein wenig unwirsch.

»Aber wo hat sie die ganze Zeit über …«

»Auch das«, unterbrach Schröder, »ist unklar. Deshalb sollst du ja hinfahren.«

Er nahm seinen Mantel vom Haken, schlang den Wollschal um die Schultern.

»Kommst du mit?«, fragte Zorn, der noch immer nicht ganz verstanden hatte, was vor sich ging.

»Nein.« Die Tür stand noch offen, Schröder hatte sich nicht die Zeit genommen, sie zu schließen. »Du erreichst mich auf dem Handy. Ich vernehme jemand anderen.«

»Darf man erfahren, wen du …«

»Margrit Weisz war über einen Monat verschwunden. Es wird

Zeit, dass wir ein bisschen vorankommen. Also nimm bitte die Füße vom Tisch und mach dich auf den Weg, ja?«

*

»Das ist der Kommissar, von dem wir dir erzählt haben, Liebes.«

Bertold Weisz saß Zorn gegenüber auf der Eckbank. Er sprach leise, umfasste dabei die Hand seiner Exfrau, die an der Stirnseite saß und Zorn aus leeren, verträumt wirkenden Augen ansah.

»Mein Name ist Zorn.«

Laut Unterlagen war Margrit Weisz Mitte dreißig, doch sie sah mindestens zehn Jahre älter aus, fand Zorn. Und sie war dünn, viel dünner als auf den Fotos, die er gesehen hatte. Ihr knochiger, vogelartiger Hals ragte aus dem dunklen Rollkragen empor, und obwohl sie dezent geschminkt war, wirkte sie farblos, fast durchsichtig.

»Er hat nach dir gesucht«, sagte die Frau, die rechts neben Zorn am Küchentisch saß. Bertold hatte sie als Vera vorgestellt, eine untersetzte grauhaarige Frau in geblümtem Nylonkittel, die Zorn im ersten Moment für Bertolds Mutter gehalten hatte.

»Das haben wir«, nickte Zorn. »Sie waren über einen Monat lang verschwunden, Frau Weisz. Können Sie mir sagen, wo Sie gewesen sind?«

»Ich ... ich war verreist.«

Margrits Stimme klang brüchig, wie nach einer langen Erkältung. Sie starrte auf die Kaffeetasse, die dampfend vor ihr auf dem Tisch stand. Auch Zorn war ein Kaffee angeboten worden, den er dankend abgelehnt hatte. Seit seinem ersten Besuch waren über zwei Wochen vergangen, doch erinnerte er sich noch gut an die schwarze Thermoskanne auf dem geflochtenen Untersetzer, noch besser an deren bitteren, ungenießbaren Inhalt.

»Und wo? Könnten Sie mir das etwas genauer sagen?«

»Ich habe eine kleine Hütte am Rennsteig«, erklärte Bertold.

»Nichts Besonderes, eher ein Bungalow, meine Eltern haben ihn mir vererbt. Früher«, er tätschelte Margrits Hand, »sind wir oft dort gewesen. Ich hatte völlig vergessen, dass sie den Schlüssel noch hat.«

»Ich brauche die Adresse.«

»Natürlich, Herr Kommissar.«

Die Atmosphäre in der kleinen Küche war beklemmend, Zorn fühlte sich an eine Beerdigung erinnert. Margrit hat viel durchgemacht, hatte Bertold gesagt, nachdem er ihn an der Haustür begrüßt hatte. Viel hat sie bisher nicht erzählt, wir haben sofort angerufen, als sie so plötzlich hier aufgetaucht ist. Sie sei sehr durcheinander, hatte er besorgt hinzugefügt, aber gesund und wohlauf, obwohl sie ziemlich abgemagert sei. Zorn solle sich nicht irritieren lassen, Margrit habe früher an Magersucht gelitten, wenn sie Stress habe, sei sie kaum in der Lage, feste Nahrung zu sich zu nehmen, er habe das oft erlebt und wisse, wie man sie wieder aufpäppeln könne. Er hatte Zorn gebeten, das Gespräch so kurz wie möglich zu halten, ein paar Fragen werde sie bestimmt beantworten können, doch sie sei erschöpft und brauche dringend Ruhe.

»Hat jemand ...«, Zorn überlegte einen Moment, »ist Ihnen Gewalt angetan worden?«

Margrit antwortete nicht sofort. Sie sah Zorn an, ohne ihn richtig wahrzunehmen, schüttelte dann den Kopf.

»Nein.«

»Wurden Sie gegen Ihren Willen festgehalten, Frau Weisz?«

»Ich ...«

Sie stockte, wandte sich hilfesuchend an Bertold.

»Soll ich für dich reden?«, fragte dieser sanft.

Ein erleichtertes, dankbares Nicken.

Margrit, erklärte Bertold, habe einen Mann kennengelernt. Achmed, einen Iraner. Jung, gutaussehend, noch nicht einmal zwanzig.

»Sie wissen ja, wie diese Leute sind, Herr Kommissar.«

»Nein«, erwiderte Zorn, »das weiß ich nicht.«

»Der Kerl hat ihr das Blaue vom Himmel versprochen«, schnaubte Vera. Sie nippte an ihrem Kaffee, stellte die Tasse klirrend wieder ab. »Hat sie ausgenutzt, ist mit ihr durch die Gegend gereist und hat sich von ihr aushalten lassen. Und als nichts mehr zu holen war, hat er sie sitzenlassen wie einen alten Kartoffelsack. Der wusste genau, wie man's anstellt. Man sucht sich eine einsame ältere Frau, die naiv genug ist, sich …«

»Vera, bitte«, unterbrach Bertold. »Sie hat schon genug durchgemacht.«

Margrit saß steif zwischen ihnen am Tisch, den Blick auf ihre Tasse gerichtet. Sie hatte den Kaffee nicht angerührt. Wieder fiel Zorn auf, wie dünn, regelrecht ausgemergelt sie war.

»Ich jedenfalls«, Vera stand auf, strich die Schürze glatt und machte sich an der Spüle zu schaffen, »würde diesen Mistkerl verklagen.«

»Nein.«

Margrits Antwort kam prompt.

»Sie schämt sich«, sagte Bertold zu Zorn.

Vera stieß ein freudloses Lachen aus, stellte einen Teller mit Keksen auf den Tisch und nahm wieder Platz. Zorn roch ihren Schweiß und den stechenden Geruch eines billigen Haarfestigers.

»Das muss dir nicht peinlich sein, Liebes.«

Bertold rutschte zur Stirnseite, legte tröstend einen Arm um Margrits Schultern. Diese starrte mit weit aufgerissenen Augen auf den Keksteller. Zimtsterne mit bunten Streuseln, offensichtlich von Weihnachten übriggeblieben.

»Geht's Ihnen gut, Frau Weisz?«, fragte Zorn.

Sechsundvierzig

Margrit Weisz.

Streng dich an. Mach es so, wie sie gesagt haben. Sie müssen zufrieden sein. Das ist nicht einfach, weil so viel geredet wird. Und weil alle sie ansehen. Der Mann. Die Frau. Und der Dunkelhaarige mit dem vernarbten Gesicht.

Warum sie sich nicht auf Arbeit gemeldet habe, hat der Dunkelhaarige gefragt. Warum sie niemandem Bescheid gegeben hat. Ein Anruf hätte doch genügt. Ob sie entführt worden sei, es gäbe Spuren in ihrer Wohnung, die darauf hindeuten. Margrit versteht diese Fragen nicht. Zum Glück hat der Mann geantwortet. Er ist nett heute, streichelt sie sogar. Sie sieht das Tattoo auf seinem Handrücken, sie trägt dasselbe. Es hat eine Bedeutung. Sie weiß nicht, welche.

Der Dunkelhaarige sieht sie an. Er ist unrasiert, die Augen hinter der Brille gerötet. Die abgeschabte Lederjacke ist nass. Eigentlich sieht er ganz nett aus, ein wenig mürrisch vielleicht. Aber er ist böse, das weiß Margrit. Er will, dass du wieder in den Tank musst, haben sie gesagt. Du musst genau tun, was wir dir sagen, sonst schickt er dich zurück.

Seine Lippen bewegen sich. Eine weitere Frage. Die Frau hinter ihm senkt kurz den Kopf. Margrit versteht das Zeichen.

Ja, sagt sie.

Der Mann mit dem Tattoo drückt ihre Hand. Gott sei Dank, er ist zufrieden.

Sie war in der Badewanne. Das Wasser war warm, ein unglaubliches Gefühl. Margrit musste sich waschen, auch die Haare. Dann haben sie ihr diese Sachen gegeben. Während die Frau sie geschminkt hat, stand der Mann neben ihr und hat mit Margrit geübt, was sie auf die Fragen des Dunkelhaarigen antworten soll.

Wo sind Sie gewesen? Verreist.

Er wird weitere Fragen stellen, hat die Frau gesagt. Du wirst mich ansehen. Wenn ich den Kopf schüttele, sagst du nein. Wenn ich nicke, bejahst du. Mach keinen Fehler, sonst schickt er dich zurück.

Das war kompliziert, und als Margrit nicht sofort verstand, hat die Frau sie geschlagen. Nicht so fest wie sonst, nur mit der flachen Hand, doch es hat weh getan. Später hat der Mann ihr Essen gegeben, Nudeln und Fleisch, auf einem richtigen Teller. Margrit hatte es im Handumdrehen verschlungen und mehr gewollt. Nein, hat der Mann gesagt, sonst musst du kotzen. Später vielleicht, wenn du alles richtig machst.

Die Frau ist aufgestanden. Sie ist viel kleiner als der Mann, auch wesentlich älter. Trotzdem fürchtet sich Margrit vor ihr mehr als vor ihm. Ihre Augen machen Margrit Angst. Sie sind leer, wie tot. Auch wenn sie Margrit schlägt. Sie schlägt härter zu als er, viel härter.

Die Frau öffnet den Mund.

Ich würde den Mistkerl verklagen.

Nein, sagt Margrit sofort.

Sie haben es geübt.

Der Mann hat einen Arm um ihre Schultern gelegt. Der Stoff seiner blauen Kapuzenjacke ist weich. Das gefällt Margrit. Die Frau stellt etwas auf den Tisch. Margrits Herzschlag setzt einen Moment aus, als sie den Teller sieht.

Essen. Nahrung. Kuchen. Nein, Kekse. Kekse sind süß. Sie starrt wie gebannt auf den Teller. Das Bild verschwimmt, ein neues taucht auf.

Margrit steht in der Küche, sie trägt eine gestreifte Schürze. Es ist dieselbe, die neben der Kuckucksuhr an der Wand hängt. Sie hält ein Ofenblech in den Händen, hat gerade einen Rührkuchen gebacken. Die Glasur steht fertig angerührt neben der Spüle. Der Kuchen ist warm, sie riecht den verführerischen Duft. Der

Mann mit dem Tattoo sitzt genau da, wo er jetzt sitzt. Er liest Zeitung. Sein Haar ist länger, doch die hellblaue Jacke ist dieselbe. Das Küchenradio läuft. Ein schwerer, stampfender Beat, scheppernde Gitarren. Margrit mag diese Musik nicht, doch der Mann liebt diesen Lärm, das weiß Margrit, ebenso, wie sie weiß, dass er sich eine Gitarre gekauft hat, obwohl er gar nicht spielen kann. Sie kennt diesen Mann, er ist ihr ...

Der Schmerz ist so heftig, dass sie um ein Haar aufgeschrien hätte. Der Mann hat den Arm noch immer um sie gelegt, und obwohl er sie liebevoll ansieht, graben sich seine Fingernägel tief in ihren Oberarm.

Er hat dich was gefragt, sagt der Mann, lockert seinen Griff und deutet mit einem Lächeln auf den Dunkelhaarigen.

Geht es Ihnen gut, Frau Weisz?, fragt dieser.

Hinter ihm senkt die Frau unmerklich das Kinn.

Ja, sagt Margrit.

Der Dunkelhaarige greift nach seiner Tasse, stellt sie wieder ab. Er riecht nach Zigaretten. An seiner Hand fehlen zwei Finger.

Nein, er sieht wirklich nicht böse aus. Warum will er sie wieder in den Tank schicken? Ein Satz formt sich in Margrits Kopf, sie weiß nicht, was diese Worte bedeuten, aber vielleicht versteht er es ja. Vielleicht lässt er sie hier oben bleiben, wenn sie es ihm sagt.

Ich habe ...

Siebenundvierzig

»... das Haus meines Gatten ruiniert.«

Sie sah Zorn direkt in die Augen. Es schien ihr wichtig zu sein, ihr Blick war klar, ebenso wie die Worte, die sie danach aussprach.

»Sein Schatten ist über meine Stadt gebreitet«, sagte sie ernst.

»Frau Weisz, ich verstehe nicht, was Sie damit …«

»Sie braucht Ruhe.« Bertold warf Zorn einen Blick zu, vorwurfsvoll und gleichzeitig um Verständnis bittend. »Sie sehen doch, Margrit ist völlig durcheinander.«

Das sah Zorn allerdings.

»Wir sollten Sie untersuchen lassen, Frau Weisz.«

»Sicherlich«, nickte Bertold. »Aber wäre es nicht besser, wenn …«

»Meinen Sie nicht«, Zorn klang gereizt, »dass Frau Weisz meine Fragen selbst beantworten kann?«

Er beugte sich vor. Sie erwiderte seinen Blick, diesmal aus leeren, verschleierten Augen. Als würde sie eine Glaswand anstarren.

»Soll ich einen Arzt rufen?«, fragte Zorn leise.

Keine Antwort.

»Margrit?« Bertold, den Arm noch immer um ihre Schulter gelegt, drückte sie sanft. »Der Kommissar fragt, ob du zum Arzt willst.«

Sie richtete sich auf. Ihr Blick wanderte über Zorns Schulter nach hinten.

»Nein.«

»Bist du okay?«, fragte Bertold.

»Ja«, sagte Margrit, die Augen noch immer auf einen Punkt irgendwo hinter Zorn gerichtet.

Ein entferntes Poltern drang durch die angelehnte Küchentür. Zorn hatte das Geräusch bei seinem letzten Besuch schon einmal gehört.

»Diese verdammte Wäscheschleuder«, brummte Vera. »Ich geh mal in den Keller. Nachsehen, was da los ist.«

Sie stemmte sich schwerfällig hoch und verließ die Küche.

»Das Ding ist seit Wochen kaputt«, seufzte Bertold.

»Wirklich?«, sagte Zorn. »Beim letzten Mal war's die Heizung.«

Im Flur wurde eine Tür geöffnet, Veras Schritte knarrten auf der Kellertreppe.

»Weißt du was?« Bertold tätschelte Margrits Hand. »Du legst dich jetzt ein bisschen hin, Liebes. Ich mach dir ein Bett auf dem Sofa. Du kannst so lange bleiben, wie du willst, hier *oben*.«

Zorn entging nicht, dass Bertold das letzte Wort unmerklich betonte, doch er achtete nicht weiter darauf. Seine Aufmerksamkeit galt Margrit Weisz. Er ahnte, dass hier etwas nicht stimmte, doch er misstraute diesem Gefühl, schließlich hielt er sich weder für einen fähigen Polizisten noch für einen guten Menschenkenner. Vera war ihm von Anfang an unsympathisch gewesen, es war einfach, diese hartgesichtige, seltsam geschlechtslose Matrone nicht zu mögen. Was Bertold betraf, war Zorn unsicher, er wusste nicht recht, was er von diesem Hänfling mit dem glatten Gesicht halten sollte. Also konzentrierte er sich einzig und allein auf Margrits Reaktion, und als Bertold fragte, was sie von diesem Vorschlag halte, da hellte sich ihr verhärmtes Gesicht auf, Zorn sah die Erleichterung, das dankbare Lächeln, die Freudentränen und wusste, dass diese zerbrechliche Frau sich nichts anderes wünschte.

Margrit Weisz war glücklich.

*

Das Eisentor glitt geräuschlos auf. Eine schwarze Limousine rollte gemächlich durch das parkähnliche Grundstück, stoppte unvermittelt, als eine gedrungene Gestalt auf die gekieste Einfahrt geschlendert kam und direkt vor dem Wagen stehen blieb. Der kleine Mann hob in einer entschuldigenden Geste die Hand, lief um die glänzende Motorhaube, während eines der hinteren Fenster herabsurrte.

»Eine äußerst eindrucksvolle Villa, Herr Lerby.« Er zückte eine Visitenkarte mit dem sternförmigen Logo der Polizei und hielt sie in die Höhe. »Mein Name ist Schröder. Hätten Sie wohl einen Moment Zeit für mich?«

Achtundvierzig

»Scheußliches Wetter.« Schröder, der wie selbstverständlich eingestiegen war, lockerte den Schal und sank neben Lerby in die gepolsterte Rückbank. »Regen im Winter. Deprimierend, finden Sie nicht?«

»Sie möchten mit mir über das Wetter reden, Herr …«, Lerby warf einen Blick auf die Visitenkarte, »Hauptkommissar?«

»Ich wollte nur meine Frustration zum Ausdruck bringen, sozusagen als Einstieg in unser Gespräch. Sie können mich unterwegs irgendwo rauslassen, ich will Sie nicht aufhalten.«

»Fahr los, Pierre«, sagte Lerby.

»Sie heißen Pierre?« Schröder beugte sich neugierig vor. »Sind Sie Franzose?«

Pierre setzte den Wagen schweigend in Bewegung, den Blick stur nach vorn gerichtet.

»Er stammt aus der Bretagne«, erklärte Lerby. »Aus Brest, um genau zu sein.«

»Ach!« Schröders Gesicht hellte sich auf. »*Bonjour, Monsieur*«, sagte er, an den breiten Rücken des Franzosen gewandt. »*Je suis très hereux* …« Er stockte, runzelte frustriert die Stirn. »Ich fürchte, mein Französisch ist ein wenig eingerostet.«

»Pierre spricht hervorragend Deutsch«, sagte Lerby.

»Schade«, murmelte Schröder und sank wieder zurück. »Ich liebe Französisch, ich hätte es gern ein wenig aufgefrischt.«

Die Limousine rollte die Flusspromenade entlang. Spaziergänger stapften mit hochgezogenen Schultern durch den Nieselregen. Durchnässte Hunde rannten kläffend umher. Wasser troff von den kahlen Bäumen auf die Windschutzscheibe. Ein Kind zerrte verbissen seinen Schlitten über den letzten verbliebenen Schneematsch.

»Sie machen das gut«, sagte Lerby. »Diese Columbo-Nummer. Den gutmütigen Trottel spielen. Leider«, er sah auf die Uhr, das vergoldete Armband blitzte auf, »ist meine Zeit begrenzt. Ich will Ihre Dramaturgie nicht durcheinanderbringen, aber Sie sollten allmählich zur Sache kommen. Überraschen Sie mich mit Ihrem Scharfsinn, Herr Kommissar.«

»Ich fürchte, da muss ich Sie enttäuschen. Ich bin hier, weil mein Scharfsinn mir abhandengekommen ist. Was, nebenbei bemerkt, wesentlich frustrierender ist als das Wetter.«

Lerby musterte Schröder aus kalten, metallisch glänzenden Augen.

»Ich helfe Ihnen wirklich gern. Allerdings frage ich mich, warum Sie ausgerechnet zu mir kommen.«

»Zunächst«, sagte Schröder, »war ich bei jemand anderem. Hubert Göllerich, der Name dürfte Ihnen bekannt sein.«

»Herr de Vriess mag es nicht, wenn man ihn so nennt.«

»Er hat Sie in den letzten Tagen zweimal aufgesucht.«

Lerbys Augenbrauen hoben sich. Ansonsten ließ er sich seine Verwunderung nicht anmerken.

»Magnus wird überwacht?«

»*Beobachtet*. Das trifft es besser. Ich habe sogar eine seiner Veranstaltungen besucht, eine beeindruckende Vorstellung, wirklich. Danach habe ich ein wenig recherchiert. Sie wissen schon, diverse Webseiten. Zum Beispiel die …«, Schröder deutete mit den Fingern ein paar Anführungszeichen an, »*Erben des Lichts*‹. Oder diverse Verkaufsplattformen. Schulungen, die im Internet angeboten werden, mentales Training und so weiter. Zunächst ist mir Ihr Name nicht aufgefallen, doch nachdem ich wusste, dass Sie sich kennen, habe ich gezielt nach Ihnen gesucht.«

Die Limousine näherte sich einer Ampel, bog geräuschlos ab und reihte sich hinter einem Bus in den Verkehr. Der Regen wurde stärker, Streusalz wirbelte auf. Pierre schaltete die Scheibenwischer eine Stufe höher.

»Sie halten sich gern im Hintergrund«, fuhr Schröder fort. »Es gibt keine Fotos von Ihnen. Ihr Name taucht nur im Kleingedruckten auf, irgendwo im Impressum versteckt. Selbst das ist nicht immer der Fall, meist sind es Gesellschaften, an denen Sie über Umwege beteiligt sind.«

»Ich bin Geschäftsmann.«

»Sie sind vorbestraft.«

»Jetzt«, sagte Lerby, »nähern wir uns offensichtlich dem Grund Ihres Besuchs.«

»Zwei Jahre Haft wegen unerlaubten Waffenhandels.«

»Das ist kein Geheimnis. Worum geht es hier?«

»Um Mord natürlich. Mehrere Morde, um genau zu sein. Entschuldigung«, Schröder richtete sich auf und wandte sich an Pierre, »würden Sie freundlicherweise die Heizung ein wenig drosseln?«

Der Franzose sah fragend in den Rückspiegel. Lerby erwiderte seinen Blick mit einem knappen Nicken. Pierre drückte schweigend einen verchromten Knopf neben dem holzvertäfelten Armaturenbrett.

»*Merci beaucoup*«, seufzte Schröder erleichtert.

»Darf ich Sie was fragen, Herr Kommissar?«

»*Naturellement.*«

»Wer von uns beiden ist denn der Mörder? Magnus de Vriess oder ich?«

»Sie sollten zunächst einmal fragen, welche Morde ich meine. Damit Sie Ihre Unschuld beteuern können.«

»Das«, erwiderte Lerby, »mache ich später. Sagen Sie erst, wen von uns beiden Sie verdächtigen.«

»Wenn ich das nur wüsste.« Schröder sah kopfschüttelnd aus dem Fenster. »Wie gesagt, mein Scharfsinn ist mir abhandengekommen.«

»Ich bin sicher, Sie finden ihn wieder, Herr Kommissar.«

»Man soll die Hoffnung nie aufgeben. Ich ...« Schröder hielt stirnrunzelnd inne. »Was heißt eigentlich Heizung auf Französisch?«

»Fragen Sie Pierre.«

»Er muss sich auf den Verkehr konzentrieren. Sie sollten ihm eine Schirmmütze aufsetzen. Sie wissen schon, wie die Chauffeure in den alten Filmen.«

Lerby rutschte ein wenig zur Seite, schlug die Beine übereinander und lehnte sich gegen die gepolsterte Tür. Eine Weile sah er Schröder nur an.

»Wie geht's jetzt weiter?«, fragte er schließlich.

»Das liegt an Ihnen.« Schröder zuckte lächelnd die Achseln.

»Sollte ich jetzt nicht fragen, was dieser Schwachsinn soll?«

»Tun Sie's.«

»Was soll dieser Schwachsinn?«

»Sie haben noch immer nicht nach den Morden gefragt.«

»Macht mich das verdächtig?«

»Sie sollten zumindest neugierig sein.«

»Jetzt«, Lerby richtete sich ruckartig auf, streckte Schröder den Zeigefinger entgegen, »kommt der Knackpunkt, richtig? Diese Geste, die Sie gerade gemacht haben! Genau wie Columbo, wenn er am Schluss den Mörder überführt! Ein Zögern, er streicht mit dem Daumennagel über die Augenbraue, kratzt sich im Nacken, und zack!«, Lerby hieb mit der Faust in die flache Hand, »ist der Mörder überführt. Was haben Sie? Meine Fingerabdrücke? Einen Zeugen? Eine Kameraaufnahme? Sagen Sie's mir, ich bin wirklich gespannt, Herr Kommissar.«

»Nichts dergleichen.«

»Wirklich? Jetzt bin ich ein bisschen enttäuscht.«

»Ich wollte Sie kennenlernen.«

»Ach je, wie banal.«

Die Limousine stoppte an einem Zebrastreifen. Eine gebeugte Frau schob einen Einkaufswagen über die Fahrbahn. Pfützen blitzten auf dem Asphalt.

»Sie mögen mich nicht«, sagte Lerby. »Ich kann Ihnen das nicht verdenken, es gibt eine Menge Menschen, die Ihre Abneigung teilen. Allerdings – und das wird *Sie* jetzt womöglich enttäuschen – habe ich noch nie in meinem Leben jemanden umgebracht. Das sollte erklären, warum ich nicht nachgefragt habe, was diese Morde betrifft, von denen Sie sprachen. Es ist eine Frage der Effizienz, Herr Kommissar. Ich bin Geschäftsmann, ich habe keine Zeit, mich für etwas zu verteidigen, was ich nicht getan haben *kann*. Andererseits kenne ich meine Pflichten, und sollte ich der Polizei in irgendeiner Form weiterhelfen können, stehe ich Ihnen jederzeit zur Verfügung. Falls Sie also ...«

»*Excusez-moi*, Pierre.« Schröders rundes Gesicht erschien zwischen den Vordersitzen. »*Voulez vous* ... ich meine, könnten Sie mich nach dem Kreisverkehr an der übernächsten Ampel absetzen?«

»Was bin ich?«, fragte Lerby. »Verdächtiger oder Zeuge?«

»So ein Zufall.« Schröder sank wieder zurück in den Sitz, wandte sich an Lerby. »Da sind wir doch schnurstracks in Richtung Präsidium gefahren. Verrückt, oder? Entschuldigung, wie war die Frage noch mal? Ich fürchte, ich habe Ihnen nicht zugehört.«

Lerby schwieg einen Moment.

»Ich habe mich geirrt«, seufzte er schließlich. »Sie sind nicht nur gut. Nein, mein Bester, Sie sind geradezu *hervorragend*. Ich möchte Sie nicht zum Gegner haben.«

»Das«, lächelte Schröder, »möchte niemand.«

Neunundvierzig

»Sieh sie dir an«, knurrte Vera. »So was hast du mal gefickt.«

Sie saßen am Küchentisch und beobachteten, wie Margrit das Geschirr abräumte. Langsam, wie in Trance, lief sie hin und her, trug jeden Teller, jede Tasse einzeln vom Tisch zur Spüle.

»Er hat uns die Geschichte abgekauft«, sagte Bertold.

»Klar, weil sie gut ist«, nickte Vera. »Der besorgte Exmann meldet seine Exfrau als vermisst, und als sie wiederauftaucht, ruft er sofort die Polizei und gibt Entwarnung. Warum sollte ihn jemand verdächtigen? Es ist ja nichts weiter passiert. Ein naives Seelchen, ausgenutzt und sitzengelassen. Achmed.« Ein Kichern. »Ein besserer Name ist dir wohl nicht eingefallen?«

Er hob grinsend die Schultern.

»Hat funktioniert.«

»Weil ich's gut geplant habe.«

»Bis auf die Kekse. Da ist er kurz misstrauisch geworden.«

»Weil dieses Drecksstück sich nicht zusammenreißen kann. Aber das bringe ich ihr noch bei.«

Vera verfolgte jede von Margrits Bewegungen aus schmalen, zu Schlitzen verengten Augen. Ihr Mund war verkniffen, bildete senkrechte Fältchen auf der Oberlippe. Blanker, purer Hass lag in ihrem Blick. Rein, ungefiltert wie eiskaltes Quellwasser.

»Meinst du, der kommt noch mal wieder?«, fragte Bertold.

»Möglich.« Vera zuckte die Achseln. »Jedenfalls suchen sie nicht mehr nach ihr. Die haben genug zu tun, in ein paar Wochen ist das alles vergessen. Bis dahin warten wir ab. Dann kündigen wir erst ihre Wohnung, später die Arbeit. Die Formulare habe ich schon besorgt, sie muss nur noch unterschreiben. Wir kriegen eine Vollmacht für ihr Konto und holen uns das Geld, das sie dir bei der Scheidung abgenommen hat. Und die Sozialhilfe, die sie irgendwann kriegt. Das sind ein paar hundert Euro im Monat.«

Margrit kam mit kurzen Schritten herbei, griff einen Kaffeelöffel, nahm ihn in beide Hände und trug ihn mit angewinkelten Armen zur Spüle. Dort verharrte sie einen Moment mit gesenktem Kopf, wie ein Roboter, dessen Festplatte durchgebrannt ist. Schließlich machte sie ruckartig kehrt, um den nächsten Löffel zu holen.

»Wenn sie fertig ist, soll sie sich um den Fußboden kümmern.«

»Geht klar, Vera.«

»Mit der Zahnbürste.«

»Meinst du nicht, dass …«

»Ich *will* es so!«

Veras Blick ließ Bertold augenblicklich verstummen.

»Sie schläft ab jetzt unter der Treppe«, befahl sie. »Eine Decke kriegt sie vorerst nicht. Besorg eine zweite Kette. Eine kürzere, damit sie uns nachts nicht abhaut. Außerdem …« Ein Klirren ertönte, Vera richtete sich auf, hob die Stimme. »Wenn was kaputtgeht, kannst du was erleben!«

Margrit stand wie erstarrt mit dem Rücken zu ihnen vor der Spüle.

»Umdrehen, Miststück.«

Sie gehorchte umgehend, den Kopf noch immer gesenkt, die Augen niedergeschlagen. Der Rollkragenpullover schlackerte um ihren Körper, die dünnen Arme hingen wie leere Schläuche herab.

»Sie soll die Klamotten ausziehen.« Veras Augen funkelten. »Ich will, dass sie nackt ist. Und leg ihr das Halsband wieder an. Nicht jetzt!«, fauchte sie, als Bertold Anstalten machte aufzustehen. »Erst soll sie hier aufräumen.«

Er sank zurück, starrte mit hängenden Schultern auf seine Finger und duckte sich unter dem Blick einer Frau, die zwölf Jahre älter war, klein, korpulent, das dünne Haar zu einer bläulich schimmernden Dauerwelle frisiert. Einer Frau mit Krampfadern an den kurzen Beinen, Altersflecken auf den knochigen Handrücken, angetan mit einem fleckigen Kittel und fleischfarbenen BH, dessen Träger sich tief in die schlaffe Haut gruben. Und doch war sie ihm tausendfach überlegen, es gab nichts, das er ihrer Intelligenz, ihrer Willenskraft, dieser wütenden Energie eines Raubtiers, entgegenzusetzen hatte. Ein Blick ihrer milchigen, an vergilbte Perlen erinnernden Augen genügte. Dazu ihre Stimme, rau, brüchig, verstaubt, keinen Widerspruch duldend.

»Weitermachen.«

Vera senkte zufrieden das Kinn, als Margrit sich sofort wieder in Bewegung setzte. Sie nahm die Thermoskanne, umfasste sie mit beiden Händen und trug sie zur Spüle. Ihre bloßen Füße schlurften über die Fliesen.

»Sie kriegt, was sie verdient.«

Irgendwo draußen bellte ein Hund.

»Ja«, nickte Bertold.

»Wir haben lange genug darüber gesprochen.«

»Das haben wir, Vera.«

»Es ist gerecht.«

Bertold hob den Kopf, lauschte dem Poltern, das aus dem Keller nach oben drang.

»Was ist mit dem anderen?«, fragte er.

»Was soll mit dem sein?«

»Wie lange ... ich meine ... müssen *wir* es zu Ende bringen?«

»Das werden wir bald erfahren.«

Das Poltern wurde stärker. Dumpfe, weit entfernte Schläge, dazu etwas anderes. Zu leise, um es identifizieren zu können. Schreie womöglich. Tiefe, kehlige Schreie. Kaum menschlich, eher wie ein Tier.

»Er ...« Bertold wurde bleich. »Er scheint ziemlich kräftig zu sein.«

»Ist er auch.« Veras Lächeln erinnerte an das Zähnefletschen eines Kampfhunds. »Aber nicht mehr lange.«

*

»Du weißt, dass ich keine Überraschungen mag«, sagte Lerby. »Der Besuch dieses Polizisten war eine, Hubert. Eine *extreme* Überraschung sogar.«

Er saß im Fond der Limousine, das Handy auf dem Schoß. Das Gespräch war auf Lautsprecher geschaltet.

»Ich sag's jetzt zum dritten Mal«, erwiderte de Vriess. Seine Stimme drang blechern aus dem Telefon. »Ich hatte dich vorgewarnt, also mach mir gefälligst keinen Vorwurf. Du hast selbst gesagt, dass er von allein auf dich gekommen ist. Ich hab ihm kein Wort über dich erzählt. Abgesehen davon halte ich ihn für einen ausgemachten Trottel.«

»Das, mein Lieber, unterscheidet uns.« Lerby legte die Arme über die Lehne, seine Finger trommelten auf das cremefarbene Leder. »Ich erkenne einen Trottel, wenn er vor mir steht. Dich zum Beispiel.«

»Das muss ich mir nicht …«

»Wenn jemand allerdings nur so tut, fällt mir das auf.«

Eine Tür klappte, Stimmengewirr war zu hören. De Vriess murmelte etwas, sprach dann wieder direkt in den Hörer.

»Ich muss mich auf den Auftritt vorbereiten.«

»Es wäre wirklich nett«, Lerbys Stimme wurde scharf, »wenn du noch ein paar Sekunden für mich erübrigen könntest!«

Es regnete noch immer. Die Dämmerung hatte eingesetzt. Pierre schaltete die Scheinwerfer ein. Lautlos glitt die schwere Limousine durch die Innenstadt wie ein schwarzer, glänzender Fisch.

»Was genau wollte er von dir wissen?«

»Das hab ich dir doch gesagt«, seufzte de Vriess. »Ob ich Cordula kannte.«

»Hat er gefragt, ob du mit ihr im Bett warst?«

De Vriess schwieg einen Moment.

»Ja«, sagte er dann. »Ich hab's natürlich abgestritten.«

»Na dann«, Lerby lachte auf, »bin ich ja beruhigt. Was glaubst du, was diese Frage bedeutet? Die suchen einen Mörder! Sie haben Spuren gefunden, und zwar *dein verficktes Sperma*, Hubert! Bist du wirklich so dämlich, oder muss ich dir tatsächlich erklären, was das bedeutet? Haben sie deine Speichelprobe?«

»Ich habe mich geweigert.«

»Dir ist klar, dass man dich dazu zwingen wird?«

»Das ist mein Problem.«

»Nein, Freundchen, ist es nicht. Du arbeitest für mich. Ich brauche Ruhe. Und die habe ich nicht, wenn mir die Polizei auf die Nerven geht. Nur, weil einer meiner Leute seinen dreckigen Schwanz nicht unter Kontrolle hat!«

Lerbys Gesicht hatte sich gerötet. Er atmete tief durch, fuhr mit den Fingern durch die eisgrauen Haarstoppeln und sah aus dem Fenster. Regen schoss in waagerechten Schlieren über die getönte Scheibe.

»Cordula war erwachsen.« De Vriess senkte die Stimme. »Ich bin nicht der Einzige, mit dem sie im Bett war. Was wäre, wenn diese Spuren von jemand anderem stammen? Zum Beispiel von dir, Hanns?«

Lerby wandte den Kopf, sah auf das Telefon, als stünde de Vriess direkt vor ihm. Seine buschigen Brauen senkten sich.

»Hubert?«, fragte er leise.

»Was ist?«

»Drohst du mir?«

»Ich habe nur laut nachgedacht.«

»Das Denken solltest du anderen überlassen.« Lerby strich über die Lehne, zerrieb ein unsichtbares Staubkörnchen zwischen den Fingern. »Ich will Mona sprechen.«

»Die ist am Einlass, kontrolliert das Eintrittsgeld.«

»Sie soll mich zurückrufen«, beschied Lerby knapp und beendete das Gespräch, ohne de Vriess noch einmal zu Wort kommen zu lassen. Stirnrunzelnd beobachtete er, wie das Display des Telefons auf seiner makellos gebügelten Anzughose allmählich erlosch.

»Er wird ein bisschen frech, findest du nicht?«

Die Worte waren an Pierre gerichtet. Ihre Blicke trafen sich im Rückspiegel.

»Ich denke«, sagte der Franzose, »jemand sollte ihm zeigen, wo seine Grenzen sind.«

Fünfzig

Rufus.

Keuchend hockt er in der Ecke, sein Herz rast noch immer. Seine Arme schlingen sich um den Oberkörper, als wolle er sich selbst Trost spenden. Seine Knöchel sind blutig, er hat sie sich aufgeschlagen, als er wie ein Tobsüchtiger auf die Wände eingehämmert hat. Es war wie ein letztes Aufbäumen, das Flackern einer Kerze, bevor sie endgültig erlischt. Er ist zu sich gekommen und wusste sofort, dass es kein Albtraum ist, dazu war es zu real.

Die Dunkelheit. Der Gestank. Dieser wahnsinnige Durst. Dazu die Schmerzen.

Sein Verstand hat ausgesetzt. Er hat getobt, gebrüllt, gewütet. Wie ein Irrer hat er sich gegen die Wände geworfen, hin und her, immer wieder. Es hat nicht lange gedauert, nach einer halben Minute waren seine Kraftreserven erschöpft.

Rufus ist stark, er hat während des Studiums geboxt. Du bist gut, hat sein Trainer damals gesagt. Falls du irgendwann keine Lust mehr hast, Arzt zu werden, könntest du im Ring Karriere machen.

Rufus weiß, wie man hart und gezielt zuschlägt, doch diese Wände sind nicht nur stabil, sie geben auch nach. Sie vibrierten unter seinen verzweifelten Fausthieben, und dieses Geräusch

DOING! DOING! DOING! DOING! DOING!

hat seine Wut ins Unermessliche gesteigert. Dröhnende Paukenschläge, die wie eine höhnische Antwort auf seine heiseren Schreie klangen, vielfach verstärkt wie im Resonanzkörper einer riesigen Trommel.

DU. KOMMST. HIER. NICHT. RAUS.

Das weiß er jetzt. Rufus ist Arzt, und so weiß er auch, warum er sich an nichts erinnern kann. Eine Amnesie, hervorgerufen durch ein traumatisches Erlebnis. Es ist nur ein Stück, das ihm fehlt. Die Menschen, die wichtig sind, sind noch da: Malina. Edgar. Rebecca, seine erste Liebe, die ihn vor vier Jahren wegen eines schwedischen Punkmusikers verlassen hat.

Weitere Bilder flackern auf, als würde ein defekter Diaprojektor abgespielt. Erinnerungen, immer wieder überlagert vom Schmerz, der sich in Wellen über seinen Verstand ergießt und alles andere erstickt: Professor Langer, bei dem er mit Pauken und Trompeten durch die mündliche Anatomieprüfung gerauscht ist. Sieglinde, die korpulente Oberschwester mit dem Damenbart, die seit Jahren hinter ihm her ist. Auch Zorn taucht auf, Edgars Vater, der immer so tut, als wäre ihm alles egal. Rufus erinnert sich an Friedrich, den Jungen, der unter seinen Händen gestorben ist. An den Prozess. An das wütende Gesicht des Staatsanwalts, als der Freispruch verlesen wurde. All dies hat Rufus nicht vergessen, und er weiß auch noch, dass er zum Frühdienst ins Krankenhaus wollte. Malina und Edgar haben geschlafen, er hat erst ihr, dann dem Kleinen einen Kuss gegeben, und als er die Treppe hinunterging, da hat er überlegt, ob er mit dem Fahrrad fahren solle, sich aber dagegen entschieden.

Er weiß noch, dass es kalt war. Schnee knirschte unter seinen Stiefeln. Die Kirchturmuhr am Hasenberg hat geschlagen.

Danach ist Schluss.

Transiente Amnesie. Früher oder später kehrt die Erinnerung zurück.

Rufus schließt die Augen.

Los, konzentrier dich. Du bist Arzt, gleichzeitig Patient. Mach deinen Job, du weißt, wie es geht. Frag den Patienten, was ihm fehlt.

Mein Kopf, Herr Doktor. Es ist, als würde er jeden Moment platzen.

Akutes Schädel-Hirn-Trauma.

Die Beine tun weh. Die Arme auch.

Diverse Hämatome, Schwellungen. Offensichtlich Folge von Schlägen mit einem stumpfen Gegenstand. Womöglich Fußtritte.

Ich kann kaum atmen.

Prellung des Zwerchfells.

Ich kann den Fuß nicht mehr bewegen.

Welchen?

Den linken.

Knöchelfraktur.

Ich habe Durst.

Beginnende Dehydrierung.

Ich friere. Nein, mir ist kalt.

Schüttelfrost. Hohes Fieber.

Mir ist schlecht.

Gehirnerschütterung.

Meine Haut brennt wie Feuer.

Diverse Entzündungen. Drohender Wundbrand.

Und die Finger, es ist, als wären sie taub.

Blutvergiftung.

Am schlimmsten ist es mit dem Rücken, Herr Doktor. Ich weiß nicht, was mit meinem Rücken passiert ist, aber zwischen den Schulterblättern tut's furchtbar weh. Ich will ja nicht jammern, aber es fühlt sich an, als ob man mit glühenden Schraubzwingen …

Diagnose momentan nicht möglich.

Können Sie mir was gegen die Schmerzen geben?

Nein.

Oder wenigstens was zu trinken?

Leider nicht.

Aber was soll ich denn jetzt machen, Herr Doktor?

Nun, angesichts der Sachlage und nach eingehender Prüfung der vorliegenden Symptome ist die Diagnose wohl eindeutig. Aber ich kann Sie trösten, es besteht durchaus Hoffnung.

Wirklich? Worauf?

Auf Ihren Tod.

Der Tod ist kein Trost!

In Ihrem Falle schon. Vor allem, wenn es schnell geht.

Einundfünfzig

»Ich kann diese Frau doch nicht gegen ihren Willen einliefern lassen, Frieda. Klar, sie ist ziemlich durcheinander, aber körperlich schien sie okay zu sein. Und als ich fragte, ob ich einen Arzt holen soll, hat sie klar und deutlich verneint. Sie wollte bei ihrem Exmann bleiben, das war eindeutig.«

»Trotzdem glaubst du, dass mit ihr was nicht stimmt.«

»Deswegen hab ich dich angerufen. Weil ich nicht sicher bin.«

»Du hast Augen im Kopf, Claudius. Verlass dich auf das, was du gesehen hast.«

»Ich bin Brillenträger.«

»Was sagt dein Bauch?«

»Der knurrt.«

»Und Schröder?«

»Der knurrt auch. Den ganzen Nachmittag schon. Hanns Lerby, sagt dir der Name was?«

»Nee.«

»Schröder hat ihn heute vernommen. Ein, ich zitiere, *mit allen Wassern gewaschener Hund*. Schröder traut ihm nicht über den Weg, hat aber nichts Konkretes. Es ist eher so 'n Bauchgefühl, sagt er.«

»Schröders Bauchgefühl funktioniert offensichtlich besser als deins.«

»Kein Wunder. Seiner ist ja auch viel größer.«

»Sehr witzig, Claudius. Regnet's bei dir auch?«

»Den ganzen Tag schon. Scheiße, ich bin schon ganz durchgeweicht.«

»Wo bist du überhaupt?«

»Auf dem Parkplatz. Irgendwie hab ich das Gefühl, was vergessen zu haben. Was Margrit Weisz betrifft, meine ich. Was Wichtiges.«

»Und es fällt dir nicht ein?«

»Sonst, mein Schatz, hätte ich's ja nicht vergessen.«

»Da ist was dran. Gibt's was Neues von Rufus?«

»Die Fahndung läuft. Ansonsten *nothing*, um es mit Schröder zu sagen. Ich muss jetzt wieder rein, Frieda. Der feine Herr wird sonst sauer. Ich hab gesagt, ich gehe kurz in die Kantine. Wenn der mitkriegt, dass ich hier draußen rauchen bin, gibt's wieder Stress.«

»Den hättest du mit mir auch gekriegt, mein Bester.«

»Ich weiß. Ich liebe dich trotzdem.«

*

Schröder saß kerzengerade hinter dem Schreibtisch, er hatte die Hände im Nacken verschränkt und starrte die gegenüberliegende Wand an. Zorn schloss die Tür, hängte die durchgeweichte Jacke auf und ging zu seinem Platz, ohne die Abdrücke zu bemerken, die seine nassen Stiefel auf dem Teppich hinterließen.

»Und?«, fragte Schröder. »Hat's geschmeckt?«

Zorn brauchte einen Moment, bis er den Sinn dieser Frage begriff.

»Ging so. Ich hab mir ein Brötchen geholt.«

Schröder veränderte seine Haltung nicht, auch sein Blick blieb weiter an Zorn vorbei auf die Wand gerichtet.

»Was war denn drauf?«

»Paprikawurst«, log Zorn ins Blaue hinein. »Die Gürkchen waren schon ganz trocken. Die müssen echt an der Dekoration arbeiten.«

Er strich das klatschnasse Haar aus der Stirn, wischte einen Regentropfen von der Nase und öffnete eine Schublade.

»Du hättest dir ein Würstchen holen sollen«, sagte Schröder.

»Die ... die waren total aufgeplatzt.«

»Aha.«

»Und der Senf war auch alle. Wird Zeit, dass jemand diesen stinkfaulen Küchenbullen mal Beine macht.«

»Sei nicht so streng, Chef. Die hatten's noch nie leicht, da unten in der Kantine. Und es scheint schlimmer zu werden. Jetzt«, Schröder warf dem durchnässten Zorn einen kurzen Blick zu, »wo es offensichtlich noch reinregnet.«

Der ertappte Zorn suchte vergeblich nach einer passenden Antwort. In seiner Verlegenheit ließ er einen Bleistift fallen, bückte sich, um Zeit zu gewinnen, klaubte den Stift umständlich vom Teppich, kam wieder zum Vorschein und stellte fest, dass Schröder seine Haltung keinen Millimeter verändert hatte.

»Was machst du eigentlich, Schröder?«

»Nachdenken.«

»Aha.«

Zorn verstaute den Stift wieder in der Schublade.

»Nein«, sagte Schröder.

»Bitte?«

»Ich wollte deine nächste Frage vorwegnehmen. Die Antwort

ist nein. Es hat nichts gebracht, das Nachdenken. Bisher jeden-falls.«

»Lass dich von mir nicht stören. Und falls du …«

Gerald Hamsun betrat das Büro.

»Psst!« machte Zorn. »Er denkt nach!«

Krass, der ist ja noch blasser als sonst, dachte er. Hätte nie gedacht, dass das überhaupt möglich ist.

»Das Phantombild.« Hamsun reichte Schröder eine Klarsicht-hülle. »Ich muss mich entschuldigen, es hat relativ lange gedau-ert. Dafür ist es hervorragend getroffen.«

Die dunklen Ringe um seine Augen waren unübersehbar.

»Danke.« Schröder bedachte die Zeichnung mit einem flüch-tigen Blick. »Ist Ihnen sonst noch was eingefallen?«

Hamsun zögerte.

»Ich weiß«, sagte Schröder sanft, »wie unangenehm Ihnen das ist. Aber ich versichere Ihnen, niemand wird sich über Sie das Maul zerreißen.«

Hamsuns Blick wanderte zu Zorn. Kurz nur, für den Bruchteil einer Sekunde.

»*Niemand*«, wiederholte Schröder.

»Er …«, Zorn räusperte sich, »er hat recht. Diese … diese Frau hat Sie verarscht. *Hintergangen,* meine ich«, korrigierte er sich hastig. »Es ist nicht einfach, so was zuzugeben. Schon gar nicht vor wildfremden Menschen. Da gehört 'ne ziemliche Portion Mut dazu. Ich weiß nicht, ob ich den hätte.«

Das stimmte.

»Das bleibt so lange wie möglich unter uns.« Zorn hob die gesunde Hand, zog einen unsichtbaren Reißverschluss vor dem Mund. »Versprochen.«

Schröder sah ihn an, die rötlichen Augenbrauen ein wenig ge-hoben.

Respekt, besagte dieser Blick. *Das hätte ich dir nicht zuge-traut.*

Ich auch nicht, dachte Zorn. Seit wann bin ich so ... feinfühlig? So sensibel?

Vielleicht liegt's ja am Wetter.

Egal, es war ihm ernst.

Als Hamsun sich an Zorn wandte, vollführte er eine zackige, fast militärisch anmutende Vierteldrehung. Zorn konnte sich nicht erinnern, dass Hamsun ihn jemals zuvor schon einmal direkt angesehen hatte.

»Ich mag Sie nicht, Kollege Zorn.«

»Das«, grinste Zorn, »ist mir bewusst. Ich parke trotzdem weiter auf dem Behindertenparkplatz.«

Frieda hat recht, dachte er. Der Typ ist wirklich ein bisschen *spooky*.

»Was Ihre Frage betrifft.« Eine weitere Drehung. Diesmal eine halbe, hinüber zu Schröder. »Ich habe sehr lange nachgedacht. Leider kann ich Ihnen nur mitteilen, was Sie bereits wissen. Dass sie sich Penelope nennt. Dass sie angeblich Jura studiert. Und«, Hamsun deutete auf die Klarsichthülle, »wie sie aussieht.«

»Das ist nicht viel«, sagte Schröder.

»Nein, Herr Hauptkommissar.«

»Sie kennen die Frau«, sagte Zorn. »Glauben Sie, dass sie zu so etwas fähig ist? Menschen zu brandmarken? Sie mit einem Druckluftnagler zu foltern? Ihnen die Zunge herauszuschneiden? Bei lebendigem Leibe in Stücke zu reißen? Aneinanderzufesseln und zu ertränken? Glauben Sie, dass ...«

»Nein.«

»Sind Sie sicher?«

Ein Zögern.

»Nein. Bin ich nicht.«

Ein Prasseln, als würde eine Schaufel Sand von außen gegen das Fenster geworfen. Der Regen ging in Schnee über.

»Wir geben die Phantomzeichnung an die Presse«, seufzte Schröder. »Mehr können wir im Moment nicht tun.«

»Ihr Name«, sagte Zorn, »wird nirgendwo auftauchen, Herr Hamsun.«

Kurz glaubte er, eine menschliche Regung in Hamsuns Gesicht wahrzunehmen, sah sich allerdings im nächsten Moment getäuscht.

»Angesichts der Umstände«, erklärte Hamsun steif, »dürften meine persönlichen Interessen wohl zu vernachlässigen sein. Ich bitte ausdrücklich um strikte Einhaltung der Dienstvorschriften.«

»Das«, sagte Zorn, »machen wir doch immer.«

Er erhob sich halb aus dem Sessel, langte über den Schreibtisch und nahm das Phantombild.

»Ich bin durchaus in der Lage«, fuhr Hamsun fort, »mit den Konsequenzen zu leben. Falls also mein Name in der Öffentlichkeit genannt wird …«

»Das wird nicht nötig sein, Hamsun.«

Zorn starrte auf die Zeichnung.

»Ich …«, Hamsun geriet ins Stottern. »Ich verstehe nicht.«

»In Ihren Augen bin ich ein Arschloch«, sagte Zorn. »Das ist okay, ich bin das gewohnt. Und Sie halten mich für 'nen schlechten Bullen, auch dazu haben Sie allen Grund. Von Kunst habe ich ebenfalls keine Ahnung, aber das hier«, er hielt Hamsun die Klarsichtfolie entgegen, »ist ein wirklich eindrucksvolles Porträt. Es sollte natürlich veröffentlicht werden, aber es wäre Zeitverschwendung.«

»Warum?«

»Weil«, Zorn verschränkte die Arme vor der Brust, sah zunächst Schröder, dann Hamsun an, »ich die Dame kenne.«

Zweiundfünfzig

Hamsun.

Nein, er mag Hauptkommissar Zorn nicht. Wie er dasitzt, die Beine unter den Schreibtisch gestreckt, das T-Shirt an den Ärmeln zerfranst, die Jeans ausgewaschen und verblichen. Der Mann ist Beamter, er ist Polizist. Es ist seine Aufgabe, auf Recht und Ordnung zu achten. Wie kann ein solcher Mensch für die Einhaltung der Gesetze sorgen, wo sie ihm doch offensichtlich egal sind?

Dieses triumphierende Lächeln, mit dem er das Phantombild betrachtet. Er lässt sich Zeit, genießt es, im Mittelpunkt zu stehen. Bestimmt wird er gleich wieder einen seiner schalen Witze machen. Der Mann geht auf die fünfzig zu. Weiß er denn nicht, wie infantil dieses Verhalten ist? Vorhin hat er behauptet, Verständnis für seine, Hamsuns, Situation zu haben, das schien ihm sogar ernst zu sein. Aber das sind Worthülsen, mehr nicht. Dieser Mann hat keine Ahnung, was es bedeutet, keine Freunde zu haben. Niemanden, mit dem man sprechen kann. Wie es ist, wenn man sich ein Leben lang nach Wärme sehnt, stattdessen ausgegrenzt wird, verlacht, ignoriert. Wie man sich fühlt, wenn man glaubt, nach Jahren der Einsamkeit endlich jemanden gefunden zu haben, und feststellen muss, dass man betrogen wurde. Dass alles eine Lüge war.

Diese Frau, sagt Zorn, sei ein verdammt heißer Feger. Er verstehe sehr gut, dass Kollege Hamsun sich mit ihr eingelassen habe.

Hamsun weiß nicht, was ihn mehr anwidert. Hauptkommissar Zorns Wortwahl oder sein süffisantes Lächeln.

Zorn fragt, ob Hamsun etwas mit dem Begriff *Erben des Lichts* anfangen könne, worauf Schröder bittet, er möge nun endlich zur Sache kommen.

Die beiden sind mehr als Kollegen, das weiß Hamsun. In letzter Zeit hat er sich immer wieder gefragt, was ein hochintelligenter Mensch wie Kollege Schröder an einem wie Claudius Zorn finden könne, und auch jetzt muss er sich widerwillig eingestehen, dass seine Abneigung wohl auch auf einer gewissen Eifersucht beruht, schließlich hat er, Gerald Hamsun, wesentlich mehr zu bieten als das Austauschen belangloser Scherze. Gespräche auf Augenhöhe, über Kunst, Musik, Literatur. Was weiß dieser langhaarige Mensch im *Nirvana*-T-Shirt über Sokrates? Jackson Pollock? Hat er je etwas von Mussorgski gehört? Geschweige denn sich für sein Werk interessiert? Hat er sich jemals mit den Gesetzbüchern befasst, die eigentlich die Grundlage seiner Arbeit bilden? Würde er überhaupt deren Bedeutung verstehen, dieser Mann, der sich jetzt genüsslich zurücklehnt, um eine weitere, bedeutungsvolle Pause einfließen zu lassen?

Im Moment, erklärt Hauptkommissar Zorn, falle ihm nur der Vorname ein. Er hebt die verstümmelte Hand und kratzt mit dem Nagel des kleinen Fingers die vernarbte Wange. In diesem Punkt gehe es ihm wie Kollegen Hamsun.

Ich melde mich, hat sie an diesem letzten Morgen beim Frühstück gesagt. Sie hat gelächelt. Hamsun erinnert sich an die Grübchen auf ihren Wangen. Das Haar, noch feucht vom Duschen. Ein Toastkrümel im Mundwinkel. Kaffeeduft. Im Radio ein Chanson von Jacques Brel.

Penelope, sagt Zorn, heißt sie jedenfalls nicht.

Penny, denkt Gerald Hamsun. Sie wollte Penny genannt werden.

Er hat sich jede Einzelheit genau eingeprägt. Ihre grünen Augen. Den zarten, goldschimmernden Flaum in ihrem Nacken, wenn sie das Haar zu einem Zopf gebunden hatte. Den Leberfleck neben dem Bauchnabel. Die winzige Narbe unter der linken Brust. Stundenlang hat er sie betrachtet, wenn sie schlafend neben ihm gelegen hat. Wahrscheinlich, weil er immer geahnt hat, dass sie nicht lange bleiben wird. Dass er irgendwann von der Erinnerung zehren muss.

Wie, fragt Kollege Schröder, heißt diese Frau dann?

Dreiundfünfzig

»Mona.«

Zorn hatte sich Zeit gelassen, bevor er endlich mit der Sprache rausrückte. Aber konnte man es ihm verdenken? Es geschah schließlich selten, dass er Entscheidendes zu ihrer Arbeit beizutragen hatte, und jetzt, da dies der Fall war, zog er diesen Moment ein wenig in die Länge.

»Ich habe sie kurz vor Weihnachten befragt«, sagte er. »Sie ist Büroleiterin bei diesen ... *Erben des Lichts*. Der Nachname steht irgendwo im Bericht.«

»Bist du sicher?«, fragte Schröder.

»Es ist jedenfalls die Frau auf dem Phantombild. Ich hab sie übrigens noch mal getroffen, auf dieser Veranstaltung, als de Vriess seinen esoterischen Plunder unter die Leute gebracht hat. Da fällt mir ein«, er wandte sich an Hamsun, »dann müsste ich sie unten auf dem Parkplatz gesehen haben, vor zwei Wochen ungefähr, da hat sie auf Sie gewartet. Ich konnte ihr Gesicht nicht sehen, sie trug so 'ne Jacke mit fellbesetzter Kapuze, richtig?«

»Ja«, nickte Hamsun. »Sie hat mich abgeholt.«

Und ich Idiot, fiel Zorn ein, hab gedacht, sie baggert mich an.

»Sie hat diese *Erben des Lichts* also niemals erwähnt?«, fragte Schröder.

Hamsun schüttelte den Kopf.

»Wenn das der Fall gewesen wäre, hätte ich es Ihnen mitgeteilt.«

»Natürlich«, nickte Schröder.

Ein bisschen Enthusiasmus, dachte Zorn, könntest du ruhig zeigen, Schröder. Von Hamsun habe ich nichts anderes erwartet, der würde wahrscheinlich nicht mal reagieren, wenn direkt unter seinem Hintern 'ne Atombombe hochgeht.

»Sie hat auch nie den Eindruck vermittelt, sich für … irgendwelche esoterischen Dinge zu interessieren«, sagte Hamsun. »Ich halte, nein, ich *hielt* sie für eine bodenständige, äußerst realitätsbezogene Frau. Passend zu ihrer Rolle, schließlich hat sie mir vorgegaukelt, angehende Juristin zu sein.«

Noch immer zeigte er keinerlei Regung. Auch seine Stimme klang wie zuvor, ein wenig gestelzt, monoton, als würde er aus einer Betriebsanleitung vorlesen.

»Sie wollte mein Vertrauen gewinnen. Und ihr war klar, dass dies mit übersinnlichen Spinnereien nicht funktionieren würde. Ich kann mit solcherlei Sachen nichts anfangen.«

»Das«, grinste Zorn, »haben wir gemeinsam.«

Hamsun bedachte ihn mit einem kurzen Blick. Nichts verriet, was in ihm vorging. Ebenso gut hätte er auch die Fische in einem Aquarium betrachten können.

Sympathisch, dachte Zorn, wird er mich wohl nie finden. Na ja, ich hab's zumindest versucht.

»Nun gut, an die Arbeit.« Schröder lehnte sich zurück, straffte das karierte Hemd über dem Kugelbauch und stopfte den Saum in die Cordhose. »Wir brauchen ihre Adresse«, sagte er zu Zorn. »Wird Zeit, dass ich diese Frau kennenlerne. Ich würde zu gern wissen, mit wem wir's hier zu tun haben. Vielleicht stellt sich ja alles als ein Irrtum heraus.«

»Ja«, nickte Zorn. »Vielleicht.«

Mona, die Büroleiterin. Bisher hatte er sie nicht sonderlich ernst genommen. Eine attraktive, in Zorns Augen etwas naive junge Frau, zickig, aber harmlos. Bei ihrer letzten Begegnung im Kongresszentrum hatte er ihr ziemlich ungeniert auf die Beine gestarrt, er schämte sich ein wenig dafür. Auch, dass er sie an diesem Abend veralbert hatte, war ihm peinlich. Er hatte sich über Magnus de Vriess und dessen bekloppte Verkaufsshow lustig gemacht und sie grinsend gebeten, ihm ein Bier zu besorgen. Wütend war sie auf ihren hohen Absätzen davongestöckelt, hatte noch einmal kehrtgemacht, er erinnerte sich an das Funkeln in ihren grünen Augen, den unverhohlenen Hass, und überlegte, dass sie womöglich doch nicht so harmlos war, wie er anfangs gedacht hatte. Ein Eindruck, der sich auf unangenehme Weise verstärkte, als Zorn einfiel, was sie zuletzt zu ihm gesagt hatte:

Du wirst die Bewegung nicht aufhalten.

Vierundfünfzig

Bertold Weisz.

Die Kellertreppe ist alt. Kein Wunder, sie ist nie erneuert worden. Sein Großvater hat sie selbst eingebaut, damals, als das Haus errichtet wurde. Das Holz ist spröde, ächzt unter seinem Gewicht. Er zieht den Kopf ein, tritt etwas zur Seite. Die vorletzte Stufe ist in der Mitte gesplittert, neulich wäre er um ein Haar gestürzt.

Bertold geht nicht gern in den Keller. Es liegt am Geruch, abgesehen von der Dunkelheit natürlich. Moder, Fäulnis, die Ausdünstungen des Hauses. Dazu die Luft. Schwer, feucht, ebenso alt wie die unverputzten Mauern.

Er tastet nach dem Lichtschalter, die Glühbirne flammt auf. Spinnweben hängen an den Heizungsrohren, bewegen sich im Luftzug. Wasser rauscht in den Leitungen. Dreck, Staub. Eine schimmelnde Matratze. Die Kommode seiner Mutter. Pappkisten, vollgestopft mit Gerümpel.

Von oben ertönt ein rhythmisches Klatschen. Er sieht auf und bemerkt, dass die Kellertür angelehnt ist. Vera mag es nicht, wenn sie offen steht. Kurz spielt er mit dem Gedanken, sie zu schließen, entscheidet sich dagegen. Erst muss er das hier erledigen.

Das Klatschen wird lauter. Margrit hat vorhin eine Schüssel fallen lassen. Die hat jetzt einen Sprung, einen Riss nur, kaum zu sehen. Trotzdem, hat Vera gesagt, muss sie bestraft werden. Sie benutzt ein Verlängerungskabel, Bertold musste den Stecker abschneiden.

Oben läuft das Radio, wie immer Helene Fischer. *ATEMLOS DURCH DIE NACHT!* Bertold verzieht das Gesicht. Was Musik betrifft, ist Veras Geschmack furchtbar. Doch ihre Schläge, stellt er fest, kommen genau auf den Punkt, immer auf die Eins und die Drei, exakt parallel zum Rhythmus des stampfenden Beats.

Sie schlagen Margrit nie ins Gesicht. Man weiß nie, wer plötzlich hier auftaucht, hat Vera gesagt. Sie hat wie immer recht gehabt. Der Polizist hat nichts mitgekriegt. Manchmal übernimmt Bertold die Bestrafung, aber es ist besser, wenn Vera es tut. Danach ist sie nicht mehr so mürrisch.

Er stolpert über den Weihnachtsbaumständer, flucht leise. Sie hat gesagt, dass er ihn hier runterbringen soll, das hat er auch getan. Wenn sie mitkriegt, dass er ihn nicht weggeräumt hat, bekommt er Ärger. Er schiebt den Ständer mit dem Fuß neben den Heizungskessel. Margrits alte Langlaufski fallen scheppernd zu Boden.

Die Hütte am Rennsteig existiert wirklich, sie haben dort tatsächlich ein paarmal Urlaub gemacht. Es ist einer der wenigen Punkte, in denen er den Kommissar nicht belogen hat. Schließlich könnte die Polizei ihre Geschichte prüfen, und wenn sie das tut, wird man feststellen, dass Bertold die Wahrheit gesagt hat.

Er lehnt die Skier wieder an die Wand. Die Dinger müssten jetzt seit zwei Jahren hier unten stehen, ungefähr seit der Zeit, als

Margrit ihn um die Scheidung gebeten hat. Ich hab dich wirklich gern, hat sie damals unter Tränen gesagt, aber ich will mein Leben nicht mit jemandem verbringen, der den ganzen Tag vor der Playstation sitzt. Ich bin über dreißig, und irgendwann, wenn ich alt und grau bin, werde ich feststellen, dass ich meine Zeit vergeudet habe. Das will ich nicht, ich will etwas *erleben*, verstehst du das?

Nun, das hatte Bertold nicht, doch er hatte eingewilligt. Sie wolle kein Geld, hatte Margrit ihm versichert, doch später hat er ein Schreiben von ihrem Anwalt bekommen, und im Prozess ist er dazu verdonnert worden, ihr siebzigtausend Euro für das Haus zu zahlen. Er hat einen Kredit aufnehmen müssen, es wird Jahre dauern, bis er die Scheiße abbezahlt hat.

Er geht zum Regal unter dem Kellerfenster. Rechts stehen Einweckgläser, bedeckt mit einer dicken Staubschicht. Eingemachte Kirschen, Erdbeeren, Rhabarberkompott. Bertolds Mutter war eine gute Hausfrau.

In der Mitte stapeln sich drei Paletten mit Katzenfutter. Bertold hat sie auf dem Großmarkt gekauft, ebenso wie die Wasserflaschen, neunundzwanzig Cent das Stück.

Bring ihm was zu essen, hat Vera gesagt. Er darf uns nicht abkratzen.

Warum?

Weil ich keinen Ärger will.

Bertold hat nicht nachgefragt, wollte sie nicht wütend machen.

Er kennt Vera, seit er denken kann. Sie war mit seiner Mutter befreundet, manchmal hat sie auf ihn aufgepasst, damals, als er noch in den Kindergarten ging. Vera hat ihn abends ins Bett gebracht, vorher hat sie ihn gewaschen. Er war noch zu klein, um zu verstehen, was sie mit ihm tat. Ihre Brüste waren groß und weich. Jahre später durfte er Dinge mit ihr tun, von denen ein Dreizehnjähriger nur träumen konnte.

Er greift nach einer Packung Katzenfutter, klemmt eine Wasserflasche unter den Arm und nimmt den Schlüssel vom Haken. Daneben hängt die Taschenlampe an einer Schlaufe. Er muss gegen den Griff schlagen, bevor sie angeht. Das Licht ist schwach, die Batterien müssen gewechselt werden.

Der Schlüssel dreht sich im Schloss.

Lust pulsiert auf meiner Haut!, trällert Helene Fischer von oben, unterlegt mit Veras rhythmischen Schlägen. Er hört das Pfeifen, mit dem das Kabel die Luft durchschneidet. Margrit gibt keinen Ton von sich. Sie lernt schnell. Sie weiß, dass es dadurch nur schlimmer wird. Danach wird sie ihr Blut selbst aufwischen.

Atemlos durch die Nacht! Spüre, was Liebe mit uns macht!

Knarrend schwingt die schwere Eisentür nach innen. Der Gestank raubt Bertold einen Moment den Atem. Der Tank ist stabil, geruchsdicht ist er nicht. Seine Schritte knirschen auf feuchtem Beton. Die dicken Wände sind schwarz, früher wurden hier die Kohlen gelagert.

Er macht die Tür hinter sich zu. Mit einem Schlag verstummt die Musik. Die Tür ist alt, doch sie schließt perfekt. Die Taschenlampe flackert über den Tank, ein grünlich schimmernder Würfel mit abgerundeten Ecken, bedeckt mit Mörtelstaub und Kohlendreck.

Bertold zögert. Bisher ist ihm nie aufgefallen, wie still es hier unten ist. Bei Margrit war es anders, jedes Mal ist sie aufgeregt durch den Tank gekrochen, wenn er gekommen ist. Man kann von außen nicht hineinsehen, doch ihre Bewegungen haben den Tank erbeben lassen. Das war nervend, aber irgendwie auch beruhigend.

Er lauscht. Nichts, nur sein eigener Atem. Schneller als sonst, auch sein Herzschlag hat sich beschleunigt. Der Tank steht schief, fällt ihm auf. Vorher stand er direkt an der Wand, jetzt ist er einen halben Meter entfernt. Wer immer auch da drin ist, er ist stark. Das hat Bertold vorhin auch zu Vera gesagt.

Du bist ein Weichei, hat sie erwidert. Tu, was ich sage.

Das hat Bertold immer gemacht. Kurz vor der Scheidung hat er sie wiedergetroffen, bei der Beerdigung seiner Mutter. Vera hat ihn getröstet, sich gekümmert, als ihm alles über den Kopf zu wachsen drohte. Die Scheidung, das Haus, das verdammte Geld, sogar für den Kredit hat sie gebürgt. Bertold war dankbar gewesen, und als sie in sein Bett kam und tat, was sie früher mit ihm getan hatte, da war er *noch* dankbarer gewesen, und die Hochzeit – so kam es ihm im Nachhinein vor – hatte sich mehr oder weniger von selbst ergeben.

Er klopft mit der Lampe gegen den Tank. Das Licht flackert, ansonsten keine Reaktion. Nicht das geringste Geräusch. Das ist nicht beruhigend. Im Gegenteil, sein Unbehagen steigert sich.

Er weicht zurück. Die Lampe schwenkt zur Tür. Der Drang, einfach nach oben zu gehen, ist enorm. Aber was soll er ihr sagen? Vera wird alles andere als erfreut sein. Bisher hat sie ihn noch nie geschlagen, aber wer weiß schon, wie sie reagiert, wenn sie *wirklich* unzufrieden ist?

Nun, Bertold zumindest möchte es lieber nicht erfahren.

Er geht zum Tank.

Fünfundfünfzig

Rufus.

Sein nackter Hintern ruht auf den Fersen. Die Hände, bis über die Gelenke im Modder versunken, liegen flach auf dem Boden. Er hockt direkt unter dem Deckel. Wie ein Sprinter kurz vor dem Startschuss.

Das Licht huscht von außen über den Tank. Ein trübes Flackern, das an die Farbe alten Urins erinnert. Scharrende Schritte. Die Wände sind unüberwindlich, aber dünn. Sogar das Atmen des anderen kann er hören. Schnell, keuchend. Wer immer da kommt, er hat Angst.

Rufus strafft sich. Ignoriert den Schmerz, der zwischen seinen Schulterblättern explodiert.

Die Schritte nähern sich.

Sechsundfünfzig

»Nett, dass Sie mich so spät noch empfangen, Herr Lerby.« Schröder nahm die Pudelmütze ab. »Ich werde Sie nicht lange aufhalten, versprochen.«

Lerby legte das Buch beiseite, in dem er gerade gelesen hatte, einen dicken, in rissiges Leder gebundenen Schinken. Die randlose Lesebrille ließ ihn älter erscheinen.

»Ich hätte nicht erwartet, Sie so schnell wiederzusehen, Herr Kommissar.«

»Ich auch nicht, um ehrlich zu sein. Wir sind auf der Suche nach Ihrer Büroleiterin.«

»Mona?«

»Sie streiten nicht ab, sie zu kennen«, stellte Schröder lächelnd fest. »Ein guter Anfang.«

»Warum sollte ich das abstreiten?«

»Im Büro war sie leider nicht anzutreffen.«

»Vielleicht sollten Sie es während der Öffnungszeiten versuchen.«

»Zu Hause ist sie ebenfalls nicht. *Apropos*«, Schröder sah sich mit einem anerkennenden Nicken um, »beeindruckendes Anwesen. Ist der echt?« Er deutete auf einen Teppich, der zwischen den hohen Fenstern an der Wand hing.

»Byzantinisch. Frühes vierzehntes Jahrhundert.«

Lerby nahm die Brille ab und sah Schröder in Erwartung der nächsten Frage an.

»Ich hatte gehofft«, sagte dieser, »dass Herr Göllerich ...«

»De Vriess.«

»... uns weiterhelfen kann. Leider haben wir ihn ebenfalls nicht erreicht. Sein Handy ist ausgeschaltet.«

»Kein Wunder. Magnus ist auf einer Veranstaltung. Sie sollten ihn allerdings ...«

»Oh!« Schröder war näher getreten, ging unvermittelt vor Lerbys Schreibtisch in die Hocke. »Beeindruckendes Stück«, murmelte er und strich mit den kurzen Fingern über die Intarsien. »Jugendstil, hervorragend restauriert. Ich würde sagen«, er richtete sich schnaufend wieder auf, »Ende neunzehntes Jahrhundert?«

»Neunzehnhundertzehn.«

»Wirklich?« Schröder schien ein wenig enttäuscht. »Ich hätte gedacht, er ist älter.«

Lerby hielt die Brille am Bügel umfasst. Das Gestell pendelte in seinen Fingern, Kerzenlicht spiegelte sich auf den Gläsern.

»Wo finde ich Ihre Büroleiterin, Herr Lerby?«

»Ich dachte, Sie wollen sich über meine Möbel unterhalten?«

»Beantworten Sie bitte die Frage.«

»Eigentlich sollte Mona mit Magnus bei der Veranstaltung sein. Allerdings hat sie Urlaub, wenn ich richtig informiert bin.«

»Seit wann?«

»Seit heute, soweit ich weiß.«

»Was für ein Zufall, nicht wahr?«

»Ja«, nickte Lerby. Sein Lächeln, wie Marmor, schien ein paar Zentimeter vor seinem Gesicht in der Luft zu schweben. »Sollten Sie mir nicht endlich sagen, worum es hier geht? Vielleicht kann ich Ihnen ja weiterhelfen.«

»Vielleicht«, nickte Schröder. »Was sagt Ihnen der Name Gerald Hamsun?«

Lerby überlegte einen Moment.

»Ich habe diesen Namen noch nie gehört.«

»Dann«, Schröder hob bedauernd die Arme, »können Sie mir auch nicht helfen.«

»Sie trauen mir nicht über den Weg, Herr Kommissar.«

»Richtig!«, lächelte Schröder. »Nicht im Geringsten!«

Lerby klappte die Brille zusammen.

»Es wäre sinnlos, Sie vom Gegenteil überzeugen zu wollen. Sie sind ein kluger Mann, aber Ihr Denken ist zu rational.«

»Das«, erwiderte Schröder, »ist die Grundlage meiner Arbeit. Und wenn wir gerade dabei sind, würde ich gern wissen, wo Sie in der Nacht vom zweiten auf den dritten Dezember vergangenen Jahres waren.«

»Es geht um ein Alibi? Sollten Sie sich jetzt nicht an der Schläfe kratzen, Herr Kommissar? Sie wissen schon, die Columbo-Nummer.«

»Die Frage ist relativ einfach, finden Sie nicht?«

»Das ist über einen Monat her.«

Lerby seufzte übertrieben, öffnete eine Schublade und holte einen ledergebundenen Terminplaner hervor. Er ließ sich Zeit, klappte die Brille umständlich auseinander, setzte sie auf, blätterte eine Weile vor und zurück, bis er endlich fand, wonach er gesucht hatte.

»Da war ich hier.«

»Allein?«

»Ich enttäusche Sie ungern.« Lerby schloss den Kalender. »Es dürften ungefähr fünfzig Personen sein, die das bestätigen können. Ich habe an diesem Abend ein paar Förderer unseres Vereins zum Essen geladen. Eine ziemlich öde Veranstaltung, wenn ich ehrlich bin. Zumal die letzten Gäste erst im Morgengrauen gegangen sind. Darf ich fragen«, er sah Schröder über den Brillenrand an, »warum Sie das wissen wollen?«

»Natürlich dürfen Sie fragen«, lächelte Schröder.

Ein paar Sekunden vergingen.

»Sie misstrauen mir, weil Sie so wenig über mich wissen«, sagte Lerby schließlich. »Die Grundlage Ihrer Arbeit ist rationales Denken, *meine* basiert auf Verschwiegenheit. Nicht etwa, weil ich etwas zu verbergen hätte. Es geht nicht um mich, sondern um das, wofür ich die Verantwortung trage. Es geht um Wissen, das seit Jahrtausenden existiert. Geheim gehalten, um es vor der Dummheit der Menschen zu schützen, um ... ich langweile Sie doch nicht etwa?«

Lerby wandte sich um. Schröder war um den Schreibtisch gegangen und stand vor dem riesigen Ölschinken neben dem Kamin.

»Keineswegs«, murmelte Schröder und betrachtete den Mönch, der inmitten einer kitschigen Landschaft unter einer riesigen Sonne kniete.

»Es ist furchtbar, finden Sie nicht?«

»Allerdings«, nickte Schröder. Er reckte den Hals, ging auf die Zehenspitzen und musterte das Bild aus der Nähe.

»Handwerklich gesehen«, sagte Lerby, »ist es eine Katastrophe. Das Alter macht seinen Wert aus. Das Bild stammt aus dem frühen Mittelalter, eine der ersten Darstellungen unserer Gemeinschaft. Seitdem befindet es sich in unserem Besitz. Dort drüben«, Lerby deutete auf eine Tür, kaum sichtbar in der holzvertäfelten Wand, »befindet sich ein Raum. Wir nennen ihn das Zentrum des Lichts. Außer mir haben nur eine Handvoll Menschen Zutritt. Die Dinge, die ich dort aufbewahre, sind seit Ewigkeiten in unserem Besitz. Schriftrollen, Urkunden, uralte Gesetzestexte. Es geht um *Wissen*, Herr Kommissar.«

»Das bemerkten Sie bereits.«

»Es gibt Leute, die würden sonst was dafür geben, diesen Raum zu betreten.«

»Ich«, sagte Schröder, »gehöre nicht dazu.«

»Das ist mir klar. Ich habe nicht die Absicht, Sie von meinen

Ansichten zu überzeugen. Es geht darum, Ihnen meine Situation zu erklären. Ich muss mich in vielerlei Hinsicht bedeckt halten.«

Das, erwiderte Schröder, habe Lerby nun ausführlich genug dargelegt, er selbst müsse jetzt wieder an die Arbeit. Lerby bot an, dass Pierre ihn fahren könne, dieser kenne ja jetzt den Weg. Schröder bedankte sich höflich, lehnte das Angebot allerdings ab mit dem Hinweis, dass er bereits über einen fahrbaren Untersatz verfüge, Lerby habe den Streifenwagen vor dem Grundstück bestimmt auf dem eindrucksvollen Monitor seiner Überwachungskameras gesehen, machte ein letztes Kompliment über den hervorragend restaurierten Schreibtisch und ging.

*

»Ich sagte, dass du Urlaub hast. Was ist daran so kompliziert, Mona?«

Sie stand telefonierend im Foyer eines heruntergekommenen Gasthofs in einem Dorf, fünfzig Kilometer nördlich der Stadt.

»Ich verstehe nicht …«

»Das musst du auch nicht«, unterbrach Lerby.

Hinter ihr brandete Beifall auf. Sie nahm das Telefon in die andere Hand, warf einen Blick durch die angelehnte Tür in den Dorfsaal. De Vriess stand in seiner üblichen Pose im Scheinwerferlicht auf der kleinen Bühne, die Augen geschlossen, die Arme ausgebreitet, und erklärte mit seidenweichem, jahrelang geschultem Timbre, dass er jeden Einzelnen der Versammelten spüre.

»Wir sind ausverkauft.« Sie hob die Stimme, um den erneut aufbrandenden Beifall zu übertönen, schloss vorsichtig die Tür und lehnte sich neben einer künstlichen Palme an die Wand. »Magnus hat gerade angefangen.«

Lerbys Kichern drang aus dem Hörer.

»Bringt er immer noch die Nummer mit seinem toten Bruder?«

Es war kalt im Foyer. Sie hob fröstelnd die Schultern, schlang einen Arm um den Bauch. Die dünne Seidenbluse spannte über ihrem BH.

»Ich kann hier nicht einfach weg, Hanns.«

»Diese Entscheidung solltest du mir überlassen.«

Sie strich das blonde Haar aus der Stirn, betrachtete das Plakat an der Wand gegenüber. De Vriess strahlte ihr lächelnd entgegen. *AUSVERKAUFT!* war in Großbuchstaben quer über sein per Photoshop geglättetes Gesicht geschrieben. Daneben hingen weitere Plakate, darunter die Ankündigung einer Single-Flirt-Party *(FRAUEN FREIER EINTRITT!)*, der Auftritt eines Hundetrainers *(BEKANNT AUS FUNK UND FERNSEHEN)* und eine Einladung zur Prunksitzung des örtlichen Karnevalsvereins.

»Die Eintrittskarten sind noch nicht nachgezählt«, sagte sie. »Der Büchertisch muss abgerechnet werden, ich kann doch nicht einfach …«

»Schluss jetzt, verdammt nochmal!«

Sie duckte sich unter Lerbys Worten, als habe sie einen Tritt in den Magen bekommen.

»Du musst los«, fuhr Lerby ruhig fort. »Und zwar sofort.«

»Ich … ich habe ein Hotel gebucht.«

»Ich nehme an, ein Doppelzimmer. Für Magnus und dich. Nun, er wird heute Nacht wohl auf deine … *Gesellschaft* verzichten müssen, Mona.«

»Ich … ich verstehe das nicht.« Sie schirmte das Telefon mit der Hand ab, obwohl niemand außer ihr im Foyer war. »Was ist passiert? Hab ich was falsch gemacht?«

»Darum geht's jetzt nicht. Pierre holt dich ab, er wird bald da sein. Den Rest besprechen wir in Ruhe.«

Erneuter Beifall. Jubelrufe, gedämpft durch die geschlossene Tür.

»Was ist dein Ziel, Mona?«

»Der … der Innere Kreis.«

»Wo stehst du?«

»Ich bin kurz davor.«

»Willst du dein Ziel aufs Spiel setzen, Mona?«

»Nein.« Sie schüttelte den Kopf. »Nein, das will ich nicht.«

»Dann tu, was man dir sagt.«

Siebenundfünfzig

Rufus.

Das Gewinde knirscht, als der Deckel über ihm aufgeschraubt wird. Adrenalin flutet seinen Körper, sein Herz rast, flattert wie ein gefangener Schmetterling.

Noch nicht.

Die Stimme des Arztes in seinem Kopf, ruhig, analytisch, hält ihn zurück. Rufus widersteht dem Impuls, sofort aufzuspringen, und wartet, bis die Lampe von oben in den Tank gerichtet wird.

Jetzt.

Er schnellt in die Höhe, legt alle Kraft in diese Bewegung. Ein blitzartiges Strecken der Beine, die Arme dicht am Körper, das Kinn auf der Brust. Der Zusammenstoß ist heftig, als würde sein Schädel gegen einen Amboss prallen.

Das wird eine ordentliche Beule geben.

Es tut höllisch weh, doch er hat damit gerechnet. Mehr noch, er genießt diesen Schmerz, und das Knacken, mit dem der Unterkiefer des anderen bricht, klingt wie Musik.

Der andere taumelt zurück. Ein erstickter Schrei, gefolgt von einem dumpfen Aufprall. Rufus steht jetzt im Tank, sein Oberkörper ragt oberhalb des Brustkorbs aus der Öffnung. Diese ist kleiner, als Rufus erwartet hat. Die Kante ist scharf, schneidet tief in seine Oberarme. Ein kurzer, furchtbarer Moment der

Panik, als er bemerkt, dass er eingeklemmt ist, er geht in die Hocke, spürt, wie seine Haut aufreißt, hebt die Arme über den Kopf und springt aus dem Tank.

Er greift nach der Lampe, richtet den Strahl auf den anderen. Der liegt auf dem Boden, schirmt die Augen mit der Hand ab. Graue Jogginghose. *Metallica*-Shirt. Kapuzenjacke. Ziemlich viel Blut.

Du hast ihm nicht nur der Unterkiefer, sondern auch das Nasenbein gebrochen, erklärt die Stimme des Arztes. *Doppelte Fraktur, wie's aussieht.*

Etwas Weißes blitzt auf.

Ich hab dem Dreckschwein einen Schneidezahn ausgeschlagen. Gut so.

Irrtum. Es ist deiner.

Scheiß drauf.

Rufus schwenkt die Lampe. Da, eine Tür. Drei Sekunden sind vergangen, mehr nicht. Er reißt die Tür auf, schließt geblendet die Augen, öffnet sie wieder. Eine nackte Glühbirne. Ziegelwände. Ein Heizungskessel. Rostige Fahrräder. Langlaufskier. Ein Keller. Rechts ein Regal. Verstaubte Gläser. Gestapelte Zeitschriften. Wasserflaschen.

Du musst trinken.

Jetzt nicht. Wo ist die Treppe?

Du bist völlig dehydriert.

Das weiß ich, verdammt!

Fünf Sekunden sind vergangen. Links oben ein Fenster. Zu schmal. Wo ist die verfluchte Treppe? Wo ist diese …

Rufus sackt auf die Knie.

Eingeschränktes Sehvermögen. Erhöhte Herzfrequenz. Schwindelgefühl.

Ich schaffe das nicht.

Los, hoch mit dir. Dein Kreislauf bricht jeden Moment zusammen. Sieh dich um!

Rufus hebt den Kopf. Da ist sie. Die Treppe. Direkt vor ihm. Sieben Sekunden.

Er stolpert vor. Etwas kracht hinter ihm zu Boden. Egal, weiter. Zwei Stufen auf einmal. Er taumelt nach rechts, nach links. Stößt mit der Stirn gegen einen Balken. Gleißender Schmerz. Er heult auf. Lichtpunkte flackern vor seinen Augen. Weiter. Noch zwei Stufen. Am Ende der Treppe eine Frau.

Eins fünfundsechzig. Siebzig Kilo. Alter ungefähr fünfzig.

Sie hält eine dicke Schnur in der Hand. Nein, ein Kabel. Bläulich schimmernde Dauerwelle. Nylonschürze. Krampfadern an den Beinen. Eisfarbene Augen.

Er stößt sie zur Seite.

Ein Flur. Billiger Teppich. Dunkelbraune Kommode, darauf eine gestickte Decke. Ein Schlüsselbund. Lederhandschuhe. Darüber ein Wandspiegel mit vergoldetem Gipsrahmen. In der Ecke ein Staubsauger. Daneben Winterstiefel, Filzpantoffeln. Zehn Sekunden sind vergangen. Irgendwo läuft Musik.

ATEMLOS, SCHWINDELFREI! GROSSES KINO FÜR UNS ZWEI!

Rechts eine Tür. Der Ausgang?

Nein, die Küche.

Noch eine Frau.

Nackt. Extremes Untergewicht. Schockzustand. Geweitete Pupillen. Verkrampfte Körperhaltung. Katatonie. Blutergüsse an Armen und Beinen. Prellungen. Quetschungen. Schnittwunden, teilweise vernarbt.

Sie steht in einer Blutlache. Ihre Augen wirken riesig. Sie hebt den Kopf. Öffnet den Mund. Ihr Schrei gellt in seinen Ohren. Langgezogen, heiser. Er sieht die dünne Stahlkette. Das Lederband um ihren Hals.

Sie braucht Hilfe.

Du ebenfalls.

Sie hat Angst.

Sie steht vor einem nackten, mit Blut und Scheiße überzogenen Zombie. Kein Wunder, dass sie Angst hat.

»Ich hole Hilfe«, krächzt Rufus.

Zwölf Sekunden.

Er dreht sich um, kämpft gegen den Schwindel. Die nächste Tür. Größer, schwerer. Die Haustür. Ein Ruck. Ein Schlüsselbund fällt klirrend zu Boden. Kalte Nachtluft. Eisig, doch es tut gut. Hinter ihm ein Poltern. Schritte?

Die Frau. Die Frau mit den Eisaugen. Sie ist hinter ihm her.

LAUF!

Das tut Rufus.

Eine Treppe. Mülltonnen. Ein Gartentor. Asphalt. Nass. Kalt. Weiter. Kopf nach unten, Blick auf die nackten Füße. Brennende Lungen. Herzrasen. Er läuft wie eine Maschine, biegt nach links ab, nach rechts, getrieben von einem einzigen Gedanken.

Sie ist hinter mir her.

Eine Minute. Zwei. Es schneit. Dicke, schwere Flocken brennen in seinen Augen. Er sieht nichts, nur ein Flimmern. Die Beine sind taub. Kies knirscht unter seinen Füßen. Schmerzen. Vor ihm etwas Schwarzes. Er stolpert. Stürzt. Versucht, sich aufzurichten, sackt wieder zusammen.

Dunkelheit.

Eine weitere Minute.

Wo bin ich?

Orientierungsverlust. Panikreaktion, ausgelöst durch den Stress.

Rufus stemmt sich hoch, taumelt. Das Blut hämmert in seinem Schädel. Sein Körper, eine einzige Wunde. Überall Schmerz, wie ein Kokon.

Ich brauche Hilfe, sonst sterbe ich.

Hervorragende Diagnose. Blutverlust. Dehydrierung. Unterkühlung. Such dir was aus.

Er sieht sich um. Ein Kiesweg. Links und rechts Hecken. Dahinter Obstbäume, niedrige Lauben, weitere Hecken. Eine Gartenanlage. Rufus hat keine Ahnung, aus welcher Richtung er gekommen ist.

Hier ist niemand. Wo soll ich hin?

Zum Licht, Blödmann.

Da hinten, am Ende des Weges, zweihundert Meter entfernt. Orangefarbenes Natriumlicht. Straßenlaternen. Er stolpert los. Wo Straßen sind, sind auch Menschen. Die Beine knicken unter der Last seines Körpers. Keuchend beißt er auf die Lippen, frisches Blut strömt über sein verkrustetes Kinn, tropft auf die Brust. Weiter. Es wird heller. Endlich, die Straße.

Er schließt wimmernd die Augen.

Kein Mensch. Kein Auto. Nicht mal ein Haus. Gegenüber ein Fußballplatz, hinter ihm die verdammte Gartenanlage.

Du wirst jetzt nicht aufgeben. Denk an Malina. An Edgar.

Da, links von ihm, eine Eisenbahnbrücke. Verkehrsrauschen. Rufus weiß jetzt, wo er ist. Dort hinten ist der Zoo. Die große Kreuzung. Straßenbahnen. Haltestellen. Menschen.

Die Straße geht bergab, das macht es etwas leichter. Als er die Brücke erreicht, donnert eine S-Bahn über ihn hinweg. Links und rechts tauchen Häuser auf. Die Fenster sind hell, doch fest geschlossen. Irgendwo bewegt sich eine Gardine. Eine Frau mit Lockenwicklern und rosafarbenem Rollkragenpullover gießt Blumen. Sie sieht den nackten Mann, der blutend durch die wirbelnden Flocken taumelt, greift zum Handy und wählt den Notruf.

Rufus streckt die Arme aus, er kann kaum noch etwas sehen. Der Schneefall wird stärker. Hinter ihm zieht sich eine S-förmige Fußspur über den Bürgersteig. Sein Ziel ist der Zoo. Er denkt an Edgar. Der Kleine liebt die Pinguine. Und den Spielplatz am Aussichtsturm, direkt neben dem Nasenbären. In der Gaststätte gibt es Nudeln. Dort ist es warm. Im Sommer laufen Pfauen zwischen den Tischen umher.

Rufus erreicht die Kreuzung. Ein kleines Mädchen in Winterjacke und Schulranzen auf dem Rücken kommt ihm entgegen, bleibt kurz stehen und rennt weinend davon. An der Haltestelle auf der anderen Straßenseite wartet ein halbes Dutzend dick vermummter Gestalten. Ein Taxi hält gegenüber vor dem Parkhaus. Ein Frauenschrei gellt über die Kreuzung, als der nackte Mann mit ausgestreckten Armen auf die Fahrbahn wankt und kurz bevor er die Schienen in der Straßenmitte erreicht, zusammenbricht.

Ein Lastwagen dröhnt mit aufheulender Hupe nur ein paar Zentimeter an Rufus vorbei. Der Luftzug weht ihm das verklebte Haar ins Gesicht. Ein Kleintransporter vollführt eine Vollbremsung, schlingert auf die gegenüberliegende Fahrbahn und kracht in das Schaufenster einer Tanzschule. Von der anderen Seite nähert sich eine Straßenbahn. Rufus weiß längst nicht mehr, was hier vor sich geht, er ist gefangen in einem Chaos aus Angst, Lärm und Schmerzen. Er sammelt seine letzten Kräfte, richtet sich auf und taumelt vorwärts. Bremsen quietschen. Metall splittert. Die Straßenbahn verfehlt ihn um Haaresbreite. Er wird herumgewirbelt, dreht sich um die eigene Achse. Scheinwerfer rasen direkt auf ihn zu. Er sieht den Mercedesstern auf der Kühlerhaube, die weit aufgerissenen Augen des Fahrers, und kurz bevor ihn die Stoßstange erfasst, meldet sich ein letztes Mal der rationale Teil seines Verstandes, der Mediziner in seinem Kopf. Es ist ein Abschied.

Das war's dann wohl.

SECHSTER TEIL

Achtundfünfzig

»Was ist das?«

»Ein Salamibrot.« Schröder drückte dem verdutzten Zorn einen Teller in die Hand und nahm schräg gegenüber auf dem Sofa Platz. »Ich denke, das ist nicht zu übersehen.«

»Du hast mich zum Essen eingeladen.«

»Dann lass es dir schmecken, Chef.«

Zorn warf einen hungrigen Blick auf die blitzenden Töpfe und Pfannen, die hinter ihm über Schröders Arbeitsplatte hingen, murmelte etwas von *Vorspiegelung falscher Tatsachen* und biss missmutig in sein Brot. Schröder, der ebenfalls einen Teller auf dem Schoß hatte, tat es ihm gleich.

»Es muss nicht immer Kaviar sein«, erklärte Schröder und fügte kauend hinzu, dass man durchaus kein Gourmet sein müsse, um den Wert eines frugalen, aber mit Liebe bereiteten Mahls erkennen und schätzen zu können. Zorn erwiderte, dass sich Schröder seinen Kaviar sonst wohin stecken könne, er hasse rohe Fischeier. Ein Schweinebraten hätte völlig genügt.

»Du bist Koch«, murrte er. »Köche kochen.«

Eine Weile aßen sie schweigend, lauschten dem Prasseln des Kaminfeuers und sahen hinaus in den Schnee, der in schweren Flocken vor den Fenstern durch die Dunkelheit torkelte.

»Was hältst du von dieser Frau?«, fragte Schröder schließlich und kam somit auf den Punkt, weswegen sie sich so spät noch getroffen hatten.

»Wie gesagt.« Zorn tupfte mit dem Zeigefinger die letzten Krümel vom Teller. »Ziemlich heißer Feger. Egal, was genau sie von Hamsun wollte, ich würde sie gern fragen, warum sie den armen Kerl so verarscht hat.«

»Dazu«, seufzte Schröder, »müssen wir sie erst mal finden.«

*

Pierre schloss die Wohnung auf und gab ihr mit einer knappen Bewegung zu verstehen, dass sie eintreten solle. Die Fahrt zurück in die Stadt hatte fast eine Stunde gedauert, sie hatten kaum ein Wort gewechselt. Was nicht weiter verwunderlich war, der Franzose sprach zwar perfekt Deutsch, doch er war ein wortkarger Mensch, dieser Mann, der Hanns Lerby nicht von der Seite wich, ein stiller, scheinbar unbeteiligter Schatten, der sich meist im Hintergrund hielt und trotz seiner hünenhaften Statur leicht zu übersehen war. Vielleicht, dachte sie manchmal, war dies der Grund, warum Lerby so große Stücke auf ihn hielt.

Kurz bevor sie das Stadtzentrum erreichten, hatte Hanns noch einmal angerufen. Er hatte wesentlich entspannter geklungen, sich entgegen seinen sonstigen Gepflogenheiten sogar entschuldigt, weil er ein wenig unwirsch gewesen sei. Mach dir keine Sorgen, hatte er gesagt, wir brauchen nur etwas Zeit. Ich hatte Besuch von der Polizei, du wirst ebenfalls welchen bekommen. Ich muss überlegen, wie ich mit dieser Situation umgehe. Wir treffen uns morgen, dann besprechen wir alles. So lange bleibst du in der Wohnung. Es könnte ein wenig staubig sein, das Apartment steht seit einer Weile leer. Wenn dir langweilig wird, hatte er mit einem kurzen Lachen hinzugefügt, kannst du ja ein bisschen saubermachen. Ich bin sicher, es wird dir gefallen, Mona.

Nun, das war tatsächlich der Fall. Die Wohnung befand sich im Obergeschoss einer weiß gekalkten Gründerzeitvilla, nur wenige Meter vom Fluss entfernt. Jedes Detail vermittelte den Eindruck, dass Lerby es nicht nötig hatte, bei der Einrichtung auf die Kosten zu achten. Freistehende Küche, elfenbeinfarbene Einbauschränke. Matt schimmerndes Nussbaumparkett. Sitzecke aus weißem Kalbsleder, davor ein flauschiger, sandfarbener Teppich.

Sie stellte ihren Rollkoffer neben das Sofa, knöpfte den Mantel auf und lächelte Pierre ein wenig verlegen zu.

»Da wären wir also.«

Der Franzose nickte, legte den Schlüssel auf die Arbeitsplatte, strich über den schwarzen Granit und betrachtete die Staubspur, die seine Finger hinterlassen hatten. Das Jackett spannte über seiner breiten Brust.

»Wischlappen sind im Bad. Bettwäsche«, er deutete auf die angelehnte Tür zum Schlafzimmer, »findest du im Schrank.«

Wie immer machte er wenig Worte. Nicht die Spur eines Akzents, die Stimme sanfter, als seine kräftige Erscheinung vermuten ließ.

»Ich muss noch mal kurz ins Bad.«

»Sicher doch.«

»Danach lasse ich dich in Ruhe.«

Er verließ das Zimmer. Sie ging zum Fenster, ihre Absätze klapperten auf dem Parkett, wurden plötzlich gedämpft von flauschigem Teppich. Lautlos rieselte der Schnee durch die Nacht. Schön hier, dachte sie und betrachtete die Wipfel der knorrigen Weiden, den dunklen, im Laternenlicht schimmernden Fluss.

Wirklich schön.

*

»Glaubst du, dass die tatsächlich im Urlaub ist?«, fragte Zorn. »Ausgerechnet seit heute?«

»Keine Ahnung«, erwiderte Schröder. »Wir könnten natürlich das Büro dieses Vereins auf den Kopf stellen. Ich wette mit dir, dass wir einen Urlaubsschein finden würden. Es ist einfach, so einen Schein zurückzudatieren, und ich wüsste nicht, wie man Lerby das nachweisen sollte.«

»Macht ihn das zum Mörder?«

»Was Heiner Borck betrifft, hat er jedenfalls ein Alibi. Ich habe ihn gefragt, wo er im fraglichen Zeitraum war, sozusagen als Stichprobe. Er hat einen Empfang gegeben, es gibt also eine Menge Zeugen. Wir werden das natürlich prüfen, aber es würde mich schon sehr wundern, wenn Lerbys Alibi nicht absolut wasserdicht wäre. Der Mann ist klug, aber nicht klug genug.« Schröder deutete auf Zorns leeren Teller. »Noch eins?«

Zorn neigte zustimmend das Kinn.

»Das Brot«, Schröder nahm Zorn den Teller aus der Hand, »hab ich selbst gebacken. Ein Rezept meiner Oma.«

»Bäcker«, murmelte Zorn, »ist er also auch noch.«

»Musik gefällig?«

Schröder wartete nicht auf eine Antwort, schaltete das Radio ein. Ein Klassiksender lief, wie immer verzog Zorn demonstrativ das Gesicht, als er die sanften Klänge eines Streichorchesters vernahm.

»Was meinst du damit?«, fragte er über die Schulter.

»Womit?«

»Dass er *nicht klug genug* ist.«

»Nun ja.« Schröder stand hinter dem Küchentresen. »Hanns Lerby bezeichnet sich als«, er deutete mit einem Buttermesser in der einen und einer angeschnittenen Salami in der anderen Hand ein paar Anführungszeichen an, »›*Großmeister des Lichts*‹. Ich allerdings lasse mich nicht so leicht hinter selbiges führen.«

»Kein schlechtes Wortspiel«, stellte Zorn anerkennend fest.

»Lerby behauptet, seine Organisation sei uralt. Er begründet seine Geheimniskrämerei damit, irgendwelche Traditionen schützen zu müssen. Wie die Freimaurer oder die Rosenkreutzer, die machen das ja genauso. Aber ich kaufe ihm das nicht ab.«

»Warum?«

»Er hat mir ein Gemälde gezeigt.« Schröder legte das Messer beiseite. »Angeblich seit dem Mittelalter im Besitz seines Vereins. Das Bild ist gar nicht übel, man erkennt erst auf den zweiten Blick, dass es längst nicht so alt ist.«

»Bist du jetzt auch noch unter die Kunstkritiker …«

»Ich habe Augen im Kopf. Und ich kann eine Signatur lesen. Was sagt dir der Name Adolf Quensen?«

»Keine Ahnung. Ist das ein neuer Verdächtiger?«

»Ein Kirchenmaler. Neunzehnhundertelf gestorben, wenn ich mich recht entsinne. Er hat Bilder im Stil längst vergangener Epochen gemalt. Das war damals ziemlich angesagt, nennt sich Historismus.«

»Klar«, nickte Zorn. »Historismus.«

»Eins ist jedenfalls Fakt.« Schröder verteilte die Brote auf den Tellern. »Lerby hat gelogen.«

»Warum?«

»Gute Frage. Ich denke«, Schröder kratzte sich mit der Messerspitze an der Schläfe, »die sollte ich ihm persönlich stellen. Gleich morgen früh.«

»Leg das Ding weg, Schröder. Du ruinierst dir noch die Koteletten.«

Klappernd landete das Messer in der Spüle. Schröder griff nach den Tellern, zögerte und runzelte unschlüssig die kahle Stirn.

»Gürkchen?«

»Nee, Schröder. Keine Gürkchen.«

*

Pierre erschien in der Tür, trocknete die Hände mit einem Taschentuch. Hinter ihm rauschte die Toilettenspülung. Sie stand noch immer am Fenster und sah hinaus.

»Willst du vielleicht noch 'nen Kaffee?«, fragte sie über die Schulter.

»Nein.«

»Schön hier«, sagte sie.

Ihre schlanke Gestalt zeichnete sich vor dem Fenster ab wie auf einer alten Fotografie. Er verstaute das Taschentuch in der Innenseite seines Jacketts.

»Ja«, sagte er.

Noch immer wandte sie ihm den Rücken zu. Er ging auf sie zu. Das Parkett knarrte unter den Sohlen seiner schwarzen Lackschuhe.

»Total schön, Mona.«

Seine Hand kam wieder zum Vorschein. Das Taschentuch war verschwunden, stattdessen hielt er etwas anderes in den Fingern.

Etwas Metallisches. Glänzend. Spitz.

Ein Butterflymesser.

*

»Jemand könnte ihm dieses Bild untergejubelt haben.«

»Nee.« Schröder biss kopfschüttelnd in sein Brot. »Die ganze Villa ist vollgestopft mit Antiquitäten. Und die sind echt, jedenfalls die, die ich mir angesehen habe. Lerby kennt sich mit solchen Sachen aus, der würde sich nie eine Nachbildung andrehen lassen.«

»Trotzdem hängt das Ding bei ihm an der Wand«, sagte Zorn. »Weil alle glauben sollen, dass sein Verein seit Jahrhunderten existiert.«

Er dachte an Mona, die Büroleiterin. Was hatte sie zu ihm gesagt?

Du wirst die Bewegung nicht aufhalten.

Etwas hatte ihn gestört, abgesehen von der unverhohlenen Drohung. Die irgendwie geschraubte, seltsam antiquierte Wortwahl. Wo war ihm das noch aufgefallen?

Im Radio liefen die Spätnachrichten. Zorn spürte die wohlige Wärme des Kamins im Nacken, unterdrückte ein Gähnen. Margrit Weisz fiel ihm ein. Sie hatte kaum einen vollständigen

Satz herausgebracht. Eigentlich, wenn er jetzt darüber nachdachte, waren es nur zwei Sätze gewesen:

Ich habe das Haus meines Gatten ruiniert.

Ebenso seltsam.

Sein Schatten ist über meine Stadt gebreitet.

Sicherlich, diese blasse, bis auf die Knochen abgemagerte Frau war völlig durcheinander gewesen, trotzdem …

Schröder riss ihn aus seinen Gedanken.

»Du kannst im Gästezimmer schlafen, Chef.«

»Warum?«

»Die Innenstadt ist dicht.« Schröder deutete auf das Radio. »Kam gerade in den Nachrichten. Eine Massenkarambolage auf der Kreuzung am Zoo.«

»Da muss ich doch gar nicht lang«, murmelte Zorn, noch immer in Gedanken bei Margrit Weisz. Etwas nagte in seinem Bauch, die Gewissheit, etwas vergessen zu haben, etwas, das eigentlich auf der Hand gelegen hatte. Er öffnete den Mund, um es Schröder zu sagen, doch in diesem Moment vibrierte sein Handy. Zorn hatte es kaum aus der Jacke geholt, als auch Schröders Telefon klingelte.

Zwei Minuten später saßen sie im Volvo und rasten in die Innenstadt.

*

Das Geräusch war nicht laut. Ein Piepsen, gedämpft durch den Stoff seines Jacketts. Doch es genügte, ihn mitten in der Bewegung innehalten zu lassen.

»Willst du nicht rangehen, Pierre?«

Sie wandte sich um. Ihr Zopf flog durch die Luft, streifte seinen Hals, während er blitzschnell das Messer sinken ließ.

»Cooler Klingelton.« Sie sah lächelnd zu ihm auf. »Die Marseillaise, stimmt's?«

Die Hand mit dem Messer verschwand in der Hosentasche, gleichzeitig kramte er mit der anderen das klingelnde Handy hervor. Pierre stand so dicht vor ihr, dass sie den Pfefferminzgeruch in seinem Atem wahrnahm und auch die blecherne, verzerrte Stimme des Anrufers erkannte sie, obwohl Hanns Lerby anders klang als gewohnt, aufgeregt, angespannt, nervös.

»Verstanden«, sagte Pierre und beendete das Gespräch, nachdem er einen Moment mit gesenktem Kopf gelauscht hatte. Das Telefon verschwand in der Hosentasche, und während er sie schweigend aus dunklen, ruhigen Augen taxierte, spürte sie, wie sich ihre Nackenhärchen allmählich aufrichteten.

»Gibt's Probleme?«, fragte sie.

»Nein.« Er schüttelte den Kopf, hatte offensichtlich eine Entscheidung getroffen. »Nur eine kleine Planänderung.«

Neunundfünfzig

Zorn saß am Bett seines schlafenden Sohnes. Seine Hände ruhten auf den Lehnen des zerschlissenen Sessels, in dem Malina dem Kleinen abends seine Geschichte vorlas. Er hatte die Beine übereinandergeschlagen, das Handy lag griffbereit auf dem Oberschenkel.

Gedämpftes Laternenlicht drang durch die hellblauen Gardinen. Der dünne, mit Bananen bedruckte Stoff bewegte sich sacht über der Heizung. Die Glocken der Kirche am Hasenberg schlugen.

Vier Uhr morgens.

Die Nachricht hatte Malina komplett aus der Bahn geworfen. Sie hatte geschlafen, als Zorn sie anrief, und als sie schließlich verstand, was er ihr mitzuteilen versuchte, hatte sie sofort aus dem Haus stürzen wollen. Zorn hatte Mühe gehabt, sie zurückzuhalten, und erst sein Hinweis, dass sie Edgar nicht allein lassen könne, hatte Malina ein wenig zur Besinnung gebracht. Er war zu ihr gefahren, und hier war er nun, um auf seinen Sohn aufzupassen, während Malina im Krankenhaus war.

Edgar schnarchte leise. Zorn zog die Bettdecke gerade, strich das Kopfkissen glatt und schob den Teddy ein wenig zur Seite, so, wie er's in den vergangenen zwei Stunden alle zehn Minuten getan hatte. Die Tür war angelehnt. Eine umgekippte Spielzeugeisenbahn lag auf der Schwelle. Die Räder schimmerten matt im Licht, das aus dem Flur ins Zimmer drang und sich keilförmig auf dem Teppich abzeichnete.

Zorn seufzte leise.

Ein Mann verschwindet, taucht nach ein paar Tagen plötzlich wieder auf. Nackt, blutend, wie aus dem Nichts, auf einer belebten Kreuzung. Niemand weiß, woher er gekommen ist. Rufus, von einem anderthalb Tonnen schweren Mercedes erfasst und Dutzende Meter über die vereiste Fahrbahn geschleift. Intensivstation. Notoperation.

Mehr wussten sie nicht.

Mehr hatte er auch Malina nicht sagen können, die jetzt mit Schröder vor der Notaufnahme saß und das tat, wozu sie alle drei verdammt waren.

Warten.

*

»Ich kann das nicht tun.«

»Doch, Mona, das kannst du. Wir wissen beide, dass du es tun wirst.«

»Ein Kind?«

»Ja.«

»Ich kann doch nicht …«

Das Gespräch wurde unterbrochen. Sie stand am Fenster, starrte auf das allmählich verlöschende Display des Handys. Die Augen, schmal unter der Schminke. Ihr Mund, ein blutroter Strich auf dem bleichen Gesicht.

Ihr Rollkoffer lag aufgeklappt auf dem Sofa. Nachdem Pierre gegangen war, hatte sie begonnen, ihre Sachen in einen der weiß lackierten Schränke zu sortieren. Sie hatte sich ablenken wollen, etwas am Verhalten des Franzosen hatte ihr Angst gemacht. Was genau, konnte sie nicht sagen, es war eine Ahnung gewesen, das vage Gefühl, bedroht zu werden. Sie hatte lange darüber nachgedacht und war zu dem Schluss gekommen, sich zu irren, doch gänzlich verschwunden war ihre Sorge nicht. Dann war der Anruf gekommen, und jetzt, nachdem er beendet war, hatte sie ein neues, wesentlich größeres Problem.

Ein Kind.

*

»Mama.«

Edgar murmelte im Schlaf, drehte sich auf die Seite. Zorn strich dem Jungen das verschwitzte Haar aus der Stirn, hauchte ihm einen Kuss auf die Schläfe.

»Alles ist gut. Schlaf, mein Schatz.«

Der Kleine brummte unwillig, drückte den Teddy an die Brust, strampelte kurz mit den Beinen und schnarchte dann leise weiter.

Er weiß nichts, dachte Zorn. Er hat keine Ahnung, was da draußen gerade passiert. In gewisser Hinsicht ist er zu beneiden. Trotzdem muss er irgendwann die Wahrheit erfahren. Wie soll ich das anstellen? Ich bin sein Vater, ich muss ihn schützen. Wie kann ich ihn vor der Wahrheit schützen?

Aus dem Wohnzimmer drang das Ticken der alten Standuhr. Ein Geschenk meiner Patentante, hatte Rufus vor ein paar Wochen mit einem entschuldigenden Grinsen zu Zorn gesagt.

Ich hasse dieses kitschige Ding, aber wenn ich sie abhänge und meine Tante das mitkriegt, redet die nie wieder ein Wort mit mir.

Die Zeit verging. Zorn lauschte dem eintönigen Ticken, sein Kinn sank auf die Brust, sein Atem wurde gleichmäßig. Speichel tropfte aus dem halbgeöffneten Mund, ein leises Röcheln erklang, als Claudius Zorn sich schließlich anschickte, in das Schnarchen seines Sohnes einzustimmen. Ein grunzendes Duett erfüllte die nächtliche Stille, steigerte sich in einem dissonanten Crescendo, bis Zorn plötzlich hochschrak, geweckt vom Vibrieren des Handys.

Im ersten Moment wusste er nicht, wo er sich befand. Verwirrt sah er sich um, betrachtete das Regal mit Edgars Kinderbüchern, das Minions-Poster, die Kiste mit Legosteinen und schließlich das leuchtende Display seines Handys.

Die Nachricht war von Malina.

Er liegt im Koma.

Sechzig

»Ist ein bisschen später geworden.« Zorn deutete auf Edgars leeren Kindersitz auf der Rückbank. »Ich hab ihn noch schnell in die Kita gebracht.«

Schröder, der vor dem Krankenhaus gewartet hatte, sank auf den Beifahrersitz. Die Federung des Volvos reagierte mit einem leisen Quietschen.

»Du siehst beschissen aus«, sagte Zorn und fuhr an.

»*Gracias.*«

»Hast du geschlafen?«

»Nein. Und du?«

»Ja«, log Zorn. »Auf dem Sofa.«

Zorn bremste, fuhr halb auf den Bürgersteig, um einem Krankenwagen Platz zu machen. Ein älterer Herr mit breitkrempigem Hut tauchte im Schneegestöber auf, hob drohend den Gehstock und drängte sich schimpfend vorbei.

»Nichts Neues?«, fragte Zorn.

»Nein.« Schröder schüttelte den Kopf. »Der Arzt sagt, es ist ein Wunder, dass er überhaupt noch am Leben ist.«

»Hat Rufus irgendwas …«

»Nein, er hat nichts gesagt. Und es ist unklar, ob er's irgendwann tun wird. Sie wissen nicht, ob er durchkommt. Geschweige denn, ob er jemals das Bewusstsein wiedererlangt.«

Der Volvo bog auf die Hauptstraße ein. Der Berufsverkehr hatte eingesetzt. Männer in dicken Mänteln hasteten zur Arbeit. Alte Frauen schlurften geduckt über den Bürgersteig. Verschneite Autos am Straßenrand. Männer mit Eiskratzern. Kinder mit blitzenden Reflektoren an den Schulranzen.

»Hast du noch mal mit Malina gesprochen?«, fragte Schröder.

»Ich hab's ein paarmal versucht. Ihr Handy ist aus.«

»Ich wollte sie überreden mitzukommen. Aber sie wollte bei Rufus bleiben. Was hast du Edgar erzählt?«

»Gar nichts.«

»Gut.«

»Hier ist überhaupt nichts gut, Schröder.«

Zorn bremste hinter einer Straßenbahn. Eine junge Frau in Strickpullover und wattierter Weste schob einen Kinderwagen vorbei.

»Ich will nicht, dass Malina davon erfährt«, sagte Schröder.

»Wovon?«

»Jedenfalls nicht, solange wir nicht rausgefunden haben, was da los ist.«

»*Wovon*, Schröder?«

Zorn gab Gas. Der Volvo schlingerte mit durchdrehenden Reifen vorwärts.

»Die schlimmsten Verletzungen stammen vom Unfall«, sagte Schröder, nachdem er eine Weile aus dem Beifahrerfenster gesehen hatte. »Aber es gibt andere. Es sieht danach aus, als wäre Rufus geschlagen worden. Mehr wollte mir der Arzt vorhin nicht sagen, die haben genug damit zu tun, Rufus zu stabilisieren. Ich hab mit dem Rettungssanitäter gesprochen, dem ist noch was aufgefallen. Brandwunden.«

Zorns Finger krallten sich in das Lenkrad.

»Auf dem Rücken.«

»Ja«, nickte Schröder. »Welche Zahlen genau das waren, konnte mir der Sanitäter nicht sagen. Prüfen können wir das im Moment nicht, Rufus hängt an der Herz-Lungen-Maschine. Der Arzt hat sich geweigert, ihn zu bewegen. Und jetzt«, Schröders Kopf sank in die Nackenstütze, »würde ich gern ein bisschen nachdenken, bis wir im Präsidium sind. Lass uns einfach die Klappe halten, ja?«

*

»Wo bist du? Im Präsidium?«

»Nee, ich bin noch davor, im Auto auf dem Parkplatz. Schröder ist vor zehn Minuten rein. Ich … ich weiß einfach nicht, was ich da drinnen soll, Frieda. Ich hab absolut keinen Plan, verstehst du?«

»Schröder hat bestimmt einen.«

»Nee, der auch nicht. Das ist ja das Schlimme.«

»Rufus ist stark, Claudius. Er wird durchkommen.«

»Scheiße, er *muss* durchkommen! Aber wir haben keine Ahnung, was da passiert ist. Rufus wurde gefoltert. *Gebrandmarkt*. Malina ist sowieso schon fix und fertig, die dreht durch, wenn sie das erfährt. Was, verdammt nochmal, soll ich ihr sagen?«

»Schröder hat recht. Gar nichts, vorerst jedenfalls.«

»Und dann? Ich meine, was …«

313

»Hör auf zu jammern, Claudius. Du gehst jetzt ins Büro, kochst Schröder einen Tee …«

»Ich hasse …«

»… und dann machst du dich an die Arbeit. Wir beide mögen Rufus, aber das ist jetzt nicht wichtig, es lenkt dich nur ab. Konzentrier dich auf deinen verdammten Job.«

»Jetzt klingst du wie früher.«

»Das war Absicht, mein Lieber. Deshalb hast du doch angerufen, oder? Damit ich dir Beine mache.«

»Na ja. Damit könnten Sie jetzt ziemlich dicht an der Wahrheit liegen, Frau Staatsanwältin. Jetzt müssen Sie mir nur noch sagen, was ich als Nächstes tun soll.«

»Lass mich kurz nachdenken.«

*

Schröders Kopf war nach hinten gesackt. Seine Augen waren geschlossen, die Hände über dem Kugelbauch gefaltet. Der Mund stand offen, ein dunkles Oval, umgeben von pausbäckigen, mit rötlichem Flaum bedeckten Wangen. Die Nasenflügel vibrierten im Rhythmus seines gleichmäßigen Atems.

Er schlief.

Vorsichtig schloss Zorn die Bürotür, hängte die nasse Jacke auf, schlich auf Zehenspitzen um den Schreibtisch und griff behutsam nach dem Bleistift, den Schröder in den Fingern hielt.

»Nicht, dass wir uns noch verletzen«, murmelte Zorn.

Schröders Laptop surrte leise vor sich hin. Zorn warf einen Blick auf die flimmernden Zahlenreihen, bemerkte das aufgeklappte Notizbuch neben der Tastatur und beugte sich vor, um zu lesen, was Schröder notiert hatte, bevor ihn der Schlaf übermannt hatte. Stichworte, aufgeschrieben in Schröders winziger, akkurat ausgerichteter Handschrift. Gedankensprünge, Splitter, die in Zorns Augen kaum einen Zusammenhang ergaben.

Rituale Sekte Folter Lerby de Vriess Alibi??? Antike Vormittel-
alter Zahlen Mystik Zusammenhang?? Richter Anwalt Zeuge Ur-
teil Selbstjustiz? Pensionär Maklerin Sekretärin Biobauer Sport-
ler Hausfrau Kinderarzt Rufus WARUM???

Zorn stand über Schröder gebeugt neben dem Sessel, die eine
Hand auf der Lehne, die andere neben dem Laptop auf dem
Schreibtisch abgestützt. Schröders Atem streifte seinen Hals, als
er den Kopf wandte, um zu lesen, was Schröder auf die andere
Seite des Notizbuchs geschrieben hatte. Ein Wort nur, hastig in
Großbuchstaben quer über das Papier gekritzelt.

SCHEISSE!!!!!!

*

Du meintest neulich, Margrit Weisz habe komisch geklungen,
hatte Frieda am Telefon gesagt. Etwas, das dir geschwollen vor-
kam, gestelzt, wie ein Zitat. Ja, hatte Zorn erwidert, aber es hat
absolut keinen Sinn ergeben.

Friedas Antwort hatte ihn ein wenig verblüfft: Zitate kann
man googeln, Claudius. Du weißt schon, im Internet. Dazu
braucht man einen Computer. Wenn ich mich recht entsinne,
steht einer auf deinem Schreibtisch.

Zorn startete seinen Rechner. Schröder schlief tief und fest. Er
sah schutzlos aus, fand Zorn. Bleich, friedlich saß er da, anderthalb Meter entfernt und doch Lichtjahre weit weg, in einer anderen Welt.

Der Computer gab den üblichen Signalton von sich, viel lauter als sonst, wie es Zorn schien. Schröder reagierte nicht, nur
seine Pupillen bewegten sich kurz hinter den geschlossenen
Lidern. Beruhigt wandte sich Zorn dem Monitor zu, und als
dieser ein paar Sekunden später aufflackerte, wurde die Tür
schwungvoll aufgerissen, und Staatsanwalt Peck erschien. Schröder schreckte hoch, betrachtete verwirrt die Seiten seines Notiz-

buchs, die vor ihm im Luftzug flatterten, sah dann zu Zorn, schließlich zu Peck.

»Kleines Nickerchen gemacht?«, fragte dieser.

»Ich …« Schröder schüttelte den kahlen Kopf. Die blauen Augen glänzten, ratlos, verträumt. »Ich muss wohl …«

»Damit ich das richtig verstehe. Da draußen«, Peck deutete zum Fenster in den allmählich aufziehenden Morgen, »läuft seit Wochen ein Mörder rum, und hier drin«, ein Blick zu Schröder, »wird *gepennt*?«

Du blasiertes Arschloch, dachte Zorn, was nimmst du dir raus? Was bildest du dir ein, du glattgesichtiger Schnösel in deinen Designerjeans und dem bescheuerten Norwegerpulli? Wer gibt dir das Recht, so mit Schröder zu reden?

Ruhig bleiben. Nicht ausrasten.

Zorn zählte innerlich bis drei.

»Er hat die ganze Nacht kein Auge zugemacht«, sagte er dann.

»Ach, wie war denn die Party?« Peck verschränkte die Arme vor dem sehnigen Brustkorb. »Scheinst ja ordentlich gefeiert zu haben, *Kollege*.«

Schröder vergrub das Gesicht in den Händen, sammelte sich kurz. Als er den Kopf wieder hob, waren seine Augen klar, wach, wie immer.

»Wie spät ist es?«

Die Frage war an Zorn gerichtet.

»Kurz nach acht.«

»Ich bin spät dran.« Ein kurzer Blick auf den Laptop, gefolgt von einem unwilligen Kopfschütteln. »Das ergibt auch keinen Sinn. Weder Exponentialfolge noch alternierende harmonische Reihe«, murmelte er wie im Selbstgespräch, dann wandte er sich wieder an Zorn. »Ich glaube, der Zusammenhang liegt woanders. Eventuell sind es Hinweise auf einen nummerierten Text. Bibelsprüche sind es jedenfalls nicht. Koranverse habe ich auch schon probiert, ebenso die Thora. Vielleicht«, er schloss den Laptop, »fällt dir ja noch was ein.«

Er weiß genau, wie man mit Typen wie Peck umgeht, dachte Zorn. Man ignoriert sie. Das Schlimmste, was man ihnen antun kann, ist, sie nicht zu beachten. Ich wünschte, ich könnte das auch.

»Ich denk drüber nach«, sagte er und versuchte, sich seine Befriedigung nicht anmerken zu lassen. Im Gegensatz zu Peck wusste er schließlich, dass Schröder von den Brandzeichen gesprochen hatte.

Schröder stand auf, zog die Cordhose stramm und erklärte knapp, dass er einen Termin im Verhörraum habe. Er bat Zorn, den werten Kollegen Peck über die Vorkommnisse der vergangenen Nacht zu informieren, und verließ das Büro, ohne den verblüfften Staatsanwalt eines Blickes gewürdigt zu haben. Drei Minuten später ging auch Peck, eine hauchzarte Wolke seines – zweifelsohne extrem teuren – Rasierwassers hinterlassend. Ein Duft, der Claudius Zorn ungeachtet seiner Exklusivität an die Ausdünstungen eines gereizten Pavianmännchens erinnerte.

Irgendwann, dachte er, haue ich dem eine in die Fresse.

Es sollte schneller dazu kommen, als er ahnte.

Einundsechzig

»Sie hätten mich wirklich nicht abholen lassen müssen«, sagte Lerby. »Sie wissen doch, dass ich ein eigenes Auto habe, Herr Kommissar.«

»Ich wollte Ihnen keine Umstände machen.« Schröder schloss die gepolsterte Tür, nahm einen Plastikstuhl, schob ihn an die Stirnseite des Tisches und nahm Lerby gegenüber Platz. »Die Kollegen haben Sie doch nicht geweckt?«

»Ich bin Frühaufsteher.«

»Ich hoffe, sie waren nett zu Ihnen.«

»Zumindest haben sie mir keine Handschellen angelegt.«

Lerby wirkte gelassen, als befände er sich nicht in einem muffigen Verhörraum, sondern im Arbeitszimmer seiner eindrucksvollen Villa. Er saß seitlich am Tisch, die Beine übereinandergeschlagen. Sein rechter Unterarm ruhte auf der Tischplatte.

»Ich bin nicht ganz sicher, aber«, er streckte das Bein, deutete auf die polierte Schuhspitze, »sollten Sie mir nicht die Schnürsenkel wegnehmen? Und meinen Gürtel?«

»Es gibt weder eine amtliche Vorladung noch einen Haftbefehl«, sagte Schröder. »Sie können diesen Raum jederzeit verlassen.«

»Brauche ich einen Anwalt, Herr Kommissar?«

»Das liegt an Ihnen.« Schröder erwiderte Lerbys Lächeln nicht. »Aber ich wette, Sie haben ihn längst informiert.«

*

Zorn starrte frustriert auf den Monitor:

Keine Ergebnisse für »*Ich habe das Haus meines Gatten ruiniert*« *gefunden. Ergebnisse für* Ich habe das Haus meines Gatten ruiniert *(ohne Anführungszeichen):*

»Knapp vierhunderttausend Treffer«, murmelte Zorn kopfschüttelnd und scrollte durch die ersten Ergebnisse. *Ruiniert durch Trennung und Scheidung*, stand da. *Acht Gründe, warum selbstgenutztes Wohneigentum dich ruiniert.* Weiter unten ein Hausfrauentipp: *Habe ich mein Backblech ruiniert?*

»Sinnlos.«

Seufzend schob er die Brille in die Stirn. Seine Zigaretten lagen neben der Tastatur, er warf einen sehnsüchtigen Blick auf die halbvolle Schachtel, wandte sich dann widerwillig erneut seinem Rechner zu. Blinzelnd betrachtete er den blinkenden Cursor in der Suchleiste, schloss für einen Moment die Augen, um sich Margrit Weisz' Worte in Erinnerung zu rufen.

»Ein Versuch kann nicht schaden.«

Er beugte sich über die Tastatur, der Zeigefinger seiner unversehrten Hand wanderte ungelenk von einem Buchstaben zum anderen.

Sein Schatten ist über meine Stadt gebreitet

»Danach«, brummte Zorn, »geh ich eine rauchen.«

Er drückte die Enter-Taste.

*

»Es gibt da ein Sprichwort«, sagte Schröder.

»Es gibt viele Sprichwörter, Herr Kommissar.«

»Wer einmal lügt, dem glaubt man nicht. Und wenn er auch …«

»… die Wahrheit spricht.« Lerby winkte gelangweilt ab. »Ziemlich abgegriffen, finden Sie nicht?«

»Sicherlich«, nickte Schröder. »Die Frage ist, warum *Sie* gelogen haben.«

Lerbys Augenbrauen hoben sich einen Zentimeter.

»Das Bild neben Ihrem Kamin«, erklärte Schröder.

Ein paar Sekunden Stille.

»Ich hätte nicht gedacht, dass Ihnen das auffällt.« Lerby senkte anerkennend das Kinn. »Das Bild ist längst nicht so alt, wie ich behauptet habe. Sie haben mich ertappt.«

»Erklären Sie mir den Sinn dieser Lüge?«

»Als *Lüge*«, seufzte Lerby, »würde ich es nicht bezeichnen.«

»Wie dann?«

»Schwindelei?«

»Von mir aus. Warum haben Sie«, Schröder faltete die Hände unter dem Doppelkinn, »*geschwindelt*?«

Lerby sah zur Decke. Blinzelte kurz, vom Neonlicht geblendet, richtete die schiefergrauen Augen dann auf Schröder.

»Vielleicht«, ein Lächeln, »wollte ich mich wichtigmachen?«

»Das klingt logisch. Jedem anderen Menschen würde ich diese Erklärung auch abkaufen.«

»Ach.« Lerby klang enttäuscht. »Und mir nicht?«

»Nein. Ihnen nicht.«

»Haben Sie mich deshalb vorgeladen? Weil ich einen hässlichen Ölschinken älter gemacht habe, als er eigentlich ist?«

»Ich habe noch ein paar Fragen.«

»Die hätte ich Ihnen bereits gestern Abend beantworten können.«

»Es geht um Mord. Eine Serie, um genau zu sein.«

»Sie verdächtigen mich des *Mordes*?«

»Im Moment haben wir sehr wenige Anhaltspunkte«, sagte Schröder. »Einer davon sind Sie, Herr Lerby.«

*

Keine Ergebnisse für »Sein Schatten ist über meine Stadt gebreitet« gefunden.

»War ja klar«, murmelte Zorn.

Ergebnisse für Sein Schatten ist über meine Stadt gebreitet *(ohne Anführungszeichen):* Ungefähr 1350 Ergebnisse

Zorns Blick wanderte über den Monitor nach unten: Die Webseiten mehrerer Kleinstädte *(Günstige Mieten machen den Wohnungsmarkt in Havelberg besonders attraktiv!)*, darunter ein Link zu einer Oscar-Wilde-Geschichte. Zorn scrollte weiter, las etwas über die *Dunkle Deutung des Vogelflugs*, griff nach seinen Zigaretten und war bereits im Aufstehen begriffen, als der nächste Suchtreffer ihn stutzen ließ.

Das Gesetzbuch des Hammurapi.

Er klickte auf den Link.

*

»Ich möchte ein paar Termine mit Ihnen abgleichen«, sagte Schröder. »Ich nehme an, Sie haben Ihren Kalender dabei?«

Lerby richtete sich auf.

»Ich dachte«, sagte er leise, »ich hätte Ihnen gestern bereits ein Alibi gegeben.«

»Richtig«, nickte Schröder. »Aber wie gesagt, wir reden hier nicht nur von *einem* Mord. Sondern von einer Serie.«

»Er hält mich tatsächlich für einen Mörder.« Lerby sah Schröder kopfschüttelnd an. »Ich mag Sie, Herr Kommissar, wirklich. Aber allmählich beginnen Sie, meine Geduld zu strapazieren.«

»Dann«, lächelte Schröder, »sollten wir schnellstens zur Sache kommen, finden Sie nicht?«

*

Zorn saß gebannt vor dem Rechner. Der Monitor spiegelte sich in den Brillengläsern, seine Lippen bewegten sich lautlos beim Lesen. Mit der gesunden Hand umfasste er die Maus, in der anderen hielt er noch immer die Zigarettenschachtel beziehungsweise deren zerknickte Überreste. Die verbliebenen Finger krallten sich in die Packung, ohne dass es ihm bewusst wurde.

Schweiß glänzte auf seiner Stirn.

Die Räder griffen ineinander. Das Bild fügte sich zusammen.

Es war kein schönes Bild. Nein, das war es ganz und gar nicht.

*

»Ich hätte es wissen müssen«, knurrte Schröder.

Die Bürotür fiel hinter ihm ins Schloss, deutlich lauter als gewöhnlich. Seine pausbäckigen Wangen, sonst von einem zarten Rosa bedeckt, waren purpurrot angelaufen. Selbst die Glatze leuchtete wie eine glühende Bowlingkugel.

Der dicke Schröder war wütend. *Sehr* wütend.

»Dieser Mensch lässt sich einfach nicht aus der Reserve locken.« Schröder stapfte, den Kopf gesenkt, die Hände, zu Fäusten geballt, tief in den Taschen der Cordhose vergraben, zum Fenster. »Ich hab ihn vorführen lassen wie einen Schwerverbrecher. Ich hab ihn gereizt, wo ich nur konnte. O ja, der war wütend. Der hat gekocht vor Wut, am liebsten wäre er mir an die Gurgel gegangen. Aber er hat sich nichts anmerken lassen. *Nothing.* Weil er wusste, dass ich ihn wieder gehen lassen muss.« Schröder starrte hinaus in den wirbelnden Schnee, ohne etwas davon wahrzunehmen. »Er hat für jeden einzelnen Mord ein Alibi. Ein Geschäftsessen, ein Meeting oder irgendeinen Empfang. Klar, wir werden das prüfen, aber ich mache mir da wenig Hoffnung. Magnus de Vriess müssen wir übrigens gar nicht erst befragen, der hatte jedes Mal eine Veranstaltung, wenn ein Mord geschehen ist. Es gibt also Hunderte Zeugen, die er … sag mal, ist alles in Ordnung? Du siehst aus, als hättest du ein Gespenst gesehen.«

Schröder hatte sich umgewandt. Zorn saß hinter seinem Schreibtisch, umgeben von Haufen gestapelter Akten, aufgeschlagenen Ordnern, aufgetürmten Papieren und starrte ihn mit großen Augen an.

»Räumst du um, Chef?«, fragte Schröder. »Es ist natürlich schön, dass jemand Ordnung in dieses Chaos bringt, aber sollte man das nicht später erledigen?«

»Ich … ich hab mir die Gerichtsakten noch mal angeguckt.«

Zorn klang verträumt. Gleichzeitig unsicher, wie ein verwirrtes Kind.

»Das ist fein«, sagte Schröder, nachdem er eine Weile vergeblich gewartet hatte, dass Zorn fortfuhr. »Und?«

»Ich hab's rausgekriegt, Schröder.« Zorn schüttelte den Kopf, als könne er selbst nicht glauben, was er da sagte. »Kannst du dir das vorstellen?«

»*Was* hast du rausgekriegt?«

»Die ... die Zahlen«, murmelte Zorn. »Ich weiß jetzt, was diese verdammten Zahlen bedeuten.«

Zweiundsechzig

Als Codex Hammurapi bezeichnet man eine babylonische Sammlung von Rechtssprüchen aus dem 18. Jahrhundert vor Christus.

Schröder lehnte am Fensterbrett und überflog den Wikipedia-Eintrag, den Zorn ausgedruckt hatte.

Der Text ist auf einer nahezu komplett erhaltenen Dioritstele überliefert.

»Das Ding«, sagte Zorn, »steht im Louvre.«

»Das ist mir bekannt«, murmelte Schröder, ohne aufzusehen.

Die enthaltenen Rechtssätze betreffen Staatsrecht, Liegenschaftsrecht, Schuldrecht, Eherecht, Erbrecht, Strafrecht, Mietrecht und Viehzucht- sowie Sklavenrecht.

»Es war Friedas Idee«, sagte Zorn.

Immer wieder wird der Codex Hammurapi als ältestes »Gesetz« der Menschheit bezeichnet, eine Formulierung, die sich ...

»Ich hab mal versucht, das zu ordnen.« Zorn wirkte verlegen, fast schüchtern. Wie ein Schüler, der vor versammelter Klasse seine Hausarbeit verteidigt. »Es sind über zweihundertachtzig Paragraphen auf dieser Stele. Die Nummern passen genau, zumindest bei drei der Opfer. Hier«, er hielt ein DIN-A4-Blatt in die Höhe, »ist eine Liste mit den Opfern und weswegen sie vor Gericht standen. Das hier«, er deutete auf ein weiteres Blatt, sein Finger zitterte ein wenig, »sind die Übersetzungen der Paragraphen. Nicht alle, nur die Nummern, mit denen sie gebrandmarkt wurden. Meine Zigaretten sind alle. Beziehungsweise«, Zorn kratzte sich am Kopf, »kaputt. Ich hole mir kurz neue. Guck's dir in Ruhe an, ja?«

Er warf Schröder einen Blick zu, als fürchte er, jeden Moment ausgelacht zu werden, und verließ das Büro.

*

»Ohne dich wäre ich da niemals draufgekommen, Frieda.«

»Das sagst du jetzt schon zum dritten Mal.«

»Stimmt ja auch, ich ... Scheiße, ist das glatt hier.«

»Ich dachte, du bist im Büro?«

»Ich wollte Zigaretten holen. Das lass ich lieber bleiben, sonst breche ich mir noch die Knochen.«

»Geh wieder rein, Claudius.«

»Später. Ich hab Schröder alles aufgeschrieben. Er ... er soll sich erst mal alles durchlesen.«

*

Cordula von Lubitzsch: Zeugin im Prozess gg. Adoptivvater (Gero v. Lubitzsch), dieser wurde aufgrund ihrer Aussage verurteilt (Steuerhinterziehung u. Unterschlagung v. Fördermitteln).

Schröder hatte Mühe, Zorns krakelige Handschrift zu entziffern. Kein Wunder, Zorn war zwar Linkshänder, doch das Schreiben hatte er mit rechts gelernt, was ihm aufgrund der fehlenden Finger nicht mehr möglich war.

Leiche erhängt in einem Wasserspeicher gefunden, Todesursache jedoch Verbluten (Zunge herausgeschnitten). Gebrandmarkt mit 192.

Die Zahl hatte Zorn eingekreist. Schröder griff nach dem zweiten Blatt. Dieses war wesentlich leichter zu entziffern, Zorn hatte die Übersetzung der uralten Keilschrifttexte aus dem Internet kopiert und ausgedruckt:

§ 192: Gesetzt, das Kind eines Weibmannes oder eines Eunuchen hat zu seinem Ziehvater und seiner Ziehmutter gesagt: »Du bist nicht mein Vater! Du bist nicht meine Mutter!«, so wird man ihm

Die letzten Worte waren fettgedruckt.

die Zunge abschneiden.

Schröder hob den Kopf. Es war fast einen Monat her, dass er Gero von Lubitzsch zum Tod seiner Adoptivtochter befragt hatte, doch er erinnerte sich genau, was dieser damals zu ihm gesagt hatte:

Ich habe Cordula großgezogen wie mein eigenes Kind, Herr Kommissar. Wissen Sie, was sie vor Gericht behauptet hat? Dass ich kein Recht hätte, mich zu beschweren. Du bist nicht mein Vater, hat sie zu mir gesagt, das steht sogar in den Akten.

»Das gibt's nicht«, murmelte Schröder. »Zorn hat recht.«

Es passte.

Es passte genau.

*

»Was klappert da?«

»Meine Zähne.«

»Geh wieder rein, Claudius.«

»Später.«

»Du klingst komisch.«

»Ich friere, Frieda.«

»Ich kenne dich. Hast du ein schlechtes Gewissen?«

»Ja. Und wie.«

*

Barnabas Krull, Landwirt, las Schröder. *Bankrott gegangen, hat seinen Hof verkauft, einen Teil zurückgemietet. Wurde verklagt, weil er die Pacht nicht bezahlen konnte. Leiche in Scheune des Biohofs gefunden. Stuhlketten an Händen und Füßen, Tod durch ~~Zerfetzen~~*

Zorn war offensichtlich unsicher gewesen, wie er sich ausdrücken sollte. Er hatte das letzte Wort gestrichen und sich dann verbessert:

Zerreißen des Körpers mit einem Geländewagen. Gebrandmarkt mit 256.

Schröder griff nach dem Ausdruck mit der Übersetzung der Keilschrift.

§ 253 Gesetzt, ein Mann hat einen anderen gemietet, damit er sein Feld besorge, und hat ihm das Ackergerät anvertraut und ihm die Rinder anvertraut und ihn verpflichtet, das Feld zu bebauen, gesetzt, selbiger Mann hat Saatgut und Futter gestohlen, so wird man ~~seine Hände abschneiden.~~

Die letzten drei Wörter waren durchgestrichen.

§ 256 Gesetzt, er kann seiner Verpflichtung nicht nachkommen, so wird man ihn auf dem Felde durch Rinder zerreißen.

Keine Rinder, dachte Schröder.

Ein gottverdammter zwei Tonnen schwerer Toyota.

*

»Das sind keine Zufälle.«

»Nee, Frieda. Die Frage ist, was dahintersteckt.«

»*Wer* dahintersteckt.«

»Ein Spinner. Ein krankes Arschloch.«

»Das ist zu einfach, Claudius. Er kennt die Prozesse. Die Urteile gefallen ihm nicht, also korrigiert er sie. Die Strafen sind ihm nicht hart genug, die Gesetze zu lasch. Also sucht er sich andere.«

»Viertausend Jahre alte Keilschrifttexte?«

»Ja.«

»Also doch. Ein krankes Arschloch.«

*

Anna Kravlansky u. Casimir Holtz (Liebhaber). Vom Ehemann wg. Körperverletzung verklagt, nachdem dieser sie in einem Hotel in flagranti überrascht hatte. Todesursache Ertrinken, Leichen aneinandergefesselt im Fluss aufgefunden. Beide gebrandmarkt mit 129.

Schröder wandte sich dem Ausdruck zu:

§ 129 Gesetzt, die Gattin eines Mannes ist ertappt worden, wie sie bei einem anderen Manne gelegen hat, so wird man sie beide binden und ins Wasser werfen.

*

»Ich verstehe dich kaum, Claudius.«

»Der verdammte Wind. Es schneit wie verrückt.«

»Geh wieder rein.«

»Gleich, Frieda.«

»Was ist mit meinem …«

»Vater?«

*

Heiner Borck, pensionierter Richter. Tod durch Verbluten/multipl. Organversagen. Mordwaffe Druckluftnagler. Insgesamt zwölf Wunden an Armen, Beinen, Oberkörper und Kopf.

Die Zahl »zwölf« hatte Zorn eingekreist.

Gebrandmarkt mit 5, las Schröder und griff nach dem Ausdruck:

§ 5 Gesetzt, ein Richter hat ein Urteil gefällt, eine Entscheidung getroffen, eine Urkunde ausstellen lassen, nachher hat er aber sein Urteil abgeändert, diesen Richter wird man überführen, dass er das Urteil, das er gegeben hat, verändert hat, dann wird er den Anspruch, der bei jenem Prozesse in Frage kommt, zwölffach geben und in der Gerichtsversammlung wird man ihn von seinem Richterstuhl aufstehen lassen, und er wird nicht wieder mit den Richtern bei einem Prozess sitzen.

*

»Ich hab keine Ahnung, was das bedeutet, Frieda.«

»Ich auch nicht. Ich ... ich muss das erst mal verdauen.«

»Wir reden später drüber, okay?«

»Du schniefst wie ein Walross. Hast du kein Taschentuch?«

»Oben.«

»Geh rein, putz dir die Nase und sprich mit Schröder.«

»Ja. Ich ... ich geh gleich rein.«

»Sag mal, hast du *Schiss*? Vor Schröder?«

»Kann man so sagen.«

»Warum?«

»Weil er mir den Arsch aufreißen wird.«

*

Margrit Weisz. Verschwunden, plötzlich wieder aufgetaucht. Befragt von einem selten dämlichen Bullen, der zu blöd war, die Zusammenhänge zu erkennen, und nicht daran gedacht hat, dass nach ihrem Verschwinden ein Brandeisen in ihrer Wohnung gefunden wurde, mit den Zahlen 141.

Schröder ließ das Blatt sinken, sah aus dem Fenster. Der, der sich soeben als *selten dämlichen Bullen* bezeichnet hatte, stapfte telefonierend zwischen den Streifenwagen durch das Schneegestöber, die Schultern hochgezogen, den Kragen der dünnen Lederjacke bis über die Ohren hochgeschlagen.

»Ich war genauso dämlich«, sagte Schröder leise. »Ich hab's auch vergessen.«

Seufzend legte er das Blatt neben der Kaffeemaschine auf das Fensterbrett, griff nach dem Ausdruck.

§ 141 Gesetzt, die Gattin eines Mannes, die im Hause des Mannes wohnt, hat sich vorgenommen, zu gehen, sie macht Einkäufe und ruiniert das Haus, vernachlässigt ihren Gatten,

Das, dachte Schröder, waren ihre Worte. Genau das hat Margrit Weisz zu Zorn gesagt: Ich habe das Haus meines Gatten ruiniert.

so wird man sie überführen. Gesetzt, ihr Gatte hat erklärt, er verstoße sie, so darf er sie verstoßen, auf ihren Weg wird ihr als ihr Scheidungsgeld nichts gegeben werden. Gesetzt, ihr Gatte hat erklärt, er verstoße sie nicht, so darf ihr Gatte eine zweite Frau nehmen. Jene Frau wird als Sklavin im Hause ihres Gatten wohnen.

Schröders Finger krallten sich in das Papier.

Ich war so BLÖD!, hatte Zorn unter den Ausdruck gekritzelt. *Ich hätte mir einfach nur ihren Rücken zeigen lassen müssen!!!!*

Schröder wusste jetzt, warum Zorn das Büro verlassen hatte. Es war ihm ausnahmsweise nicht ums Rauchen gegangen. Nein, er hatte sich einfach nicht getraut, Schröder die Wahrheit ins Gesicht zu sagen.

*

»Ich wusste die ganze Zeit, dass ich was vergessen habe, Frieda! Ich hab mit dieser Frau an einem Tisch gesessen und hab nix, aber auch gar nix gemerkt! Ihr ach so liebevoller Exmann hat mir eine Komödie vorgespielt, und ich Vollidiot bin drauf reingefallen!«

»Reg dich nicht so auf, Claudius.«

»Ich *will* mich aber aufregen!«

»Schröder wird dir schon nicht den Kopf abreißen.«

»Da wär ich mir nicht so sicher.«

*

Schröder stand am Fenster und beobachtete, wie sein ehemaliger Vorgesetzter unten auf dem Parkplatz frierend von einem Bein aufs andere trat. Zorn beendete das Gespräch, schlang die Arme um den Oberkörper und watete gebückt durch den knöcheltiefen Schnee zum Eingang. Schröder wartete, bis die gebeugte Gestalt unter dem verschneiten Vordach verschwunden war, nahm den Zettel und las, was Zorn als Letztes aufgeschrieben hatte:

Ich hab eine Streife hingeschickt. Aber ich fürchte, die kommen zu spät.

»Das«, murmelte Schröder, »fürchte ich auch.«

Dreiundsechzig

»Scheiße«, flüsterte Bertold Weisz, »was machen wir jetzt? Der wird bestimmt ...«

»Weg vom Fenster, du Idiot!«

Veras Stimme ließ ihn augenblicklich zurück in die dämmrige Küche taumeln. Die Klingel gellte ein drittes Mal durch den Flur, er duckte sich ängstlich, reckte den Hals und beobachtete durch den Gardinenspalt, wie der Polizist draußen das Gesicht mit den Händen abschirmte, um durch das vergitterte Fenster neben der Haustür einen Blick nach drinnen zu werfen.

»Mach schon«, presste Bertold hervor. Seine Stimme klang undeutlich, eher ein Nuscheln. Die Nase war geschwollen, seine Augen blutunterlaufene Schlitze, umgeben von pflaumenfarbenen Ringen. »Verpiss dich.«

Der Polizist lief die Verandastufen hinab, zögerte, sah sich noch einmal um. Er war jung, kaum älter als zwanzig. Die wattierte Uniformjacke schlotterte um seine mageren Schultern, der Wind blies ihm den Schnee waagerecht ins Gesicht. Er blies in die klammen Hände, machte kehrt, stapfte breitbeinig davon und schloss das Gartentor. Ein letzter Blick, dann lief er zu dem Streifenwagen, dessen Dach hinter der verschneiten Hecke hervorlugte.

Bertold atmete erleichtert auf, wandte sich um. Vera stand im Halbdunkel neben Margrit auf der Türschwelle. Die eine Hand umfasste das Halsband, die andere, halb erhoben, war noch immer bereit, jederzeit zuzuschlagen, falls Margrit einen Ton von sich geben würde. Was unnötig war. Teilnahmslos, mit gesenktem Kopf stand Margrit in der Tür. Nackt, bleich, wie eine verstaubte Marionette.

»Ich hab dir gesagt, dass die hier auftauchen.« Noch immer flüsterte Bertold, obwohl von draußen die knirschenden Reifen der davonfahrenden Streife zu hören waren. »Wir hätten letzte Nacht schon verschwinden sollen, gleich nachdem der Typ abgehauen ist, wir …«

»Halt's Maul!«, zischte Vera. »Hättest du besser aufgepasst, wär's gar nicht dazu gekommen!«

»Aber …«

»Der *kann* nicht geredet haben! Der liegt im Koma, du hast es selbst in den Nachrichten gehört!«

Bertold massierte die schmerzenden Kiefer, verzog das verquollene Gesicht. Ein Bluterguss prangte auf seinem Kinn, er fuhr mit der Zunge über die aufgeplatzte Unterlippe.

»Glaubst du«, ein ängstlicher Blick zum Fenster, »die kommen wieder?«

»Natürlich. Wir müssen hier weg.«

»Und was«, Bertold deutete auf Margrit, »ist mit ihr?«

»Was soll mit ihr sein?«

Vera kam einen Schritt näher, die Finger noch immer um das Halsband gelegt. Ein Ruck, Margrit stolperte vor, schwankte kurz und blieb dann mit hängenden Armen stehen.

»Guck sie dir an«, sagte Vera. Ihre Augen funkelten wie Glasscherben im kalten Mondlicht. »Willst du die etwa mitnehmen?

*

»… das Wohl des Patienten ist mir ebenso wichtig wie Ihnen«, sagte Schröder. »Ich erwarte Ihren Rückruf, Herr Doktor.«

Er beendete das Gespräch und wandte sich an Zorn, der eben hereingekommen war und wie ein begossener Pudel neben der Tür stand.

»Das war die Intensivstation.« Schröder deutete auf das Telefon. »Wir müssen wissen, mit welchen Zahlen Rufus gebrandmarkt wurde. Die haben versprochen, sich zu kümmern. Häng deine Jacke auf, du tropfst alles voll.«

Zorn tat, wie ihm geheißen.

»Schröder, ich …«, begann er kleinlaut, »ich hab Mist gebaut, ich …«

»Es ist nicht mehr zu ändern. Abgesehen davon hätte ich selbst daran denken müssen. Aber eins sag ich dir.« Schröders Zeigefinger bohrte sich in die stickige Büroluft. »Die Konsequenzen übernimmst du.«

»Welche Konsequenzen?«, fragte Zorn.

Schröder ging nicht darauf ein.

»Ich nehme an«, sagte er stattdessen, »die Streife hat sich noch nicht gemeldet?«

»Noch nicht.«

»Frag bitte nach. Ich ahne, was dabei herauskommt. Deinen Schreibtisch kannst du später aufräumen.«

Zorn, der in Begriff gewesen war, das Aktenchaos zu beseitigen, hielt verwirrt inne.

»Moment mal, Schröder ...«

»Ich werde jetzt nicht diskutieren«, beschied Schröder knapp. »Wir werden auch keine Spielchen spielen, Stein schleift Schere oder so. Einer von uns beiden muss zu ihm. Und zwar du. Ich kann diesen Menschen im Moment nicht ertragen.«

*

»Soso«, brummte Peck. »Du willst also einen Durchsuchungsbeschluss.«

Zorn nickte stumm.

Es war – natürlich – so gekommen, wie Schröder vorausgesagt hatte. Als Zorn erfuhr, dass die Streife erfolglos wieder abgezogen war, hatte er sich zunächst über die *uniformierten Blödmänner* beschwert, die, wie er sagte, wie die Schuljungen geklingelt und dann wieder davongetippelt waren. Schröder hatte ihn nur kurz angesehen und erwidert, dass die *Blödmänner* sich an die Vorschriften gehalten hatten, ohne Durchsuchungsbefehl war ihnen nichts anderes übriggeblieben. Etwas, woran man durchaus im Vorhinein hätte denken können, hatte er noch hinzugefügt, die Tür geöffnet und Zorn mit einer knappen Geste aus dem Büro geschickt.

»Und zwar schnell«, sagte Zorn.

Peck, der hinter seinem Schreibtisch saß und so tat, als würde er in einer Akte lesen, sah kurz auf.

Das, Freundchen, bestimme immer noch ich.

»Du glaubst also, dass Margrit Weisz gegen ihren Willen festgehalten wird«, sagte er.

»Ja.«

»Obwohl du sie erst gestern befragt hast. Woher dieser plötzliche Sinneswandel, Kollege Zorn?«

Weil ich Scheiße gebaut habe, dachte Zorn. Aber das werde ich dir garantiert nicht auf die Nase binden.

»Wir haben neue Erkenntnisse«, sagte er. »Es dauert zu lange, das jetzt zu erklären. Der Bericht kommt heute Nachmittag. Es ist dringend, wir müssen nachsehen, was da los ist.«

Peck ließ sich Zeit. Er griff nach einem Glas Gemüsesaft und trank einen Schluck von einer Art dickflüssigem Matsch, dessen Farbe an schimmelnden Spinat erinnerte.

»Gut.« Er säuberte mit Daumen und Zeigefinger die Mundwinkel. »Ich melde mich.«

»Es ist wichtig.«

»Ich sagte doch«, Peck klappte sein MacBook auf, »dass ich mich melde.«

Eins, zählte Zorn in Gedanken. Zwei. Drei. Vier. Fünf.

»Wie lange soll ich hier noch rumbetteln?«, fragte er leise. »Muss ich dir erst«, er deutete auf das halbvolle Saftglas, »deine vegane Plörre in die parfümierte Fresse kippen, damit du kapierst, was hier los ist?«

»Raus«, zischte Peck.

»Diese Frau«, sagte Zorn und ging zur Tür, »schwebt womöglich in Lebensgefahr. Falls wir zu spät kommen, nur, weil ein ignoranter Vollpfosten seinen Spaß hat, andere zappeln zu lassen«, er deutete mit dem Zeigefinger auf Peck, »mache ich dir die Hölle heiß. Ich hasse Papierkram, aber in deinem Fall mache ich 'ne Ausnahme. Ich schreib 'ne Beschwerde, die sich gewaschen hat, eine *lange* Beschwerde. Und wenn ich damit fertig bin, kannst du deine Karriere in den Ausguss kippen.«

Eine etwas verunglückte Metapher, schoss es Zorn durch den

Kopf, doch er sah, dass seine Worte ihre Wirkung nicht verfehlten: Peck wurde bleich. Es war Claudius Zorn gelungen, seine Wut zu beherrschen, er klang ruhig, lächelte sogar, doch in der Aufregung hatte er seine verletzte Hand vergessen und musste nun feststellen, dass er Staatsanwalt Peck an Stelle des drohenden Zeigefingers einen klauenähnlichen, vernarbten Stummel entgegenstreckte. Selbst dieser Fauxpas brachte Hauptkommissar Zorn ausnahmsweise nicht aus dem Konzept, er wünschte dem geschätzten Herrn Staatsanwalt noch alles Gute für die berufliche Zukunft, machte kehrt und schlenderte gemächlich von dannen.

*

Die Limousine rollte in die Einfahrt, das Tor glitt wieder zu. Eine untersetzte Gestalt erschien, schlüpfte durch die Öffnung und folgte dem Wagen zwischen mannshohen Hecken. Ein leises Scheppern ertönte, als die Verriegelungen des Tores zuschnappten. Schnee rieselte von den eisernen Querstreben. Eine Kamera drehte sich leise surrend in der Halterung, folgte der Gestalt mit blinkendem Rotlicht. Entferntes Kinderlachen wehte heran.

Die Limousine hielt mit laufendem Motor vor der Villa. Eines der hinteren Fenster glitt herab, Lerbys Gesicht tauchte im Halbdunkel auf, während die Gestalt, eine Frau in schlecht geschnittenem Mantel und unmodischen Filzstiefeln, mit knirschenden Schritten näher kam.

»Hier läuft eine Menge schief«, sagte Vera. »Wir müssen reden, Hanns. Und zwar sofort.«

Vierundsechzig

Zorn verließ den Supermarkt, öffnete im Gehen die Zigarettenschachtel. Die Kippe brannte zwischen seinen Lippen, bevor die Automatiktüren sich hinter ihm geschlossen hatten. Nach dem Gespräch mit Peck war er schnurstracks hergelaufen, er hatte einfach keine andere Möglichkeit gesehen, sein bebendes Nervenkostüm zu besänftigen.

Er wandte sich nach rechts, bog um den Stellplatz mit den aufgereihten Einkaufswagen, folgte einem müllübersäten Trampelpfad und zwängte sich durch die hüfthohe Hecke, die das Einkaufszentrum vom Parkplatz vor dem Präsidium trennte.

Eine Weile stand er paffend da, betrachtete die verspiegelte Fassade, die im Schneegestöber wie eine verlassene Raumstation wirkte. Schließlich gab er sich einen Ruck, trabte los, griff in die Lederjacke, um eine weitere Zigarette herauszufischen und zog mit der Schachtel sein Handy hervor, das neben einem überfüllten Papierkorb zu Boden polterte. Fluchend klaubte er das Telefon aus dem Schnee, sein Blick fiel auf das Display, und Zorn sah, dass Schröder in der letzten halben Stunde ein Dutzend Mal versucht hatte, ihn anzurufen.

Bevor er zurückrufen konnte, vibrierte das Handy erneut.

»Ich bin in einer Minute da«, meldete sich Zorn.

Schröders Erwiderung traf ihn völlig unvorbereitet. Der Sinn dieser Frage erschloss sich ihm nicht sofort, doch Schröders Tonfall – gepresst, kalt, nein, regelrecht *eisig* – ließ Claudius Zorn rückwärts gegen das Heck eines Streifenwagens taumeln.

»Wo«, fragte Schröder, »ist Edgar?«

*

»Nein«, wiederholte Schröder, »er ist nicht im Kindergarten. Jemand hat ihn nach dem Mittagessen abgeholt.«

Zorn, der in vollem Galopp das Treppenhaus hochgestürmt war, hielt sich die stechende Seite.

»Was«, keuchte er, »ist mit Malina? Die hat ihn bestimmt ...«

»Sie ist immer noch im Krankenhaus. Schläft seit anderthalb Stunden in einem Besucherzimmer neben der Intensivstation.«

Kalter Schweiß brach Zorn aus, kribbelte unter den Achseln. Er hatte keine Ahnung, was hier vorging, doch Schröders Verhalten, seine Worte, sein Gesichtsausdruck, all dies machte ihm Angst. Furchtbare Angst.

»Ich habe vorhin einen Anruf bekommen. Rufus wurde nicht nur mit Zahlen, sondern auch mit Buchstaben gebrandmarkt.« Schröder reichte Zorn einen Computerausdruck. »Lies.«

Das tat Zorn:

§ 229 Gesetzt, ein Baumeister hat für einen Mann ein Haus gebaut, sein Werk aber nicht fest gemacht, und das Haus, das er gemacht hat, ist eingefallen und hat den Eigentümer des Hauses getötet, so wird jener Baumeister getötet.

»Lies weiter.«

§ 230 Gesetzt, er hat ein Kind des Eigentümers getötet, so wird man ein Kind jenes Baumeisters töten.

»Das ... das ergibt keinen Sinn«, murmelte Zorn.

»Das sind die Zahlen. Eine Zwei, eine Drei und eine Null.« Schröder griff nach dem Telefon, wählte eine Nummer. »Das Wort, mit dem Rufus gebrandmarkt wurde...« Er stockte, am anderen Ende der Leitung wurde abgenommen. »Großfahndung!«, bellte er in den Hörer. »Gesuchte Person ist ein Kind. Edgar Stapic, männlich, vier Jahre alt. Ich bin in einer Minute bei Ihnen.«

»Was«, stammelte Zorn, »hat das zu be...«

»Deine Brieftasche.« Schröder streckte Zorn die Hand entgegen. »Mach schon, ich brauche ein Foto für die Fahndung!«

Zorn stand wie vom Blitz getroffen da, noch immer zu keinem klaren Gedanken fähig. Schröder kam ungeduldig näher. Ein heftiger Ruck, Zorn taumelte nach vorn, als Schröder den Reißverschluss seiner Lederjacke öffnete.

»Rufus ist nicht Edgars leiblicher Vater, aber er zieht ihn groß, das ist so gut wie dasselbe.« Schröder ging auf die Zehenspitzen, griff in die Innentasche der Lederjacke. »Du musst den Begriff *Baumeister* durch das Wort ersetzen, mit dem Rufus gebrandmarkt wurde.«

Schröder hielt Zorns Brieftasche in der Hand.

»Es lautet Arzt.«

Die Tür krachte ins Schloss. Zorn war allein.

Er starrte auf den Ausdruck. Das Papier zitterte in seinen Fingern. Die Buchstaben verschwammen, tanzten vor seinen Augen wie Schmeißfliegen über einem Kuhfladen. Zorn war nicht dumm, weiß Gott nicht, doch auch in dieser Beziehung war Schröder ihm haushoch überlegen, und so dauerte es eine Weile, bis er endlich, endlich verstand.

Der Prozess gegen Rufus. Die Anklage. Der Freispruch.

Zorns Knie wurden weich. Langsam, ganz langsam rutschte er mit dem Rücken an der Wand nach unten, landete mit dem Hosenboden auf dem dünnen Teppich.

Ein Arzt, dem man die Schuld am Tod eines Kindes gibt. Rufus war freigesprochen worden, doch diese archaischen Keilschrifttexte folgten einem anderen, erbarmungslosen Prinzip.

So wird man ein Kind jenes Arztes töten.

Auge um Auge.

Zahn um Zahn.

Kind um Kind.

SIEBTER TEIL

Fünfundsechzig

Edgar.

Sie ist nett. Klar ist sie das, total nett sogar, sonst wäre er auch nicht mit ihr mitgegangen. Sie hat ihm eine Dino-Zeitung geschenkt und Tic Tacs, Cola hat Edgar auch bekommen, obwohl er die sonst nie trinken darf, nur manchmal, *ausnahmsweise*, wenn er bei Papa ist, aber dann muss er versprechen, dass er's Mama nicht erzählt.

Es war ein ziemliches Durcheinander gewesen im Kindergarten. Kristin ist krank und Kerstin im Urlaub und Bernadette, die Erzieherin aus der anderen Gruppe, die auf sie aufpassen sollte, war auch nett, aber ziemlich gestresst gewesen. Ich bin neu hier, hat sie beim Frühstück gesagt, eine *Praktikantin*, ich weiß ja noch gar nicht, wie ihr alle heißt. Dann hatten alle Kinder ihre Namen sagen müssen, aber Bernadette hat sie immer wieder verwechselt, das war lustig, aber beim Mittagessen war's ziemlich doof geworden. Melanie hat geweint, weil Robert ihre Barbie versteckt hatte, Gustav wollte seine Quarkspeise nicht essen, und als Carla dann eingepullert hat, da war Bernadette ein bisschen sauer geworden. Edgar mag es nicht, wenn alle so laut sind, er hätte selbst beinahe angefangen zu weinen, aber dann ist Tante Mona gekommen und hat Bernadette einen Zettel gegeben und gesagt, das sei eine *Vollmacht*, sie sei eine Arbeitskollegin von Mama, die habe schon angerufen und mit Frau Bieler, der Leiterin, gesprochen. Bernadette hat sich den Zettel gar nicht richtig angeguckt, weil sie Carla eine frische Strumpfhose anziehen musste und Carla das gar nicht wollte, weil die so kratzig ist. Dann hat Gustav auch noch seine Quarkspeise umgekippt, und

Tante Mona hat Edgar an der Hand genommen und gesagt, dass sie ihn zu Mama bringe, aber da ist Edgar eingefallen, dass er doch gar nicht mit Fremden mitgehen dürfe, Mama und Papa haben das schon oft gesagt.

Tante Mona hat gelacht. Ich bin Mona, hat sie gesagt. Und du bist Edgar, stimmt's? Ja, hat Edgar genickt. Siehst du?, hat sie gesagt und ihm das Haar verwuschelt, *jetzt* kennen wir uns!

Er hockt im Schneidersitz auf dem Teppich und blättert in der Zeitung. Die Dino-Forscher müssen ein verletztes Triceratops vor einem Velociraptor retten, Tante Mona hat ihm die Geschichte vorhin vorgelesen, das war total spannend. Sie riecht ein bisschen doll nach *Parföng*, viel doller als Mama, und ihr Gesicht ist auch viel mehr angemalt. Aber sie ist nett. Und die Tic Tacs schmecken super.

Mona steht am Fenster und guckt raus. Es schneit immer noch. Edgar wollte Schlitten fahren, mit Papa und Ögi, aber sie hat gesagt, dass Papa arbeiten muss.

Wann kommt Mama?, fragt Edgar.

Gleich. Wollen wir sie mal anrufen?

Klar.

Mona zwinkert ihm zu, hält ihm Telefon ans Ohr. So ein Mist, sagt sie und steckt es wieder ein. Der Akku ist alle, wir versuchen's nachher noch mal, okay?

Edgar blättert um.

Sie geht neben ihm in die Hocke, greift nach der Zeitung. Ihre Hand zittert ein bisschen. Die Fingernägel sind genauso rot wie ihre Lippen. Und sie sind ganz kurz, wie abgeknabbert.

Wollen wir noch mal vorlesen?

Nee, sagt Edgar und gähnt. Haben wir ja schon.

Er ist ein bisschen müde.

Wann kommt Mama?

Wollen wir fernsehen?, fragt Mona.

Ich darf erst, wenn's dunkel ist.

Bei Mama darf Edgar nur das Sandmännchen gucken. Du kriegst sonst viereckige Augen, sagt Rufus immer. Edgar weiß nicht, was das bedeutet, aber es klingt lustig.

Na ja. Mona zwinkert noch mal. Es muss ja niemand erfahren.

Der Fernseher ist riesig. Viel, viel größer als der von Mama. Und Papas Fernseher ist auch viel kleiner. Der ist geradezu winzig.

Sie fragt, was Edgar am liebsten guckt.

Feuerwehrmann Sam. Und Yakari.

Willst du ihn anmachen?

Sie gibt ihm die Fernbedienung. Die ist ebenfalls riesig.

Cool.

Sechsundsechzig

Es ist nicht echt, dachte Zorn. Das ist ein Traum. Ich *muss* das geträumt haben.

Er hockte neben der Tür auf dem Boden und starrte ins Leere. Schröder war erst vor ein paar Sekunden aus dem Büro gestürmt, doch es schien, als wären Ewigkeiten vergangen.

Ich habe ihm heute früh ein Nutellabrötchen geschmiert, dann hab ich ihn in die Kita gebracht. Und da ist er jetzt auch, wo sollte er sonst sein? Ich muss …

Die Tür wurde aufgerissen, prallte gegen seine Schienbeine, schwang federnd wieder zurück. Peck stutzte, als er die leeren Stühle am Schreibtisch bemerkte, brummte, dass die *Herrschaften wohl ausgeflogen* seien, warf ein in Klarsichtfolie gehülltes Papier auf den Schreibtisch und machte kehrt, um das Büro wieder zu verlassen.

»Ach.«

Erst jetzt bemerkte er Zorn, der neben dem Garderobenständer saß und aus trüben Augen zu ihm aufsah.

»Der Durchsuchungsbeschluss.« Peck deutete über die Schulter. »Das nächste Mal holt ihr ihn gefälligst ab, ich hab keine Lust, euch hinterherzurennen, ich … sag mal, bist du besoffen?«

»Ich… ich muss in die Kita.« Zorn rappelte sich auf, schwankte ein wenig und stützte sich an der Wand ab. »Er macht gerade Mittagsschlaf, aber dann wecke ich ihn eben.«

»Ihr seid wirklich ein krasses Team, ihr zwei.« Peck klang amüsiert. »Der eine pennt während der Dienstzeit, und der andere säuft sich die Hucke voll.«

»Schröder irrt sich«, murmelte Zorn. »Das passiert ihm sonst nie, aber *diesmal* irrt er sich. Kann gar nicht anders sein.«

»Komisch.« Peck reckte den Hals, sog schnüffelnd die Luft ein. »Besoffen bist du nicht. Du hast gekifft, oder?«

Zorn hob den Kopf. Es schien, als würde er Peck erst jetzt wahrnehmen, was in gewisser Weise auch der Fall war.

»Hoho!« Peck hob in gespielter Angst die Hände. »Du siehst aus, als würdest du mir gleich eine reinhauen. Willst du nicht doch lieber 'ne Beschwerde schreiben?«

Zorn traf seine Entscheidung blitzschnell.

Als Schröder kurz darauf zurückkam, da war Claudius Zorn verschwunden und Staatsanwalt Peck krümmte sich vor dem Schreibtisch auf dem Boden, während das Blut aus seiner gebrochenen Nase auf den Teppich tropfte.

*

Bertold lief nervös in der Küche auf und ab. Vera war vor einer knappen Stunde gegangen. Ich bereite alles vor, hatte sie zu ihm gesagt. Wir müssen verschwinden, aber das muss gut geplant werden. Es gibt ein paar Aufgaben für dich. Ich will, dass sie erledigt sind, wenn ich zurückkomme.

344

Er sank hinter dem Tisch auf die Eckbank, versuchte, sich zu konzentrieren. Das war nicht einfach, sein Kopf schwamm wie im Nebel. Das lag an den Tabletten, er hatte zwei genommen, nachdem Vera gegangen war, obwohl sie's ihm verboten hatte. Bertold war sicher gewesen, dass der Typ ihm letzte Nacht bei seiner Flucht den Unterkiefer zertrümmert hatte, der Kerl hatte einen verdammt harten Schädel, aber Vera hatte gemeint, er solle sich nicht so anstellen. Höchstens ausgerenkt, hatte sie gesagt. Reiß dich am Riemen, du Weichei. Ein paar Blutergüsse bringen niemanden um.

Die Zeiger der Kuckucksuhr standen auf Viertel vor zwei. Spätestens um halb drei würde Vera zurück sein. Noch fünfundvierzig Minuten. Bis dahin musste alles erledigt sein.

Zwei Reisetaschen standen im Flur, eine mit seinen, eine mit Veras Sachen. Daneben der Rucksack, den er gepackt hatte. Die Münzsammlung seines Vaters, das Silberbesteck seiner Großmutter, ein bisschen Schmuck. Mehr, hatte Vera befohlen, nehmen wir nicht mit. Geld werden wir genug haben. Es gibt jemanden, der mir einiges schuldig ist. Eine Menge.

Nun, das mit den Klamotten war erledigt. Bertolds Zunge fuhr über die Innenseite der Wange, es schmeckte nach Metall. Das war allerdings nur ein Teil der Aufgabe.

Sie durften keine Spuren hinterlassen. Wie genau sie das anstellen würden, hatte Vera noch nicht entschieden. Vielleicht, hatte sie gesagt, drehen wird das Gas auf, dann fliegt die Bude in die Luft. Man wird einen Haufen Schutt finden. Und Margrits Leiche natürlich. Vielleicht haben wir Glück und die Bullen denken, sie hätte sich in ihrem Kummer selbst in die Luft gesprengt. Aber wir müssen sichergehen.

Bertolds Schädel dröhnte, die verdammten Tabletten wirkten kaum noch. Er massierte die pochenden Schläfen, hob den Kopf. Da stand sie, neben der Spüle. Ein dünnes, regloses Gespenst im Dämmerlicht.

Margrit. Seine letzte Aufgabe.

Kein Weihnachtsbaumständer, den er in den Keller bringen sollte. Keine Reisetasche, die er zu packen hatte.

Das Miststück, hatte Vera gesagt, *hat nur noch Brei in der Birne. Trotzdem könnte es sein, dass sie irgendwann redet. Ich sorge dafür, dass wir abtauchen können. Aber vorher muss sie zum Schweigen gebracht werden. Für immer. Und zwar von dir, Bertold.*

Die Uhr erwachte rasselnd zum Leben.

KUCKUCK! KUCKUCK!

*

»Du?« De Vriess blinzelte verwirrt. »Was willst du?«

Pierre war bereits im Flur. De Vriess schloss die Tür und folgte ihm schlaftrunken ins Wohnzimmer. Die Luft war stickig, die Gardinen geschlossen. Neben dem Sofa lag eine zerknüllte Decke. Magnus de Vriess hatte gerade ein Mittagsschläfchen gehalten.

»Hanns will dich sprechen.«

»Warum?«, fragte de Vriess. Seine Stimme klang belegt.

»Das wird er dir selbst sagen.«

»Jetzt? Sofort?«

Der Franzose neigte schweigend das Kinn.

»Ich …«, de Vriess bückte sich nach der Decke, »ich hab um vier eine Signierstunde in der …«

»Die ist abgesagt.«

Pierre riss die Gardine auf, de Vriess schloss geblendet die Augen. Als er sie wieder öffnete, lehnte der Franzose am Fensterbrett. Das Butterflymesser blitzte in seiner Hand.

»Es ist noch Zeit«, sagte Pierre, öffnete das Messer und widmete sich seinen Fingernägeln. »Geh ins Bad, du brauchst dringend eine Dusche.«

346

Siebenundsechzig

Margrit & Bertold Weisz.

Los, sagt er. Komm.

Sie ist oben auf der Kellertreppe stehen geblieben. Er ist schon fast unten, sieht zu ihr hinauf.

Mach schon!

Bertold zieht an der Kette. Sie wird nach vorn gerissen, hält sich am Türrahmen fest. Kalte, muffige Luft strömt ihr entgegen. Gänsehaut überzieht ihren nackten Körper. Ihr Mund öffnet sich. Die Zunge fährt über die rissigen Lippen.

nnnnnnnn

Wie hieß das Wort?

Nein.

Eine Silbe, mühsam hervorgepresst.

Er hebt verwundert den Kopf. Seine Augen weiten sich. Glasige Murmeln, umgeben von Blutergüssen, deren Farbe an rohe Leber erinnert.

Komm endlich!

Ein stummes, heftiges Kopfschütteln. Ihr Haar fliegt in fettigen Tentakeln umher, ihre Finger krallen sich in den Rahmen. Die Kette vibriert zwischen ihnen wie eine glänzende, nervöse Schlange.

Du musst keinen Schiss haben, brummt er. Ich schicke dich nicht zurück in den Tank. Ich … ich will dir nur was zeigen. Und jetzt komm. Sie wird sonst sauer.

Bertold wendet sich wieder um.

Margrit folgt ihm. Ihre nackten Sohlen tappen leise auf den Stufen. Dreck wirbelt auf. Er schaltet das Licht ein, geht zum Regal. Staubkörner umtanzen die nackte Glühbirne. Sie steht auf der untersten Stufe, sieht sich um, das Kinn gereckt, wie ein ängstliches, witterndes Reh.

Ich will das nicht, sagt er leise. Ich ... ich will das wirklich nicht. Seine Stimme zittert.

Er hat jetzt einen Baseballschläger in der Hand.

Ein Relais knackt, der Heizkessel springt rasselnd an. Margrits Blick wandert über die aufgestapelten Kisten. Die alte Matratze. Die verstaubten Einweckgläser im Regal. Langsam, ganz langsam geht sie zum Heizkessel, betrachtet das, was neben einer verrosteten Stehlampe an der Wand lehnt.

Langlaufskier.

Es ... es geht bestimmt schnell, sagt Bertold.

Er steht hinter ihr. Die Narben zwischen ihren Schulterblättern sind kaum zu erkennen, verschwinden unter den blutigen Striemen, die das Elektrokabel auf ihrem Rücken hinterlassen hat. Sie beugt sich vor, studiert ihre alten Skier. Stirnrunzelnd mustert sie den zerkratzen Lack, folgt dem abblätternden Schriftzug, Buchstabe für Buchstabe: *GERMINA*.

Es ... es tut mir leid, murmelt Bertold. Ich habe keine Wahl.

Margrit wendet sich um. Als sie ihn ansieht, sind ihre Augen klar. Sie achtet nicht auf den Baseballschläger, den er zum Schlagen erhoben hat, etwas anderes erregt ihre Aufmerksamkeit. Sie reckt den Hals, nähert sich dem Tattoo an seinem Handgelenk, hebt den Arm und betrachtet das, was in ihre Haut eingestochen ist. Das Herz, die beiden Namen darunter. Ihr Blick wandert zwischen den beiden Tattoos hin und her, als wolle sie sichergehen. Ein Lächeln erhellt ihr verhärmtes Gesicht, sie nickt bedächtig, sieht ihm direkt in die Augen.

Er sagt, dass es bestimmt weh tun werde. Es klingt wie eine Entschuldigung. Aber es wird schnell gehen, fügt er fast trotzig hinzu. Das verspreche ich dir.

Langsam, wie in Zeitlupe, hebt Margrit die Hand. Er weicht unwillkürlich zurück, der Baseballschläger über seinem Kopf streift die Glühbirne. Sie tritt dicht an ihn heran. Sacht tasten ihre Fingerspitzen über seine geschwollene Nase, das blutverkrustete

348

Kinn. Sie nimmt sein Gesicht in die Hände, betrachtet ihn ernst, aus großen, glänzenden Augen.

Die Glühbirne pendelt über ihren Köpfen.

Margrit öffnet den Mund. Lächelt.

Bertold, sagt sie. Da bist du ja endlich.

*

Dunkle Wolken hängen über der Stadt. Ein eisiger Wind fegt durch die Straßen. Menschen hasten über spiegelglatte Gehwege, ducken sich in den Hauseingängen. Ein weißes, wirbelndes Chaos weht von den Dächern, prasselt gegen die Fassaden. Schnee rieselt von Fensterbrettern, den Ästen kahler Bäume, türmt sich auf steinernen Brunnen, Skulpturen, schimmert in zarten Flocken auf Mänteln, Schals, glänzt auf vom Frost geröteten Gesichtern, verfängt sich in den buschigen Augenbrauen alter Männer.

Ampeln fallen aus. Am Markt kollidiert eine Straßenbahn mit einem Streufahrzeug. Vom Dach des Rathauses löst sich ein Schneebrett und verletzt einen Mitarbeiter des städtischen Meldeamtes. Der Zoo wird wegen der vereisten Fußwege geschlossen. Der S-Bahn-Verkehr wird eingestellt.

Rund um die Kirche am Hasenberg herrscht dichtes Gedränge. Kinder toben durch den Schnee, bewacht von frierenden Müttern, gelangweilten Vätern. Ein schwarzer Volvo rast mit Vollgas aus einer Seitenstraße heran und kracht, ohne zu bremsen, gegen einen Papierkorb am Fuße des Berges. Der Motor jault. Kühlwasser tropft auf die vereiste Fahrbahn. Ein dunkelhaariger Mann in Lederjacke springt schreiend aus dem Wagen. Ein älterer Herr will ihn aufhalten, er stößt ihn zur Seite und rennt davon, ohne auf die protestierenden Menschen zu achten. Als er den Kindergarten betritt, schreit der Mann noch immer, brüllt einen Namen, mit heiserer, sich überschlagender Stimme. Es ist der Name eines Kindes. Stühle fliegen umher. Tische fallen um. Verängstigte Kinder weinen. Eine neunzehnjährige Auszubildende bekommt einen Nervenzusammenbruch. Ihr Name ist Bernadette. Der Hausmeister, ein ehemaliger Ringer, will den tobenden Mann beruhigen. Es gelingt ihm nicht. Die Leiterin wird gerufen. Sie weiß, dass der Mann Polizist ist, doch sie sieht keinen Ausweg und wählt den Notruf.

Weiter nördlich kämpft sich ein Streifenwagen durch die wirbelnden Schneemassen. Blaulicht flackert. Der Wagen hält mit schlingernden Reifen vor einem unauffälligen Reihenhaus. Vier Beamte springen heraus. Schwere Stiefel knirschen im Schnee. Rufe werden laut, Fäuste poltern gegen die Haustür. Holz splittert, die Tür wird aufgebrochen. Zwei der Männer durchsuchen das Erdgeschoss, einer die obere Etage. Der vierte geht in den Keller.

Zunächst fällt dem Mann nichts Besonderes auf. Eine nackte Glühbirne pendelt von der Decke. Verstaubte Möbel, nutzloses Gerümpel. Dann hört der Beamte eine Stimme. Jemand singt.

Schlaf, Kindchen, schlaf.

Eine Frau. Nackt, aus unzähligen Wunden blutend. Sie hockt im Schneidersitz vor dem Heizkessel. Ein Mann liegt neben ihr, sein Kopf ist in ihren Schoß gebettet. Seine Augen sind geschlossen, die Beine bis zur Brust angezogen. Ein malerischer, beinahe sakraler Anblick. Mit leiser, brüchiger Stimme singt sie ihr Lied, wiegt sich vor und zurück und streichelt sacht seinen Kopf. Der Mann seufzt leise. Wie ein Kind, das endlich Trost bei der Mutter gefunden hat.

Schlaf, Kindchen, schlaf.

Achtundsechzig

Nein. Nein, und nochmals nein.

Magnus de Vriess mochte Hanns Lerby nicht. Bisher war es nur eine diffuse Abneigung gewesen, doch in den letzten Tagen hatte sich dieses Gefühl zu einer dumpfen, bohrenden Gewissheit gesteigert, die nun, da er bereits seit über einer Stunde in Lerbys Büro warten musste, in einer äußerst unschönen Erkenntnis mündete: Es war ein Fehler gewesen, sich mit Hanns Lerby einzulassen.

De Vriess saß in einem der Chesterfield-Sessel unter den hohen Fenstern. Sein Hintern wurde allmählich taub. Kein Wunder, optisch mochten die Dinger eine Menge hermachen, bequem waren sie jedenfalls nicht. Das Feuer im Kamin war heruntergebrannt, es roch nach Staub, Holzkohle, alten Stoffen und feuchten Ziegelsteinen, ein Duft, der an den Geruch eines Museums erinnerte.

Eine schmale Tür öffnete sich in der getäfelten Wand. De Vriess widerstand dem Impuls, sofort aufzuspringen, verlagerte stattdessen das Gewicht auf die andere Seite, während Lerby gemächlich zu seinem Schreibtisch schlenderte, einen kurzen Blick auf den Monitor mit den Schwarzweißbildern der Überwachungskameras warf und Platz nahm.

»Es hat etwas länger gedauert«, sagte Lerby.

Das klang nicht wie eine Entschuldigung, war auch offensichtlich nicht so gemeint. Er sah de Vriess nicht an, seine Aufmerksamkeit galt einem länglichen Metallgegenstand, den er mit hereingebracht und vor sich auf dem Schreibtisch abgelegt hatte.

»Ich habe fast anderthalb Stunden gewartet«, sagte de Vriess.

»Wunderbares Stück«, murmelte Lerby, über seinen Schreibtisch gebeugt. »Frühes elftes Jahrhundert, vielleicht noch älter. Siehst du die Inschrift? Ich weiß, dass es dich nicht interessiert«, ein kurzer, spöttischer Blick, »aber du könntest wenigstens so tun, Hubert.«

De Vriess verstand die Aufforderung, schob sich aus dem Sessel und kam widerstrebend näher. Erst jetzt bemerkte er, dass Lerby weiße Stoffhandschuhe trug. Das, was vor ihm lag, war ein dreißig Zentimeter langer, geschwungener Dolch.

»Der Griff ist aus Elfenbein. Die Klinge,« Lerbys Zeigefinger fuhr sacht über das matt schimmernde Metall, »aus Damaszener Stahl. Angeblich ist mit dieser Waffe der Atabeg von Maragha ermordet worden. Die Inschrift ist persisch. Willst du wissen, was die Zeichen bedeuten?«

Nun, das wollte Magnus de Vriess nicht. Lerby hatte recht, es interessierte ihn einen Dreck. Er nickte trotzdem.

»Gnadenbringer«, lächelte Lerby. »Aus heutiger Sicht entbehrt das nicht einer gewissen Ironie, aber vor tausend Jahren hatten die Menschen andere Maßstäbe. Nimm ihn in die Hand.«

Das tat de Vriess.

»Spürst du etwas?«, fragte Lerby.

De Vriess drehte den Dolch in den Fingern, umfasste den Griff. Dunkle Flecken übersäten die geschwungene, vom Alter geschwärzte Klinge.

»Er ist schwer.«

»Natürlich ist er das«, schnaubte Lerby, öffnete eine Schublade, holte ein ledergebundenes Etui hervor, klappte es auf und hielt es de Vriess entgegen. Dieser legte den Dolch in das samtausgeschlagene Kästchen.

»Ich meinte die *Magie*.« Kopfschüttelnd schloss Lerby den Deckel und streifte die Handschuhe ab. »Aber das ist wohl zu viel verlangt bei jemandem wie dir. Hier«, er reichte de Vriess ein Papiertaschentuch. »Die Klinge ist frisch behandelt. Rostlöser und Waffenöl. Nicht, dass du dir das Jackett versaust.«

»Ich musste einen Termin absagen, Hanns.«

»Eine Signierstunde.«

»Darf man erfahren«, de Vriess wischte die Finger ab, »was plötzlich so wichtig ist?«

Lerby ließ ein paar Sekunden verstreichen.

»Neulich haben wir deine Anteile erhöht«, begann er schließlich. »Im Gegenzug haben wir ausgemacht, deinen Arbeitsbereich«, er ließ eine winzige Pause einfließen, »zu erweitern. Es ist an der Zeit, ein wenig konkreter zu werden.«

»Ich bin gespannt.«

De Vriess versuchte sich in einem gelassenen Lächeln, es gelang ihm nicht. Seine Finger krampften sich in das Taschentuch, die Wangen erbleichten unter der Bräunungscreme.

»Zunächst«, Lerby deutete auf die in der Holztäfelung verborgene Tür, »möchte ich dir etwas zeigen.«

»Und dann?«

»Dann wirst du jemanden kennenlernen.«

*

Sie mochte keine Kinder. Die waren laut, anstrengend und nervig. Obwohl der Kleine ganz süß war, wie er da im Schneidersitz auf dem Teppich hockte und mit großen Augen hoch zum Fernseher starrte, in der einen Hand die Fernbedienung, in der anderen die Packung Tic Tacs.

Sie kramte in ihrer Handtasche, holte die Zigaretten hervor. Das Feuerzeug zitterte in ihren Händen, sie brauchte drei Versuche, bis es ansprang. Mein Papa, hatte der Kleine erklärt, raucht auch. Aber nur, wenn ich nicht da bin. Davon wird man nämlich krank.

Okay, er war ganz süß. Aber dieses altkluge Geplapper ging ihr auf die Nerven. Im Moment war er still, abgelenkt von einer dämlichen Zeichentrickfigur, einem Indianerjungen, der mit Tieren sprechen konnte. Aber es war nur eine Frage der Zeit, bis er wieder Fragen stellen würde.

Sie blies den Rauch aus, betrachtete den Lippenstift am Filter.

Der Kleine war clever. Lange würde er sich nicht mehr hinhalten lassen. Sie wusste, was sie dann tun würde.

Noch war er still. Noch.

*

»Nach dir, Hubert.«

Lerby hatte die verborgene Tür geöffnet, deutete einladend in die Dunkelheit. De Vriess hob fröstelnd die Schultern, ein kalter, nach Moos und feuchten Ziegelsteinen riechender Luftzug wehte ihm entgegen. Zögernd betrat er den Gang, hörte, wie Lerby hinter ihm einen Schalter betätigte und die Tür schloss. Licht flammte auf. Der Tunnel führte bergab, ein zwei Meter hoher, grob in den Felsen gehauener Gang, erhellt von trüben, halbrunden Lampen aus geriffeltem Milchglas, die von rostigen Gittern gehalten wurden und im Abstand von etwa fünf Metern an der Decke befestigt waren.

»Zieh den Kopf ein«, sagte Lerby. »Nicht, dass du dir noch das Toupet versaust.«

Der Gang mündete nach zwanzig Metern in einen Kellerraum. Drei Türen waren in die Wände eingelassen. Zwei davon, gefertigt aus dicken Eichenbohlen, schienen schon seit Jahrhunderten in ihren rostigen Angeln zu hängen. Lerby deutete auf die dritte, eine moderne, durch mehrere Schlösser gesicherte Stahltür.

»Niemand darf diesen Raum ohne meine Erlaubnis betreten.« Seine Stimme hallte dumpf durch das Gewölbe. »Nicht einmal die Mitglieder des Inneren Kreises. Ich nenne ihn das Zentrum des Lichts. Hinter dieser Tür befinden sich …«

Lerby verstummte. Stirnrunzelnd musterte er die massive Stahltür, fasste plötzlich einen Entschluss und sah de Vriess an.

»Lassen wir den Blödsinn, es interessiert dich sowieso nicht. Ich werde dir jetzt ein Geheimnis verraten, mein Lieber.« Er kam einen Schritt näher. »Ich erkläre dir jetzt, wie ich meine

354

Leute an mich binde. Wie ich sie dazu bringe, mir aus der Hand zu fressen und buchstäblich alles zu tun, was ich von ihnen verlange. Es ist einfach. Ich weiß, was sie hören wollen, und genau das erzähle ich ihnen. Ich kenne ihre größten Wünsche, ihre geheimsten Träume und sage ihnen, dass sie dort«, er deutete auf die Tür, »in Erfüllung gehen. Jeder vermutet in diesem Raum etwas anderes. Uralte Dokumente. Unbezahlbare Antiquitäten. Geheimes Wissen. Reichtum, Macht, Erfolg. Soll ich dir sagen, was tatsächlich hinter dieser Tür ist?«

Lerby senkte die Stimme, die Lippen dicht an de Vriess' Ohr.

»Nichts«, flüsterte er. »Ein leerer, besenreiner Keller.«

Er trat zurück.

»Mehr ist nicht nötig.« Ein Grinsen. »Ich wecke ihre Neugier. Bringe sie so weit, um jeden Preis dazugehören zu wollen.«

»Das«, murmelte de Vriess, »ist wirklich …«

»… genial, oder?« Lerby breitete stolz die Arme aus. Sein Lächeln wirkte echt. »Aber ich warne dich, wenn du auch nur ein Wort verrätst«, er drohte de Vriess spielerisch mit dem Zeigefinger, »reiße ich dir bei lebendigem Leibe die Eier aus und gebe sie dir zu fressen.«

Lerby lächelte noch immer, doch de Vriess wusste, dass es ihm ernst war. Todernst.

»Du siehst beschissen aus, Hubert. Du hast doch nicht etwa Platzangst?«

De Vriess schüttelte den Kopf. Sicherlich, er fühlte sich unbehaglich in diesem engen Raum, tief unter der Erde, doch was ihm Angst machte, war dieser Mann, Hanns Lerby, der jetzt zu einer der beiden alten Türen ging.

»Hier«, ein Dröhnen erklang, als Lerby mit der flachen Hand gegen das rissige Holz schlug, »geht's zum Labyrinth. Ein Tunnelsystem, das sich unter die halbe Stadt erstreckt. Ich bin der Einzige, der die genauen Pläne kennt. Mein Vorgänger hat sie gezeichnet, aber ich will dich nicht weiter langweilen.«

De Vriess räusperte sich. Die Luft kratzte in seinem Hals, roch nach Schimmel und abgestandenem Wein, unterlegt mit Lerbys Rasierwasser und dem kaum wahrnehmbaren Duft von Weihrauch.

»Du ... du wolltest mir jemanden vorstellen.«

»Richtig«, nickte Lerby. »Ein Mitglied des Inneren Kreises. Jemanden, der mir wertvolle Dienste erwiesen hat. Sie ist ein bisschen naiv.« Seine Augen blitzten amüsiert, als er mit einem verschwörerischen Schmunzeln auf die dicke Stahltür gegenüber deutete. »Ich habe ihr weisgemacht, dass ich den Stein der Weisen besitze. Dass sich in diesem Raum eine uralte Apparatur befindet, mit der man Blei in Gold verwandeln kann. Wie gesagt«, er ging zur dritten Tür, schob einen schweren Riegel auf, »besonders hell im Kopf ist sie nicht.«

Die Tür knarrte in den uralten Angeln.

»Ihr Name ist Vera. Es ist an der Zeit, dass du sie kennenlernst.«

*

»Die Verbindung ist total schlecht, Claudius! *Was* ist mit Edgar?«

»Er ... das muss ein Irrtum sein, Frieda, ich ...«

»Hör auf zu weinen, ich kann dich nicht verstehen!«

»Ich dreh grad durch, ich ...«

»Wo ist Schröder?«

»Der ... der steht neben mir.«

»Gib ihn mir!«

*

Der Raum war größer, als de Vriess erwartet hatte. Er stand gebückt auf der Schwelle, starrte ins Dunkel. Trübes Licht fiel hinter ihm durch die Tür auf den gelblich schimmernden, mit ausgetretenen Ziegelsteinen gepflasterten Boden. Zunächst schien der Raum leer zu sein, dann, als sich de Vriess' Augen allmählich an die Dunkelheit gewöhnten, registrierte er die Gestalt, die ein paar Meter entfernt auf einem Stuhl saß.

»Darf ich vorstellen?«, sagte Lerby hinter ihm. »Vera. Magnus. Magnus. Vera. Eigentlich heißt er Hubert, aber er hasst es, wenn man ihn so nennt. Wartet, ich mache euch Licht.«

Über ihren Köpfen flammte eine Neonlampe auf. De Vriess schloss geblendet die Augen. Zwinkerte mehrmals. Schließlich verschwanden die grellen Lichtpunkte aus seinem Gesichtsfeld, und Magnus de Vriess taumelte zurück.

»Sie …«

Seine Stimme brach. Falls er noch Zweifel gehabt hatte, waren sie nun endgültig verflogen. O ja, es war ein Fehler gewesen, sich mit Hanns Lerby einzulassen. Ein tödlicher Fehler.

Er starrte auf die klobigen Winterstiefel der Frau. Die grüne, grob gestrickte Strumpfhose. Die dunklen Flecken auf dem rosafarbenen, verwaschenen Kleid. Die Augen, die ihm direkt ins Gesicht starrten.

»Sie …«

Eisig. Blau.

»Sie … ist …«

Leblos.

»Tot?«, vollendete Lerby in seinem Rücken. »Aber natürlich ist sie das. Was dachtest du denn?«

*

»Er hatte einen Nervenzusammenbruch, Frieda. Ich bringe ihn jetzt zurück ins Präsidium.«

»Was ist passiert, Schröder? Er hat irgendwas erzählt, dass Edgar entführt worden ist!«

»Ich kann dir das jetzt nicht erklären.«

»Wieso sollte jemand Edgar …«

»Hör zu, Frieda. Der wichtigste Mensch auf der Welt ist verschwunden. Sein Vater sitzt heulend neben mir. Ich kann nicht ewig herumtelefonieren, ich brauche jetzt einen klaren Kopf, verdammt!«

»Kann ich irgendwas …

»Nein, Frieda, du kannst nichts tun. Außer beten vielleicht.«

Neunundsechzig

Zitternd lehnte de Vriess an der unverputzten Wand. Mörtel rieselte hinter ihm zu Boden. Sein Blick hing wie gebannt an der toten Frau. Ihre Hände waren hinter der Stuhllehne gefesselt. Das Haar schimmerte bläulich im erbarmungslosen Licht. Das Kleid, über und über mit Blut bedeckt, glänzte wie flüssiger Teer.

»Eine unschöne Sache, wirklich.«

Lerby stand neben einem niedrigen Tisch, auf dem sich eingeschweißte Päckchen in unterschiedlichen Größen stapelten. Er öffnete eines, streifte im Gehen ein Paar Chirurgenhandschuhe aus Plastik über und lief zu der Leiche.

»Vera war wertvoll. Ein bisschen blöd zwar, aber sie hat alles getan, was man von ihr verlangt hat. Die Einzige, die ich nicht wegen ihres Geldes, sondern wegen ihrer Fähigkeiten in den Inneren Kreis aufgenommen habe. Jahrelang war sie zuverlässig, verschwiegen, selbst ihr Mann hatte keine Ahnung, dass wir existieren. Doch dann hat sie Mist gebaut, großen Mist sogar. Das hätte ich ihr vielleicht noch durchgehen lassen, aber leider, leider«, ein Seufzen, »hat sie einen Fehler gemacht. Sie hat mich erpresst.«

Er hob die Hand. Einen Moment sah es aus, als wolle er der

Toten die Wange tätscheln, stattdessen verkrallten sich seine Finger in ihrem Haar, rissen ihren Kopf in den Nacken. Die Halswunde klaffte auf, ein blutendes, grinsendes Maul.

»Siehst du?«, sagte er, an de Vriess gewandt. »Das sind die Konsequenzen.«

Seine Finger lösten sich, der Kopf der Toten sank auf die Brust.

»Ich muss untertauchen, hat sie gesagt.« Lerbys Stimme hob sich zu einem jammernden Falsett. »Die Bullen sind hinter mir her! Du musst mir Geld geben, sonst verpfeife ich dich!«

Er schürzte missmutig die Lippen.

»Ich hab dir 'ne Heidenangst eingejagt, was?«

De Vriess brachte kein Wort heraus.

»Das«, nickte Lerby, »ist verständlich. Du siehst jetzt, was passiert, wenn man mich bedroht. Das ist allerdings nicht der Grund, weswegen wir hier sind. Nun ja«, verbesserte er sich lächelnd, »nicht der *Haupt*grund. Wir hatten besprochen, deinen Aufgabenbereich zu erweitern. Mehr Geld, mein lieber Hubert, bedeutet mehr Verantwortung, und Vera«, er deutete auf die Leiche, »wird deine erste Aufgabe sein. Du wirst sie verschwinden lassen.«

*

Klick. Klick. Klickklickklick.

Das verdammte Feuerzeug sprang nicht an.

Klick.

Endlich. Sie inhalierte tief, sank zurück in die Sofakissen.

»Rufus findet Rauchen doof.«

Der kleine Quälgeist sah zu ihr auf.

»Da hat Rufus recht.« Sie zerdrückte die Kippe im bereits überquellenden Aschenbecher, stand auf, ging neben ihm in die Hocke und tätschelte seinen Kopf. »Ich hab sie ausgemacht, ist besser so.«

»Wann kommt Mama?«

»Gleich.« Sie gab ihm einen Kuss auf die Wange. »Mama hat mir grad 'ne Nachricht geschickt, sie muss noch kurz …«

»Du riechst nicht gut.« Der Kleine wandte den Kopf ab. »Nach Qualm.«

Ihr Lächeln gefror zu einer Maske. Die kleine Nervensäge war müde. Bekam allmählich schlechte Laune.

»Ich will zu Mama.«

Dieses verdammte Nörgeln. Bald würde es lauter werden. Nicht mehr lange, und sie hatte es mit einem plärrenden, um sich schlagenden kleinen Monster zu tun, das die ganze Gegend zusammenschrie. Nun, es gab Fesseln, Knebel und den polierten Schrank, in dem man einen Vierjährigen problemlos ruhigstellen konnte. Das würde unangenehm werden, doch es war nichts im Vergleich zu dem, was später passieren sollte, sie …

»Guck mal! Das ist Großer Adler!« Der Kleine hatte sich aufgerichtet, wies aufgeregt mit dem Finger auf den Fernseher. »Das ist der beste Freund von Yakari, der hilft ihm immer, wenn's gefährlich wird!«

Er strahlte sie an.

»Cool, oder?«

»Aber klar doch.« Sie legte dem Kleinen den Arm um die Schulter. »Total obercool.«

*

»Ich … ich werde das nicht tun«, krächzte de Vriess.

»Nein?«

»Nein.«

Lerby stand dicht vor ihm. Seine Augen, ebenso leblos wie die der Toten, schimmerten silbrig.

»Ach, Hubert.« Er klang enttäuscht. »Ich hab dich ins Vertrauen gezogen. Du kennst mein wichtigstes Geheimnis, jetzt habe ich dir auch noch einen Mord gestanden. Ich bin dir also ausgeliefert. Glaubst du, ich würde das tun, wenn ich nicht sicher wäre, dass du tust, was ich will? *Absolut* sicher? Hältst du mich wirklich für so naiv?«

»Ich … ich verstehe nicht …«

»Ich habe dich in der Hand, Hubert. Ebenso, wie du *mich* in der Hand hast. Ein uraltes Prinzip, mein Lieber. Du gehörst jetzt zu meinen engsten Mitarbeitern, ich muss dir vertrauen, komme, was da wolle. Ich muss sichergehen. Angst ist ein probates Mittel, Geld natürlich auch. Aber das reicht mir nicht. Es gibt bessere Arten, meine Leute an mich zu binden. Wer mich verrät, wer mich zu Fall bringen will, stürzt ebenfalls.«

»Du willst mich erpressen?« Allmählich erlangte de Vriess die Fassung wieder. »Wenn du die Schwarzgelder meinst, dann …«

»Nicht doch«, unterbrach Lerby gereizt. »Ich meine Mord.«

»Ich?« De Vriess lachte auf. »Ein *Mörder*?«

»Du hast zwei Möglichkeiten. Entweder, du kümmerst dich um die Leiche. Dort«, Lerby deutete auf den niedrigen Tisch, »ist alles, was du brauchst. Schutzanzug, Handschuhe, steriler Mundschutz. Man wird keinerlei Spuren finden.«

»Und was«, de Vriess schüttelte verächtlich den Kopf, »ist die zweite Möglichkeit?«

»Na ja.« Lerby zuckte die Achseln. »Die Tatwaffe, die man in der Nähe der Leiche finden würde. Ein uralter Dolch, Damaszener Stahl. Mit den Fingerabdrücken des Mörders. *Deinen* Fingerabdrücken.«

»Das ist nicht dein …«

»Doch, Hubert, das ist mein Ernst. Rostschutzmittel und Waffenöl!« Lerbys Augen erwachten zum Leben, blitzten auf. »Nein, mein Freund, das war Blut. Blut, das jetzt an deinen Fingern klebt.«

Automatisch hob de Vriess den Arm. Er bemerkte den bräunlichen Fleck zwischen Daumen und Zeigefinger und wischte in einer fahrigen, unbewussten Bewegung mit der Hand über das Hosenbein.

»Herrjeh«, grinste Lerby. »Der schöne Anzug.«

»Du bist verrückt«, zischte de Vriess. »Kein Mensch wird dir diesen Schwachsinn abkaufen, Hanns.«

»Kann sein«, nickte Lerby. »Kann aber auch nicht sein. Willst du das Risiko eingehen?«

Die Neonröhre brummte über ihren Köpfen. Eine Spinne kroch über die Schwelle, flitzte ein Stück vor und verharrte zwischen ihnen. Magnus de Vriess hasste Spinnen, er ekelte sich vor diesen Tieren, im Moment allerdings hatte er andere Probleme.

»Da wäre noch was«, sagte Lerby. »Cordula von Lubitzsch. Du weißt schon, die junge Dame, die du kurz vor ihrer Ermordung gevögelt hast. Dein Sperma wird nicht der einzige Hinweis sein, den man bei ihrer Leiche findet.«

Urplötzlich hob Lerby den Fuß und zertrat die Spinne. Dreck knirschte unter seinem Absatz. De Vriess sah erschrocken nach unten und bemerkte die Überzieher aus hellblauem Fleece, die Lerby über seine Schuhe gestreift hatte.

»Guck mal.« Lerby deutete auf einen rostigen Haken an der gewölbten Decke. »Genau über dir war der Strick befestigt, an dem sie gehangen hat, als ihr die Zunge entfernt wurde. Sie hat ganz schön geblutet. Du stehst übrigens mittendrin, Hubert.«

Der Fleck, bräunlich, längst getrocknet und tief in den Ziegelboden eingesickert, war unübersehbar. De Vriess verzog angeekelt den Mund und stolperte unbeholfen zur Seite.

»Angenommen, dieser Raum wird untersucht«, sagte Lerby. »Dann wird man nicht nur ihr Blut, sondern auch deine Fußabdrücke finden. Die einzigen Spuren übrigens, mit Ausnahme der Opfer natürlich. Ich muss dir wohl nicht sagen, was das bedeutet.«

Nun, das musste Hanns Lerby nicht.

»Du willst, dass ich sie … verschwinden lasse.« De Vriess bedachte die Leiche mit einem Blick, ängstlich und angewidert zugleich. »Wie?«

»Das erfährst du noch.«

»Du machst mich zum Mittäter.«

»Wir erweitern deinen Arbeitsbereich, Hubert.«

»Dann hast du mich in der Hand.«

»Richtig«, lächelte Lerby. »Und zwar für den Rest deines Lebens.«

Siebzig

»Reiß dich zusammen!«

Schröder hatte Zorns Sessel herumgedreht, umklammerte die Lehnen und beugte sich über seinen leichenblassen ehemaligen Vorgesetzten, das Gesicht nur wenige Zentimeter von Zorns entfernt.

»Konzentrier dich«, sagte er leise. »Mach deine Arbeit.«

»Ich … wenn Edgar was passiert ist.« Zorn sah aus glasigen, schreckgeweiteten Augen zu Schröder auf. »Ich überleb das nicht, Schröder, ich …«

»Edgar ist nichts passiert!« Schröders Finger krallten sich in die Lehnen. »Wir finden ihn! Das ist unser Job. Aber dazu müssen wir unsere Köpfe benutzen, also hör gefälligst auf zu jammern! Ich schaffe das nicht allein!«

»Staatsanwalt Peck«, ertönte plötzlich eine Stimme hinter ihnen, »hat den Notarzt kommen lassen.«

Gerald Hamsun stand in der Tür. Eine blasse Gestalt, wie aus dem Nichts erschienen und scheinbar im Begriff, im nächsten Augenblick wieder dorthin zu entschwinden.

»Ich persönlich«, sagte er, »halte diese Reaktion gelinde gesagt für übertrieben, schließlich handelt es sich nur um eine gebrochene Nase, und der Blutverlust«, ein kurzer Blick auf den kleinen, rostfarbenen Fleck auf dem Teppich, »hat sich offensichtlich in Grenzen gehalten. Ich fürchte allerdings«, er wandte sich an Zorn, »dass Sie mit einer Anklage wegen schwerer Körperverletzung rechnen müssen.«

Zorn versuchte gar nicht erst, Hamsuns Worten zu folgen. Sein Kopf dröhnte, Panik raste durch seinen Schädel wie ein außer Kontrolle geratender D-Zug. Er fühlte einen dumpfen Schmerz in den Knöcheln, erinnerte sich an dessen Ursache, den Schlag, den er Peck verpasst hatte, doch das war egal. Nur eines war wichtig. Edgar. Sein Sohn. Sein verschwundener Sohn.

»Das«, erklärte Schröder Hamsun dann auch, »ist momentan nebensächlich.«

»Dessen bin ich mir bewusst. Ich bin aus anderen Gründen hier.«

»Welchen?«

»Wie Sie wissen, umfasst mein Aufgabenbereich unter anderem auch das Archivieren von …«

»Bitte, Herr Hamsun.« Schröder richtete sich auf. »Fassen Sie sich kurz, ja?«

Hamsun straffte sich.

»Es gibt eine weitere Verbindung. Richter Heiner Borck hat im Laufe seiner Karriere unzählige Prozesse geleitet. Die Akten umfassen mehrere Regalmeter. Staatsanwalt Peck hätte mir natürlich nie seine Zustimmung gegeben, ich habe allerdings Zugang zum Archiv und habe in meiner Freizeit …«

»Ich sagte, Sie sollen sich kurz fassen!«

Das tat Gerald Hamsun schließlich.

Dreißig Sekunden später stürmte Schröder aus dem Büro.

*

Malina stand vor der Glasscheibe, starrte aus geröteten Augen durch die Lamellen in das Krankenzimmer. Rufus sah friedlich aus, wie er da so lag, als würde er schlafen. Einzig der Kopfverband störte und die Geräte natürlich, blinkende Apparate, deren Sinn ihr verborgen blieb.

Ihr Mantel hing ein paar Meter entfernt an einem verchromten Garderobenständer neben dem Eingang zum Schwesternzimmer. Das Handy lag in der Innentasche, sie hatte es noch immer nicht eingeschaltet. Über ein Dutzend Anrufe waren in den letzten zwei Stunden eingegangen, die Liste war lang. Claudius, Schröder, der Kindergarten, ein paar unbekannte Nummern.

Schritte näherten sich. Eine Schwester fragte leise, ob sie etwas essen wolle. Malina schüttelte stumm den Kopf, den Blick weiter ins Krankenzimmer gerichtet.

Dort lag er. Und er schlief nicht, auch wenn es so aussah.

Rufus kämpfte um sein Leben.

*

Die Holzvertäfelung teilte sich, die Tür wurde knarrend geöffnet. Lerby trat aus dem Gang, wischte sich etwas Staub von den Schultern und drückte die Tür hinter sich ins Schloss. Die Verriegelung rastete ein. Das Geräusch, verstärkt durch die hohen Wände, erinnerte an das Spannen eines Revolverabzuges. Die Samtvorhänge vor den hohen Fenstern waren zugezogen, milchiges Licht drang durch die Spalten zwischen den schweren Gardinen, reflektierte in schimmernden Dreiecken auf den breiten Dielen.

Er verharrte einen Moment mit gesenktem Kopf, dann setzte er sich mit hallenden Schritten in Bewegung, holte im Gehen sein Handy hervor und schrieb eine SMS. Vor dem Kamin machte er halt, starrte nachdenklich in das prasselnde Feuer. Die Flammen huschten über sein starres, wie in Stein gemeißeltes Gesicht.

»Doch«, murmelte er. »Es ist richtig so.«

»Da wäre ich mir nicht so sicher.«

Lerby wirbelte herum.

»Sie …?!«

»Ich stelle Ihnen jetzt eine Frage.« Schröder trat aus dem Schatten. »Sie haben dreißig Sekunden für die Antwort.«

Metall schimmerte, als Schröder die Pistole auf Lerbys Brust richtete. Schröder sprach leise, doch jede Silbe drang wie ein Schuss zwischen seinen bleichen Lippen hervor.

»Wo ist der Junge?«

*

Gerald Hamsun saß im Vorzimmer an seinem Schreibtisch. Die Dämmerung hatte eingesetzt, er beugte sich vor und knipste eine verchromte Bürolampe an, ohne von dem Papier aufzusehen, in das er gerade vertieft war.

»Einen Versuch ist es wert«, murmelte er.

»Darf man fragen, was Sie da machen?«

Staatsanwalt Peck lehnte mit verschränkten Armen in der Tür und starrte aus blutunterlaufenen Augen auf Hamsun herab. Er klang verschnupft, ein großes Pflaster prangte quer über der Nase.

»Ich studiere einen Grundbuchauszug«, erwiderte Hamsun, ohne den Blick zu heben.

»Ich dachte, ich hätte Ihnen eine klare Aufgabe erteilt«, näselte Peck. »Ich will, dass Sie alles vorbereiten. Tätlicher Angriff auf einen Vorgesetzten, Körperverletzung im Amt, alles, was Ihnen einfällt, das volle Programm. Der Kerl wird sich umgucken, er hat sich mit dem Falschen angelegt, ich … wo wollen Sie hin?«

Hamsun war aufgestanden, nahm den Mantel von der Garderobe und streifte ihn über.

»Etwas erledigen.« Hamsun schlang den Schal um den dünnen

Hals. »Um Ihre«, er senkte die Stimme, »*Aufgabe* müssen Sie sich selbst kümmern. Es steht mir zwar nicht zu, gestatten Sie mir trotzdem eine persönliche Bemerkung.«

Hamsun knipste die Schreibtischlampe aus, schlug den Mantelkragen hoch.

»Der Schlag«, er deutete auf das Pflaster auf Pecks Nase, »mag vielleicht unangebracht gewesen sein. Aber Sie haben ihn sich redlich verdient, Herr Staatsanwalt.«

Hamsun klemmte seine Aktentasche unter den Arm, wünschte seinem Vorgesetzten einen angenehmen Feierabend und verließ das Büro.

*

»Wie sind Sie hier reingekommen?«

Lerby stand wie angewurzelt neben dem Kamin.

»Kontrollieren Sie die Aufnahmen.« Schröder deutete auf den Monitor der Überwachungskameras auf Lerbys Schreibtisch. »Es ist leichter, als Sie denken.«

»Was hat das zu …«

»Wo ist der Junge?«

»Ich verstehe nicht, was Sie meinen.«

»Sie haben zwei Jahre im Gefängnis gesessen. Der Mann, der Sie verurteilt hat, hieß Heiner Borck. Zwei Monate nach Ihrer Entlassung wurde er ermordet. Wir haben lange nach einem Motiv gesucht, Sie haben eins. Aber das ist im Moment nebensächlich. Wo«, Schröder senkte die Stimme, hob gleichzeitig die Waffe, »ist der Junge?«

Lerby sah an Schröder vorbei zur Tür. Stirnrunzelnd registrierte er eine zweite Person, einen Mann, der scheinbar unbeteiligt mit übereinandergeschlagenen Beinen auf einem der Chesterfield-Sessel vor den Fenstern saß, halb verdeckt durch die schweren Vorhänge.

»Das ist mein Kollege«, sagte Schröder, dem Lerbys Blick nicht entgangen war. »Er ist der Vater des Jungen. Ich will eine Antwort, Lerby. Dreißig Sekunden, ab jetzt.«

*

Zorn presste die Zähne aufeinander. Seine Kiefer schmerzten, ebenso seine Hände, die Fingernägel gruben sich tief in die Handballen. Es war schlimm, viel anstrengender als ein Marathonlauf, und es kostete ihn sämtliche Willenskraft, auf dem Stuhl sitzen zu bleiben und Lerby nicht an die Kehle zu gehen, diesem Mann, der ruhig neben dem Kamin stand und jetzt zum dritten Mal erklärte, dass er nicht die geringste Ahnung habe, wovon die Rede sei.

»Fünfundzwanzig Sekunden«, sagte Schröder.

Zorn war Schröder gefolgt, als dieser aus dem Büro gestürmt war. Schröder hatte schnell begriffen, dass nichts auf der Welt Zorn abhalten würde, ihn zu begleiten, und so hatte er schließlich zähneknirschend zugestimmt.

Du wirst dich im Hintergrund halten, hatte er befohlen, als sie im Fahrstuhl gestanden hatten. Ich will nichts von dir hören. Kein Wort, verstehst du?

»Bisher«, sagte Lerby, »fand ich Ihre Spielchen ganz amüsant, Herr Kommissar. Allmählich allerdings …«

»Zwanzig«, unterbrach Schröder ihn ruhig.

Hanns Lerby hatte ein Motiv für den Mord, mit dem alles begonnen hatte: Rache an Heiner Borck. Alles, was danach passiert war, hing zusammen. Wie genau, das wussten sie nicht, die Morde folgten einem wahnwitzigen System, doch es war logisch und wies in eine klare Richtung. Sie waren nicht sicher, doch es war eine Spur. Eine blutige Spur, die womöglich zu einem kleinen Jungen führte. Zu Edgar.

»Fünfzehn.«

Schröder spannte die Waffe.

»Wenn Sie mir vielleicht erklären würden, was …«

Der Schuss kam so plötzlich, dass Zorn erschrocken zusammenfuhr. Die Kugel bohrte sich ein paar Zentimeter von Lerbys linkem Ohr entfernt neben dem Kamin in das Gemäuer. Putz rieselte herab. Lerby schien Nerven aus Stahl zu haben, er zeigte kaum eine Regung.

»Falls Sie mir einen Schreck einjagen wollten«, grinste er, »ist Ihnen das gelungen.«

Er trat einen Schritt vor.

»Stopp.«

Schröder hob erneut die Waffe. Lerby wedelte entschuldigend mit den Händen, trat wieder zurück und lehnte sich gegen die vertäfelte Wand.

»Als Columbo«, er verschränkte die Arme vor der breiten Brust, »waren Sie ziemlich gut. Dabei sollten Sie bleiben, Herr Kommissar. Diese Dirty-Harry-Nummer ist etwas unglaubwürdig, wenn die Bemerkung gestattet …«

Ein weiterer Schuss dröhnte durch die Halle. Holz barst direkt neben Lerbys Kopf. Er zuckte zusammen, tastete über sein Gesicht und betrachtete den Splitter, den er aus der blutenden Wange gezogen hatte. Seine Augen weiteten sich, nicht ängstlich, eher verblüfft.

»Der nächste Schuss geht in Ihre Kniescheibe.«

Zorn konnte Schröders Gesicht nicht sehen. Der kleine Mann stand mit dem Rücken zu ihm vor Lerbys Schreibtisch, die Beine leicht gespreizt. Der Widerschein des Kaminfeuers spiegelte sich flackernd auf seiner Glatze, geschmolzener Schnee tropfte vom Saum seines alten Mantels. Ein Bild, das Zorn unter anderen Umständen an den Showdown in einem Western erinnert hätte, albern und übertrieben, doch Schröder, das wusste Zorn, meinte es ernst. Todernst. Auch Lerby schien dies endlich erkannt zu haben. Sein Gesicht wurde bleich, eine Farbe, die an geronnenen Quark erinnerte.

»Das«, murmelte er, »dürfen Sie nicht.«

»Zehn Sekunden.«

»Sie sind Polizist.«

»Ich bin auf der Suche nach einem kleinen Jungen. Ich würde alles tun, um ihn zu finden. Alles, Lerby. Ich will kein Geständnis von Ihnen, *noch* nicht. Ich will nur eine Antwort. Wie ich die bekomme, ist mir egal. Sie können sich später gern beschweren. Man wird Ihnen allerdings kaum glauben. Ihr Wagen steht nicht vor der Villa, Ihr Chauffeur ist unterwegs. Wir sind also ungestört. Es gibt nur Sie, mich und einen weiteren Polizisten.«

Zorn stand auf, stellte sich neben Schröder. Lerby lehnte an der Wand wie ein in die Enge getriebenes Raubtier, sein Blick flackerte zwischen Zorn und Schröder hin und her.

»Fünf Sekunden«, sagte Schröder.

»Damit kommt ihr nicht durch«, zischte Lerby.

»Vier.«

»Ich …«

»Drei«, sagte Zorn ruhig.

Lerbys Zunge fuhr über die farblosen Lippen.

»Zwei.«

»Okay!« Lerby hob die Hände. »Ich weiß, wo er ist.«

Zorn sog scharf die Luft ein.

»Wo?«, fragte Schröder.

Lerby öffnete den Mund, schloss ihn wieder. Sein Blick streifte den Monitor mit den ruckelnden Schwarzweißbildern der Überwachungskameras. Er sah das zur Seite gleitende Tor und die Limousine, die geräuschlos in der Einfahrt erschien und kurz darauf aus dem Bild verschwand. Weder Zorn noch Schröder bemerkten es. Lerby ballte triumphierend die Fäuste, tat, als müsse er nachdenken, und schüttelte schließlich bedächtig den Kopf.

»Ich kann meinen letzten Trumpf nicht aus der Hand geben. Sie werden mich gehen lassen. Wenn ich in Sicherheit bin, erfahren Sie, wo er ist.«

»Nein«, sagte Schröder.

»Dann, meine Herren«, Lerby setzte ein bedauerndes Grinsen auf, »werden Sie mich wohl verhaften müssen. Es wird allerdings eine Weile dauern, bis Sie erfahren, wo der Junge ist. Im Moment ist er am Leben. Die Frage ist, wie lange noch.«

Zorn stieß ein kehliges Knurren aus, sprang vor, um Lerby an die Gurgel zu gehen. Schröder hielt ihn mit einer Handbewegung zurück, ohne Lerby aus den Augen zu lassen.

»Ich werde nicht noch einmal fragen.«

»Sie werden das nicht tun«, sagte Lerby. »Sie sind Teil des Systems, es ist Ihre Aufgabe, diese verweichlichte Justiz zu stützen. Sie dürfen niemanden unter Druck setzen, erpressen oder foltern. Das würde sämtlichen Prinzipien zuwiderlaufen, oder? Nein, Sie werden sich brav an Ihre Vorschriften halten, Sie …«

Der Schuss peitschte durch die Halle.

Lerbys Augen wurden groß. Das Funkeln in seinen Pupillen erlosch wie ein Teelicht im Wind. Sein Kinn klappte herab, er sah erst Zorn, dann Schröder an, und erst, als sein Blick auf die Pistole fiel, wich die Verblüffung einem dumpfen Begreifen.

»Es reicht jetzt«, sagte Schröder.

Lerby tastete nach dem blutenden Knie. Seine Beine knickten weg, er gab ein ersticktes Krächzen von sich und brach zusammen.

Einundsiebzig

Mona.

Er schläft. Sein Kopf ruht auf ihrem Schoß, sie spürt seinen Atem, tief und gleichmäßig. Behutsam beugt sie sich vor, nimmt die Fernbedienung vom Teppich und schaltet den Fernseher stumm. Ein paar glupschäugige Schafe flitzen über den Bildschirm.

Das Haar hängt ihm in blonden Strähnen über das Gesicht. Sie will es hinter sein Ohr streichen, verharrt in der Bewegung. Der Kleine ist süß, ja, das ist er. Aber sie darf ihn nicht an sich heranlassen. Keine persönliche Bindung.

Sie wird tun, was zu tun ist. Weil es richtig ist. Sie haben ihr eine Chance gegeben. Ein Ziel. Sie ist Teil einer Gemeinschaft, einer Familie, die sie nie hatte. Ihre Mutter, verschwunden, als sie noch nicht einmal laufen konnte. Der Vater, Konzertpianist, ständig auf Reisen. Er hat sie ins Internat gesteckt. Sie hat es gehasst, ist abgehauen, als sie vierzehn war. Dann kam Nikolai. Sie hat sich in ihn verliebt. Er hat sie auf den Strich geschickt, mit Heroin versorgt. Fast wäre sie draufgegangen, aber das ist vorbei. Keine Freier mehr. Keine Schläge. Keine Drogen. Ihr Kopf ist klar. Sie hat ein Ziel.

Der Innere Kreis. Eine Handvoll Menschen, losgelöst von der ahnungslosen grauen Masse. Keine Konventionen, keine moralischen Skrupel. Es geht ihr nicht so sehr um die Macht, auch nicht um den Reichtum, den man ihr versprochen hat. Sie will Teil dieser verschworenen Gemeinschaft, dieser Elite sein. Etwas Besonderes.

Der erste Schritt war leicht. Gerald Hamsun ist ein gutmütiger Trottel, es war ein Kinderspiel, die Informationen zu besorgen. Ein Witz im Vergleich zu dem, was sie danach getan hat.

Der Junge bewegt sich im Schlaf. Es ist dunkel geworden, die hohen Wände des Apartments flimmern im Widerschein des großen Fernsehers. Bläuliches Licht flackert über die polierten Schränke, spiegelt sich in den großen Fenstern.

Vielleicht, denkt sie, ist es hier passiert. Vielleicht hat er die Frau hier niedergeschlagen. Passen würde es, er hat sich als Makler ausgegeben. Mehr weiß sie nicht über diesen Mann, sie hat ihn nur einmal gesehen, in dem Gewölbe unter der Villa, wo sie gewartet hat, bis er kam und die bewusstlose Frau brachte. Die Aufgabe war klar, und so hatte sie keine Fragen gestellt, sie hatten es wortlos erledigt, beide mit dem Wissen um das gemeinsame Ziel, den Inneren Kreis. Verschwiegenheit gehört zu den wichtigsten Prinzipien der Gemeinschaft, die Anwärter kennen einander nicht, denn wer sich nicht kennt, kann den anderen nicht verraten. Ein einfaches, logisches Prinzip, ebenso logisch wie das zweite: absolute, totale Auslieferung. Bedingungsloser Gehorsam. Auch das hat sie erfüllt, und als die Frau, nackt, geknebelt und nach verbranntem Fleisch riechend, strampelnd vor ihr an der Decke hing, da hat sie nur kurz gezögert, bevor sie ihr die Zunge herausschnitt, denn mit diesem Mord, das war klar, legte sie ihr Schicksal unwiderruflich in die Hände der Gemeinschaft.

Ihr Oberschenkel ist taub. Der Junge ist schwerer, als man vermuten würde. Vorsichtig verlagert sie das Gewicht auf die andere Seite, schiebt seinen Kopf auf ihr linkes Bein. Sein Mund steht halb offen, hinterlässt einen feuchten Fleck auf ihrem Rock.

Sie verzieht das Gesicht. Magnus fällt ihr ein, der sabbert genauso. Sie hat sich mit ihm eingelassen, weil sie dachte, er könne ihr nützlich sein. Jetzt weiß sie es besser, er ist nur ein kleines Licht, ein Weichling, wird niemals zum Inneren Kreis gehören.

Im Fernsehen beginnt eine alte Biene-Maja-Folge. Sie hebt lächelnd den Kopf, ihre Zähne schimmern im Zwielicht. Als Kind hat sie die Sendung geliebt: Willi, den Tollpatsch, Flip, den Grashüpfer, und Max, den Regenwurm.

Geistesabwesend streicht sie dem schlafenden Jungen über das Haar. Bald hat sie es geschafft. Dann ist Schluss mit den Botendiensten, den nicht enden wollenden Veranstaltungen. Kein Rumstehen mehr in zugigen Dorfsälen, keine billigen Hotelzimmer. Kein Magnus de Vriess, der schwitzend und grunzend auf ihr liegt.

Der Kleine beginnt, leise zu schnarchen. Sie betrachtet die langen Wimpern, die geschwungenen, feucht glänzenden Lippen, spürt seine Wärme, gleichzeitig einen leisen Stich des Bedauerns.

Nein, denkt sie. Gefühle sind ein Zeichen von Schwäche. Sie hat gezeigt, dass sie stark ist. Jetzt, wo sie fast am Ziel ist, wird sie nicht schwach werden.

Ein Schritt noch, ein einziger.

Selbst wenn sie wollte, sie kann nicht zurück.

Zweiundsiebzig

Lerby wand sich wimmernd am Boden. Schröder bückte sich, seine Finger krallten sich in Lerbys Hemdbrust. Ein Ruck, er zog ihn scheinbar mühelos in die Höhe. Lerbys Beine gaben sofort nach, Schröder presste ihn gegen die Wand und verhinderte, dass er wieder zu Boden rutschte. Unter anderen Umständen hätte sich Zorn wohl gefragt, woher dieser kleine Mann die Kraft dazu nahm, jetzt allerdings stand er einfach nur da, während Schröders Lippen, dicht an Lerbys Ohr, eine einzige Silbe hervorpressten.

»Wo?«

»Das«, keuchte Lerby, »kostet dich den Job.«

Er hat recht, schoss es Zorn durch den Kopf. Dieser Hurensohn hat recht. Schröder, ein Mann, der mit Leib und Seele Polizist war – in Zorns Augen der beste Polizist der Welt –, hatte soeben gegen sämtliche Regeln verstoßen, indem er einem Verdächtigen die rechte Kniescheibe zerschossen hatte. Und damit nicht genug, er schien in seiner Angst um Edgar offensichtlich gewillt, noch weiter zu gehen.

Schröder lockerte seinen Griff, trat einen Schritt zurück und musterte Lerby mit versteinertem Gesicht, die Waffe stumm auf dessen unversehrtes Knie gerichtet.

*

Behutsam drückte sie die Schlafzimmertür ins Schloss, blieb mit gesenktem Kopf stehen und lauschte. Kein Laut. Gut so, der Junge schlief weiter. Sie hatte ihn nebenan in das große Doppelbett gelegt, zugedeckt hatte sie ihn auch, nicht etwa aus Fürsorge, sondern einzig und allein aus dem Grund, ihn so lange wie möglich ruhigzustellen. Klar, irgendwann würde er aufwachen, bald wahrscheinlich, dann ...

Ein melodischer Gong ertönte. Stirnrunzelnd richtete sie sich auf, als sie erkannte, dass es sich um die Türklingel handelte. Sie blinzelte, sah sich um, nagte verwirrt an der Unterlippe. Im Fernseher lief das Sandmännchen. Sie hatte nicht damit gerechnet, dass er so früh schon erscheinen würde. Und warum benutzte er keinen Schlüssel? Vielleicht gab es ja keinen anderen, sicher war sie nicht.

Ein weiteres Klingeln riss sie aus ihren Gedanken. Sie fluchte leise. Wenn das so weiterging, würde der Junge wach. Sie lief zur Tür, machte auf halbem Weg kehrt, nahm ihre Handtasche vom Sofa und kramte ihre Pistole hervor. Ihr Handy, fiel ihr ein, lag im Schlafzimmer auf dem Nachttisch, sie hatte es dort abgelegt, als sie den Jungen ins Bett gebracht hatte. Ein neuerliches Läuten zerriss die Stille, sie beschloss, das Telefon später zu holen, entsicherte die Waffe und öffnete die Tür.

*

Zeit. Hanns Lerby brauchte Zeit.

Die Schmerzen waren höllisch, doch damit konnte er umgehen. Viel schlimmer war, dass er diesen glatzköpfigen Bastard unterschätzt hatte. Mehr als einen vagen Verdacht konnten sie nicht gehabt haben, der Kleine und sein Kollege, dieses blasse, hohlwangige Gespenst, der offensichtlich der Vater des Kindes war. Er selbst, Lerby, hatte ihnen Gewissheit gegeben, als er zugegeben hatte, den Jungen in seiner Gewalt zu haben. Das war dumm, sehr dumm gewesen, er hatte gedacht, einen Deal eingehen zu können, doch das Gegenteil war der Fall. Wie, verdammt nochmal, hatte er nur so blöd sein können? Sie hatten es nicht gewusst, nicht wissen *können*. Jetzt wussten sie's.

Noch war nichts verloren. Mit einem kaputten Knie würde er immer noch flüchten können. Wenn der Dicke ein weiteres Mal schoss, gingen seine Chancen gegen null.

Lerby griff sich stöhnend an das blutende Knie. Der kleine Kommissar sah ihn an, keinerlei Mitleid in den stahlblauen Augen. Nur kalte Entschlossenheit. In den dunklen Augen des anderen las Lerby das Gegenteil: nackte, unverhohlene Panik. Die Angst eines Vaters um sein einziges Kind.

Die Tür hinter den beiden öffnete sich geräuschlos, und als die bullige Gestalt ebenso lautlos auf der anderen Seite des Saals aus dem Schatten trat, da ließ Hanns Lerby sich nichts anmerken, schließlich hatte er jeden Moment damit gerechnet. Er stieß einen leisen Wehlaut aus, obwohl der Triumph, die Freude und die Erleichterung so überwältigend waren, dass sie die Schmerzen betäubten.

Endlich, da war er. Pierre, den alle für seinen Chauffeur hielten.

»Okay.« Die Resignation in Lerbys Stimme klang echt. »Ich sage Ihnen, wo der Junge ist.«

*

Sie stand im Türrahmen. Frostige Luft wehte ihr aus dem Hausflur entgegen. Er hatte das Flurlicht nicht eingeschaltet, durch ein Dachfenster schräg über seinem Kopf drang etwas milchiges Licht. Sein Gesicht lag im Schatten, doch sie erkannte ihn sofort. Ihre Augen weiteten sich. Nicht aus Angst, sondern vor Verblüffung. Er war der Letzte, vor dem sie sich fürchten würde.

»Was willst du denn hier?«, fragte sie.

»Reden«, erwiderte Gerald Hamsun. »Ich möchte mit dir reden.«

*

Was genau es war, würden weder Zorn noch Schröder später mit Bestimmtheit sagen können. Ein Luftzug vielleicht, ein knarrendes Dielenbrett, womöglich auch das leise Rascheln von Kleidung in ihrem Rücken. Was auch immer, sie spürten es beide, wirbelten instinktiv herum, gleichzeitig, sahen die Gestalt am anderen Ende des Saals, und als sie erkannten, was ihnen blitzend aus der Dunkelheit entgegenflog, da waren beide überzeugt, dass ihr letztes Stündlein geschlagen habe. Doch das Butterflymesser hatte ein anderes Ziel, zischte an ihren Köpfen vorbei, und als sie sich wieder umwandten, da hatte die Gestalt den Raum bereits verlassen, und das Messer steckte mit vibrierendem Griff in Hanns Lerbys Kehle.

Dreiundsiebzig

»Wie hast du mich gefunden, Gerald?«

»Du arbeitest für Hanns Lerby«, erwiderte Hamsun. »Es war logisch, dich in seiner Nähe zu suchen. Diese Immobilie ist auf seinen Namen eingetragen, die Wohnung hier ist die einzige ohne Namen auf dem Klingelschild.«

»Clever.«

Hamsun überhörte die Ironie.

»Wie gesagt, es war logisch. Ein Versuch, mehr nicht.«

Mona stand am Fenster, die Hände hinter dem Rücken verschränkt. Diffuses, schwefelfarbenes Licht drang hinter ihr in das Apartment, mischte sich mit dem Widerschein des großen, noch immer stummgeschalteten Plasmafernsehers an der Wand. Der Abspann des Sandmännchens lief.

»Was hast du mit diesem Lerby zu tun?« Hamsun stand neben dem Sofa. Ein hageres Gespenst im düsteren Zwielicht. »Die Polizei geht davon aus, dass er für mehrere Morde verantwortlich ist. Er ist nach einem System vorgegangen. Die Hinweise hat er von dir bekommen, nachdem du mich ausspioniert hast. Du hast mich benutzt, und ich möchte wissen …«

»Natürlich habe ich das.« Sie klang unwirsch, genervt, als rede sie mit einem begriffsstutzigen Kind. »Du glaubst doch nicht ernsthaft, dass ich mich jemals für dich interessiert hätte? Für *dich*?«

»Nein«, sagte Hamsun. »Aber ich hatte es eine Zeitlang gehofft.«

Sein Gesicht glänzte fahl im Widerschein des Fernsehers. Kein Muskel zuckte.

»Warum?«, fragte er.

»Du würdest es nicht verstehen.«

»Ist das dein richtiger Name? Mona?«

Sie nickte stumm.

»Warum?«, wiederholte er. »Warum, Mona?«

Er neigte den Kopf, als lausche er dem ungewohnten Klang ihres Namens.

»Es ist sinnlos«, seufzte sie. »Du bist ein netter Kerl, aber du bist wie alle anderen. Ihr lebt in eurer kleinen, engstirnigen Welt und habt keine Ahnung, dass es wichtigere Dinge gibt.«

»Wichtiger als ein Menschenleben?«

»Ja.«

»Das verstehe ich nicht.«

»Siehst du?« Sie hob die Schultern. Metall klapperte hinter ihr gegen den Heizkörper. »Ich hab's dir doch gesagt.«

»Ich habe die Pistole gesehen. Es ist unnötig, sie zu verstecken.«

Sie stützte die Hände seitlich am Fensterbrett ab. Die Pistole in ihrer rechten Hand schimmerte matt.

»Du hast nicht nur die Hinweise geliefert«, sagte er. »Ich gehe davon aus, dass du selbst gemordet hast. Und mich willst du ebenfalls töten.«

Keine Antwort.

»Warum?«, fragte Gerald Hamsun, nun zum dritten Mal.

»Warum musstest du auch hier auftauchen? Du kennst die Wahrheit, du bist Zeuge. Ich kann nicht zulassen, dass du …«

»Es geht nicht um mich«, unterbrach er. »Ich meine die anderen Opfer.«

Ein weiteres Seufzen, gefolgt von einem resignierten Kopfschütteln. Der Pferdeschwanz pendelte in ihrem Nacken. Eisblumen blühten hinter ihr auf den Fensterscheiben.

Ihr Haar ist wie Gold, dachte Gerald Hamsun. Feingesponnenes Gold.

»Die Polizei sucht nach einem Kind«, sagte er.

Mona bewegte den Kopf nicht, nur ihre Augen zuckten nach links. Er konnte ihr Gesicht nicht erkennen, doch ihr Blick, der für den Bruchteil einer Sekunde hinüber zur Schlafzimmertür huschte, entging ihm nicht.

»Keine Ahnung, wovon du sprichst, Gerald.«

*

Edgar schlug die Augen auf. Das Klingeln hatte ihn schon vor einer Weile geweckt, doch er war wieder eingenickt und noch immer benommen, als er jetzt blinzelnd den Kopf hob und sich schlaftrunken umsah.

Große Fenster mit durchsichtigen, bodenlangen Gardinen. Weiße, deckenhohe Schränke. Die polierten Türen schimmerten im Zwielicht. Das Bett, in dem er lag, war riesig. Die Bettwäsche, schwarz und glänzend, raschelte bei jeder Bewegung.

Edgar kannte dieses Zimmer nicht. Auch nicht die Stimmen, gedämpft, irgendwo nebenan. Ein Mann und eine Frau, aber es waren weder Mama noch Papa. Rufus war's auch nicht. Der Mann im Nebenzimmer klang wie ein Roboter.

Gähnend richtete Edgar sich auf. Er hatte Durst. Pullern musste er auch. Die Frau nebenan lachte leise. Jetzt erkannte er sie. Und erinnerte sich, was passiert war.

Tante Mona. Sie hatte ihn aus dem Kindergarten abgeholt. Und sie hatte versprochen, dass Mama kommen würde.

Die Gardinen bewegten sich sacht vor den Fenstern. Draußen war es dunkel, Mama hätte längst hier sein müssen.

Edgars Nase begann zu kribbeln. Tränen stiegen ihm in die Augen, als ihm klar wurde, dass Tante Mona geschwindelt hatte. Schwindeln war doof, das sagten alle. Mama, Papa, Rufus und Ögi. Sie hatten auch gesagt, dass er niemals mit einem Fremden mitgehen dürfe. Bestimmt würden sie schimpfen, selbst Ögi würde böse auf ihn sein.

Edgar schniefte leise. Sie hatten versprochen, dass sie auf ihn aufpassen würden, aber sie waren nicht da. Du musst auch auf dich selbst aufpassen, hatte Rufus gesagt.

Er sah das Handy, nahm es vom Nachttisch. Es gehörte Tante Mona, Mama hatte auch so eins. Wenn er mit Papa telefonieren wollte, drückte sie immer zuerst auf den großen Knopf, das hatte er genau beobachtet. Dann tippte sie noch was anderes ein, man musste nur kurz warten, und dann konnte man mit Papa reden.

Edgar drückte auf den Startknopf. Das Display leuchtete auf, erlosch wieder. Ein weiterer Versuch, dasselbe Ergebnis. Zuerst, hatte Mama gesagt, muss man einen *Code* eingeben, sonst funktioniert es nicht. Das sind streng geheime Zahlen, die sonst niemand wissen darf.

Er setzte sich auf, drehte das Handy in den kleinen Fingern. Erneut kämpfte er gegen die Tränen. Der Mann mit der komischen Stimme sagte etwas, Tante Mona lachte wieder. Sie klang anders als vorhin. Böse. Das war sie auch.

Sie hatte ihn angeschwindelt.

Wer schwindelt, ist böse.

Und vor bösen Menschen muss man sich verstecken.

Nun, das konnte Edgar gut.

Du bist ein toller Versteckspieler, sagte Ögi immer. Der beste Versteckspieler der Welt. Wie machst du das nur? Hast du Adleraugen? Kannst du dich unsichtbar machen?

Ein Windstoß pfiff um das Haus. Die Fenster vibrierten, Schnee prasselte gegen die Scheiben.

Der beste Versteckspieler der Welt kniff die Adleraugen zusammen, sah sich um. Überlegte kurz, nahm das Handy und kroch unter das Bett.

*

»Weiß die Polizei, wo du bist?«, fragte Mona.

»Ich habe den zuständigen Kommissar nicht erreicht«, sagte Hamsun. »Aber ich habe ihm eine Nachricht auf Band gesprochen, dass ich hier nach dir suchen werde.«

»Du lügst!«

»Das tue ich nicht.«

Gedämpftes Hundegebell drang von draußen herein. Irgendwo weiter unten wurde ein Fenster aufgerissen, eine schrille Frauenstimme forderte ein Kind auf, gefälligst zum Abendessen zu erscheinen.

»Nein«, murmelte Mona nachdenklich. »Du lügst nicht. Dazu wärst du gar nicht fähig. Hast du dein Handy dabei?«

»Natürlich.«

»Dann tu jetzt genau, was ich dir sage.«

*

Schröder beugte sich über die Leiche. Lerby lag mit dem Rücken zur Wand auf dem Boden, starrte aus blicklosen Augen zur Decke. Der Messergriff ragte schräg aus seinem Hals, Blut sickerte aus der Wunde, in einem pulsierenden, allmählich versiegenden Strom.

Hastige Schritte wurden laut, Zorn kam keuchend näher.

»Er ist weg«, japste er. »Die Bude ist riesig, der Kerl kann überall sein. Wahrscheinlich ist er längst …«

»Das ist jetzt nicht wichtig.« Schröder richtete sich auf, holte sein Telefon aus dem Mantel. »Ich rufe die Kollegen. Vielleicht ist Edgar hier irgendwo. Wir …« Er stockte, betrachtete das plötzlich vibrierende Handy. »Jetzt nicht, Hamsun!«, bellte er und wollte das Gespräch umgehend beenden, doch der Anrufer hielt ihn zurück.

»Es dauert nur ein paar Sekunden«, erklärte Hamsun ruhig. »Ich hatte Ihnen auf Band gesprochen. Ich befinde mich im Obergeschoss eines Hauses am Wasserweg vier, in der Nähe der unteren Flusspromenade. Die gesuchte …«, er ließ eine winzige Pause einfließen, »Frau ist nicht hier. Richten Sie dem Kollegen Zorn meine allerbesten Grüße aus.«

Ein Klicken, die Leitung war tot.

*

»Leg es auf den Boden.« Mona wies mit dem Pistolenlauf auf das Handy. »Schieb's zu mir rüber.«

Hamsun gehorchte. Das Telefon rutschte über den Teppich in Richtung Fenster, drehte sich dabei um die eigene Achse und stoppte kurz vor der Heizung. Sie hob den Fuß. Stirnrunzelnd sah er zu, wie das Handy mit einem knirschenden Geräusch unter ihrem spitzen Absatz zerbarst.

»Das ist überflüssig«, sagte er.

»Ach, Gerald.« Ein nachsichtiges Lächeln umspielte ihre Lippen. »Für dich muss alles seine Ordnung haben, stimmt's? Deine Welt besteht ausschließlich aus Paragraphen. Alles, was darüber hinausgeht, übersteigt deinen Horizont.«

»Es ist unnötig.« Hamsun musterte die Überreste des Handys mit wässrigem Blick. »Sinnlose Zerstörung, ohne jeglichen Zweck.«

»Manchmal«, sie schob mit der Fußspitze ein paar Splitter zur Seite, »muss man Chaos schaffen, um Platz für Neues zu machen.«

»Chaos«, murmelte Hamsun, »kann nur weiteres Chaos erzeugen.«

Mona sah ihn an, die Hände vor dem Schoß gefaltet. Ihre Finger ruhten locker um den Griff der Waffe. Sie hatte nicht die geringste Angst, Gerald Hamsun stellte keinerlei Bedrohung dar.

»Bist du eigentlich sauer?«, fragte sie.

»Ich verstehe die Frage nicht.«

»Ich habe dich betrogen. Benutzt, hinters Licht geführt und abserviert. Du solltest wütend sein, ein bisschen zumindest. Findest du nicht?«

Darüber dachte Hamsun einen Moment nach.

»Ja«, sagte er schließlich. »Allerdings wohl eher auf mich selbst. Ich habe zwar niemanden umgebracht, doch ohne mich wären die Opfer noch am Leben. Insofern habe ich mich schuldig gemacht.«

»Das ist nicht dein Ernst.« Mona lachte auf. »Doch«, korrigierte sie sich umgehend, »natürlich ist es das. Selbst wenn du wolltest, du wärst gar nicht in der Lage, einen Witz zu machen.« Sie wurde ernst. »Du hast mich zum Lachen gebracht, auch wenn's nicht mit Absicht war. Du bist der humorloseste Mensch, der mir jemals begegnet ist, und gleichzeitig der lustigste. Ist das nicht komisch?«

»Nein.« Er blinzelte kurz. »Es ist unlogisch.«

»Ich kann dich nicht gehen lassen«, sagte sie leise. »Das weißt du.«

»Dieser Junge«, sagte Hamsun, »ist entführt worden. Von einer Frau, deren Beschreibung auf dich passt.« Er deutete auf den Fernseher, dann auf die leere Tic-Tac-Packung auf dem Teppich. »Du magst weder Zeichentrickserien noch Süßigkeiten.«

Ihre Finger schlossen sich fester um den Pistolengriff.

»Wirklich, ich mag dich. Du hast mal gemeint, du würdest mich niemals verletzen. Ich würde gern dasselbe sagen, aber das geht nicht.«

»Auch ich«, nickte Hamsun steif, »werde diese Aussage korrigieren müssen.«

»Wirklich?« Ihre Brauen hoben sich in gespieltem Erstaunen. »Was hast du vor? Du willst mich doch nicht etwa *verhaften*, Gerald?«

»Nein.« Er hatte sich keinen Zentimeter von der Stelle bewegt. Kerzengerade stand er da, die Hände in den Manteltaschen vergraben. »Ich bin hier, um die Verantwortung zu übernehmen.«

»Du hättest nicht herkommen sollen.« Mona hob die Waffe. »Tut mir leid, Gerald.«

»Mir auch.«

Der Schuss war nicht laut. Ein trockener Knall, der an berstendes Plastik erinnerte. Auch die Eintrittswunde war eher unspektakulär, ein kleines Loch zwischen Monas sorgfältig gezupften Augenbrauen, aus dem ein dünner Blutfaden über den Nasenrücken rann und von der Spitze zu Boden tropfte. Ihre Augen weiteten sich, als sie den kurzen Lauf der kleinkalibrigen Beretta erkannte, der ihr aus einem Loch in Hamsuns Manteltasche entgegenstarrte, wo sie die ganze Zeit über verborgen gewesen war.

Mona gab ein ersticktes Gurgeln von sich. Sie wankte auf Hamsun zu, stolperte über die Fernbedienung. Die Pistole entglitt ihren Fingern, fiel polternd zu Boden. Ihre Absätze knickten weg, sie schwankte, streckte ihm die Arme haltsuchend entgegen, fiel auf die Knie.

Gerald Hamsun rührte sich nicht von der Stelle.

Sie sah zu ihm auf. Blut tropfte von ihrer Nase auf den Teppich. Hamsun öffnete den Mund, als wolle er sich von ihr verabschieden, doch bevor er das tun konnte, brach sie vor seinen Füßen zusammen.

Und war tot.

ACHTER TEIL

Vierundsiebzig

Zorn schwirrte der Kopf. Es fiel ihm schwer, einen klaren Gedanken zu fassen. Die Verstärkung war eingetroffen, drei Beamte waren dabei, die verzweigten Gänge hinter der verborgenen Tür zu durchsuchen, ein weiteres Dutzend hatte er über die verwinkelten Etagen verteilt und angewiesen, jeden Flur, jede Kammer, jede Ecke gründlich zu durchforsten.

Fußgetrappel hallte durch die Villa. Funkgeräte krächzten. Stimmengewirr erscholl. Ein schnauzbärtiger Zivilbeamter erschien, meldete zackig, den zugewiesenen Bereich gründlich durchsucht zu haben, und bat um neue Anweisungen. Zorn schickte ihn mit seinen Männern in den weitläufigen Garten, wehrte sich gegen das Gefühl, an der falschen Stelle zu suchen, und sah sich hilfesuchend nach Schröder um, der – offenbar völlig unbeeindruckt von dem allgemeinen Gewusel – unter dem riesigen Ölschinken an der Wand lehnte. Zorn, genervt und überfordert, stapfte wütend auf ihn zu.

»Ich krieg das nicht alleine hin«, zischte er im Näherkommen. »Würdest du vielleicht auch mal …«

»Er hat gesagt, er hätte mir eine Nachricht hinterlassen«, murmelte Schröder, ohne Zorn anzusehen. »Aber das hat er nicht.«

»Wer?«

»Hamsun. Er kann dich nicht leiden.«

»Das ist mir klar. Aber wir haben jetzt wirklich andere …«

»Trotzdem soll ich dir seine allerbesten Grüße ausrichten.«

Ein Notarzt in orangefarbenem Overall betrat den Saal, sah sich kurz um und ging mit hallenden Schritten zu Lerbys Leiche, gefolgt von einem ebenso gekleideten Sanitäter.

»Edgar ist nicht hier«, sagte Schröder leise.

Derselbe Gedanke, der Zorn die ganze Zeit durch den Kopf spukte.

»Wie kannst du da sicher sein?«, fragte er trotzdem. »Verdammt nochmal, wir …«

»Still!« Schröder hob die Hand. »Ich muss nachdenken.«

Der Notarzt kniete vor Lerby, sah den Sanitäter kopfschüttelnd an und drehte die Leiche vorsichtig auf den Rücken. Lerbys Hand fiel schlaff zu Boden, Metall blitzte auf. Zorn sah das Handy, das aus Lerbys Hosentasche gerutscht war, und trat näher, um es aufzuheben. Als er sich bückte, fiel sein Blick auf den blutigen Fleck auf Lerbys Anzughose, er dachte an das sinnlos zerschossene Knie, daran, dass Schröder alles auf eine Karte gesetzt und alles verloren hatte, verwarf den Gedanken sofort wieder und richtete sich auf, um das Handy in Augenschein zu nehmen. Er kam allerdings nicht dazu, gedämpfte Rufe wurden laut, Schritte polterten. Die vertäfelte Wand teilte sich, die Tür wurde aufgestoßen.

Magnus de Vriess kam mit erhobenen Händen aus dem Gang gestolpert. Sein Gesicht war aschfahl, das Toupet verrutscht. Der Anzug war zerknittert, von einer Staubschicht bedeckt.

»Ich wollte das nicht!« Seine Stimme bebte. »Ich habe nichts damit zu …«

Er erhielt einen Stoß in den Rücken, wankte vor. Ein Uniformierter trat hinter ihm aus dem Gang, die Dienstwaffe im Anschlag. Man habe den Verdächtigen in einem der Kellerräume angetroffen, erklärte er, der Mann sei offensichtlich mit dem Abtransport einer Leiche beschäftigt gewesen.

»Weiblich, ungefähr vierzig. Kehle mit einem spitzen Gegenstand durchtrennt.«

Zorn wollte vorspringen, Schröder hielt ihn am Jackenärmel zurück.

»Er weiß nichts«, sagte er leise.

»Ich wollte das nicht!«, kreischte de Vriess. Sein Blick fiel auf Lerbys Leiche, er stieß einen spitzen Schrei aus, hüpfte unbeholfen beiseite. »Er ... er hat mich gezwungen, ich ...«

»Abführen«, befahl Schröder.

Zorn wollte protestieren.

»Wir vernehmen ihn später«, unterbrach ihn Schröder. »Jetzt ist keine Zeit.«

De Vriess verlangte jammernd, seinen Anwalt anrufen zu dürfen, und während er lamentierend abgeführt wurde, fiel Zorns Blick auf Lerbys Telefon, das er noch immer in der Hand hielt. Er drückte den Startknopf. Das Handy war gesperrt, nur die letzte Nachricht stand auf dem Display:

Wo bleibst du? Ich warte. Mona

Zorn las die Nummer des Telefons, von dem die Nachricht abgeschickt worden war. Er hob den Kopf, um Schröder zu sagen, dass sie eine Spur hätten, endlich, etwas Konkretes, wo sie ansetzen konnten. Doch als er sich umsah, musste er verwirrt feststellen, dass Hauptkommissar Schröder verschwunden war.

Fünfundsiebzig

Hamsun. Edgar. Zorn.

Sie liegt auf dem Bauch, ein Bein angewinkelt, ihr Kopf ruht seitlich auf dem Unterarm. Er kniet neben ihr. Behutsam streicht er ihr eine Haarsträhne aus dem Gesicht, sieht das Blut auf ihrer Wange, legt die Strähne wieder zurück. So ist es besser. Viel besser. Jetzt sieht sie friedlich aus, fast, als würde sie schlafen.

Gerald Hamsun ist traurig, natürlich ist er das. Ihr Tod ist bedauerlich, doch ihm blieb keine Wahl. Später im Prozess wird er den Richtern erklären müssen, dass es ihm nicht um Rache ging, auch nicht um Eifersucht, verletzte Eitelkeit oder ähnlich niedere Beweggründe.

Er hat sich immer penibel an die Gesetze gehalten. Mehr noch, sein Lebensinhalt bestand darin, dafür zu sorgen, dass die Gesetze funktionierten. Sicherlich, sein Beitrag war klein, unbedeutend, doch die Richter werden anerkennen, dass er ihn immer zuverlässig geleistet hat.

Ihr Haar flimmert im Widerschein des Fernsehers. Es sieht schön aus, denkt er. Wie bläulich schimmernde Flammen.

Es war kein Fehler, sich auf sie einzulassen. Im Gegenteil, Gerald Hamsun hat sich jede Sekunde genau eingeprägt, jede Berührung, jeden Blick, jedes Wort. Von diesen Erinnerungen wird er bis an sein Lebensende zehren. Nein, wird er den Richtern erklären, sein Fehler war ein anderer. Es war naiv, ihr die Unterlagen zu zeigen, obwohl man ihm zugutehalten könnte, dass er mit den besten Absichten gehandelt hatte. Dennoch, es war eine Pflichtverletzung, eine kleine zwar, doch das, was daraus entstand, ist monströs. Und es liegt in seiner, Gerald Hamsuns, Verantwortung.

Er hat sich schuldig gemacht, doch kein Gericht wäre in der Lage, ihn angemessen zu bestrafen. Mehr als eine Bewährungsstrafe würde nicht ausgesprochen werden, die Gesetze sind eindeutig. Hamsun würde nie auf den Gedanken kommen, sie in Frage zu stellen, doch er hat einen anderen Weg gefunden, das Urteil zu bekommen, das ihm seiner festen Überzeugung nach zusteht. Niemand hätte ihn für den Tod all dieser Menschen verantwortlich gemacht, obwohl er überzeugt ist, dass genau dies der Fall ist. Doch jetzt, da er Mona getötet hat, wird das Gericht ihn so behandeln müssen, wie er es verdient hat. Als Mörder.

Er beugt sich über sie, legt seine Wange an ihre Schulter. Spürt ihre Wärme und atmet tief ein, um ihren Duft ein letztes Mal zu genießen. Auch daran wird er sich erinnern, später, wenn er für den Rest seines Lebens in einer Gefängniszelle sitzt.

»Ich wollte dich nicht bestrafen«, flüstert er. Ihr Haar bewegt sich im Rhythmus seiner Worte. »Sondern mich selbst.«

*

Es ist ziemlich hart unter dem Bett, und der Teppich kratzt auch. Aber es ist ein gutes Versteck, ein bisschen wie in einer Höhle. Als es vorhin geknallt hat, da hat Edgar einen Schreck bekommen, ist zusammengezuckt und hat sich den Kopf am Bettgestell gestoßen. Das hat weh getan, aber jetzt ist es schon besser. Dann ist nebenan irgendwas umgekippt, es hat gepoltert, und seitdem ist es still.

Eigentlich ist es ein cooles Spiel. Klar, schließlich ist Edgar der beste Versteckspieler der Welt. Aber es macht keinen Spaß, wenn man Hunger hat und Durst und pullern muss. Und wenn niemand da ist, nur Tante Mona und der Mann mit der komischen Stimme.

Wieder kribbeln seine Augen. Nein, Edgar will nicht weinen, aber er hat Angst, und er will, dass sie endlich kommen und ihn abholen.

Seine kleinen Fäuste umklammern das Telefon, trostsuchend, als halte er einen Teddy in den Händen. Er weiß nicht, wie es funktioniert, dazu ist er zu klein, aber Papa weiß es, er hat doch schon oft angerufen, warum macht er's nicht einfach? Er muss doch nur …

Das Telefon vibriert, gibt ein Brummen von sich.

Edgars Augen weiten sich. Er zwinkert, damit die Tränen verschwinden.

Krass, denkt er.

Es ist ein bisschen anders als bei Mamas Handy, da stehen immer Buchstaben auf dem Display, diesmal sind es Zahlen. Aber die beiden Punkte sind dieselben, man muss auf den grünen tippen, damit man telefonieren kann.

»Papa?«

Das Handy vibriert weiter. Edgar versucht es noch einmal.

»Papa?«

Jetzt endlich hört er etwas. Es klingt, als würde etwas umkippen. Ein Knacken, ein dumpfer Aufprall, dann, endlich, die vertraute Stimme, die seinen Namen ruft.

»Wann kommst du denn endlich?«, sagt Edgar.

*

»Ich warte schon so lange, Papa!«

Zorn lehnt mit zitternden Knien neben dem Kamin an der Wand. Er hat mit allem gerechnet, als er die Nummer gewählt hat. Nur nicht damit, die Stimme seines Sohnes zu hören.

»Edgar. Wo bist du?«

Sein Herz schlägt bis zum Hals. Das Telefon droht, seinen flatternden Fingern zu entgleiten. Er nimmt es in die andere, verstümmelte Hand, wischt die schweißnassen Finger an den Jeans ab.

»Bei Tante Mona.«

»Wo ist sie, Edgar?«

Ruhig bleiben! Konzentrier dich, verdammt!

»Im anderen Zimmer. Die guckt bestimmt Fernsehen. Ich bin eingeschlafen, und dann bin ich hier aufgewacht und jetzt …«

»Hör mir zu.« Zorn schirmt das Telefon mit der Hand ab. »Du musst leise sein«, flüstert er. »Ganz, ganz leise. Genauso leise wie ich. Kriegst du das hin?«

»Klar. Aber …«

»Noch leiser. Du musst das Telefon ganz dicht ans Ohr halten.«

»So?«

»Ja. Sag was.«

»Ich hab dich lieb, Papa.«

»So ist's gut. Ich … ich hab dich auch lieb. Wir dürfen nur flüstern, okay?«

»Okay. Wann kommst du?«

»Ich bin bald da. Weißt du, wo Tante Mona wohnt?«

»Nee, aber der Fernseher ist riesig! Wir haben Yakari geguckt und …«

»Pst, Edgar. Wir machen ein Spiel. Denk dran, du musst super-leise sein.«

»Verstecken?«

»Genau.«

»Ich hab ein Superversteck. Unterm Bett.«

»Gut so.«

Zorn redet weiter. Der Notarzt verlässt den Saal, ein Mann in Zivil macht Fotos von Lerbys Leiche. Zwei Uniformierte kommen auf Zorn zu, er wehrt sie mit einer Handbewegung ab. Das Blut rauscht in seinen Ohren. Leise, beschwörend flüstert er mit seinem entführten Kind, hört seine wispernde Stimme, so nah, als stünde er direkt neben ihm. Doch er hat nicht den Hauch einer Ahnung, wo er ist.

*

Hamsun hockt neben ihr, sein Gesicht noch immer an ihrer Wange. Ihr Haar kitzelt seine Nase. Er hat das Kind nebenan gehört. Es klang ängstlich, jetzt ist es still.

Gleich, denkt Hamsun, werde ich mich darum kümmern. Ich will noch ein bisschen bei ihr bleiben. Kurz nur, damit ich mich von ihr verabschieden kann.

*

»Wie sieht das Haus aus, Edgar?«

»Es ist groß. Und weiß.«

»Seid ihr mit dem Auto hingefahren?«

»Ja.«

»Was hat Tante Mona für ein Auto?«

»Ich … ich weiß nicht.«

»Du musst nicht weinen Edgar.«

»Du weinst doch auch, Papa!«

»Quatsch, ich … wir müssen leise reden, ja? Kannst du was hören? Weißt du, wo Tante Mona jetzt ist?«

»Nee, ich hab sie vorhin gehört, da hat sie mit dem Mann mit der komischen Stimme geredet, aber jetzt …«

»Was ist das für ein Mann? Wie sieht er aus?«

»Ich weiß nicht, ich hab ihn doch nicht gesehen!«

»Und was siehst du jetzt?«

»Es ist dunkel.«

»Du hast Adleraugen, Edgar. Streng deine Adleraugen an, okay? Was siehst du?«

»Einen großen Schrank. Und eine Tür. Und ein Fenster.«

»Kannst du rausgucken?«

»Nee, Papa! Ich bin doch unterm Bett! Wann kommst du endlich?«

»Gleich, mein Schatz. Gleich.«

*

Hamsun nimmt ihre Hand. Streichelt sie ein letztes Mal. Sie fühlt sich kühl an, die Wärme verlässt allmählich ihren Körper. Widerstrebend lässt er sie los, richtet sich auf. Im Fernseher hüpft ein animiertes Eichhörnchen über eine quietschbunte Wiese. Schmetterlinge fliegen umher. Die Bilder spiegeln sich in seinen farblosen Augen.

Schnee treibt in dichten Flocken schräg am Fenster vorbei.

*

»Am Fluss, sagst du?«

»Ja, wir sind am Fluss langgefahren.«

»Und da ist Tante Monas Haus? Wo genau, Edgar? Beim Kiosk, wo wir immer Eis essen?«

»Nee.«

»Bei der Burg?«

»Nee.«

»Am Wehr? Wo die runde Brücke ist?«

»Ja. Ich hab Angst, Papa.«

*

Hamsun sieht zur Schlafzimmertür. Aus dieser Richtung hat er vorhin die Stimme des Kindes gehört. Nach allem, was er jetzt weiß, muss es sich um Hauptkommissar Zorns Sohn handeln. Er geht zur Tür, Plastik knirscht unter seinen Schritten. Eigentlich müsste er den Kollegen Zorn umgehend informieren, aber das ist nicht möglich, sein Handy liegt zersplittert auf dem Teppich.

Ein Luftzug streift seinen Nacken.

*

»Edgar, ich ... warte kurz, ja?«

Zorn winkt einen Uniformierten herbei.

»Die Nummer, die ich gerade anrufe!«, presst er hervor, hält dem Beamten das Handy entgegen. »Die muss geortet werden! Sofort!«

Der Uniformierte glotzt.

»Was?«

»Scheiße!«

Zorn stößt ihn beiseite. Sinnlos, es würde sowieso zu lange dauern. Zum Wehr, er muss runter zum Wehr. Wenigstens in die Nähe seines Kindes. Er rennt los. Der Volvo. Scheiße, der steht mit zertrümmerter Motorhaube am Hasenberg. Egal, dann eben zu Fuß. Es ist nicht weit, höchstens zwei Kilometer flussabwärts.

»Alles ist gut, Edgar.« Er presst im Laufen das Handy ans Ohr. »Hab keine Angst, ich …«

»Papa. Da kommt jemand.«

*

Etwas prallt von außen gegen die Tür. Als würde ein schwerer Ball dagegen geworfen. Edgar bekommt einen furchtbaren Schreck. Er drückt das Handy an die Brust, strampelt mit den Beinchen und robbt unter dem Bett nach hinten, weg von der Tür, bis er am Kopfende landet.

Er hört einen gedämpften Schrei. Etwas fällt um, es muss ziemlich schwer sein, der Boden vibriert unter dem dumpfen Aufprall. Dann Stille.

Nur Papas keuchender Atem, der leise aus dem Handy dringt.

Edgar zieht die Beine an den Bauch, macht sich so klein wie möglich. Er lugt unter dem Bettrand hervor. Die Tür wird geöffnet.

»Edgar!«

Papas Stimme. Dünn, wie aus einer Blechdose.

Der Mann hat schwarze Schuhe an. Sie glänzen. Die Spitzen sind nass, hinterlassen feuchte Abdrücke auf dem Teppich. Die Hose ist auch schwarz. Edgar sieht nur die gebügelten Aufschläge, den Rest kann er nicht erkennen.

»Edgar!«, schreit Papa. »Scheiße, sag was!«

Scheiße sagt man nicht, denkt Edgar.

Staub kribbelt in seiner Nase. Er presst sich mit dem Rücken gegen die Wand, hält die Hand vor den Mund, damit er nicht niesen muss. Er muss ganz leise sein. Die Schuhe sind jetzt direkt neben seinem Kopf.

Die Hände des Mannes tauchen auf. Sie sind groß. Riesig.

Edgar sieht die schwarzen Haare auf den Fingern. Der Mann stützt sich auf dem Boden ab, guckt unter das Bett. Sein Kopf ist auch ziemlich groß.

»Nanu?«, sagt er. »Wen haben wir denn da?«

Er riecht nach Pfefferminz.

»Hallo, kleiner Mann. Du kannst Pierre zu mir sagen.«

»Edgar!«, schreit Papa. »Edgar!«

Sechsundsiebzig

Letztes Gefecht.

Zorns Lungen kreischen. Blutrote Flecke tanzen vor seinen Augen. Er rennt die Flusspromenade entlang, ohne zu wissen, wo er hinwill. Keuchend presst er das Handy ans Ohr.

»Mit wem spreche ich?«, fragt der andere.

Er klingt entspannt, ruhig. Zorn hat diese Stimme noch nie gehört.

»Ich bin sein Vater.« Er ringt nach Luft. »Und ich bin Bulle. Wir wissen, wo er ist, wir sind unterwegs.«

»Das kann ich mir nur schwer vorstellen.«

»Lerby hat ...«

»Hanns Lerby ist tot. Ich sollte das wissen, schließlich habe ich persönlich dafür gesorgt, dass er nicht redet.«

Zorn erreicht den kleinen Imbiss an der Flussbiegung. Die Sohlen seiner Stiefel sind dünn, haben kaum noch Profil. Es schneit wieder stärker, er rutscht über den glatten Fußweg, stolpert über einen heruntergefallenen Ast, rafft sich auf und rennt weiter.

»Wenn ihm ... wenn Edgar auch nur ein Haar gekrümmt wird, dann ...«

»Ja?« Der andere klingt amüsiert. »Was dann?«

»Ich … ich hab keine Ahnung, wer du bist«, keucht Zorn. »Aber ich mach dich fertig.«

Schneeflocken verbeißen sich in seinen Augen. Ein alter Mann kommt ihm entgegen, er schiebt einen Rollator vor sich her. Zorn kann nicht ausweichen, rempelt ihn an und stürmt weiter, ohne auf den protestierenden Alten zu achten.

»Es ist völlig unsinnig, mir zu drohen.«

»Ich will mit Edgar sprechen.«

»Nein.«

Zorn bleibt stehen, presst die Hand gegen die stechende Hüfte.

»Was willst du?«, brüllt er. »Was, verdammt nochmal?«

Seine Stimme hallt über den schwarzen, träge dahinströmenden Fluss.

»Was ich will?«, wiederholt der andere.

»Ja!«

Pause.

»Nichts.«

*

»Jedenfalls nicht von Ihnen.«

Er sitzt mit übereinandergeschlagenen Beinen im Sessel, in der einen Hand das Telefon, die Finger der anderen spielen mit dem Apartmentschlüssel. Der Junge hockt schräg gegenüber auf dem Sofa, die Beine bis zum Kinn angezogen, die Arme fest um die Unterschenkel geschlungen. Bisher hat er keinen Laut von sich gegeben.

»Es … es muss irgendwelche Forderungen geben!«, schreit der Polizist.

»Nein«, sagt der stiernackige Mann. »Es gibt keine.«

»Dann lass ihn gehen!«

»Nein.«

400

Die Schlüssel rotieren blitzend um den Zeigefinger.

»Ich will zu Papa«, sagt der Junge leise.

Es ist nicht sicher, ob er Monas Leiche entdeckt hat. Von dort, wo er sitzt, kann er sie jedenfalls nicht sehen, der Couchtisch versperrt ihm die Sicht.

»Ich warne dich!«, dringt es blechern aus dem Handy. »Ich reiße dir deinen verdammten Arsch auf, wenn du …«

»Sie wissen nicht, mit wem Sie es zu tun haben«, sagt der Mann, den selbst Schröder für einen einfachen Chauffeur gehalten hat. Das Jackett wölbt sich über seiner breiten Brust, er streckt sich, öffnet den obersten Knopf. »Hanns Lerby war eine Witzfigur im Vergleich zu mir.«

Er stemmt sich aus dem Sessel, lehnt sich gegen die schwarze Arbeitsplatte des Küchentresens. Gerald Hamsun liegt hinter ihm auf dem gefliesten Boden. Sein Gesicht, blass, wie in Marmor gemeißelt, scheint unverändert. Die Augen, glasig und ausdruckslos wie eh und je, starren blicklos zur Decke. Selbst jetzt, da er reglos zwischen Geschirrspüler und Backofen liegt, könnte man meinen, er wäre noch am Leben. Doch das ist er nicht. Womöglich war er es nie.

»Ich muss jetzt Schluss machen«, sagt der Mann, der Gerald Hamsun vor einer halben Minute das Genick gebrochen hat.

*

»Nein! Bitte, ich …«

Zorns Stimme versagt. Er ist jetzt fast an der Burg. Sein Herz hämmert in der Brust wie der Kolben einer überhitzten Dampfmaschine.

»Was … was wollen Sie?«

Er rennt unter der Brücke hindurch. Das rechte Knie schmerzt, wie von glühenden Nägeln durchbohrt. Schweiß rinnt seinen Rücken hinab, brennt in den Augen. Seine Schritte, vielfach zurückgeworfen unter dem steinernen Bogen, hallen wie Pistolenschüsse.

»War nett, Ihre Bekanntschaft gemacht zu haben, Herr Kommissar.«

»Warten Sie!« Zorn gerät ins Wanken, stützt sich an einer Mauer ab. »Ich …« Er schluckt, ringt nach Atem. »Ich mache alles, was Sie wollen, aber tun Sie ihm nichts.«

Keine Reaktion.

»Lassen Sie mich mit ihm sprechen.«

»Auf Wiedersehen.«

»Bitte, ich … ich flehe Sie an.«

»Grüßen Sie Ihren Kollegen von mir.«

»Ich sag dir jetzt was.« Zorn holt tief Luft. So tief, als wäre es der letzte Atemzug in seinem Leben. »Hör mir genau zu. Ich werde dich töten. Das werde ich, und zwar mit meinen eigenen, verdammten Händen.«

»Das glaube ich nicht.«

»Ich krieg dich, ich …«

»Das dürfte Ihnen schwerfallen. Weil ich nicht existiere.«

*

Der Mann ist böse. Tante Mona war nett zu ihm, doch sie hat nur so getan. Sie hat geschwindelt, also ist sie auch böse. Aber der große Mann ist noch viel, viel böser, das weiß Edgar, obwohl er kaum was gesagt hat.

Im Fernseher reitet ein Roboter auf einem rostigen Eisenpferd an einer Windmühle vorbei. Das sieht lustig aus. Aber jetzt interessiert es Edgar nicht. Normalerweise würde er fragen, ob der Mann den Ton einschalten kann, aber er lässt es bleiben. Der große Mann würde es sowieso nicht machen, und außerdem will Edgar nicht, dass er irgendwas für ihn tut.

Er hört Papas Stimme aus dem Telefon. Ganz dünn, weit, weit

weg. Papa schreit etwas, es klingt, als würde er weinen. Der große Mann antwortet. Edgar hört die Worte, aber er versteht ihre Bedeutung nicht. Trotzdem weiß er, dass der Mann gemein zu Papa ist, obwohl seine Stimme gar nicht so klingt. Tief und ruhig, fast so wie der Mann, der auf seinen Hörspiel-CDs die Janosch-Geschichten vorliest.

Der große Mann macht das Telefon aus. Als er aufsteht, knarrt der Ledersessel unter seinem Gewicht. Er sieht auf Edgar herab, und Edgar weiß sofort, dass gleich was Schlimmes passieren wird. Er ist vier Jahre alt, die Bedeutung solcher Worte wie Mitgefühl oder Empathie wird er erst später erfassen, doch er sieht die Leere in den dunklen Augen des großen Mannes, die Kälte, die Abwesenheit jeglicher menschlichen Regung. Edgar beißt sich auf die Unterlippe, er will jetzt nicht weinen, aber es klappt nicht.

Der große Mann kommt näher.

Edgar rutscht so weit wie möglich von ihm weg. Dann knallt es auf einmal, so laut, dass Edgar sich die Ohren zuhält. Trotzdem hört er die heiseren Rufe, das Fußgetrappel, und plötzlich sind überall schwarze Männer mit schwarzen Helmen und schwarzen Stiefeln und schwarzen Sachen, die sehen aus wie die Storm-Trooper aus Star Wars, nur schwarz. Bestimmt, denkt Edgar, sind das die Freunde des großen Mannes, er kneift die Augen zusammen, will das nicht sehen, wird plötzlich emporgerissen und weiß im nächsten Moment, dass alles gut ist, obwohl er die Augen noch zukneift, ganz fest, so fest er kann, aber er kann ihn riechen, es gibt nur einen Menschen auf der Welt, der so riecht, nach Rasierwasser und gebügelter Wäsche und Erdbeeren und frisch geschnittener grüner Gurke. Edgar schlingt die kurzen Arme um seinen Hals und presst sich an ihn, spürt die vertraute Wärme und schluchzt laut auf, aber nicht, weil er traurig ist, sondern froh, unglaublich froh, es ist zwar nicht Papa, aber er ist genauso wichtig, und er ist endlich, endlich gekommen.

»Alles ist gut«, flüstert Ögi. »Alles ist gut.«

Ja, denkt Edgar, und während Ögi ihn sanft in den Armen wiegt, öffnet er die Augen einen Spalt und sieht, dass die schwarzen Storm-Trooper immer noch da sind. Aber der große Mann, der ist weg, und das ist wirklich gut.

»Ich spiele nie wieder Verstecken«, murmelt er. »Nie, nie wieder.«

LETZTER TEIL

Siebenundsiebzig

Zwei Tage später.

»Trotzdem«, beharrte Zorn. »Du hättest es mir sagen können. Nee, du hättest es mir sagen *müssen*.«

Der Tag war kalt, klar und sonnig. Sie standen am Fuß einer kleinen, zum See hin abfallenden Lichtung am Rande des Stadtwalds unweit von Schröders Haus und beobachteten, wie Edgar mit seinem Schlitten über die dünne Schneedecke bergauf kraxelte.

»Es war keine Zeit«, sagte Schröder.

Zorn wusste nicht, wie oft sie dieses Gespräch in den letzten Stunden bereits geführt hatten, doch er kam immer wieder darauf zurück.

»Ich bin fast wahnsinnig geworden«, sagte er.

»Ich auch.«

»Trotzdem bist du einfach abgehauen.«

»Es hat sowieso schon viel zu lange gedauert, bis ich verstanden habe, was Hamsun mir mitteilen wollte«, sagte Schröder. »Er hat mir eine Adresse genannt und gemeint, die gesuchte *Frau* wäre nicht dort. Er hat dich grüßen lassen, obwohl er dich nicht ausstehen kann.« Schröder sah einen Moment auf die nassen Spitzen seiner gefütterten Stiefel. »*Konnte*«, verbesserte er sich dann.

Sie wussten noch nicht genau, was im Dachgeschoss der weißgetünchten Villa geschehen war. Die Spuren wiesen darauf hin, dass Mona, die Büroleiterin der *Erben des Lichts*, Gerald Hamsun mit einer Waffe bedroht hatte und von diesem erschossen worden war. Hamsun selbst war vermutlich schnell gestor-

ben, sein Mörder hatte einen Schlüssel für das Apartment beses-
sen und so die Möglichkeit gehabt, sein Opfer zu überraschen.
Eine naheliegende These, die allerdings nicht endgültig bestätigt
war, denn der Mann, der Gerald Hamsun das Genick gebrochen
hatte, saß seit zwei Tagen in einer Untersuchungszelle und
schwieg beharrlich.

»Papa! Ögi!«

Edgar stand auf der Anhöhe unter den Kiefern und winkte zu
ihnen herab.

»Früher oder später«, sagte Zorn und winkte zurück, »kriegen
wir den zum Reden.«

»Vielleicht.« Schröder zuckte die Achseln. »Vielleicht auch
nicht.«

Irgendwo sprang eine Motorsäge an. Ein Krähenschwarm
wurde aufgescheucht, kreiste ein paar Sekunden über ihren Köpfen und zog krächzend über den See ab.

»Trotzdem«, begann Zorn erneut. Er konnte einfach nicht anders. »Du hättest mir wenigstens Bescheid sagen …«

»Nein«, unterbrach Schröder, »hätte ich *nicht*! Ich hatte furchtbare Angst!«

»Ich auch, verdammt!«

»Es war keine Zeit!«, rief Schröder. »Wie oft soll ich's noch
sagen? Du warst völlig durcheinander, ich wusste ja selbst nicht
genau, ob ich recht habe! Ich wusste nur, dass es wahnsinnig
knapp wird! Was hätte ich machen sollen?« Die Pudelmütze
rutschte ihm über die Augen, er schob sie mit einer unwirschen
Bewegung zurück, hob die Stimme. »Hätte ich dir vielleicht noch
einen Vortrag halten sollen?«

»Ihr sollt nicht streiten!«, rief Edgar von oben.

»Machen wir nicht!«, rief Zorn gutgelaunt zurück, winkte seinem Sohn zu und wandte sich wieder an Schröder. »Siehst du?«,
zischte er. »Du bringst ihn völlig durcheinander mit deiner Rum-
schreierei! Hat er nicht schon genug durchgemacht?«

Schröder vergrub das Kinn in den Maschen seines Wollschals.

»'tschuldigung«, brummte er.

Zorn ließ ein paar Sekunden verstreichen, bevor er sich zu einer Antwort bequemte.

»Na gut«, nickte er gnädig.

»Ich weiß, dass du durch die Hölle gegangen bist«, sagte Schröder leise. »Und das hätte ich dir auch gern erspart. Als ich auf das SEK gewartet habe, da war ich fast sicher, dass wir zu spät kommen. Und es war wirklich verdammt knapp, das glaube ich zumindest. Ein paar Sekunden später und ... ich meine, Edgar ist alles, was ich habe, er ...«

Schröder wandte sich ab. Zorn seufzte, umfasste Schröders Schultern, zog seinen widerstrebenden Vorgesetzten wieder zu sich herum und sah mit ernster Miene auf ihn herab.

»Wie du wieder rumläufst«, murmelte er kopfschüttelnd, ordnete den grobmaschigen Schal, schlug Schröders Mantelkragen hoch und wischte ihm etwas Schnee von den Schultern.

»Ich wollte nicht heulen«, brummte Schröder. Seine Augen glänzten verräterisch. Er schluckte, zwinkerte und sah zur Seite.

»Wir machen's so.« Zorn rückte die Pudelmütze über Schröders Glatze zurecht. »Ich entschuldige mich jetzt auch. Dann sind wir quitt und vergessen den Quatsch, okay?«

»Okay«, schniefte Schröder.

»Hiermit«, erklärte Zorn förmlich, nachdem er tief Luft geholt hatte, »bitte ich vielmals um Entschuldigung. Ich gebe an dieser Stelle offiziell zu, ein dämlicher Volltrottel zu sein, und schwöre feierlich, niemals wieder ...«

»Scheiße!«, gellte Edgars helle Stimme von oben herab. »Es geht nicht!«

Zorn und Schröder reagierten gleichzeitig.

»Scheiße«, riefen beide im Chor, »sagt man nicht!«

Sie sahen auf. Edgar hockte unter den Kiefern auf seinem Schlitten, der sich keinen Zentimeter von der Stelle bewegte.

»Papa hat's auch gesagt!« Er versuchte, sich mit den Füßen abzustoßen, ruckelte missmutig hin und her. »Ich hab's genau gehört, am Telefon!«

»Das wird nix «, brummte Schröder. »Zu wenig Schnee.«

»Stimmt«, nickte Zorn. »Viel zu wenig.«

»Komm, Edgar!«, rief Schröder. »Wir gehen rein. Ich mach uns einen Kakao.«

»Okay! Aber einer von euch beiden muss mich ziehen!«

Es folgte eine kurze, aber heftige Diskussion, die schließlich damit endete, dass Zorn und Schröder den Schlitten gemeinsam nach Hause zogen.

Achtundsiebzig

»Du klingst müde, Claudius.«

»Beginnen wir unsere Telefonate jetzt immer so, Frieda? Mit der Feststellung, dass ich müde bin?«

»Vielleicht solltest du mehr schlafen.«

»Danke für den Tipp, Frau Staatsanwältin.«

»Gern geschehen. Wie geht's Edgar?«

»Ich hab ihn vorhin zu Malina gebracht. Sie hat Urlaub genommen. Es geht ihr nicht sonderlich gut, Rufus liegt immer noch im Koma. Ich … ich hab ihr noch nicht alles erzählt.«

»Das musst du irgendwann.«

»Das ist mir klar.«

»Und Edgar? Redet er drüber?«

»Nicht viel. Ich will ihn nicht unter Druck setzen. Aber ich glaube nicht, dass er mitgekriegt hat, was genau passiert ist.«

»Er sollte zu einem Kinderpsychologen, Claudius.«

»Ich hasse Psychologen, ich …«

»Es geht nicht um dich. Edgar ist vier, er muss mit jemandem reden. Diese Leute verstehen ihren Job. Er muss das verarbeiten, sonst …«

»Okay. Du hast recht.«

»Du bist ein toller Vater, aber manchmal fehlt's dir ein bisschen an …«

»… Fingerspitzengefühl?«

»So könnte man's ausdrücken.«

»Kein Wunder. Ich hab ja nur noch acht.«

»Was?«

»Finger.«

»Sehr witzig. Was macht Schröder?«

»Der wollte noch jemanden besuchen.«

*

Krachend fiel die schwere Zellentür ins Schloss. Schröder sah sich blinzelnd um, zog einen schmucklosen Holzstuhl heran und nahm Platz.

»Bonjour«, sagte er freundlich und knöpfte den Mantel auf.

Der stiernackige Mann auf der Pritsche antwortete nicht.

»Ich würde unser Gespräch ja auf Französisch führen, aber wie Sie wissen«, Schröder setzte ein entschuldigendes Lächeln auf, »sind meine Fähigkeiten in dieser Beziehung äußerst eingeschränkt. Andererseits würde es sowieso nicht viel bringen, schließlich sprechen Sie diese Sprache ebenso wenig wie ich.«

Keine Reaktion.

»Es existieren so gut wie keine Fotos von Hanns Lerby«, fuhr Schröder fort. »Eins habe ich allerdings in seiner Häftlingsakte gefunden. Und in den Prozessakten findet sich eine Kopie seines Personalausweises. Seines *echten* Personalausweises. Ich sage Ihnen wohl nichts Neues, wer der Mann auf diesen Fotos ist.«

Schröder machte eine kurze Pause.

»Sie.«

Die Luft war stickig in der winzigen Zelle. Es roch nach scharfen Desinfektionsmitteln und saurem Männerschweiß.

»Der Mann, den wir für Hanns Lerby hielten, hieß Pierre Fournier. Ein gebürtiger Belgier, viel mehr wissen wir bisher nicht über ihn. Sie haben ihn vor zwanzig Jahren bei der Fremdenlegion kennengelernt, nicht wahr? Nachdem Sie aus dem Gefängnis entlassen wurden, haben Sie die Identitäten getauscht, Sie selbst haben den Handlanger gespielt, der falsche Lerby hat den Zampano gegeben, während Sie im Hintergrund in aller Ruhe die Fäden ziehen konnten.«

Der Mann auf der Pritsche sah schweigend auf seine großen Hände. Musterte die Fingernägel, einen nach dem anderen, als wolle er prüfen, ob sie sauber seien.

»Die Morde sollten wie das Werk eines verrückten Fanatikers aussehen.« Schröder lockerte den karierten Hemdkragen. Schweißperlen glänzten auf seiner Glatze. »Ich nehme an, es war Lerbys Idee. Die des *falschen*, natürlich. Im Gegensatz zu Ihnen hat er Ihren … Verein nicht nur als Tarnung betrachtet, um Ihre wahren Geschäfte zu verbergen. Ich glaube, er hat es genossen, den …«, Schröder kratzte sich an der kahlen Schläfe, »geheimnisvollen *Großmeister* zu spielen. Sie haben ihn gewähren lassen, schließlich war es in Ihrem Interesse. Ihnen selbst ging es um etwas völlig anderes.«

*

»Er wollte sich an deinem Vater rächen, Frieda. Er hat den Mann ermordet, der ihn ins Gefängnis gebracht hat. Seinen Richter.«

»Das … das ist absurd, Claudius.«

»Klar ist es das. Aber es ergibt immerhin ein Motiv. Alles, was danach kam, die verquaste Symbolik und dieser ganze Mist, all das hatte nur einen einzigen Zweck. Es sollte aussehen wie eine Mordserie, bei der ein durchgeknallter Irrer irgendwelche uralten Gesetze vollstreckt, aber in Wahrheit ging's nur um deinen Vater.«

»Vier Morde, um einen zu vertuschen.«

»Ja.«

»Mein Gott, ich …«

»Weinst du?«

»Ich … es ist gleich vorbei. Ich dachte, dass … dass es mir bessergeht, wenn ich weiß, warum er gestorben ist. Aber … Scheiße, ich brauch'n Taschentuch.«

»Frieda?«

»Ja?«

»Ich weiß wieder mal nicht, was ich sagen soll. Alles, was mir einfällt, klingt ziemlich abgedroschen.«

»Sag's trotzdem.«

»Ich liebe dich.«

»Stimmt. Das ist total abgedroschen.«

»Ich hab dich gewarnt.«

»Aber es hilft. Sehr sogar, Claudius.«

*

»Die Morde waren hervorragend geplant«, sagte Schröder. »Wir haben kaum Spuren. Aber jeder Täter hinterlässt einen Hinweis. Ein Haar. Hautschuppen. Einen winzigen Speicheltropfen. Bisher konnten wir wenig damit anfangen. Jetzt allerdings haben wir die Möglichkeit, die DNA zu vergleichen.«

Der bullige Mann auf der Pritsche konzentrierte sich auf seine Fingernägel. Schröder war Luft für ihn, existierte nicht.

»Herr Lerby, ich …« Schröder stockte, seufzte leise und massierte sich müde die Nasenwurzel. »Es fällt mir schwer, Sie mit Ihrem richtigen Namen anzusprechen. Ich sehe noch immer den

Mann vor mir, dem Sie vorgestern ein Butterflymesser in die Kehle gerammt haben.«

Schröder schloss die Augen, sammelte sich kurz.

»Wir werden Ihre DNA mit den Spuren vergleichen, die wir beim Mord an Heiner Borck sichergestellt haben. Und wir werden fündig werden. Selbst, wenn das nicht der Fall wäre, können wir Ihnen den Mord nachweisen. Magnus de Vriess hat ausgesagt, dass dieser … geheime Raum angeblich leer sein soll. Aber das war er nicht.«

Der Mann auf der Pritsche biss sich auf die Unterlippe. Eine kurze, kaum wahrnehmbare Reaktion, die erste, seit Schröder die Zelle betreten hatte, doch sie entging ihm nicht.

»Was wir gefunden haben«, sagte Schröder, »waren weder verstaubte Pergamentrollen noch irgendwelcher anderer okkulter Mumpitz. Nein, nur ein stinknormales, abgegriffenes Notizbuch. Nicht viel, könnte man meinen, schließlich hat Lerby – der falsche Lerby – diesen Raum mir gegenüber als *Zentrum des Lichts* bezeichnet. Im Nachhinein muss ich ihm allerdings recht geben, denn das, was er in diesem Buch notiert hat, ist wirklich äußerst erhellend.«

⁂

»Er hat genau aufgeschrieben, wer welchen Mord begangen hat, Frieda. Alle haben gedacht, in diesem Raum wäre sonst was, aber in Wahrheit hat er sich einfach nur abgesichert. Er hat die Leute für sich morden lassen und konnte sie jederzeit ans Messer liefern.«

»Das hat ihm aber nicht gereicht.«

»Er war ein Sadist, Frieda. Er hat es genossen, andere zu zerstören. Es ging ihm um Macht. Und die wollte er um jeden Preis behalten. Selbst über den eigenen Tod hinaus.«

*

»Wir wissen, dass Sie Heiner Borck umgebracht haben. Was ist mit den anderen Morden?« Schröder beugte sich vor, stützte die Ellbogen auf die Knie und sah sein Gegenüber erwartungsvoll an. »Mit Cordula von Lubitzsch? Wir haben ihre Fingerabdrücke gefunden, in dem Apartment, in dem wir Sie festgenommen haben. Die Frau wurde dort niedergeschlagen und dann verschleppt. In dem Notizbuch steht, dass Mona, die Büroleiterin, ihr die Zunge herausgeschnitten hat. Waren Sie dabei?«

Schröder neigte den Kopf, betrachtete den Mann auf der Pritsche, als wolle er sich jedes Detail genau einprägen. Den kantigen Schädel. Den muskulösen Hals. Den dunklen, drahtigen Flaum auf den unrasierten Wangen. Das teerschwarze Stoppelhaar. Die eisgrauen Schläfen.

»Was ist mit Barnabas Krull?«, fragte er. »Kennen Sie die Männer, die ihn geviertelt haben? Laut Notizbuch handelt es sich um einen Kreditberater bei der örtlichen Sparkasse, der andere ist selbständiger Möbeltischler. Wir haben die Namen, es ist nur eine Frage der Zeit, bis wir die beiden in Gewahrsam nehmen.«

Keine Reaktion.

»Was ist mit den anderen Opfern? Anna Kravlansky? Casimir Holtz? Haben Sie geholfen, als die beiden aneinandergefesselt und in den Fluss geworfen wurden?«

Schröder ließ ein paar Sekunden verstreichen.

»Nein«, murmelte er schließlich und sank zurück. »Ihnen ging's nur um Heiner Borck. Den Rest haben Sie Ihrem belgischen Kompagnon überlassen.«

Schwere Schritte drangen von außen in die Zelle. Türen knallten, Rufe hallten über den Flur.

»Ich denke«, Schröder sah auf die Uhr, »es gibt bald Abendessen. Sie haben bestimmt Hunger, deshalb will ich Sie nicht länger aufhalten.«

*

»Was ist mit Peck, Claudius?«

»Was soll mit dem sein?«

»Du hast ihm die Nase gebrochen.«

»O ja, das hab ich.«

»Das war ein Fehler.«

»Der beste, den ich jemals gemacht hab.«

»Er wird dir die Hölle heißmachen.«

»Er hat sich krankschreiben lassen.«

»Er kommt wieder.«

»Ja, leider. Ich hätte fester zuschlagen sollen.«

»Was machst du? Imitierst du schon wieder Hochzeitsglocken?«

»Nee, Frieda. Ich gähne.«

»Tu nicht so, als würde dir das alles am Arsch vorbeigehen.«

»Mach ich nicht. Peck wird mich nach Strich und Faden auseinandernehmen. Aber das wird ein Spaziergang im Vergleich zu dem, was Schröder erwartet.«

*

»Eine letzte Frage habe ich noch.«

Schröder stand vor der Zellentür. Seine Hand, bereits erhoben, um dem draußen wartenden Beamten ein Zeichen zu geben, verharrte in der Bewegung.

»Wir beide wissen, dass Sie den Rest Ihres Lebens in einer Zelle verbringen werden. Nicht in dieser«, Schröder wandte sich um, »aber in einer ähnlichen. Ihrer Logik zu Folge bin ich es, der Ihnen das eingebrockt hat, schließlich habe ich Sie überführt. Ich weiß nicht, ob Sie's interessiert, aber diese … *Schuld*«, Schröder lächelte traurig, »nehme ich gerne auf mich. Mein Problem ist ein anderes.«

Er trat zurück in die Zelle, ging vor dem Mann auf der Pritsche in die Hocke.

»Ich bin Polizist«, sagte er leise. »Ich bringe Menschen wie Sie hinter Gitter, um andere zu schützen. Das ist mein Lebensinhalt. Nein«, korrigierte er sich kopfschüttelnd, »es *war* mein Lebensinhalt. Ich habe einen Menschen gefoltert. Das werde ich mir niemals verzeihen.«

Die Zellentür wurde geöffnet.

»Eine Minute noch«, sagte Schröder, ohne sich umzusehen. »Ich bin gleich fertig.«

Die Tür fiel wieder ins Schloss.

»Ich werde den Dienst quittieren«, fuhr Schröder ruhig fort. »Ich verliere alles, was mir wichtig ist. Sie haben mein Leben zerstört. So, wie ich Ihres zerstört habe. Ich habe eine letzte Frage, Herr Lerby. Die Antwort wird nichts an Ihrem Strafmaß ändern. Danach werde ich diese Zelle verlassen und in mein eigenes Gefängnis gehen. Wir werden uns nie wiedersehen. Ich denke, Sie sind mir eine Antwort schuldig.«

Lerby – der *echte* Hanns Lerby – hob den Kopf.

»Was hatten Sie mit dem Jungen vor?«, fragte Schröder leise. »Hätten Sie ihm etwas angetan?«

Ihre Blicke trafen sich. Lerbys Miene blieb unbewegt, nur die Pupillen seiner dunkelbraunen, fast schwarzen Augen verengten sich ein wenig. Seine Wimpern waren lang, ein seltsamer Kontrast zu den groben, wie mit einem stumpfen Messer geschnitzten Gesichtszügen.

Er öffnete den Mund. Sagte nur ein Wort.

»Ja.«

Neunundsiebzig

»Guten Morgen, Chef«, grüßte Schröder gutgelaunt und streifte den Mantel ab. »Es ist ein bisschen später geworden, ich war noch mal bei Margrit Weisz. Sie wird wohl noch eine Weile in der Klinik bleiben, aber der Arzt sagt, sie kommt wieder auf die Beine.«

Zorn antwortete nicht. Er saß mit verschränkten Armen vor seinem Rechner, die Beine unter dem Schreibtisch ausgestreckt.

»Ich glaube, ihr Exmann sagt die Wahrheit.« Schröder schüttelte den feuchten Mantel aus, Myriaden winziger Wassertröpfchen stoben glitzernd umher. »Bertold Weisz war seiner zweiten Frau hörig, er hatte keine Ahnung, was sie angetrieben hat. Befragen können wir sie ja nicht mehr.« Er zwängte sich am Schreibtisch vorbei und nahm die Gießkanne vom Fensterbrett. »Aber ich würde zu gern wissen, wie genau Lerby – der *falsche* Lerby – sie manipuliert hat.«

Zorn schwieg noch immer. Er war ungewöhnlich blass und beobachtete mit ausdrucksloser Miene, wie Schröder sich einer verkümmerten Begonie widmete, ohne seinen Redefluss zu unterbrechen.

»Ich frage mich immer noch, wie er das angestellt hat. Er hat andere Menschen dazu gebracht, zu morden. Klar, er hat ihnen das Blaue vom Himmel versprochen, aber es hat nichts, absolut nichts dahintergesteckt. Wahrscheinlich«, Schröder wandte sich um, »war genau das der Trick. Niemand wusste, worum genau es ging. Aber alle wollten dazugehören, um jeden Preis, egal, was sie dafür …«

Schröder verstummte, als er Zorns Blick bemerkte. Dieser sah unter gerunzelten Brauen zu ihm auf, seine Augen funkelten hinter der Brille.

»Ich weiß, wir haben das schon besprochen.« Schröder hob entschuldigend die Hand, etwas Wasser tropfte aus der Gießkanne auf den Teppich. »Aber es beschäftigt mich halt, ich …«

»Was ist das, Schröder?«

Zorn deutete mit dem Kinn auf seinen Schreibtisch.

»Das?« Schröder beugte sich vor, betrachtete die rote Mappe neben Zorns Tastatur. »Das ist ein Bericht.«

»Ich hab's gelesen.«

»Du müsstest noch unterschreiben, Chef.«

Schröder wandte sich ab, um sich wieder seinen Pflanzen zu widmen.

»Schröder?«, sagte Zorn leise.

»Ja?«

»Guck mich an.«

Das tat Schröder.

»Ich werde diesen Mist nicht unterschreiben.«

»Ach.« Schröders Augen weiteten sich erstaunt. »Und warum?«

»Weil du dann suspendiert wirst.«

Schröder stellte die Gießkanne auf das Fensterbrett, nahm ein kariertes Handtuch von der Heizung.

»Ja«, sagte er, nachdem er sich ausgiebig die Hände getrocknet hatte. »Das werde ich.«

Zorn nahm die Akte, riss sie in der Mitte entzwei. Eine Hälfte flatterte links, die andere rechts neben dem Schreibtisch zu Boden.

»Es wird 'ne interne Ermittlung geben«, sagte er. »Bis dahin werden wir abwarten. Es gibt zwei Menschen, die sich zu dieser Sache äußern können. Dich und mich, sonst niemanden. Ich werde bezeugen, dass du keine Wahl hattest. Dass du auf den Verdächtigen schießen musstest, weil du angegriffen wurdest.«

Schröder faltete das Handtuch zusammen, drapierte es sorgfältig wieder auf der Heizung.

»Das«, sagte er, »wäre eine Lüge.«

»Nein, Schröder.« Zorn senkte die Stimme, jede Silbe einzeln betonend. »Du hattest keine Wahl. Du hast Edgar das Leben gerettet.«

»Indem ich einem Menschen das Knie zertrümmert habe.«

»Richtig«, nickte Zorn.

Schröder sah eine Weile zu Boden.

»Nein«, sagte er dann. »Ich werde nicht lügen.«

»Und was machst du dann?« Zorn lehnte sich zurück. »Mit 'nem Imbiss hast du's ja schon mal versucht. Was wird's diesmal? Ein verschissener Blumenladen?«

»Keine Ahnung.« Schröder zuckte die Achseln. »Mir wird schon was einfallen.«

»Schröder.« Zorn holte tief Luft, während er nach den richtigen Worten suchte. »Du liebst diesen Job über alles. Und was ist mit deinen Kursen? Ich meine, deine Studenten sind dir doch auch wichtig, du kannst doch nicht einfach …«

»Vor allem kann ich ihnen keine Werte vermitteln, die ich selbst mit Füßen getreten habe.«

»Ach komm, hör mit dem geschwollenen Gelaber auf.«

»Dieses geschwollene Gelaber meine ich ernst.«

Es wurde still im Büro. So still, dass man die sprichwörtliche Stecknadel hätte fallen hören können.

»Scheiße nochmal!« brüllte Zorn plötzlich und schlug mit der Faust auf den Tisch. »Du bist Bulle, verdammt!«

»Ich *war* Bulle!«

Zorn zuckte erschrocken zurück, als auch Schröders Faust unvermittelt mit voller Wucht auf den Schreibtisch donnerte.

»Was bildest du dir eigentlich ein?«, rief Schröder. »Wer gibt dir das Recht, so mit mir zu reden? Seit zwanzig Jahren spiele ich dein Kindermädchen, und jetzt willst du mir vorschreiben, was ich zu tun habe? Ich habe die Nase so was von voll! Ich ertrag's einfach nicht mehr, deine«, seine Stimme überschlug sich, »großkotzige Art, dein wehleidiges Gejammer! Und ich habe keine Lust mehr, dir ständig den Arsch abzuwischen!«

»Ach! So ist das also?« Zorn sprang wutentbrannt auf. Der Sessel donnerte hinter ihm gegen die Wand. »Dann hau doch ab!«

»Das mach ich auch!«

Schröders Augen blitzten wie eisblaue Diamanten unter der kahlen, purpurn angelaufenen Stirn.

»Deine dämlichen Pflanzen«, schäumte Zorn, »kannst du vergessen! Die lasse ich verdorren!«

»Die nehme ich mit!«

Schröder rannte zum Fenster, griff eine Begonie und klemmte den Topf unter den Arm. Die Tür wurde geöffnet, weder Zorn noch Schröder bemerkte es.

»Jaja!«, rief Zorn. »Verpiss dich ruhig, du ... Gartenzwerg!«

»Angeber!«

»Fettwanst!«

»Krüppel!«

»Es reicht, meine Herren.«

Schröder sah sie zuerst. Seine Augen weiteten sich. Der Blumentopf drohte, seinen Händen zu entgleiten, er fing ihn im letzten Moment ab und stellte ihn wieder auf das Fensterbrett, während Zorn, der nun ebenfalls erkannte, wer das Büro betreten hatte, vor Überraschung rückwärts in seinen Sessel stolperte.

»Ich hab ja geahnt, dass man euch nicht lange aus den Augen lassen darf«, sagte Frieda Borck. »Aber dass es so schlimm wird, hätte ich nun wirklich nicht gedacht.«

Achtzig

Abschied.

Claudius Zorn mag keine Menschenansammlungen. Außerdem ist er ein Langschläfer. Kein Wunder, dass er ein wenig gereizt ist, jetzt, um fünf Uhr morgens, in der zugigen Abflughalle eines Flughafens.

Er nippt an einem Becher mit lauwarmem Kaffee, unterdrückt ein Gähnen. Wie er es hasst, dieses Gewusel. Die scheppernden Durchsagen. Die genervten, umherhastenden Menschen. Die blinkenden, kryptischen Anzeigen. Das grelle, in den müden Augen stechende Licht.

Die beiden stehen ein paar Meter vor ihm in der Schlange. Frieda hat Schröders Rollkoffer in der Hand. Sie unterhalten sich leise, kichern. Zorn hatte längst vergessen, dass Schröders Flug heute geht, obwohl er ihm die Reise zu Weihnachten geschenkt hat. Nun, Schröder hat's nicht vergessen. Zorn weiß nicht, ob er die Reise angetreten hätte, doch Frieda hat's – natürlich – ebenfalls nicht vergessen. Und sie hat darauf bestanden, dass sie Schröder zum Flughafen bringen.

Zorn weiß nicht recht, ob er sich freuen soll. Klar, sie ist wieder da, es gibt nichts, was er sich mehr gewünscht hat. Doch der *Deal* – wie Frieda es nennt – gefällt ihm nicht. Die Abmachung, die sie mit Peck getroffen hat. Das liegt zum einen daran, dass es hinter Zorns Rücken geschehen ist.

Ich war nicht sicher, ob es funktionieren wird, hat sie gesagt. Nun, das ist sie noch immer nicht.

Die Schlange rückt ein Stück vor. Schröder trägt eine verspiegelte Sonnenbrille. Die ist von meinem Opa, hat er gesagt. Ich habe ein bisschen Flugangst, sie bringt mir hoffentlich Glück. Es riecht nach Schweiß, billigem Parfum und frischen Brötchen.

Frieda hat Peck einen Tausch angeboten. Er geht an ihrer Stelle in die Landeshauptstadt, sie übernimmt wieder ihren alten Job. Für ihn ist es ein wichtiger Schritt auf der Karriereleiter, sie ist wieder bei den Menschen, die sie liebt. Das ist natürlich nicht einfach, es gibt eine Menge zu regeln. Aber Frieda kennt viele wichtige Leute. Und Peck hat natürlich ebenfalls Verbindungen.

Zorn schnuppert an seinem Becher. Der Kaffee riecht nach alten Socken. Komisch, denkt er und trinkt einen Schluck. Es schmeckt ganz anders, nach Geschirrspülmittel und überlagerter Salami.

Eigentlich war es kein richtiger Streit. Ein kurzer Ausbruch, ein reinigendes Gewitter. Sie haben sich natürlich längst wieder vertragen. Du hast mich Krüppel genannt, hat Zorn gesagt. Das war sehr, sehr verletzend. Das mit dem Gartenzwerg, hat Schröder erwidert, war auch nicht sonderlich nett. Trotzdem, hat Zorn gesagt, du bist ein Hosenschisser. Es geht dir gar nicht darum, Verantwortung zu übernehmen. Du willst dich verpissen. Sie haben Frieda als Schiedsrichterin eingesetzt. Ihr seid quitt, hat sie bestimmt. Und jetzt lasst uns gefälligst überlegen, wie wir weitermachen.

Schröder reicht der Frau am Schalter seinen Ausweis und das Ticket. Sie lächelt ihm zu. Sein rundes Gesicht unter dem beigefarbenen Anglerhütchen ist gerötet. Der Rollkoffer verschwindet auf dem Band. Schröder verstaut seine Papiere in der Brusttasche des geblümten Hawaiihemdes, winkt Zorn zu. Dieser zerknickt den Pappbecher, wirft ihn zu Boden und drängt sich nach vorn.

»Hast du alles?«

»Ja«, nickt Schröder.

Er trägt eine dreiviertellange Hose, weiße Kniestrümpfe und seine braunen Ledersandalen. Er sieht ein bisschen aus wie eine aufgeregte Hummel, findet Zorn.

»Du fliegst nach Italien, Schröder«, sagt er. »Und nicht in die Tropen.«

Schröder schiebt lächelnd das Hütchen in den Nacken. Neonlicht spiegelt sich in den runden Gläsern der Sonnenbrille. Frieda gibt ihm einen Kuss auf die Stirn.

»Pass auf dich auf, ja?«

Sie hat Peck eine Bedingung gestellt. Er bekommt ihren Job nur, wenn er Zorn nicht wegen der gebrochenen Nase anzeigt. Das weiß Zorn natürlich nicht. Er würde stinksauer werden, wenn er's wüsste.

»Na dann«, sagt Zorn, »gute Reise.«

Schröder übersieht die Hand, die Zorn ihm etwas unbeholfen entgegenstreckt, stellt sich auf die Zehenspitzen und nimmt ihn kurz in den Arm. Zorn wird ein bisschen rot.

»*Arrivederci*«, sagt Schröder. »Ich hab euch lieb.«

Er geht durch die Absperrung. Sie sehen ihm nach. Frieda nimmt Zorns Hand. Ihre Finger sind angenehm kühl.

»Er würde sich niemals auf irgendwelche Mauscheleien einlassen«, sagt Zorn.

»Ich auch nicht«, erwidert Frieda.

Wir werden uns penibel an die Vorschriften halten, hat sie gesagt. Keine Vertuschung. Peck als zuständiger Staatsanwalt wird eine Empfehlung abgeben. Er wird ein Schreiben aufsetzen, ein sehr langes Schreiben, in dem er auf die außergewöhnlichen Verdienste Hauptkommissar Schröders eingeht. Er wird darauf hinweisen, dass Kollege Schröder sich in einer absoluten Extremsituation befand, einer Lage, die sein Verhalten zwar nicht entschuldigt, aber zumindest erklärt. Natürlich wird man Schröder eine Zeitlang suspendieren. Auch eine Strafversetzung droht, doch Staatsanwalt Peck wird in seinem Schreiben ausführlich darauf eingehen, wie unverzichtbar Hauptkommissar Schröders Dienste in der ihm unterstellten Abteilung sind. Er wird eine Degradierung empfehlen und sich dafür aussprechen, dass Schröder in dieser Abteilung verbleibt.

Das war die zweite Bedingung, die Frieda an Peck gestellt hat.

Heimlich natürlich, weder Zorn noch Schröder müssen davon erfahren.

»Du wirst mir also wieder den Arsch aufreißen«, sagt Zorn.

»Ja«, nickt Frieda. »Jeden Tag, mein Schatz. Vorausgesetzt, mein Plan funktioniert.«

Schröder erscheint hinter einer Glasscheibe, winkt ihnen zu. Das Hawaiihemd flattert über seinem dicken Bauch. Sie winken zurück. Zorn fällt etwas ein. Er wird blass, seine Hand sinkt kraftlos herab.

»Wenn Schröder degradiert wird«, murmelt er, »hab ich den höheren Dienstrang.«

»Allerdings«, sagt Frieda.

»Das würde bedeuten …«

»… dass du wieder die Leitung übernimmst, Claudius.«

Schröder haucht an die Scheibe, malt mit dem kurzen Zeigefinger drei Wörter in den milchigen Fleck.

Mach's gut, liest Zorn.

»Weiß er das?«, fragt er Frieda.

»Natürlich.

»Ich …«, Zorn schluckt, liest das dritte Wort, das Schröder geschrieben hat, »werde also wieder sein …«

CHEF

Die Buchstaben verblassen allmählich auf der Scheibe.

»Wir alle müssen Opfer bringen«, sagt Frieda.

Schröder wirft ihnen zum Abschied eine Kusshand zu. Macht auf dem Absatz kehrt und verschwindet in der Menge.

»Scheiße«, stöhnt Claudius Zorn. »Was für eine verdammte Scheiße.«

Fragen an Hauptkommissar Zorn
und Hauptkommissar Schröder

Herr Zorn, haben Sie das traumatische Ereignis mittlerweile verarbeitet?
Zorn: Das war ein wirklich furchtbarer Schicksalsschlag. Ich bin nicht sicher, ob ich jemals drüber wegkomme. Trotzdem, ich muss damit leben. Aber es stimmt, es ist entsetzlich, jetzt wieder den Chef spielen zu müssen, nachdem ich ...

Nein, eigentlich meinte ich ...
Zorn: ... eine Weile meine Ruhe hatte.

... das traumatische Ereignis mit Edgar, Ihrem Sohn.
Zorn: Ach so. Ja. Also das ... das war auch traumatisch. Aber dass Schröder sich einfach verpisst hat und ich diesen Saftladen wieder leiten muss, das hat wirklich tiefe Wunden hinterlassen. Aber wie gesagt, ich muss damit leben.

Herr Schröder, was sagen Sie zu den Vorwürfen Ihres neuen »alten« Chefs?
Schröder: Nicht viel. Sie sehen ja, er ist traumatisiert.
Zorn: Und wie!

Nach acht Bänden wissen wir noch immer relativ wenig über Ihr Privatleben, Herr Schröder. Werden wir Sie jemals in einer partnerschaftlichen Beziehung erleben?
Zorn: Er hat mich. Das muss reichen.
Schröder: Das fürchte ich mittlerweile auch.

Herr Zorn, Hand aufs Herz: Wieso wird jemand wie Sie Polizist?
Zorn: Das müssen Sie den feinen Herrn Autor fragen.

Letzte Frage.
Zorn: Wird auch Zeit.

Wie war Ihre Reise nach Italien, Herr Schröder?
Schröder: Ganz wunderbar.

Dann sollten Sie in nächster Zeit öfter Urlaub machen, oder?
Zorn: Moooooment! Setzen Sie dem bloß keine Flausen in den
  Kopf! Ob er Urlaub kriegt, entscheidet hier jemand anderes!
Schröder: Der Chef?
Zorn: Genau! Also ich!

Wir dachten, Sie wären traumatisiert?
Zorn: Na und? Denken Sie doch, was Sie wollen. Ich geh jetzt
  rauchen.

Stephan Ludwig
Zorn – Tod und Regen
Thriller

Band 19305

»Es dauerte drei Stunden, bis sie den Verstand verlor,
und weitere zwei, bis sie endlich sterben durfte.«

Zwei Morde – blutig, brutal, unerklärlich. Warum gibt ein
Killer seinem Opfer Schmerzmittel, bevor er es quält? Hauptkommissar Claudius Zorn soll die Ermittlungen leiten: Er hat
Kopfschmerzen, er hat keine Lust, er hat keine heiße Spur.
Als er dann noch merkt, dass ihn bei den Ermittlungen irgendjemand austricksen will, bekommt Zorn richtig schlechte Laune. Und der Mörder hat noch nicht genug …

Der packende Auftakt zur neuen Reihe mit Hauptkommissar
Claudius Zorn und seinem kauzigen Assistenten Schröder

Fischer Taschenbuch Verlag

fi 19305 / 3

Stephan Ludwig
Zorn – Vom Lieben und Sterben
Thriller

Band 19507

»Claudius Zorn und sein Kompagnon
haben das Zeug dazu, Kultstatus zu erreichen.«
krimi-couch.de

Die Hauptkommissare Zorn und Schröder ermitteln unter
Hochdruck: zwei Morde in einer Woche, beides Jugendliche,
kaltblütig getötet, förmlich hingerichtet. Schnell ist klar, dass
hier jemand gezielt mordet, seine Opfer ganz genau auswählt,
sie vielleicht sogar kennt. Als die beiden Kommissare endlich
eine Spur haben, ist die Zeit bis zum nächsten Mord bereits
abgelaufen. Und die Jagd nach dem Täter bringt nicht nur
Schröder an seine persönlichen Grenzen.

Der zweite Fall für Hauptkommissar Claudius Zorn und den
dicken Schröder

Fischer Taschenbuch Verlag

Stephan Ludwig
Zorn – Wo kein Licht
Thriller

Band 19636

»Zorn und Schröder sind Kult-Kommissare.«
MDR

Hauptkommissar Claudius Zorn weiß nicht mehr, wo ihm der Kopf steht. Innerhalb kürzester Zeit ereignen sich mehrere Verbrechen, und alles landet auf seinem Tisch. Sein Kollege Schröder liegt mit Gehirnerschütterung im Krankenhaus und kann ihn zunächst nicht wie gewohnt unterstützen. Aber dann erhält Zorn den entscheidenden Hinweis. Und hat schnell einen Verdacht. Nur glaubt ihm keiner. Mit fatalen Folgen …

Der dritte Fall für Hauptkommissar Claudius Zorn
und den dicken Schröder

Das gesamte Programm gibt es unter
www.fischerverlage.de

Stephan Ludwig
Zorn – Wie sie töten
Thriller

Band 19861

In einer Winternacht wird ein Mensch vor die S-Bahn gestoßen. Niemand beobachtet den Mord, die Polizei geht von
Selbstmord aus. Auch Hauptkommissar Claudius Zorn
schenkt dem Vorfall keine Beachtung. Er ist damit beschäftigt,
seinen ehemaligen Kollegen Schröder zu überreden, wieder
sein Partner zu werden. Was jedoch weder Zorn noch
Schröder ahnen: Der Täter ist ganz in ihrer Nähe. Und hat eine Reihe neuer Opfer im Visier. Menschen, die den beiden
Ermittlern nahestehen …

Der vierte Fall für Hauptkommissar Claudius Zorn
und den dicken Schröder

Das gesamte Programm gibt es unter
www.fischerverlage.de

fi 19861 / 1